La noche del Apocalipsis

Daniel Easterman

La noche del Apocalipsis

Traducción de
Enric Tremps

Círculo de Lectores

A Beth,
por hacer que todo valga la pena

AGRADECIMIENTOS

Mi cálido y constante agradecimiento, como siempre, a mis equipos editoriales en Londres y Nueva York: Patricia Parkin y Mary Rose Doherty, Karen Solem y Katie Tso. Brendan Munnelly me facilitó una información tan precisa y detallada sobre asuntos irlandeses y similares, que ojalá pudiera situar la acción de todas mis novelas en Irlanda. Gracias también a mi hermano, David McKeown, por su generosa colaboración comprobando detalles en Belfast, y a Joan McCaig por sus ideas y comentarios. Por la investigación de asuntos policiales, estoy como de costumbre agradecido a Roderick Richards de Tracking Line. Mi esposa, Beth, tomó un tiempo valioso de su propia escritura para leer y comentar el manuscrito, y me ayudó a salvar innumerables obstáculos. Sólo yo soy culpable de cómo lo he utilizado.

UNO

Belfast
Viernes, 18 de agosto de 199-

Donegall Place, fin de la jornada, el ayuntamiento jironado entre sol y sombra, los tenderos cierran las puertas y regresan a sus casas, las dependientas se dirigen caminando hacia la estación central. Una tanqueta del ejército dobla lentamente la esquina y gira a la izquierda por Chichester Street. Desde lo alto de la torreta, un soldado armado se mantiene vigilante, desconfiando de todo y de todos.

Gearóid Lalor espera a que la tanqueta desaparezca en la lejanía antes de arrancar el coche. Sentado junto a él, Seamus Lenihan contempla por la ventanilla las calles progresivamente desiertas.

Habría ido a Bangor aquella noche, ¿por qué no? El pequeñajo de Fergie McErlaine iba a la discoteca con su pandilla de San Malachy, y los habría acompañado de no haber sido por la llamada de aquella mañana. Eran una pandilla de idiotas, pero para cambiar le apetecía un poco de crack y echar una cana al aire. Además, puede que hubiera acabado el domingo en Cave Hill con Noreen. Pero era imposible, el comandante en jefe no permitía que sus hombres se desmadraran.

–Tenía la posibilidad de haber ido a Bangor esta noche –dijo.

–No me digas –respondió Lenihan sin volver la cabeza.

–Van un montón de ex alumnos en el coche de Fergie.

–¿Quién es Fergie? –preguntó cuando entraban en Donegall Street.

–McErlaine. Ya sabes, ese pequeñajo de Eia Street. Su viejo tenía una pescadería en Duncairn Gardens.

–¡Ah, ése! Es un imbécil de campeonato.

–Sí, ya lo sé, pero es de confianza. Sabe tener la boca cerrada.

–Claro, porque si no lo hiciera, alguien se la cerraría. De todas formas, deberías mantenerte alejado de él. Los he visto hacer el payaso más de una vez cuando estaban borrachos. Son esa clase de imbéciles que pierden el control, de veras. El día menos pensado ese tal Fergie logrará que lo detengan y empezará a hablar. ¿Sabes a qué me refiero?

Gearóid tenía fija la mirada en el salpicadero.

–No habría pasado nada por haber ido a Bangor. Sólo quería divertirme un poco.

–Sería perder el tiempo. Bangor es una mierda.

–Estás chiflado. No tiene nada de malo.

–Lo jodieron al construir esos malditos canales. Me acuerdo de cuando íbamos a Bangor los sábados en tren para bañarnos en Pickie Pool. Luego íbamos al parque de atracciones Barry frente al mar. Por un par de libras podías pasártelo de maravilla. Los *dulces* también eran buenos en aquella época y no la mierda que te dan ahora. El mar está medio podrido con toda la mugre que arrojan. Dios sabe qué porquería nos llega de Inglaterra. No les basta con mandarnos su ejército, ahora también pretenden envenenarnos.

–¿Te gusta el *dulce*?

–De vez en cuando, aunque hace años que no lo he probado. El mejor *dulce* es el de Donaghadee, pero ya no recuerdo cuándo estuve allí por última vez.

Se dirigían ahora al norte por Antrim Road. Seamus, por lo menos diez años mayor que Gearóid, era un tipo respetable que había estado preso en Long Kesh y detenido en Castlereagh casi con tanta frecuencia como con la que había comido *dulce*, esas algas secas y saladas con las que todo irlandés del norte relaciona sus días de fiesta junto al mar. Y ahora le hablaba de Pickie Pool y de los buenos ratos que había pasado de joven. Hablaba como un viejo, pensó Gearóid. Su propio hermano había hecho lo mismo, antes de que le mataran de un balazo, y se preguntaba cuándo había tenido Seamus tiempo de hacer esas cosas.

Personalmente, sólo recordaba los disturbios. Y puesto que cuando empezaron tenía la edad necesaria para alistarse, poco conocía a excepción del movimiento. Sin embargo, no le habría importado hacer un viaje de vez en cuando a Bangor, Portrush, o a uno de esos lugares. Sólo él y algunos de los muchachos.

Pero no iba de juerga esta noche.

–¿Tienes alguna idea de lo que sucede?

Seamus movió quisquilloso la cabeza.

–Deberías saber que no se hacen preguntas. ¿Cómo coño quieres que lo sepa? Me han dicho lo mismo que a ti: debemos presentarnos a las seis en la sala de operaciones y esperar nuevas órdenes. Y eso es lo que haremos.

Gearóid asintió. Un voluntario no hacía nunca demasiadas preguntas, porque podría despertar la curiosidad de alguien y dar la impresión de ser un espía. «Tener el pico cerrado y obedecer órdenes» era la clave de la supervivencia en aquella escabrosa profesión, en el supuesto de que se pudiera hablar de supervivencia. En realidad, todo consistía en ingeniárselas como mejor se pudiera para conservar la vida el mayor tiempo posible. Y si uno no se metía donde no le llamaban, ni se iba de la lengua, ni metía la pata, lo obsequiaban con un buen funeral en Milltown, con una boina y unos guantes sobre el ataúd, y una salva de honor a la hora del entierro.

Se detuvieron frente a una casa adosada en una pequeña travesía de Antrim Road, en el barrio de New Lodge. En el socarrén de la fachada había un mural con un hombre enmascarado, sobre el mapa de Irlanda de color naranja, verde y blanco. Bajo el mismo figuraban las palabras de Pádraig Pearse «nunca reinará la paz en Irlanda mientras no sea libre» seguidas de otras de la misma índole: «Esos necios, esos necios, que han dejado a nuestros fenianos muertos». Por mucho que hubiera cambiado, el lugar era tan inamovible como las palabras en las paredes y en los labios de su gente. Duraderas como la muerte, afirmaban.

Se abrió la puerta desde el interior cuando se acercaban. Entraron en un estrecho vestíbulo, semioscuro, que olía a salchichas fritas. Colm O'Driscoll cerró la puerta a su espalda. Tenía aspecto ceñudo, como de costumbre.

–¿Os han seguido? –preguntó el hombrecillo.

Tenía una cadera deformada, según algunos debido a un accidente jugando al hockey y según otros como consecuencia de una larga noche en Castlereagh, en manos de la brigada especial.

–Imposible –respondió Seamus–. No he dejado de vigilar en todo el camino. Si nos han seguido, deben ser muy listos.

–Sí, claro, el caso es que hoy en día esos jodidos lo son. Entrad. Eugene ya ha llegado.

Gearóid recordó un largo poema en inglés, que en una ocasión les había leído en la escuela uno de sus profesores, el padre McGiolla, un hombre bajo y rechoncho con unas gafas que le cubrían la mitad de la cara. Lo había escrito un individuo llamado Yeats, que estaba enterrado en Sligo. Gearóid no había estado nunca en Sligo, jamás había pisado el sur. Puede que algún día, cuando todo hubiera terminado.

De Irlanda venimos.
Un odio muy grande, un espacio exiguo
impedidos desde el comienzo.
Llevo, desde el útero de mi madre
un corazón fanático.

No había comprendido muy bien el poema, pero cuando oyó a McGiolla hablar de la maldad del gran odio, sus palabras hallaron un lugar en la mente de Gearóid. No eran como las estrofas de las canciones patrióticas que le enseñaba su padre, pero tenían una resonancia y un sentido propios. Tal vez debería ir cuanto antes a Sligo, para dedicar algún tiempo a la lectura y la reflexión. A los diecinueve años, sólo había tenido tiempo para odiar.

Colm O'Driscoll, con sus zapatos de Springfield Road y su sucia camisa, nunca habría tenido cabida en un libro de poesía. Era un hombre duro, a quien incluso sus amigos procuraban no enojar. Se decía que había estado en Inglaterra, colocando bombas en bares y cuarteles del ejército, y que la policía de ambos países anhelaba echarle mano, pero nunca había tenido pruebas incriminatorias. A pesar de todo era un buen hombre, con cuatro hermosos vástagos, el mayor de nueve años y el menor de tres. Su hermana cuidaba de ellos desde hacía un año, cuando los realistas habían asesinado a su esposa, de un tiro en la nuca, aprovechando que había salido a comprar leche. Yacía en el cementerio de Milltown, con una lápida tan grande como la puerta de un granero.

La comida que había sobre la mesa no era nada especial, salchichas, tortas de patata y té muy caliente de acompañamiento. Tomaban siempre mucho té antes de entrar en acción porque les ayudaba a mantenerse atentos.

Eugene O'Malley comía un bollo helado, sentado como de costumbre en un rincón, sin dejar de mover el pie al son de una música que sonaba en su mente. El año anterior había ganado el primer premio en Fleadh, él al silbato de hojalata y Paddy Byrne a la guitarra, y un par de años antes, en Boyle, se había proclamado campeón de Irlanda de silbato.

–¿Cómo te va, Eugene? ¿Has traído el silbato?

–¿Tú qué crees? –respondió mientras movía la cabeza en dirección a la puerta–. Hay comida en la cocina si te apetece. Todavía estará caliente. Los puerros son frescos, los han traído hoy.

–Tengo poca hambre, he comido algo en la ciudad. Pero un té y una salchicha me caerán de maravilla –dijo a la vez que se servía una espesa taza de té–. Pensaba ir a Bangor esta noche –añadió.

–Ni lo sueñes.

De pronto se abrió la puerta y apareció Conor Melaugh, el comandante en jefe de su unidad de servicio activo, seguido de una desconocida. Todos permanecieron inmóviles. La mujer, bien vestida, parecía fuera de lugar. Tenía el cabello pardo rojizo y llevaba flequillo. Conor tendría que darles una buena explicación para haberla traído, ya que existía una norma rigurosa de las unidades de servicio activo que obligaba a que sus miembros sólo tuvieran contacto con personas ajenas a las mismas a través de sus comandantes.

–Tranquilos, compañeros –dijo Melaugh–. Quiero que conozcáis a una amiga mía. Os presento a Maureen O'Dalaigh. Todos habéis oído hablar de ella. No es preciso que os explique quién es. Va a deciros unas palabras antes de que salgáis esta noche y quiero que la escuchéis atentamente.

Gearóid suspiró entre dientes. Su nombre les resultaba indudablemente familiar. Maureen O'Dalaigh era un miembro importante del consejo militar y una de las personalidades más destacadas del movimiento. ¿A qué había venido a New Lodge un viernes por la noche?

O'Dalaigh le dio las gracias a Melaugh y permaneció de pie,

observando a los presentes en la sala. Sabía lo que estaban pensando, que el cuartel general la había mandado a la caza de espías, que había un chivato en el oeste de Belfast y que Maureen O'Dalaigh se proponía descubrirlo. Ésa era, entre otras, una facultad que la caracterizaba, la de identificar a los traidores y asegurarse de que eran eliminados, interrogar a algún pobre desgraciado que había despertado sospechas y sonsacarle la verdad a toda costa. Era más dura que cualquiera de los hombres que la rodeaban. Su elegante atuendo e impecable peinado nunca habían supuesto un obstáculo para ella.

–Podéis tranquilizaros –fueron sus primeras palabras–, no he venido en busca de nadie. Estoy aquí para daros órdenes sobre vuestra misión de esta noche. En circunstancias normales, ésta sería la labor de vuestro comandante en jefe, que habría recibido instrucciones del ayudante de brigada. Pero esto está por encima del nivel de brigada y, por razones que comprenderéis inmediatamente, vuestras órdenes deben ser directas.

»En todo caso, lo primero es lo primero. Si alguien pregunta, yo no he estado aquí esta noche. Nunca me habéis visto, ni aquí, ni en ninguna parte. No le diréis nada a nadie sobre las órdenes que vais a recibir, ni sobre la misión propiamente dicha. Y no me refiero sólo a personas ajenas a la organización, sino a los amigos que podáis tener dentro del movimiento y a vuestras propias familias. Al mínimo indicio de que alguien se haya ido de la lengua, todos los miembros de la unidad serán ejecutados. ¿Me expreso con suficiente claridad?

Gearóid sintió un escalofrío. No les brindaba siquiera la alternativa de retirarse. Eran soldados en guerra y retirarse equivaldría a desertar.

–Conor tiene las armas en un coche en la calle. Están impecablemente limpias. Las he obtenido de un cargamento que recibimos ayer. No tenéis por qué saber de dónde proceden, pero podéis estar tranquilos. No han estado en ningún zulo y los británicos no han tenido la más mínima oportunidad de husmearlas.

Por husmear se entendía, en términos militares, la manipulación de armas ilegales, introduciendo generalmente en las mismas pequeños detectores electrónicos. Cuando la policía real de Ulster o el ejército localizaban un escondrijo gracias a la información de algún chivato, cogían las armas y las manipulaban. Había ocurrido a menudo durante la década de los setenta, pero con menor frecuencia últimamente. Más de un voluntario había perdido la vida a consecuencia de dichos trucos.

–Se ha recogido el coche en una casa de Stranmillis Road hace un par de horas. El propietario está de vacaciones y, por consiguiente, tardará una o dos semanas en echarlo de menos. Conor tiene su permiso de conducir y los documentos del vehículo.

O'Dalaigh hizo una pausa y miró de nuevo a todos los presentes. Era una zorra fría y calculadora, pensó Gearóid, se reflejaba claramente en su mirada. Además, aunque hablaba con acento, su lenguaje era culto y de un nivel intelectual superior al de todos ellos. Había oído decir que era abogada, o algo por el estilo. Se preguntaba qué pensaban los demás. Evidentemente había algo importante en perspectiva. Maldita sea, y pensar que habría podido estar en Bangor.

–Debéis dirigiros a Malone House, al sur de la ciudad. Está a la entrada del parque Barnett, cerca del puente de Shaw. Conor os lo mostrará en el plano. Llevaréis rifles de asalto FNC con mirilla infrarroja; según Conor, todos tenéis experiencia con esas armas. Dentro de media hora iréis en visita de reconocimiento, para ver el lugar a la luz del día. Luego regresaréis cuando haya oscurecido.

»Pero quiero que estéis en posición a las once en punto. Ni un minuto de retraso. Si por cualquier razón os retrasáis y no podéis estar allí a las once, la misión quedará anulada. ¿Está claro? Bien.

»Alrededor de las doce oiréis una patrulla del ejército, que se acercará por Malone Road. Un solo Shorland, sin escolta. Además de los soldados, habrá cuatro paisanos en otro vehículo. Son vuestros objetivos. Cuando se apeen de su vehículo, disparad. Tirad a matar y no os precipitéis.

Prosiguió lentamente con sus instrucciones para asegurarse de que la comprendían. Ninguno de ellos, ella incluida, había participado jamás en una misión de tanta importancia y era imprescindible no cometer ningún tipo de error.

–Ahora –dijo para concluir–, quiero que me escuchéis atentamente. Después de lo que sucederá esta noche, seréis hombres muertos si permanecéis en Belfast. Debéis desaparecer. Nadie debe veros el pelo, por lo menos durante un año. Esta misma noche se os llevará al otro lado de la frontera. No quiero que nadie sepa dónde estáis y no se os ocurra a ninguno intentar poneros en contacto con vuestras familias. Se les comunicará a vuestros parientes que estáis bien y que seguís en servicio activo. Cuando se tranquilicen las cosas, os haré llegar una carta.

»¿Hay algo que no haya quedado claro?

Se hizo un incómodo silencio. Hacía calor en la pequeña sala. En la pared brillaba un cuadro rojo del Sagrado Corazón. Desde la calle llegaban las voces de niños que jugaban –la nueva generación de héroes y mártires que garabateaban con tiza en las piedras los nombres que un día se esculpirían en mármol–, y los ladridos rápidos y agudos de un perro, y el familiar ronroneo grave de un Land Rover Hotspur que efectuaba la patrulla habitual.

–¿Cuánto tiempo? –preguntó O'Driscoll.

–¿Cuánto tiempo para qué?

–Lo sabes perfectamente. ¿Cuánto tiempo tendrá que transcurrir antes de que pueda ver de nuevo a mis hijos? Apenas empiezan a adaptarse a la escuela. Ha pasado escasamente un año desde que mataron a su madre.

–Colm –respondió Melaugh–, sé que esto es duro para ti. Pero no hay otra alternativa. Si los pequeños se reunieran contigo, los seguirían. Lo sabes tan bien como yo. Lamento no haber podido avisarte con antelación, pero era imprescindible evitar todo riesgo. Incluso yo me he enterado hoy. No tienes por qué participar en esta misión. Nadie pensará mal de ti. Has ofrecido mucho a la causa.

O'Driscoll miró fijamente a su comandante en jefe. Sabía que lo que decía no era verdad. Uno no podía retirarse de una misión a ese nivel. Al más mínimo susurro sobre la misma en cualquier lugar, él recibiría la primera bala en la nuca. ¿Y quién cuidaría entonces de sus pequeños? No volvió a decir nada más.

Gearóid Lalor se hundió en su silla. Sabía que se enfrentaba a un peligro indefinible, que por fin estaba cara a cara ante la gloria del martirio. Eso era algo de lo que ninguno de ellos podría nunca escapar. Miró a Colm O'Driscoll y recordó otro poema que el hombre enterrado en Sligo había escrito. Era tan bello, que le entraron ganas de llorar.

> Los caballos del infortunio penetran en la dura arcilla:
> Querida, deja caer tus párpados, y el latido de tu corazón
> sobre el mío, y tu cabello sobre mi pecho...

Y pensó en el *dulce*, y en el baile, y en el pescado con patatas fritas, y en la mano de Noreen y en sus labios y en sus pechos, que raramente había acariciado, y en su corazón, que en tan pocas ocasiones había latido sobre el suyo, y se preguntó por qué todo oscurecía y se desgarraba con la caída de la noche.

DOS

Un ligero chaparrón veraniego había dividido el día en dos, y había hecho que la noche se tornara húmeda y desagradable. La hierba donde esperaban tumbados estaba mojada y el río cercano impregnaba el aire con su aguanoso aliento.

Conor Melaugh se alegraba de que la tierra estuviera empapada. Durante los meses veraniegos, aquel pequeño parque era popular entre las parejas que buscaban un poco más de intimidad que la que les ofrecían los locales nocturnos. Temía encontrarse con problemas para preparar la emboscada, incluso a una hora tan avanzada. Sin embargo, en esos momentos estaba seguro de que, a excepción de sus hombres, no había nadie en un radio de quinientos metros.

Estaban sumidos en un extraño silencio, invadido por pensamientos ocasionales que caían como en agua estancada. Melaugh observaba las nubes que envolvían la luna e imaginaba a Seamus Lenihan, que respiraba nervioso a pocos metros de él. La tensión crecía a medida que se acercaba la medianoche.

Hacía siete años que Melaugh se había alistado como voluntario y tres desde que lo nombraron comandante en jefe de su propia unidad de servicio activo. Había visto a muchos hombres ir y venir durante dicho período: asesinados, detenidos, tomados por chivatos y ejecutados, o simplemente que habían huido asustados. Pero, maldita sea, esta noche él también estaba asustado. ¿Quién no lo estaría? Nunca había recibido órdenes como aquéllas, ni instrucciones tan peculiares.

Pero la peculiaridad de la operación era sólo la mitad de la historia. Lo que más le preocupaba era el después, lo que debía hacer cuando concluyera, que se le atragantaba como un hueso en la garganta. Pero no había otra salida, nunca la había. O'Dalaigh había insistido, aunque era innecesario. Era una zorra de cuidado, tan capaz de pegarte un tiro en la nuca como de estrecharte la mano. Su reputación la precedía: no convenía enemistarse con ella, si uno valoraba su propia vida y la de su familia. Si desobedecía sus órdenes, le impondría un castigo ejemplar que la gente recordara a lo largo y ancho de Irlanda.

Estaban tumbados en semicírculo frente a Malone House. Melaugh ocupaba el centro, con Lenihan a su izquierda y O'Driscoll a su espalda en la entrada. A su derecha se encontraba Eugene O'Malley, el músico, y a continuación el joven Gearóid Lalor. Maureen O'Dalaigh había mandado a un sexto hombre para conducir la furgoneta, que estaba aparcada en Dub Lane, a varios metros de la esquina, lista para huir por Upper Malone y Finaghy Road hacia Ladybrook.

Gearóid pensaba todavía en Noreen y, de vez en cuando, en la juerga que se había perdido. Aunque, a decir verdad, en las ocasiones en que había salido no había disfrutado mucho. Pertenecía a una familia de republicanos recalcitrantes, que había ofrecido varios mártires a la causa, y su infancia y adolescencia habían estado comprometidas de un modo u otro con el movimiento.

Aspiró el aire de la noche y pensó de nuevo en Noreen, antes de contorsionarse para acomodarse sobre la hierba mojada. Le habían enseñado a creer en el destino, en el destino de Irlanda, que algún día sería libre, y en su propio destino como soldado que luchaba por la libertad. Pero era difícil pensar en las baladas e imaginarse a sí mismo como hombre de destino, a la cabeza de una muchedumbre enarbolando su estandarte, cuando en realidad le dolían las rodillas acurrucado en un prado mojado, a la espera de matar a un hombre o de morir en el intento.

Cuando faltaban treinta segundos para la medianoche, oyeron un Norland que se acercaba por Malone Road, antes de entrar en el camino que conducía a Malone House. Lo acompañaba un vehículo mucho más ligero. Precisión militar. A las doce, el pequeño convoy paró frente a la escalera del edificio y se silenciaron casi simultáneamente los motores.

El coche era un Jaguar o un Daimler, imposible de distinguir en la oscuridad. Tampoco importaba. Mientras Conor Melaugh observaba a través de su mirilla infrarroja, se abrió la puerta trasera del Norland y, por parejas, se apeó una patrulla de seis soldados con chalecos antibalas y fusiles H&K MP5. Era un destacamento de la compañía B, adscrita al batallón motorizado de Belfast (OPCON BRB), según les había contado O'Dalaigh.

En el momento en que ocuparon sus posiciones, el conduc tor se bajó del coche y abrió rápidamente las demás puertas. Se apearon cuatro pasajeros, tres hombres y una mujer. Al igual que el conductor, iban vestidos de paisano. Hasta ahora, todo sucedía como a Melaugh se lo habían contado.

Los cuatro paisanos empezaron a andar en dirección al edificio y el conductor cerró las puertas del vehículo.

Melaugh esperó un par de segundos, quería que estuvieran todos al alcance de sus disparos. Apuntó a la mujer y apretó el gatillo. Se oyó un fuerte chasquido y ella cayó hacia delante, como si hubiera recibido una fuerte pedrada. Los hombres que la rodeaban, como tres siluetas oscuras contra la fachada de piedra que parecían moverse a cámara lenta, empezaron a volver la cabeza y a correr confundidos en distintas direcciones. Pero de pronto se estremecieron, como si unos dedos invisibles hubieran tirado de alguna cuerda, y se desplomaron al suelo.

Los soldados, junto al Norland, se limitaban a observar. Exactamente como se les había prometido, no levantaron un solo dedo, ni siquiera cuando O'Malley se acercó a la escalera y acribilló con su fusil ametrallador a las víctimas postradas. Melaugh vio la expresión en sus rostros, distorsionados por el fulgor fantasmagórico de la mirilla infrarroja. Los miraba fijamente a los ojos, y ellos sabían que los miraba, y él sabía que le matarían si pudieran. Sus caras eran el retrato de una ira impotente y de un odio profundo y terrible. Algunos de sus padres habían luchado también en aquella prolongada guerra.

Cuando en el parque retumbó la última ráfaga, Conor se puso de pie. Estaba cansado y asustado. ¿Y si, después de todo, se tratara de una doble traición? Consideraba a O'Dalaigh perfectamente capaz de sacrificar una unidad completa de servicio activo a cambio de lo que se hubiera conseguido aquella noche.

Eugene O'Malley se reunió con los demás.

–Vamos, muchachos, larguémonos de aquí.

Después de reagruparse se dirigieron apresuradamente a la furgoneta. El motor estaba en marcha, listo para arrancar. Nadie quería quedarse atrás. Aunque la patrulla que estaba junto al edificio cumpliera lo acordado, no tardarían en llegar otras de la policía de Ulster y del ejército, que los abatirían a balazos sin formular preguntas ni sentir remordimiento alguno.

–Es para que parezca verosímil –le había dicho Maureen O'Dalaigh a Conor por la tarde–. Nadie creería que los soldados hubieran disparado sin alcanzar a nadie. Necesitan un cadáver para exhibirlo ante los medios de comunicación, una especie de compensación por el terrible desastre que tú y tus muchachos provocaréis.

Incluso entonces se puso furioso.

–¿Quieres sacrificar a uno de nuestros propios voluntarios sólo para salvaguardar su reputación?

–No, no se trata de salvaguardar su reputación, sino de evitar el fracaso de toda la operación –había respondido O'Dalaigh moviendo la cabeza–. Esa muerte hará que parezca real, convencerá a las autoridades de que los británicos abrieron fuego cuando estabais allí. Así debe ser, Conor. Lo siento, no hay otra alternativa.

Y así es como era ahora. Cuando llegaron a la furgoneta, Conor estaba junto a Gearóid Lalor. Se había asegurado de que estaban todos.

–Maldita sea, Gearóid –dijo con un nudo en la garganta–. He olvidado mi maldita Browning. ¿Te importaría ir rápidamente por ella mientras instalo a los muchachos en la furgoneta? La encontrarás en seguida, está junto a ese gran árbol. Los soldados nos observan atentamente, saben quién eres.

–De acuerdo, Conor. Tardaré sólo un momento.

Conor no miró, pero oyó claramente los disparos cuando esos cabrones abrieron fuego. Cuando dejaron de disparar, debían de haber rellenado el cuerpo del muchacho con suficiente plomo para construir una cañería. Conor estaba nauseabundo, furioso y confundido.

–Larguémonos de aquí –dijo.

Oía todavía la voz de Gearóid en su mente: «Tardaré sólo un momento».

TRES

Cuartel general de policía
Área metropolitana
Harcourt Street
Dublín
Miércoles, 6 de septiembre
09.15 horas

Declan Carberry se había despertado con jaqueca por cuarta mañana consecutiva. Le había sucedido tres veces la semana anterior. Y cinco la precedente. «Moledora», «aporreadora» o, con mayor frecuencia, «detonadora»... A todas les había puesto un nombre y las empezaba a contar. No tardaría en registrarlas en un cuaderno. Inicio, duración, intensidad, causa posible. A este paso tendría que acudir a Brannigan, pero era lo último en el mundo que le apetecía hacer. Brannigan era uno de esos médicos a los que gusta atosigar a la gente. «Tómese una de estas gotas, tráguese eso, deje de hacer tal cosa.» Con toda seguridad le ordenaría que se tomase un descanso, y eso era algo que en este momento no se podía permitir. Ni el mes próximo, ni dentro de un año.

Además, Brannigan acostumbraba a hablar, a indagar: «¿Qué ocurrió antes de que empezaran las jaquecas? ¿Hay algo en particular que las provoque?». Con las viejas abarcas y el jersey jaspeado que usaba en la consulta, se consideraba una especie de consejero. «¿Está usted tenso, angustiado? ¿Hay algo en particular que le preocupe? ¿Cuándo hizo el amor por última vez?»

Maldita sea, pensó, al tiempo que extendía el brazo sobre el escritorio para acercar el informe del atentado en el bar de O'Donoghue. Conocía perfectamente su dolencia y Brannigan no podía recetarle ninguna pócima para curarla.

Hasta un niño habría sido capaz de diagnosticar las jaquecas de Declan Carberry: una esposa a la que había dejado de querer pero de la que no podía divorciarse, una propensión a trabajar excesivamente, y su cargo como jefe de la unidad especial de detectives de la policía secreta de la república irlandesa, especialmente responsable del antiterrorismo. Le parecía sorprendente que la tensión le provocara sólo jaquecas. Hombres de su edad, con problemas parecidos a los suyos, morían a diario de infartos cardíacos. Puede que tuviera un tumor en el cerebro.

Aunque modificaran la ley del divorcio, cuya perspectiva parecía tan remota como siempre, su situación no mejoraría. Seguiría sin poder divorciarse de Concepta. Por si no bastara con el hecho de haberse convertido en todo lo que detestaba –ostentosa, presumida, dominante y autocompasiva–, Concepta era la hermana del primer mandatario irlandés. O, para expresarlo en términos históricos, su hermano, Pádraig Pearse Mangan, había avanzado paso a paso de propietario de una granja de pollos a diputado en representación de Limerick West, luego a líder de Fianna Fail y a primer ministro.

De modo que, aunque el divorcio se legalizara, Pádraig Pearse nunca le permitiría a su hermana divorciarse. Concepta era uno de sus recursos más importantes. Estaba presente en las funciones del partido, organizaba bailes benéficos, recibía a estadistas y diplomáticos extranjeros, y se había convertido prácticamente en un personaje imprescindible del mundo social. Gay Byrne la quería. Pat Kelly la adoraba. Gozaba de casi tanta popularidad como el propio presidente. Para Navidad aparecían juntos en la residencia familiar cerca de Limerick, donde eran fotografiados con sus ancianos padres, primos, sobrinos y sobrinas.

Pádraig Pearse, que insistía en utilizar ambos nombres, ¿y por qué no?, era viudo. Hacía cinco años que un cáncer había precipitado a su bendita Geraldine a la vida eterna y Concepta, sin perder nunca de vista la gran oportunidad, había manifestado inmediatamente su disponibilidad a rellenar el hueco y sacrificarlo todo por Irlanda.

–Mi hermano me necesita –exclamaba repetidamente.

Su hija ya era mayor, su marido estaba muy ocupado y, por consiguiente, su hermano y el partido ocupaban el primer y último lugar en sus prioridades.

Declan permaneció inmóvil hasta que dejó de darle vueltas la cabeza. Cuando era más joven, por lo menos podía atribuir aquel estado matutino al abuso de alcohol de la noche anterior, pero ya hacía un par de años que bebía moderadamente y la noche anterior no había probado una gota de licor. Puede que eso fuera lo que le faltaba. Tal vez, después de todo, había llegado el momento de volver a la botella. Su cuerpo le decía algo, de eso no cabía la menor duda, pero, lamentablemente, le hablaba en un idioma extranjero.

Siete muertos y treinta heridos, y lo único en lo que era capaz de pensar Declan Carberry era en que su esposa no le amaba. Después de refunfuñar, empezó a repasar por cuarta vez el informe.

La bomba había estallado hacía dos noches en el bar de O'Donoghue, en Merrion Row, un par de minutos después de las nueve. Para empeorar la situación, el local estaba lleno de turistas, norteamericanos e ingleses entre otros, y las consecuencias sólo empezaban a manifestarse. Debería acudir a reuniones en las embajadas británica y norteamericana, y si moría alguno de los heridos, podría añadir a la lista la francesa y la holandesa. En el Ministerio de Asuntos Exteriores, en Saint Stephen's Green, el nuevo ministro, Ciaran Clark, recibía llamadas desde todas partes. El día anterior había llamado a Declan una docena de veces para pedirle confirmación.

–¿Confirmación? –protestó Declan–. ¿Qué coño quieres decir con «confirmación»?

–De que no habrá otros incidentes. De que tienes la situación bajo control. Maldita sea, esto podría acabar con la temporada turística. Además, está lo de la presidencia de la Comisión Europea para el próximo año. Debemos poder asegurarles a los extranjeros que esto no volverá a suceder.

–Ciaran, yo no soy Jesucristo.

–Nunca se me había ocurrido que lo fueras. Pero eres el jefe de la unidad especial de detectives y forma parte de tu trabajo evitar el terrorismo en las calles.

Declan se había hecho cargo personalmente de la investigación, en lugar de dejarla en manos de uno de sus subordinados. Dos de ellos, Coyle y Grogan, colaboraban estrechamente con él, quien a su vez trataba directamente con el comandante en jefe de la policía irlandesa, pero se había hecho responsable de investigar el atentado y ya lo lamentaba.

Un coche patrulla salió del cuartel general con la sirena encendida. Declan suspiró y dejó caer el informe sobre la mesa. No podía concentrarse. Cuando no le llamaba Ciaran Clark, lo hacía su bendito cuñado. Pádraig Pearse le había telefoneado varias veces el día anterior. No era nunca tan exigente como el ministro de Asuntos Exteriores, pero no necesitaba serlo.

Sonó el teléfono y Declan se preparó para empezar de nuevo a eludir preguntas. Aquello no era auténtico trabajo policial y quería estar en el lugar de autos, o donde la investigación le condujera. Sintió que se aceleraba su jaqueca.

Entretanto, siete inocentes yacían en ataúdes y otros treinta en el hospital, algunos de ellos con la cara desfigurada, otros sin extremidades y varios de ellos sin ninguna esperanza de vida. Tenía sus nombres, edades y fotografías en el informe, así como detalles de sus heridas, que pululaban por su mente como partículas de polvo en el espacio. Algunas de las víctimas eran más jóvenes que su hija Máiréad. Y todas tenían familia. Descolgó el teléfono.

–Carberry.

–Declan, soy Austin McKeown. ¿Dispones de un par de minutos?

Declan se incorporó. Austin McKeown era el comandante en jefe de la división E3 de la brigada especial de la policía real de Ulster, responsable del servicio secreto en Irlanda del Norte. Él y Declan se reunían frecuentemente para hablar de la seguridad fronteriza y, a lo largo de los años, habían llegado a ser buenos amigos. Sin excesiva intimidad, por supuesto, ya que como se le recordaba de vez en cuando a Declan, el cuñado del primer mandatario irlandés debía elegir cuidadosamente a sus amigos.

Austin ya se había puesto en contacto con él, cuando todavía no había transcurrido una hora del atentado. La policía real de Ulster había iniciado su propia investigación, ya que con casi toda certeza el responsable de la bomba era algún grupo realista del norte.

–¿Cómo estás, Austin? –preguntó Declan mofándose, como de costumbre, del acento norteño de su compañero.

–No puedo quejarme, Declan. Dime, ¿dispones de un rato libre a la hora del almuerzo?

–Puedo organizarlo, desde luego.

–Voy a bajar. Me gustaría verte.

–Necesito hablar contigo ahora. ¿Por qué no vienes a Harcourt Street?

McKeown titubeó unos instantes y cuando volvió a hablar Declan detectó un nerviosismo inusual en su voz.

–Preferiría verte a solas, Declan, si no te importa. ¿Podríamos reunirnos en otro lugar?

Declan reflexionó con rapidez.

–Reúnete conmigo en Bewley's, en Grafton Street, a la una. En la planta baja.

–Allí estaré. Por cierto, Declan, no se lo menciones a nadie.

Percibió de nuevo su nerviosismo, como si mirara por encima del hombro.

–¿Está relacionado con lo de O'Donoghue, Austin?

–No puedo hablar por teléfono. Te lo contaré cuando nos veamos.

El norteño colgó el teléfono. Declan posó suavemente el auricular y se reclinó en su asiento. Nunca había notado a Austin McKeown tan tenso como ahora. ¿Qué le sucedería?

Sonó el teléfono de nuevo. Declan percibió que su jaqueca recuperaba el vigor anterior. Descolgó el auricular.

–Carberry.

–Papá, soy yo.

Se relajó. Siempre le alegraba hablar con Máiréad, a la que últimamente no oía tan a menudo como desearía. Hacía un año que se había ido de casa, tras conseguir un trabajo en el departamento de turismo, y se había instalado muy a gusto en un pequeño piso de Ballsbridge. Él quería que fuera a la universidad, pero ella prefería ganarse la vida por su cuenta. En todo caso, aseguraba Máiréad, hoy en día era habitual que la gente siguiera más adelante sus estudios y un poco de experiencia de la vida no perjudicaba a nadie.

–¿Cómo estás, cariño?

–Muy bien, papá, pero me gustaría verte.

Refunfuñó para sus adentros. Nada le apetecía tanto como reunirse con Máiréad, pero hoy tenía ya todo el día comprometido y el resto de la semana sería probablemente una pesadilla, sobre todo si Austin McKeown le facilitaba alguna pista.

–Me encantaría, Máiréad, pero ya sabes que estoy muy ocupado con lo del atentado del lunes.

–Serán sólo unos minutos, media hora a lo sumo.

–Cariño, no recuerdo la última vez que había estado tan ocupado.

–El mes pasado también estuviste ocupado con aquel asunto del tráfico de armas. –Hizo una pausa, aparentemente cansada, a punto de echarse a llorar–. Papá, necesito verte.

–¿Tienes algún problema, Máiréad? Pareces disgustada.

–Estoy bien. Pero esto es importante. Acabo de trabajar a las cinco. ¿Puedo verte entonces?

Declan suspiró.

–Pasaré a recogerte.

Habría reconocido a Austin McKeown en cualquier lugar, incluso en una sala repleta de gente. El norteño se ponía siempre el mismo traje para ir a Dublín, que usaba desde que Declan pudiese recordar. Era un traje verde, confeccionado por un sastre de Limavady, ciudad natal de Austin, con el que el pobre hombre parecía un campesino ataviado para la feria de Balmoral. A Declan siempre le había inspirado lástima su traje, pero le apreciaba demasiado para decírselo.

Bewley's estaba abarrotado de gente, pero lograron apretujarse en un rincón. Parecía que medio Dublín se hubiera concentrado en el local y el otro medio esperara en la cola para entrar.

–Debo reconocer que su pan es extraordinario –dijo Austin mientras maniobraba para instalarse en su silla y dejar la bandeja sobre la mesa–. Le llevé uno a mi esposa la última vez que estuve aquí y no dejó de alabarlo en varias semanas. «Cuando vuelvas a Dublín, quiero que me traigas más», me repetía constantemente.

Durante un rato hablaron del pan y de los pasteles, tomaron té y movieron de un lado para otro la comida de sus platos. Ninguno de ellos tenía hambre y la jaqueca de Declan se había estabilizado en el nivel que denominaba «moledor». Esperaba que no progresara; el segundo nivel, «aporreador», era atroz. Ciaran Clark le había llamado tres veces por teléfono, el ministro de Justicia dos veces y el primer ministro una vez.

–¿Qué te ha traído a Dublín, Austin? –preguntó finalmente Declan.

McKeown vació su taza de té y la dejó temblorosamente sobre el plato. Era un individuo delgado, hijo de un agricultor, con un cuello canijo alrededor del cual podía haber llevado indistintamente un alzacuello blanco católico o un collarín anaranjado protestante. Su voz rústica y potente llamaba la atención de las mesas circundantes.

–He oído decir, Declan, que los jardines de Trinity College son hermosos en esta época.

–Es cierto, pero hay tantos turistas que es difícil ver los jardines. ¿Quieres que te los muestre?

–Me encantaría.

Dieron un corto paseo. Austin no abrió la boca hasta después de cruzar el portalón de la facultad y llegar al primer patio. Estudiantes que preparaban los exámenes de septiembre se mezclaban con turistas en busca del libro de Kells.

–Lamento el melodrama de capa y espada, Declan, pero prefiero que sigamos andando.

–No tienes por qué disculparte. Ambos trabajamos en lo mismo. Yo me sentiría nervioso si estuviera en tu parte del país.

Hasta hace unos pocos años, la unidad especial de detectives que dirigía Declan se denominaba brigada especial, y su función era semejante a la de su homónima en el norte y en el resto del Reino Unido: vigilancia y prevención de la subversión y el terrorismo internos.

–Escúchame, Declan, antes de hablarte, debes asegurarme que no intentarás localizar mis fuentes, ni hacer nada que pueda ponernos a mí o a mis colegas en peligro.

–Por Dios, Austin, no es preciso que me lo digas...

–Y que no le dirás ni una palabra de esto a nadie. Si se averigua que te lo he revelado...

Declan movió la cabeza en sentido negativo.

–Eso no puedo prometértelo, Austin. Sabes que no puedo, especialmente si está relacionado con la seguridad nacional.

McKeown titubeó unos instantes y finalmente asintió.

–Sí, tienes razón. Pero debes ser cauteloso. No te vayas innecesariamente de la lengua.

Declan procuró aparentar que le ofendía tal sugerencia. A su alrededor se elevaban los edificios grises hacia un cielo jironado. Pasó una joven cargada de libros, con el pelo recogido en la nuca por una cinta roja. Un muchacho con vaqueros la observaba desde una esquina y no le quitó la vista de encima hasta que desapareció por una puerta abierta.

–Es sobre lo de O'Donoghue, ¿no es cierto, Austin? –preguntó Declan, procurando inducir a su amigo a que le contara lo que se proponía.

El hombre asintió lentamente y juntó las manos. No parecía sentirse cómodo con su traje invernal. Un ferviente protestante en el país de los papistas, desprotegido y sin recursos.

–Sabrás –empezó a decir– que hace un par de semanas hubo un tiroteo en Belfast, el quince de julio, en el que fallecieron tres hombres y una mujer, además de un pistolero del IRA provisional.

Declan asintió.

–Sí, estoy al corriente. Tuvo lugar cerca de Lagan, ¿no es cierto? Nuestros hombres vigilan todas las zonas fronterizas en busca de la unidad de servicio activo.

–Dudo que los encontréis. Ahora ya deben de estar perfectamente escondidos. No fue un atentado común.

Según la versión oficial que el cuartel general de la policía real de Ulster, en Knock, le había facilitado a Declan, las cuatro víctimas eran funcionarios de Ofwat, organización responsable de la supervisión de las juntas regionales de la administración del agua en Gran Bretaña. Se encontraban en Belfast para organizar un programa de prueba de nitratos y se suponía que los habían tomado por soldados de paisano.

–Eso ya lo suponía –respondió Declan–. Para empezar, nunca creí que el convoy militar pasara por casualidad en el momento de la emboscada.

McKeown asintió de mala gana. No era responsable de la tapadera y sabía que, incluso superficialmente, era inverosímil.

–Supongo que las cuatro víctimas pertenecían a una organización más elitista que Ofwat –prosiguió Declan–. Apostaría por el cinco, ya que actualmente el seis no parece inmiscuirse demasiado en los asuntos de la provincia.

–Pues tienes razón. Además, no eran agentes comunes del MI5. La mujer, Jean Whitmarsh, era la subdirectora general. Y los tres hombres pertenecían a la brigada T: el jefe de la brigada y dos ex agentes del F5.

Declan comprendió inmediatamente la importancia del incidente. La función principal de la cada día más poderosa brigada T del MI5 era el antiterrorismo. Entre las antiguas divisiones a las que había sustituido se encontraba la F5, inicialmente responsable de controlar el terrorismo irlandés.

–Habían llegado para celebrar una reunión en Malone House –prosiguió McKeown–. Tengo entendido que iban a dialogar con un grupo de líderes realistas, mitad políticos y mitad paramilitares. Se proponían hacer un pacto. Desconozco los detalles, pero esencialmente intentaban garantizar la presencia militar británica en el norte durante un futuro indefinido, no inferior a diez años.

»Los realistas debían abandonar todo proyecto de separar Irlanda del Norte del Reino Unido. A cambio, el MI5 facilitaría a sus paramilitares información secreta del más alto nivel, sobre republicanos en general y el IRA en particular. Ya se había hecho antes, pero en esta ocasión sería mucho más sofisticado. Creían poder eliminar el IRA en un período de tres años.

Declan soltó un silbido.

–¿Habría funcionado?

McKeown se encogió de hombros.

–Quién sabe. La posibilidad existía.

–¿Hasta qué punto es fiable tu fuente de información?

McKeown se frotó la barbilla.

–Inmejorable. Su apodo es el Tamborilero. Toca el tambor de Lambeg en una banda protestante. Un instrumento terrible, capaz de desgastar la mano hasta la muñeca. Utilizo sus servicios desde hace siete años y nunca ha cometido un solo error.

–¿No podría facilitarte información falsa?

McKeown negó con la cabeza.

–Imposible. Me tiene más miedo a mí que al viejo Nick.

–No me sorprende que el IRA se arriesgara con la emboscada. ¿No intentaron aprovechar la oportunidad de aniquilar a los realistas?

–No estaba prevista su llegada hasta media hora después. Además, los miembros del IRA provisional son perfectamente conscientes de que aniquilar a la mitad de los dirigentes realistas habría provocado excesivas represalias.

–Pero lo de O'Donoghue ha sido una represalia, ¿no es cierto?

–Claro, por supuesto. Ésa es la razón por la que te lo cuento. Te aconsejo que no hurgues demasiado. Si profundizas más de la cuenta, puede convertirse en algo muy desagradable.

–Ya lo es.

–Puede empeorar. Sólo te sugiero que, de momento, te limites a cubrir el expediente. Cuando podamos, encontraremos a alguien indicado para que le cargues el muerto.

–Me adviertes de que no me meta con la gente importante, ¿no es eso?

Austin negó con la cabeza.

–No me interpretes mal, Declan. Hasta ahora siempre has sido justo conmigo y espero haberlo sido contigo. No pretendo proteger a nadie. También me gustaría echarles la mano encima a esos cabrones, créeme. Pero este asunto podría estallarnos a ambos en la cara. No puedo demostrarlo, pero estoy convencido de que la patrulla militar que custodiaba a las víctimas había recibido órdenes de no intervenir. Las pruebas forenses no cuadran. Sin embargo, es preferible no meter las narices.

–Eso es precisamente lo que debo hacer, Austin. Para eso me pagan. Lo mismo que a ti.

–No. A los hombres como tú y yo nos pagan para conservar la paz, no para meternos donde no nos llaman. Hazme caso, te aseguro que inmiscuirse en este asunto puede provocar reacciones inimaginables a ambos lados de la frontera. Si estás dispuesto a seguir mi consejo, te concentrarás en la búsqueda de esa unidad de servicio activo, y dejarás que yo y los que sabemos cómo tratar a esos muchachos nos ocupemos de ellos.

–¿Y si una cosa me lleva a otra?

–No acabas de comprenderlo, ¿verdad, Declan? La próxima vez no será una bomba en un bar. Podrían ir a por ti.

–Supongamos que lo hagan. E imaginemos que sobrevivo. ¿A quién acudo en busca de información? ¿A ti?

McKeown movió decididamente la cabeza.

–De ahora en adelante no quiero saber nada de este asunto –titubeó–. Pero si las cosas se descontrolan, hay un individuo al que puedes acudir.

–¿De quién se trata?

El norteño titubeó.

–Declan, si te doy su nombre, debes prometerme que no lo escribirás en ninguna parte ni se lo facilitarás a nadie.

–De acuerdo. Sólo lo sabré yo.

–Se llama Wetherell, capitán Richard Wetherell. Pertenece al servicio secreto militar británico, departamento catorce de Lisburn. Te daré su número privado. Hace aproximadamente un año se le encargó investigar este género de asuntos. Espera un poco, Declan. Deja que se tranquilicen las cosas. Y, por lo que más quieras, ten mucho cuidado cuando te pongas en contacto con él.

CUATRO

Dublín
Miércoles, 6 de septiembre
17.48 horas

–Papá, estoy embarazada.

Las palabras flotaron en el aire como pequeñas bombas a punto de estallar. Cerró los ojos, para aferrarse durante unos preciados momentos a la convicción de que su hija era todavía una niña y de que el problema de que quería hablarle era una simple riña con alguna monja de la escuela.

Abrió los ojos y ella seguía allí, al otro lado de la mesa, y no era una niña sino una joven ansiosa con un traje de chaqueta gris, que necesitaba su ayuda y su comprensión. Sintió el deseo de abrazarla, de decirle que todo se arreglaría, que él cuidaría de ella. Paradójicamente, las palabras que acudieron a su mente fueron «zorra» y «puta», pero reconoció en las mismas la voz de su propio padre y las silenció antes de que causaran mayor daño.

–¿Quién es el padre? –preguntó–. ¿Michael?

Ella asintió y dejó sobre la mesa la cuchara que tenía en la mano. La había recogido en la oficina principal del Bord Fáilte, en O'Connell Street, y la había llevado a una pequeña heladería cercana. Ahora comprendía que había sido un gesto inconsciente, puesto que aquél era el lugar al que la llevaba frecuentemente de niña.

–¿Entonces vais a casaros?

Al pronunciar aquellas palabras, se sintió crecientemente decepcionado. Nunca le había impresionado particularmente Michael, que no era el compañero que imaginaba para su querida hija.

Máiréad movió lentamente la cabeza y levantó una mano

para apartar su larga cabellera de los ojos. Su padre se percató de que estaban a punto de saltársele las lágrimas.

–No, papá, no pensamos casarnos. A decir verdad, no estoy segura de que sigamos mucho tiempo juntos. No estamos hechos el uno para el otro.

–¡Dios mío! –exclamó–, ¿no es un poco tarde para pensar en eso?

No obstante, se sintió aliviado.

Ella le miró candorosamente, consciente de que ya debía reprocharse lo que acababa de decir.

–¿Tú crees, papá? Es preferible hacerlo ahora que más adelante. ¿No te parece?

Declan no respondió. A lo largo de la mayor parte de su vida se había visto obligado a soportar sus propios fracasos en el terreno amoroso.

–Escúchame, papá, quiero este hijo. Estoy muy ilusionada. Pero no quiero casarme con Michael. La razón por la que te lo cuento es para evitar problemas más adelante. Mamá me mandaría a Inglaterra para abortar, y yo no quiero hacerlo. Y en cuanto a mi tío Pádraig... bueno, querrá quitarme de en medio por si se entera la prensa. Recuerda el discurso que hizo en el Dáil a principios de año, en el que calificó de antinaturales a los padres solteros.

–Claro que lo recuerdo. Condenó la fornicación, los anticonceptivos, el aborto y los padres solteros. Creo que tampoco es partidario del consumo de helados. No obstante, te tiene mucho cariño. Hablaré con él. Quien me preocupa es tu madre. Se pondrá furiosa. De todos modos, tú ya lo sabes. –Hizo una pausa–. ¿Cuándo está previsto el parto?

–La primera semana de febrero.

–¿Entonces hace tres meses que lo sabes?

Se encogió de hombros.

–Más o menos. Todavía no se nota. Pero dentro de poco no podré ocultarlo y me inquieta que mamá lo adivine.

–Hablaré con ella esta noche –titubeó–. Máiréad, sé que no te gustará lo que voy a decirte, pero creo que ir a Inglaterra no sería mala idea. Piénsalo. ¿Existe alguna posibilidad de que te destinen a la oficina de Londres del Bord Fáilte?

Austin McKeown puso la segunda, dispuesto a pararse en el control que tenía delante. El viaje de regreso había sido largo y esta noche todavía tenía una reunión en el cuartel general de Lisburn. Se había encontrado con una desviación después de Dromore, pero esperaba reemprender en breve el camino de Hillsborough.

Durante todo el camino no había dejado de pensar en su conversación con Declan Carberry. Nadie en su propio departamento sabía que había ido a Dublín y habría preguntas embarazosas si lo averiguaban. Pero no podía dejar que las cosas se resolvieran por cuenta propia. Carberry era astuto y disponía de buenos investigadores que trabajaban para él. En todo caso, el servicio secreto del sur era mejor que el del norte. Austin McKeown era uno de los pocos que sabía lo atroz que había sido el desastre de Chinook, en junio de 1994, para la seguridad de Irlanda del Norte.

El helicóptero se había estrellado en el monte de Kintyre, cuando se dirigía a una conferencia en Inverness. Transportaba a seis agentes del MI5, incluido el subdirector general, diez agentes de la policía real de Ulster, entre ellos un subdirector y dos comisarios, y ocho militares, entre los que se encontraban dos tenientes coroneles y cinco comandantes. Todos ellos disponían de un caudal de datos secretos y unos conocimientos internos irreemplazables. El servicio no había logrado recuperarse desde su muerte.

Eso había dejado el campo libre a mostrencos como el puñado de agentes del MI5, que habían intentado hacer un pacto con los paramilitares realistas. Y Austin McKeown sabía que si Declan Carberry y su equipo empezaban a indagar los hechos reales tras el atentado de Dublín, no podrían evitar encontrar pistas que los conducirían a los culpables, aunque sólo fuera por el precario estado de la seguridad. También sabía que si Declan llegaba a tal punto, el primer ministro no era de los que guardan silencio para no despertar la jauría. Aunque en este caso se trataba de perros capaces de degollar sin el menor murmullo.

Vio en la carretera a cuatro soldados del regimiento de defensa de Ulster, frente a su Land Rover. Cuando miró por el retrovisor, le sorprendió percatarse de que los pocos coches que le seguían desde Dromore habían desaparecido. Delante de él la carretera estaba desierta.

Jimmy Bryce aceleró el paso. No quería llegar tarde a la reunión, no le apetecía llamar la atención. Aquello ocupaba la mitad de su mente y por lo demás pensaba en el trabajo que le esperaba en Glasgow, si lograba convencer a su esposa para que se trasladaran. Sabía que no le gustaría, que detestaba toda clase de cambio, pero si lograba irse a Glasgow, tal vez más adelante se introduciría en Inglaterra y podría librarse definitivamente de todo. Por «todo» entendía su doble vida, como capitán de cuartel de la asociación de defensa de Ulster y como confidente de la policía.

Creía que Austin McKeown le permitiría marcharse, e incluso puede que le ayudara a trasladarse. ¿No le había facilitado suficiente información a lo largo de los años? ¿Y no era valioso lo que le había comunicado recientemente sobre el MI5?

Entró en Woodstock Road. No había visto a ningún conocido aquella noche en la calle, a excepción de la señora Maguire, que se dirigía al bar. Su hijo mayor tenía un buen empleo en una empresa de ingeniería de Glasgow y había escrito hacía un par de días para decir que necesitaban un buen electricista. Tendría que darle una respuesta a Brian antes del fin de semana, no le guardarían eternamente el empleo. Estaba prácticamente decidido, aceptaría el trabajo si lograba convencer a Annie y se lo permitía la policía. Le habían estrujado hasta el tuétano, le debían una nueva vida. Tenía sólo cincuenta y un años, le quedaba mucho por vivir.

Llamó, la puerta se abrió y entró inmediatamente. Había cuatro personas en la pequeña sala: Cairns, Brown, Massey y Martin.

–¿Qué ocurre? –preguntó–. Parece como si se os hubiera atragantado la cena.

Tommy McCracken cerró la puerta a su espalda.

–Siéntate, Jimmy. Queremos hacerte algunas preguntas.

Declan suspiró. En torno a ellos, parejas y familias charlaban y se reían, mientras comían helados en unas altas copas de cristal. La luz era abundante, todo brillaba.

–¿Ir a Inglaterra? Santo cielo, papá, cualquiera diría que estamos en los años cincuenta.

Declan miró a su alrededor. Había acudido de niño a aquella heladería. Apenas había cambiado nada.

–En cierto modo, así es –respondió.

Echó una ojeada al espejo de la pared y vio a un hombre solo con un anorak. ¿Era su imaginación, o los había estado observando?

–Hablaremos juntos con ella –añadió–. Pero no podías haber elegido peor momento. Ayer tu madre y yo tuvimos una terrible discusión. Le he dicho que pienso irme de casa.

–Maldita sea, papá, ¿otra vez?

–Ahora las cosas están muy mal, cariño. Si no fuera por el bendito Pádraig y el impacto que causaría en las próximas elecciones, creo que ya me habría puesto de patitas en la calle.

–¿Crees que el tío Pádraig intentaría retenerte?

–No explícitamente...

Declan dirigió la mirada al espejo sin mover la cabeza. El hombre del anorak se había sentado a una mesa más próxima a ellos. Declan cambió imperceptiblemente de posición, para poder observarle sin que fuera evidente que lo hacía.

–¿Le importaría apearse del coche, señor?

Austin se llevó la mano al bolsillo interior de la chaqueta, en busca de sus documentos de identidad.

–Me llamo McKeown –dijo– y soy detective en jefe de la brigada especial. Llego tarde a una reunión en los cuarteles de Thiepval –añadió, al tiempo que le entregaba los documentos al soldado por la ventana abierta.

–No me cabe la menor duda, señor. Pero ¿le importaría apearse?

Aquel individuo no era de la región. McKeown se percató por su acento de que procedía de Belfast. Y, a juzgar por su aspecto, no hacía mucho que pertenecía al regimiento.

Abrió la puerta y bajó al asfalto. La carretera era estrecha, con olmos a ambos lados de la misma. En uno de los árboles, alguien había colgado un letrero de hojalata en el que se leía: «Jesucristo es nuestro redentor».

–¿Quién es su comandante? –preguntó McKeown–. Este control no es correcto.

El soldado no le prestó atención. Austin miró a su alrededor. Era extraño. Debería haber habido más tráfico en una desviación entre dos ciudades importantes.

–¿De dónde viene, señor? –preguntó el soldado.

–Eso es confidencial. Ya he perdido bastante tiempo. Devuélvame los papeles y permítame ir a mi reunión.

El soldado negó con la cabeza.

–Eso no será posible, señor.

–¿Qué diablos quiere decir?

Como respuesta el soldado levantó su arma. Era un subfusil ametrallador, pero no de los reglamentarios y, en todo caso, más corto que un Uzi. Fuera cual fuese su procedencia, no pertenecía al ejército. El soldado lo agarró con ambas manos y apretó el gatillo. Lo último que Austin McKeown vio fue el cartel del árbol que se inclinaba y se alejaba de él en un campo rojo.

El soldado vació el cargador, dio media vuelta y regresó lentamente al vehículo en el que había llegado con sus compañeros. Un helicóptero que circulaba a gran altura descendió y después se perdió velozmente en la lejanía.

Estaba aturdido. Sentía náuseas, pero el aturdimiento le impedía vomitar. Todos los presentes en la sala eran sus amigos, pero era consciente de que ninguno de ellos levantaría un dedo para ayudarle. Lo sabían todo. Habían descubierto una gruesa ficha de la policía real de Ulster, con su apodo: el Tamborilero. Ahí debía de estar todo, hasta el último detalle de la información que le había facilitado a Austin McKeown y los nombres de todos los hombres a los que había delatado a las fuerzas de seguridad. Era incluso inútil pedir clemencia.

–Seremos breves –dijo Billy Cairns, a quien conocía de toda la vida, desde que jugaban de niños al fútbol en Ravenhill Road–. No te lo pongas más difícil todavía. Ya sabes que para nosotros tampoco resulta fácil.

–¿Me permitiréis... que escriba algo? Una pequeña nota para Annie y los muchachos.

–Me parece que no hay tiempo para eso, Jimmy. Lo siento.

Se abrió la puerta y entró un individuo alto en la sala. Jimmy le esperaba. Su auténtico nombre era Raymond Hughes, de profesión estuquista, pero en la Asociación de Defensa de Ulster se le conocía como el Verdugo. Al entrar saludó con la cabeza a Jimmy, que le había visto en acción en más de una ocasión y sabía exactamente lo que iba a suceder. Era la sensación más terrible del mundo, estar ahí y saber que no saldría vivo de aquel horrible cuartucho.

–¿Te importaría quitarte la corbata y desabrocharte el cuello, Jimmy?

Con manos temblorosas, hizo lo que se le ordenaba. Al cabo de un momento, los hombres que le rodeaban le habían doblado los brazos a la espalda.

–No alborotaré –dijo aunque anhelaba hacerlo.

–Me alegro, Jimmy –respondió el Verdugo al tiempo que se sacaba del bolsillo un trozo de una gruesa cuerda de piano, con asas soldadas a ambos extremos del mismo.

–No te preocupes, Jimmy. Será rápido.

Pero nada en la vida de Jimmy Bryce había durado tanto.

El individuo se desplazó a la mesa más cercana. No tenía delante ningún helado ni taza de café. Empezó a desabrocharse el anorak.

Declan dejó de hablar y se inclinó sobre la mesa.

–No hagas preguntas, Máiréad. Cuando te avise, levántate y dirígete a la puerta.

–¿Qué ocurre, papá?

–Haz lo que te digo. Levántate ahora.

Declan se puso de pie. Máiréad titubeó antes de seguir el ejemplo de su padre. De reojo, Declan vio que aquel individuo se abría por completo el anorak. Máiréad estaba en el pasillo, entre ellos y la próxima mesa. Declan volvió la cabeza y vio que sacaba un pequeño subfusil ametrallador del interior del anorak.

Sin pensarlo dos veces, se arrojó sobre Máiréad y la empujó al suelo. Al cabo de medio segundo, una ráfaga llenó el espacio donde un momento antes estaban de pie. Las balas rebotaban en las mesas de mármol, derramando batidos de leche y helados.

Otras alcanzaban a la gente. Entre gritos, algunos clientes intentaban salir de las jaulas de sillas y mesas en las que se encontraban, mientras otros empujaban a los niños contra el suelo. El hombre del anorak arrojó el cargador gastado e introdujo otro en su fusil.

Declan se giró, al tiempo que empujaba a Máiréad bajo la mesa más cercana. Entonces vio las piernas del pistolero, que se movían hacia ellos. El individuo dio un paso al frente. Un adolescente que se hallaba cerca de la puerta se levantó y echó a correr para pedir ayuda. El pistolero disparó una ráfaga que le alcanzó en la espalda y el joven se precipitó contra un espejo entre una lluvia de cristales. Declan se llevó la mano al interior de la chaqueta y sacó la Browning HP automática que siempre llevaba consigo.

Se revolcó mientras chillaba, para llamar la atención del pistolero. Vio cómo se movían de nuevo sus piernas, apuntó cuidadosamente, disparó dos veces y le alcanzó en la pantorrilla.

El pistolero se desplomó. Declan encogió las piernas y, sin soltar la pistola que tenía en la mano derecha, utilizó la izquierda para levantarse. Al ponerse de pie se quedó desorientado. A su alrededor había una escena de caos y terror. Miró al lugar donde esperaba encontrar al pistolero, pero no había nadie.

Volvió la cabeza y le vio en el siguiente pasillo, donde trataba de incorporarse sobre su pierna sana, con un brazo sobre una silla para conservar el equilibrio, y con la otra mano levantaba nuevamente el arma. Justo cuando Declan se disponía a apuntarle, el pistolero volvió a disparar. La primera ráfaga dio lejos del blanco, el individuo recuperó el equilibrio y lanzó un nuevo disparo, que alcanzó a Declan en el brazo izquierdo. Éste, con su Browning todavía en la mano, disparó dos veces. La segunda bala alcanzó al pistolero en la muñeca y se le cayó el arma al suelo.

Declan le ordenó que colocara las manos sobre la cabeza. En aquel momento un niño pequeño, aterrorizado por los disparos, se interpuso entre ambos hombres llorando en busca de su madre. El pistolero aprovechó la oportunidad para dirigirse cojeando hacia la puerta. Nadie intentó detenerle.

Declan levantó su pistola con el propósito de disparar, pero había demasiada gente junto a la puerta. Blasfemó y le persiguió, pero sólo logró ver cómo cruzaba la acera, tambaleándose, para subir a un coche que le esperaba con la puerta abierta. Disparó cuando el vehículo arrancaba velozmente, y destrozó la luna posterior y las luces traseras. Pero fue inútil. El coche, que sorteaba el tráfico vespertino, estaba ya fuera de su alcance. Poco después lo perdió de vista. En la lejanía oía sirenas que se acercaban.

Declan guardó de nuevo el arma en su pistolera y volvió a entrar en la heladería. Había mesas y sillas patas arriba, fragmentos de cristal desparramados por doquier como diamantes sobre el mostrador de una joyería, y muertos y heridos que yacían como corderos degollados. Se abrió paso hasta la mesa que él y Máiréad habían ocupado. Sus helados seguían allí encima, intactos aunque derretidos.

–Máiréad –dijo después de agacharse–, ya puedes levantarte. Ha logrado huir, pero no volverá.

Ella no respondió. Le empezaba a acuciar el dolor del brazo. Se arrodilló en el suelo y, de reojo, vio el traje gris de su hija. Se acercó a gatas.

–Máiréad, ya puedes levantarte...

Sus palabras se perdieron en la lejanía. Con mano temblorosa, extendió el brazo para retirar un largo trozo de cristal puntiagudo que había caído de un espejo del techo para clavarse en el cuello de su hija. El suelo parecía hundirse bajo sus pies. Intentó llamarla, protegerla de la tempestad. Pero Máiréad se había ido donde él no podía seguirla, más allá del alcance de su voz o de su corazón.

CINCO

Transcurría la noche, como un sueño, pero sin sueños. El mar, siempre como telón de fondo, que con su movimiento custodiaba sus pensamientos, insinuaba con su regular murmullo recuerdos de la matanza. Sucumbía a breves períodos de sueño, que la angustia o el dolor le arrebataban. A intervalos caminó hasta el fondo del jardín, donde descendía de pronto a la orilla, con la mirada en la oscuridad, mientras escuchaba el aliento de la noche.

Había luces a lo largo de la bahía. Gente que leía en la cama, enfermeras al cargo de moribundos, amantes abrazados, niños que aprendían a superar el miedo a la oscuridad. Y fantasmas. Por allí debían de pulular fantasmas, pálidos, temblorosos y solitarios, que se sentían desplazados al contemplar cómo dormían, hacían el amor, o rezaban los vivos, o se acercaban a la muerte, o despertaban de la eternidad del sueño, o se sumían de nuevo en el mismo. Pero ninguno de ellos sabía lo que sabía él, que algo había aparecido entre ellos más oscuro que la negra noche. Se estremeció de frío, pero en ningún momento se le ocurrió meterse en la cama ni ponerse un abrigo.

Dentro de la casa, Concepta, la esposa que no le quería, ni él a ella, yacía despierta con sus pensamientos. Estaba en una recepción cuando recibió la noticia de la muerte de Máiréad. No fue por boca de Declan, que había estado ocupado hasta después de la medianoche, en primer lugar curándose el brazo en el hospital de Saint Laurence, y luego en el despacho con sus colaboradores, luchando con su aflicción mientras repasaban los acontecimientos que habían conducido a la muerte de Máiréad. Otras tres personas habían muerto en el tiroteo y había diecisiete heridos, ninguno grave. Para Concepta, ellos no tenían ninguna importancia, lo único que contaba era que su hija había sido asesinada.

Su hermano, Pádraig, a instancias de Declan, le había dado personalmente la noticia. La recepción tenía lugar en casa de Paddy Quinn, presidente de la Junta de Fluido Eléctrico. Cuando se supo que había llegado el primer ministro en persona se produjo una gran expectación, pero el entusiasmo se convirtió en silencio sepulcral cuando los primeros en ver el rostro de Mangan adivinaron que había tenido lugar una tragedia.

Cuando Concepta vio que se le acercaba al centro de la sala dorada en que se hallaba, lo comprendió de inmediato. Supo instintivamente que su hija había muerto y dejó caer la copa de champán que tenía en la mano. Ahora estaba sobre la cama completamente vestida, con la muñeca predilecta de Máiréad contra el pecho, escuchando el oleaje y la corriente de la marea. Un trozo de cristal, algo invisible, le había arrebatado a su única hija. Despacio, muy despacio, destrozó la muñeca de trapo, sin percatarse de que lo hacía.

Imperceptiblemente, mudaba la oscuridad. El alba no estaba lejos. Declan se sentía incapaz de enfrentarse a un nuevo día. Su brazo sanaría, la herida era limpia, pero el centro de su universo había recibido un impacto del que sabía que nunca se recuperaría.

Estaba convencido de que el tiroteo no había sido casual. El pistolero estaba allí, cumpliendo órdenes o por voluntad propia, con el propósito específico de asesinarle. Todas las demás muertes, incluida la de Máiréad, habían sido accidentales. Había pasado la noche intentando dilucidar en vano el motivo. La cara del pistolero estaba grabada en su memoria, pero no había logrado identificarla entre las fichas de sospechosos que había examinado por la noche, antes de que le mandaran a su casa.

Oyó pasos a su espalda, pero no volvió la cabeza. Concepta se sentó en el banco junto a él. El cielo sobre sus cabezas empezaba a palidecer. Más allá de la isla de Dalkey, aparecieron las luces de un barco.

–No podía dormir –dijo Concepta.

Apenas habían hablado desde que estaba en casa.

–No –respondió Declan–. Es difícil.

En el jardín, el aroma a dama de noche era casi irresistible. Un pájaro pió brevemente, luego otro.

–¿Crees que me permitirán verla antes del entierro? –preguntó Concepta.

–No está muy lastimada –asintió Declan–. No habrá inconveniente, si es eso lo que deseas.

–Sí, me gustaría verla.

Volvió la cabeza. A la creciente luz del crepúsculo, empezaba a distinguirse la silueta de la casa. Parecía enorme, enorme y vacía.

–¿Cómo está tu brazo? Hasta ahora no te lo había preguntado.

–Se recuperará. La bala sólo me atravesó el músculo, no ha causado ningún daño irreparable.

–Menos mal. Me alegro.

A Declan le sorprendió la ausencia de ironía en el tono de su voz.

–Pude haberla salvado, si hubiera reaccionado con mayor rapidez y hubiera ido por él antes de que sacara su arma...

–No hables –dijo Concepta al tiempo que le rodeaba con un brazo–. No debes culparte a ti mismo. No puedes saber lo que habría ocurrido.

–Era a mí a quien quería asesinar, Concepta. Si Máiréad no hubiera estado conmigo, no habría corrido ningún peligro.

–Eso no puedes saberlo.

–Cielos, mujer, utiliza la cabeza. ¿Quién sino yo era un objetivo probable en aquel lugar?

–La propia Máiréad. Era la sobrina de Pádraig Pearse. Pero te lo ruego, no discutamos.

–No, tienes razón. Siento haberte hablado de ese modo. Pero de todas maneras es un asunto delicado. –Hizo una pausa–. ¿Cómo se lo ha tomado Pádraig?

–Mal. Ya sabes cuánto la quería.

El primer ministro nunca había tenido hijos y, desde que nació Máiréad, siempre la había tratado como a su propia hija.

–Hoy iré a verle. Pero debo pasar antes por mi despacho.

–¿No pensarás trabajar hoy, Declan?

–Me he hecho cargo personalmente de la investigación. Yo le vi, estuve cara a cara con él. Créeme, Concepta, no descansaré hasta que le detenga.

Ella no respondió. Le gustaría estar también allí y ver su cara. Y si tuviera una pistola, pegarle un tiro. La palidez de levante se iluminaba. En pocos minutos aparecería de nuevo el sol.

–Declan –susurró–, no quiero que te marches. Los dos estábamos furiosos cuando hablamos de separarnos. Pero éste no es el momento. Me gustaría que te quedaras.

–Esto no ha cambiado nada entre nosotros, Concepta. La muerte de Máiréad no nos unirá.

–No, lo sé. Pero... de momento. Ya es bastante doloroso sin pensar en que tú también te vayas.

Volvió la cabeza para mirarla e, inconscientemente, acercó la mano a su mejilla. Estaba húmeda. La acarició con ternura. ¿Debería contarle que Máiréad estaba embarazada?

–Entremos en casa –dijo–. Te estás quedando helada.

SEIS

Cuartel general de policía
Área metropolitana
Harcourt Street
Dublín
Jueves, 7 de septiembre
08.45 horas

–Esto ha llegado a primera hora de esta mañana, señor. Me ha parecido que debía verlo.

Tim O'Meara le entregó a Declan un documento impreso. El mensaje había llegado por una línea informática protegida, que comunicaba el cuartel general de la Garda con su equivalente de la policía real de Ulster.

Declan examinó fugazmente el documento y lo dejó sobre la mesa. Estaba tan aturdido aquella mañana que tardó varios segundos en asimilarlo debidamente. Habían encontrado a Austin McKeown acribillado a balazos, junto a una carretera cerca de Hillsborough.

Miró lentamente a su alrededor. Un retrato de Máiréad presidía una de las paredes. De otra colgaba una fotografía tomada hacía cinco años, en una conferencia conjunta de seguridad en Newry. Austin McKeown era el segundo a la izquierda de la segunda fila.

Se puso de pie y se asomó a la puerta.

–Tim, ¿le importaría entrar un momento?

Se volvieron varias cabezas. Reinaba un ambiente tenso e incómodo. La mayoría de los subordinados de Declan conocían a Máiréad, algunos de ellos desde que era niña.

–Cierre la puerta, Tim. Hay un par de cosas que quiero que compruebe, pero de momento preferiría que nadie más lo supiera.

–Comprendido, señor.

–En primer lugar, averigüe lo que pueda sobre el asesinato de Austin McKeown. Ah, y sobre todo, procure que parezca rutinario. No queremos que nadie sepa que estamos particularmente interesados en su muerte.

–Sí, señor.

–En segundo lugar, consiga toda la información posible acerca de un soplón realista llamado el Tamborilero. Lo único que sé acerca de él es su apodo y la probabilidad de que trabajara para Austin McKeown. Trate este asunto con suma cautela. Si el Tamborilero está vivo, quiero llegar a él sin levantar sospechas. Y si está muerto, quiero que me lo confirme cuanto antes.

–¿Algo más, señor?

–Sí, una cosa más. Dígale a Grainne que confeccione una lista de todos los ex agentes del MI5 y del SAS que puedan estar todavía en servicio activo en el norte, ya sea por cuenta propia o a las órdenes de alguna organización. Debe incluir a las personas de vínculos conocidos con uno o varios paramilitares realistas.

–¿Buscamos algo en particular, señor?

–Quiero fotografías. Cuando tenga alguna, tráigamela cuanto antes.

–¿Puedo preguntarle si esto tiene alguna relación con... el caso en el que trabajamos, señor?

Declan lo miró compasivamente. Hacía mucho tiempo que Tim trabajaba con él. Conocía a Máiréad y sabía cuánto significaba para su padre.

–No, no puede preguntármelo. Si existe alguna relación, lo sabrá a su debido tiempo al igual que los demás. Ahora, manos a la obra, y asegúrese de no llamar la atención.

–Le quiero muerto. No mutilado, ni apaleado, ni encarcelado y puesto de nuevo en libertad al cabo de cinco o seis años, sino muerto. Perseguido como una rata y muerto. ¿Me comprendes, Declan?

El primer ministro dio un puñetazo sobre la mesa para reforzar sus palabras. Una botella casi vacía de Bushmills y un vaso sucio se estremecieron con la fuerza del golpe. Aun sin su presencia, era evidente para Declan que Pádraig Pearse había bebido en abundancia. Estaban en el despacho del primer ministro, en el ala norte de los edificios gubernamentales, en Merrion Street.

–Siéntate, hombre, siéntate –exclamó Mangan.

Declan obedeció.

–Yo no deseo otra cosa, Pádraig.

–Lo sé, Declan, lo sé. –Le temblaba la voz. De pronto se calló y desvió la mirada hasta recuperar el control de sí mismo–. Cielos, Declan, era una gran muchacha. ¿Qué vamos a hacer? ¿Qué vamos a hacer?

–No lo sé, Pádraig. Me cuesta creer que esté sucediendo.

El primer mandatario irlandés se puso de pie y se acercó a la ventana, donde un nimbo de luz matutina difuminó su gruesa figura. Pádraig Pearse Mangan era un hombre corpulento, y para él suponía un gran esfuerzo afeitarse y mantener el cabello peinado. A los agricultores y campesinos, que constituían la mayoría de sus electores, les encantaba su aspecto desaliñado. El cuñado de Declan era un hombre de cincuenta y cinco años, de aspecto displicente y permanentemente atónito del cargo que ocupaba. Vivía en un sueño y a veces se le notaba.

–¿Tienes ya alguna pista, Declan? –preguntó después de alejarse de la ventana.

–Una o dos –respondió Declan, que no había decidido todavía cuánto revelarle al primer ministro–. El caso es que...

–¿Sí?

–Podría ser difícil, desde un punto de vista político, evidentemente.

–Era a ti a quien quería, ¿es eso lo que me estás diciendo?

Declan movió la cabeza en sentido negativo.

–No. Más que eso. Creo que querían matarme por algo que sé. Y también creo que anoche mataron a otra persona por la misma razón. El caso es que, si estoy en lo cierto y existe una relación, no acabará con la muerte de ese hombre. Puede que tengas que tomar algunas decisiones dolorosas.

–La investigación cuenta con mi apoyo personal. Si hay que tomar decisiones, lo haré cuando llegue el momento. Quiero un informe sobre mi mesa todas las mañanas, hasta que se le haya encontrado.

Hizo una pausa y regresó a su silla. Abrió la botella, se sirvió lo que quedaba y vació el vaso de un trago.

–¿Te apetece una copa, Declan? La despensa está llena.

Declan negó con la cabeza. Quería mantener la mente despejada.

–Como quieras –dijo Pádraig Pearse mientras abría un cajón y sacaba otra botella–. Dime, ¿cómo se lo ha tomado Concepta?

–Esta mañana ha pasado Brannigan otra vez por casa. No quiere tomar tranquilizantes, pero le ha dejado algunos por si acaso. Cree que tal vez los necesite en el funeral. Nos gustaría que fuera discreto, Pádraig. Sólo para la familia.

–Es comprensible. Me aseguraré de que así sea.

–Quiero que se celebre cuanto antes. Deseo que mi hija esté enterrada para poder concentrarme en la búsqueda de su asesino.

De pronto Pádraig Pearse pareció sentirse incómodo. Se puso de pie y se acercó a la pequeña chimenea georgiana, junto a la puerta.

–De eso quería hablarte, Declan. Hay un pequeño problema. Esta mañana he recibido la visita de Seán Roche.

Roche era el ministro de Justicia, responsable de la Garda, y jefe supremo de Declan. Declan esperó.

–Te retira del caso, Declan.

–¿Cómo? Pero si tú acabas de decir...

–Olvida lo que te he dicho. Eso es lo que deseo, pero no serás tú quien lleve a cabo la investigación. Seán tiene razón. Tú estás personalmente involucrado y eso te convierte en una persona peligrosa. Acabas de decirme que podría crearnos dificultades políticas.

Declan cerró el puño derecho.

–Maldita sea, Pádraig, esto es absurdo. Me ocupo ya del atentado en el bar de O'Donoghue. Puede haber una relación entre ambos casos. Cielos, tengo derecho a dirigir las investigaciones.

Mangan movió la cabeza en sentido negativo. Se sentó de nuevo junto a su escritorio y guardó el vaso y la botella. El líder de la nación estaba a punto de afirmar su autoridad.

–No te molestes, Declan, estás perdiendo el tiempo. Si tuvieras un mínimo de sentido común, reconocerías que ésta es una investigación en la que no puedes estar involucrado. Joe Healy es ahora el encargado de investigar el caso O'Donoghue. Timothy Breen será responsable de la otra investigación. Dispone de un equipo que se ocupa ya del caso. A tu equipo se le han asignado otras tareas. Estoy seguro de que Breen agradecerá cualquier línea de investigación que puedas sugerirle.

–¿Y qué voy a hacer cuando haya presentado mis sugerencias? No puedo quedarme sentado sin hacer nada.

–No es eso lo que se espera de ti. Lo último que necesitas ahora es estar desocupado. Tengo un trabajo para ti y, a decir verdad, te habría retirado igualmente de la otra investigación para que pudieras hacerlo. Debes ocuparte de la seguridad de la conferencia de líderes musulmanes que tendrá lugar el mes próximo.

Declan le miró boquiabierto.

–No puedes hablar en serio. Santo cielo, Pádraig...

–Calla un momento y escúchame. Esto es importante para mí, Declan. El hecho de que se celebre aquí dicha conferencia supone la iniciativa diplomática más importante para este país desde Dios sabe cuándo. Si todo sale bien, las ventajas podrían ser enormes. Incrementará nuestro prestigio en Europa y facilitará nuestras relaciones comerciales con los países islámicos.

»El caso es que, como sabes, hemos tenido que convencer a los participantes de que la seguridad en la república había mejorado. Pero el atentado de la semana pasada y el tiroteo de anoche han cambiado la situación. Incluso se habla de cancelarla. Podría ser un desastre. Ésa es la razón por la que quiero que te ocupes de ello, desde ahora hasta que haya terminado. Luego veré si puedo convencer a Seán Roche para que te permita participar de nuevo en la investigación. Y no olvides que el cargo de jefe superior de la Garda quedará vacante cuando Pat Devlin se jubile el próximo año. Si la conferencia se celebra sin ningún contratiempo, serás el hombre del momento.

–Para serte sincero, Pádraig, eso ahora me importa un comino.

–¿Crees que no lo sé? Si yo no fuera primer ministro, estaría contigo en el bar de McDaid, o en cualquier otro lugar, ahogando mis penas. Pero soy responsable de los intereses del país. ¿Te tomarás por lo menos unos días de descanso? Piénsalo y comunícame tu decisión después del funeral.

Declan se puso de pie.

–No será necesario, Pádraig. No me has dejado otra alternativa. Me ocuparé de tu maldita conferencia. Pero quiero que me prometas que Tim Breen me mantendrá informado de cualquier descubrimiento significativo en la búsqueda del asesino de Máiréad. Tengo tanto derecho como tú a estar al corriente.

Mangan titubeó antes de asentir.

–De acuerdo, Declan. Me aseguraré de que así sea. Y gracias por acceder a lo otro.

Se puso de pie y se dieron la mano. Mangan acompañó a Declan a la puerta e hizo una pausa al abrirla.

–Declan, la próxima semana se celebrará una reunión sobre la conferencia en este despacho. He pedido a los libaneses que nos envíen a uno de los suyos. Han elegido a una mujer, una experta en grupos terroristas islámicos. Para ti será como en los viejos tiempos.

Hacía quince años, Declan había trabajado en el servicio secreto del ejército irlandés, en su cuartel general de Tibnin, en el sur del Líbano. Formaba parte del contingente irlandés de las fuerzas de paz de las Naciones Unidas, UNIFIL, y durante aquella época había cooperado estrechamente con el servicio secreto libanés.

Las palabras de Pádraig Pearse le cayeron como un puñetazo en el estómago. Le resultaba difícil formular incluso las preguntas más elementales.

–¿Cómo se llama? ¿Recuerdas su nombre?

–Un momento, lo tengo aquí. He tomado nota en un papel –respondió antes de acercarse a su escritorio y abrir una carpeta–. Algo parecido a Bushavi, no sé si es correcto.

Declan permaneció inmóvil.

–Bustani –dijo hablando casi consigo mismo–. Amina Bustani.

El primer ministro lo miró sorprendido.

–Eso es –respondió–. ¿Cómo diablos lo sabes?

En Harcourt Street, la mayor parte del equipo ya se había dispersado. Algunos trabajaban con Breen y otros habían sido destinados a un trabajo de vigilancia en Cabra. Cuando Declan llegó, Tim O'Meara estaba preparando su maletín.

–Lo siento, señor. Todos lo lamentamos. Habríamos dado cualquier cosa para seguir trabajando con usted en el caso. Pero no se preocupe, encontraremos a ese cabrón.

–Sé que lo harán –respondió Declan–. Tim Breen es un buen hombre y los factores personales no ofuscarán su juicio. Buena suerte.

En aquel momento pasó Grainne Walsh con un carro lleno de fichas.

–Grainne, ¿ha encontrado aquello que le pedí?

–Está sobre su mesa, señor.

–Gracias.

–¿Qué hará ahora, señor? Todos creemos que debería tomarse un descanso.

–Voy a irme ahora mismo a mi casa, pero sólo unos días. Luego tengo que ocuparme de un trabajo de seguridad. Volveré la próxima semana.

Entró en su despacho y cerró la puerta. Las fichas estaban sobre su escritorio. No eran muchas. Se sentó y empezó a leer su contenido, prestando particular atención a las fotografías. Tardó tres minutos en encontrarle.

Se llamaba Peter Musgrave, había nacido en Oldham, estaba divorciado, tenía treinta y cuatro años, y era padre de dos hijos, un niño y una niña. Ex cabo del SAS, destinado diez veces en Irlanda del Norte entre 1988 y 1993, vínculos conocidos con el MI5, y amigo íntimo de miembros del regimiento de defensa de Ulster, condenados por pertenencia a organizaciones realistas ilegales.

Buscó la guía telefónica interna para localizar el número de Tim Breen. Llevó la mano al teléfono, pero luego la retiró. Permaneció un minuto sentado, cerró la ficha y la guardó en su maletín.

SIETE

Dublín
Jueves, 14 de septiembre

Durante toda la semana siguiente, el tiempo fue excepcionalmente bueno. El lunes, día del entierro de Máiréad, brillaba un sol espléndido. El cielo permaneció tres días despejado y luego empezó a llover con tanta intensidad que la ciudad quedó a oscuras día y noche. A pesar de que al funeral sólo se había invitado a parientes y amigos, el flujo de asistentes fue incontable. Declan nunca había sospechado que tuviera tantos amigos y se sintió confortado.

Sólo él sabía que Máiréad esperaba un hijo y le pareció preferible no comunicárselo a nadie. No obstante, no dejó de pensar en ello durante todo el funeral, en su nieto o nieta que no nacería, en su descendiente muerto. Nunca había experimentado hasta entonces pensamientos como aquéllos, nunca se había sentido tan cerca del olvido o de la parálisis de la voluntad. Sólo el deseo de venganza le alentaba, y le parecía triste y degradante centrar su vida en algo tan sórdido.

Sujetó la mano de Concepta durante la misa y el entierro, la consoló, le habló cuando ella deseaba que lo hiciera y guardó silencio al recibir el pésame. Algo había desaparecido de su espíritu con la muerte de Máiréad: su viejo rencor, su resentimiento, su antigua frustración.

Casi por primera vez durante su prolongado matrimonio parecía contentarse con lo que él era. No le importaba su falta de ambición, que no anhelara ser jefe supremo de la Garda, ni ministro de Justicia, ni pertenecer al Dáil o al Senado. Se hizo entre ellos un largo silencio, que tenía algo de amor y un poco de compasión. La muerte de Máiréad no cubriría el abismo que los separaba, pero servía de puente momentáneo. Entretanto, la injusticia más flagrante era que despertara por la noche pensando en que pronto volvería a encontrarse con una mujer a la que no había visto desde hacía quince años.

El jueves por la mañana se presentó como de costumbre en su despacho. Tenía un nuevo equipo a su disposición, pero antes de recibir a sus componentes, repasó algunos papeles pendientes de su trabajo anterior sobre el atentado del bar. Mandó varias fichas al despacho de Tim Breen y una nota en la que le sugería que se reunieran para comentarlas debidamente.

Sobre su mesa había una pequeña carpeta, que le había dejado Tim O'Meara. Contenía lo poco que se sabía en Dublín sobre un informador realista llamado Jimmy Bryce, alias el Tamborilero. Por separado había una breve nota, en la que se le informaba que Bryce había sido hallado muerto, un día después del asesinato de Austin McKeown.

Había también un informe completo sobre las circunstancias de la muerte del detective en jefe. Declan lo leyó atentamente. La emboscada se atribuía claramente al IRA, aunque sin ninguna prueba de que McKeown hubiera ocupado un cargo importante en las fuerzas de seguridad. Era significativo, o por lo menos a Declan se lo pareció, que el propio IRA no se hubiera atribuido el atentado.

Algo le llamó inmediatamente la atención. Las balas y los cartuchos encontrados en el lugar de la emboscada de Hillsborough eran de nueve milímetros Parabellum, iguales que los que había utilizado el pistolero de la heladería. El arma que había abandonado al huir, un subfusil ametrallador norteamericano de cañón corto denominado Viking, era bastante inusual.

El Viking, que mide sólo treinta y siete centímetros con la culata plegada, es todavía más corto que el Uzi. Lo fabrica Viking Systems Inc. en una planta de Londonderry, New Hampshire, y goza de buena reputación como arma resistente y eficaz entre las fuerzas de seguridad. Declan nunca había oído que hubieran encontrado algún Viking entre las organizaciones terroristas irlandesas, realistas o republicanas.

La configuración de las balas utilizadas en el asesinato de

Austin McKeown era similar a la de los proyectiles disparados en la heladería de Dublín. Por lo menos era posible que se hubieran utilizado subfusiles Viking en ambos atentados. No era más que un pequeño detalle, pero Declan sabía que, si se demostraba, serviría para relacionar ambos atentados. Tomó nota y siguió leyendo el informe.

Cuando acabó lo guardó en un cajón, junto a la ficha de Peter Musgrave. No volvió a mirar su fotografía, no era necesario. El rostro del asesino estaba grabado en su cerebro y ahí permanecería el resto de su vida.

Se quedó inmóvil varios minutos, como si reflexionara. Luego, después de tomar una decisión, hojeó una pequeña agenda hasta que encontró un número de teléfono. Lo marcó lentamente y esperó.

El timbre sonó dos veces antes de que contestara la voz culta de un inglés, muy seguro de sí mismo.

–Wetherell.

–¿Capitán Wetherell? Me llamo Carberry. ¿Podemos hablar?

Se hizo una breve pausa.

–Sé quién es usted, señor Carberry. Y puedo adivinar cómo ha conseguido este número. En cuanto a lo de hablar... preferiría que lo hiciéramos cara a cara. ¿Es posible?

–Sí, creo que sí.

–De acuerdo. Déjelo en mis manos. No vuelva a llamarme a este número.

–¿Cómo puedo ponerme en contacto con usted?

–No lo hará. Yo lo llamaré. Adiós, señor Carberry.

Declan colgó el teléfono. Cuando soltó el auricular, se percató de que le temblaba la mano.

Esperaban en la planta baja. Había leído las instrucciones redactadas por el ministro de Asuntos Exteriores a primera hora de la mañana. La conferencia de líderes musulmanes había sido una propuesta de Ciaran Clark y quería asegurarse de que se celebrara sin contratiempos. Tendría lugar en septiembre, en Castletown House, una mansión situada cerca de Celbridge, a pocos kilómetros de Dublín.

–No es la primera vez que trabajamos juntos –dijo–, de

modo que las presentaciones son innecesarias. A algunos de ustedes les han retirado de operaciones importantes para trabajar conmigo en esta misión. Puede que se sientan ligeramente insatisfechos de que les hayan mandado participar en un ejercicio rutinario de seguridad. Permítanme que les desengañe inmediatamente. No será rutinario y les aseguro que tampoco será fácil.

»Hasta ahora, lo único que se les ha dicho es que se trata de una operación regular de seguridad para proteger a ciertas personalidades extranjeras que el mes próximo participarán en una conferencia en Castletown House. Lo que no se les ha revelado hasta ahora es la verdadera naturaleza de dicha conferencia, y lo importante que es para este país que se celebre sin el menor contratiempo. Lo que voy a contarles es estrictamente confidencial y deben guardar el secreto.

Miró lentamente a su alrededor. Eran diez, elegidos cuidadosamente uno a uno por su experiencia y su lealtad. Podía confiar en ellos para la misión que le habían encomendado, y también para obtener cualquier información que pudiera desear relacionada con el tiroteo de la heladería.

–En septiembre, el gobierno irlandés actuará como anfitrión de una conferencia secreta, en la que representantes de Estados Unidos y de la Unión Europea se reunirán con importantes dirigentes religiosos musulmanes de diversos países. Entre los temas a tratar, de interés mutuo, se encuentran Palestina, la seguridad en el golfo Pérsico, Bosnia y el terrorismo. Antes de la reunión general, se celebrará una serie de sesiones privadas, en las que los líderes musulmanes intentarán elaborar una política común respecto a la mayoría de los asuntos. Cuando se hayan puesto de acuerdo en la medida de lo posible, iniciarán el diálogo con los diplomáticos estadounidenses y europeos. Más adelante se celebrará una rueda de prensa, con el propósito de disipar el temor creciente a posibles confrontaciones.

»El motivo de la conferencia es sencillo. En 1993, los israelíes y los palestinos lograron resolver la mayoría de sus diferencias. Existía una buena perspectiva de paz en la región. En 1994, se devolvió la orilla oeste a los palestinos, pero los fundamentalistas musulmanes no la aceptaron. No estaban dispuestos a dialogar en absoluto con los israelíes. Los jefes de estado del mundo árabe son conscientes de que, si quieren alcanzar una solución a largo plazo, deben resolver algunos de los aspectos religiosos. De ahí la conferencia.

Dominic Lawlor levantó la mano. Era un viejo amigo de Declan. Estaban juntos en el puerto de Dungarvan cuando interceptaron un cargamento de armas procedente de Checoslovaquia, en 1979.

–Señor, todo esto me parece muy bien –dijo–, pero no veo qué tiene que ver con Irlanda. El campesino medio de nuestro país cree que Oriente Medio está en algún lugar del condado de Wicklow.

–Eso indica lo ingenuos que somos –replicó Declan–. Espero que ustedes estén mejor informados. Irlanda es el lugar más indicado para una reunión como ésta. Algo que casi todo el mundo sabe acerca de nuestro país es que nunca hemos sido imperialistas, sino todo lo contrario. Hemos sido prolongadamente colonizados a lo largo de la historia y eso es algo con lo que simpatizan los modernos musulmanes.

»Hasta ahora, el IRA no sólo ha contado con el apoyo de los buenos ciudadanos del país al que afirma representar, sino que además los libios le han suministrado armas y los palestinos le han facilitado de vez en cuando posibilidades de entrenamiento.

»Pero ahora eso cambiará. Recuerden que las primeras conversaciones entre israelíes y palestinos no tuvieron lugar en Oriente Medio, sino en Noruega. Los noruegos lograron reunirlos gracias a su neutralidad histórica. Ahora haremos lo mismo a mayor escala.

»Hay otras razones para que ésta sea una propuesta ideal. Tenemos estrechos vínculos con Estados Unidos. Somos populares en Europa. Como país católico, gozamos de la confianza de los franceses, los italianos, los españoles y los portugueses, además de tener peso en el Vaticano. A pesar de nuestras diferencias, mantenemos estrechas relaciones con Inglaterra.

Hizo una pausa. Empezaban a asimilar que eran responsables de una operación de seguridad de una importancia extraordinaria. Se percató de que comenzaban a tranquilizarse. Tal vez la operación no sería tan aburrida como en principio temían.

–Sin embargo –prosiguió–, tenemos un problema. Como pueden imaginar, uno de los mayores obstáculos para celebrar una conferencia en este país es la mala prensa que recibe a consecuencia de la situación en el norte. A nuestro gobierno no le ha sido fácil convencer a algunas de las organizaciones participantes de que la situación de nuestra seguridad ha cambiado radicalmente y de que somos capaces de impedir que la violencia cruce la frontera.

»Como todos saben perfectamente, los últimos diez días han demostrado la falsedad de dicha afirmación y esto ha provocado que algunos delegados hablen de retirarse. El Ministerio de Asuntos Exteriores trabaja con denuedo para evitarlo, pero necesita desesperadamente una propuesta concreta de seguridad de este departamento para ponerla sobre la mesa.

En aquel momento se abrió la puerta y entró un agente uniformado de la Garda.

–Lamento la interrupción, señor, pero hay una mujer en el vestíbulo que insiste en verle. Tiene un pase de la oficina del primer ministro, señor, pero dadas las circunstancias... El caso es que he preferido hablar antes con usted.

–¿Le ha dado su nombre?

–Sí, señor. Es un nombre extranjero. Bustani, o algo por el estilo. ¿Le suena de algo?

OCHO

Estaba sentada en una silla cerca de la puerta, separada de todos los demás, con un vestido rojo claro y un pañuelo azul alrededor del cuello. No era muy alta, su cuerpo no había cambiado, sus facciones bien definidas parecían esculpidas más que moldeadas y en su cabello corto se distinguían algunas canas.

Puede que fuera la sombra que la envolvía lo que le traicionó. Tal vez la luz a aquella hora de la mañana era demasiado débil para sus cansados ojos. Y quizás era sólo la sombra de tantos años lo que le cegaba. Pero sólo cuando llegó a pocos pasos de donde ella se encontraba y se atrevió a mirarla a la cara, vio, por fin, lo que al principio le había pasado inadvertido. Una joven con uniforme de campaña, sentada en una fría colina cerca de Tibnin, esperando a un joven e inexperto teniente irlandés en su primera cita.

–Hola, Amina. Bienvenida a Irlanda.

Ella se puso de pie y le miró antes de responder.

–Hola, Declan. Ha pasado mucho tiempo.

–Acabo de contarlo. Quince años. ¿No te parece increíble?

–Soy capaz de creer cualquier cosa. Me alegro de verte, Declan.

–Y yo de verte a ti. Escúchame, si has venido para la reunión, no es preciso que subamos todavía. Les he dicho a mis hombres que pueden tomarse un par de horas de descanso. Prefiero hablar antes contigo. No aquí, sino en algún lugar un poco más íntimo. Podríamos dar un paseo por el parque y tomar un café en Shelbourne.

Amina sonrió.

–He venido a trabajar, Declan.

–Bueno, esto es Irlanda. Descubrirás que somos gente muy tranquila.

-De acuerdo, un café rápido. Hablaremos de tus planes para la conferencia.

Se habían conocido hacía quince años, cuando Declan formaba parte de la UNIFIL, las fuerzas de las Naciones Unidas en el Líbano. El servicio secreto libanés había mandado a Amina al cuartel general del batallón irlandés, como asesora e intérprete. Era musulmana sunita, hija de un ministro, y se había licenciado en árabe e historia de Oriente Medio en la Universidad norteamericana de Beirut. Durante seis meses de 1981, ella y Declan habían sido amantes y habían llegado a enamorarse profunda y desesperadamente el uno del otro.

Su relación terminó de manera inesperada cuando Declan recibió la orden de regresar a Dublín, en la primavera de 1982, a raíz de un incidente relacionado con unos parientes de Nabih Birri, que acababa de ser reelegido jefe del movimiento chiíta Amal. Tibnin no era sólo el cuartel general del batallón irlandés, sino la ciudad natal de Birri y un importante centro chiíta. Debido a dicho incidente, Declan y su operación se vieron irreversiblemente comprometidos. No podía en modo alguno permanecer en el Líbano.

La noche antes de su partida, él y Amina no dejaron de charlar hasta el alba, sin saber qué hacer, tan desesperados como cualquier mujer y su amante en la víspera de su adiós. Por fin decidieron que ella se reuniría con él en Irlanda a la primera oportunidad. Declan se divorciaría de Concepta y se trasladarían a Inglaterra para empezar una nueva vida. Ella había estado ya en Inglaterra, en una escuela de idiomas en Cambridge, y entre ambos elaboraron un sueño según el cual vivirían en una casa de campo, en las afueras de la ciudad. Ella enseñaría árabe en la universidad y él se licenciaría en Derecho. ¿Cupo en su imaginación, mientras desperdiciaban su última noche charlando, que su vida real nunca podría acomodarse a tan magnífico sueño?

Aquella misma mañana, Declan regresó al cuartel general para recoger su equipaje y de allí le llevaron directamente al aeropuerto de Beirut. La ciudad era bombardeada. En todas las carreteras había grupos de jóvenes milicianos, atrapados en un mundo de odio y tensión. El aullido de sirenas impregnaba el aire y, en un par de ocasiones, oyeron el estrépito de intensos tiroteos en las colinas.

A su regreso a Dublín, no le habló a Concepta de Amina como había previsto. Su madre, a la que estaba profundamente unida, había fallecido en Navidad. Su padre estaba en el hospital, gravemente enfermo. Su médico de cabecera le había recetado tranquilizantes, y había empezado a habituarse a ellos. Decidió esperar el momento oportuno, sin saber cómo ni cuándo. Amina le escribía a un apartado de correos en la ciudad. Declan dejó el ejército y se incorporó a la Garda, para ingresar poco después en la brigada especial. Concepta tuvo su tercer aborto involuntario. Máiréad ingresó en la guardería. Pádraig Pearse fue elegido al Dáil por primera vez.

En junio, el ejército israelí invadió el sur del Líbano. La OLP tuvo que retirarse. Hizbolá y Amal islámico incrementaron su actividad. El torbellino de la guerra civil giraba con mayor velocidad y crecía de día en día. Amina escribió diciendo que no podría abandonar el país hasta que desapareciera el peligro israelí. Con el transcurso del tiempo, su correspondencia pasó a ser más infrecuente. En su última carta decía que no podía abandonar a su pueblo en una época de gran conmoción.

Nunca llegó el momento oportuno para contárselo a Concepta, ni el Líbano conoció una época que no fuera de conmoción. Transcurrieron los meses y los años. Declan ya no tenía ningún motivo para trasladarse a Beirut, ni Amina para desplazarse a Dublín. Su sueño de una nueva vida se sumió en las tinieblas de las obsesiones comunes del pasado. La inercia de la separación se apoderó de ambos, así como el miedo al cambio y la lealtad y la culpa. Llegaron a ese estado en el que no triunfa la pasión. Sólo los santos pueden ser amantes a distancia, desprovistos de pasión... pero ellos no eran santos ni carecían de instintos pasionales. Con el tiempo cesó la correspondencia. Declan no sabía si Amina estaba viva o muerta. Cuando le escribía alguna carta, sabía que no recibiría respuesta, que tal vez nadie la leería ni abriría el sobre; Amina, a quien todavía amaba, se había sumergido en un submundo de intriga y sangre.

Por fin él también dejó de escribir. A veces, durante una o dos horas, contemplaba la bruma que se formaba sobre el mar y pensaba en ella. O veía su imagen en el espejo, pensaba en que había envejecido, y cavilaba sobre el tiempo transcurrido. Pero con el paso de los años, sus pensamientos dejaron de ser tan urgentes y la necesidad que sentía de ella se volvió menos frecuente y menos intensa, pero sin que decreciera su amor.

Y ahora, en una fría mañana entre verano y otoño, de pronto los años se habían juntado de nuevo.

Cruzaron el parque, bajo un cielo marmóreo empañado de nubes. A una distancia prudencial, su guardaespaldas, uno de los miembros del equipo organizado para protegerle desde el atentado contra su vida, los seguía como una carabina.

–Me he enterado de lo de tu hija –dijo Amina–. Lo siento muchísimo.

–Lamento enormemente que no hayas podido conocerla. Te habría gustado y sé que tú le habrías gustado a ella.

–¿Aunque lo hubiera sabido?

–¿Qué? ¿Lo nuestro? Máiréad nunca habría permitido que algo semejante la preocupara.

–Solías hablar de ella en el Líbano.

–Tenía casi tres años. La echaba de menos. Pero ni de lejos tanto como ahora.

Le cogió la mano y se la apretó, pero luego la soltó de nuevo.

–Esto es maravilloso –dijo, con una pequeña sonrisa en los labios, antes de desviar la mirada–. Casi había olvidado el aspecto que puede tener una ciudad civilizada. Tú nunca has visto Beirut en su época de esplendor.

–Dublín tampoco está en su mejor momento. Desde hace años, los promotores inmobiliarios hacen todo lo que pueden para derribar la mayoría de los edificios que hay alrededor del parque. Pero tienes razón, está mucho mejor que Beirut.

Siguieron caminando. Estatuas y bustos adornaban los caminos: poetas, rebeldes, héroes, heroínas... todos ellos convertidos en piedra...

–¿Por qué te han elegido para esta misión?

Amina se encogió de hombros. Declan recordaba perfectamente aquel gesto. Aceptaba la vida como se presentaba, día tras día.

–Sabes que he trabajado con destacamentos irlandeses de las Naciones Unidas. Conozco a varias personas en el servicio secreto irlandés. Te conozco a ti. Y gran parte de mi trabajo en el Líbano desde mediados de los años ochenta ha consistido en la vigilancia de grupos islámicos. Hizbolá, Jihad islámica, Amal chiíta. Alguien decidió que yo era la persona indicada para este trabajo. Y aquí estoy.

–¿Cuánto tiempo vas a quedarte?

–Hasta que finalice la conferencia y regresen todos a sus casas.

–¿Hasta qué punto es realmente importante esta conferencia?

En esta ocasión no se encogió de hombros.

–Es importantísima. Si todo sale bien... creo que podría cambiar el rumbo de la historia en Oriente Medio. No me refiero a que sea la fórmula de una paz inmediata, ni nada por el estilo. Pero podría ofrecer muchas oportunidades de cambio.

–¿Y si fracasa? ¿O hay algún contratiempo?

–Podría suponer un retroceso histórico de cincuenta años. La situación política todavía es muy frágil. Muchas vidas inocentes dependen de lo que suceda el mes próximo.

»Declan –añadió tras un breve titubeo–, sé que no te apetece esta misión. Estoy al corriente de que te han retirado de la investigación sobre la muerte de tu hija y comprendo que eso sea prioritario para ti. Pero esta conferencia es verdaderamente importante. No te han seleccionado para esta misión sólo para mantenerte ocupado. Yo les he pedido que lo hicieran. Eres el mejor y confío en ti. Hay mucha gente a quien le gustaría que la conferencia fracasara. Alguna forma parte de grupos muy poderosos y todos disponen de los medios para suponer una grave amenaza.

–¿Se lo explicarás a mi equipo esta tarde?

–Por supuesto. ¿Tendré que hablarles en irlandés?

Declan soltó una carcajada.

–Claro que no. Elegimos muy cuidadosamente a nuestro personal. Todos hablan árabe perfectamente.

En esta ocasión Amina dejó que se dibujara una radiante sonrisa en sus labios, que transformó su rostro, y Declan se sintió lanzado al pasado como una pelota de goma que hubiera retrocedido quince años por el aire inmóvil.

–Has cambiado –dijo Declan.

–Tú también –respondió Amina.

–Tu aspecto es... –No supo cómo proseguir y se encogió de hombros–. No lo sé... diferente. Antes eras más blanda, parecías más vulnerable. Ahora –volvió a encogerse de hombros– pareces más dura, mejor protegida, más hecha.

–Gracias. Eso es en lo que me he convertido. En lo que he tenido que convertirme para sobrevivir. En lo que la guerra nos ha convertido a muchos. Los que todavía vivimos hemos cambiado. Es dos veces más duro... no, diez veces más duro para una mujer. No me refiero a la supervivencia, en lo que aventajamos a los hombres, sino a la posibilidad de emerger intactas, de penetrar en el seno de tanto odio y salir sin haber sufrido graves daños, es muy difícil. Y si sufrimos daños, son más... devastadores. Los experimentamos con mayor profundidad –prosiguió después de una pausa, en busca de las palabras precisas–. Y si tenemos hijos, también quedan lastimados.

»Lo siento –dijo después de soltar una carcajada, para romper el ambiente que había creado–. Hace apenas media hora que estamos juntos y ya estoy haciendo discursos. Empezarás a preguntarte cómo deshacerte de esa terrible mujer.

Declan sonrió y negó con la cabeza.

–Todo lo contrario. Me gusta oírte hablar. Tu voz no ha cambiado en absoluto.

Amina se ruborizó y desvió la mirada.

–Esto es algo para lo que debemos encontrar tiempo de hablar –prosiguió Declan–. Quiero que me cuentes lo que te ha sucedido. Lo que dices me suena familiar. En Irlanda ha ocurrido algo parecido. No aquí en el sur, pero sí en el norte. El mismo tipo de odio. He visto cómo los últimos veinticinco años cambiaban a algunos viejos amigos.

–Tú has cambiado.

–Ha transcurrido mucho tiempo –respondió–, quince años.

Empezó a andar más despacio y luego se detuvo para mirarla.

–¿Ha habido alguien más? –preguntó Amina.

Declan detectó la tensión en su voz, la angustia tras la pregunta.

–Concepta –respondió–. Si es que significa algo. ¿Y en tu caso?

–Mis padres querían que me casara. Empezaban a avergonzarse de que permaneciera tanto tiempo soltera.

–No me refería al matrimonio.

–No, claro que no –respondió Amina levantando la cabeza–. He tenido amantes, por supuesto. Algunos ya han fallecido. Pero ninguno fue permanente. Nada es permanente en el Líbano.

Él la miró.

–Nada es permanente en ningún lugar –dijo Declan.

Eran las once de la noche cuando sonó el teléfono. Richard Wetherell quería reunirse con él. Había una pista rural entre Dundalk y Newry, una ruta turística durante parte de cuyo recorrido se divisaba Carlingford Lough. ¿Podía Declan llegar hasta allí sin ser observado?

–¿Cuándo?

–Pronto. Le llamaré.

NUEVE

Dublín
Viernes, 15 de septiembre
13.20 horas

Tenía la intención de almorzar con Amina, pero en el último momento había recibido un recado de Martin Fitzsimmons, jefe del C3, pequeño servicio secreto irlandés, para que le llamara urgentemente. Martin quería hablar con él cara a cara, y a solas. Eran viejos amigos y Declan estuvo de acuerdo en reunirse con él inmediatamente en el despacho de Martin, situado en el edificio rojo del cuartel general de la Garda, al otro lado de la ciudad, en el parque de Phoenix.

Fitzsimmons era un hombre alto, afable, tranquilo y sumamente cortés. No obstante, Declan sabía que era despiadado en su guerra contra el terrorismo. Si bien su departamento era el más pequeño de los consagrados a la lucha contra la subversión en el estado irlandés, bajo su dirección se había convertido en un arma de alta precisión, que elegía cuidadosamente sus objetivos y raramente se equivocaba. Era una de las pocas personas en la jerarquía policial a quien Declan habría confiado su vida.

–¿Un cigarrillo, Declan? –preguntó, con una cajetilla en la mano.

–No, gracias. No los pruebo desde hace seis meses, como bien sabes.

–Siempre me alegra recibir visitas –dijo Martin mientras sacaba un cigarrillo del paquete y lo encendía.

Se habían promulgado numerosas ordenanzas relacionadas con la prohibición de fumar, que él trataba con gran desdén.

–¿Cómo está Concepta? –preguntó.

–Bastante bien. Ha transcurrido poco tiempo. No sé cómo reaccionaremos todos a la larga.

–Dale recuerdos de mi parte.

–No asististe al entierro.

Martin negó con la cabeza.

–No. Te mandé una carta, la encontrarás cuando llegue el momento de dedicarte a esas cosas. Detesto los funerales. Me dejan deprimido durante varias semanas. ¿No te habrá sabido mal que no acudiera?

–Yo también habría preferido no asistir –dijo mientras se movía para aspirar el humo del cigarrillo de Martin–. Tal vez fumaré uno después de todo –añadió.

Martin le ofreció inmediatamente la cajetilla.

–Dime –prosiguió Declan después de encender el cigarrillo–, ¿para qué querías verme?

–¿Qué sucede, Declan?

–¿A qué te refieres?

–Por Dios, Declan, lo sabes perfectamente. Estuviste con Austin McKeown el día dos por la tarde. Al atardecer le asesinaron. Aquella misma noche, su principal informador realista, un individuo llamado Jimmy Bryce, fue ejecutado en Belfast. Y en Dublín, un individuo intentó matarte y acabó con la vida de tu hija y otras personas.

–Pura coincidencia, Martin.

–No me vengas con ésas. ¿De qué vino a hablarte Austin?

–Quería darme una pista sobre el atentado en el bar de O'Donoghue.

–No tenía por qué desplazarse a Dublín para darte una pista. Existen canales establecidos para esas cosas.

–No seas ingenuo. Ninguno de nosotros utiliza los canales oficiales más que para transmitir información rutinaria.

–De modo que eso no era rutinario.

–Era... delicado.

–¿Creía correr algún peligro?

–Todos corremos peligro, Martin.

–Lo que te pregunto es si Austin McKeown creía estar particularmente en peligro.

–¿Es esto un interrogatorio?

–Limítate a responder a mi pregunta, Declan.

–Sí, creo que sí.

–¿Te habló del Tamborilero?

–¿Quién?

–Vamos, Declan, sabes exactamente a quién me refiero. Su soplón, Jimmy Bryce.

–Puede que lo hiciera.

–El atentado con bomba fue perpetrado por realistas. ¿Fue eso lo que te dijo?

–Martin, ya no trabajo en ese caso. He pasado toda la información que poseía a Joe Healy. Él tiene mis fichas, pregúntaselo a él.

–Ya lo he hecho. No existe constancia alguna de tu encuentro con McKeown.

–¿En serio? Se me debió de olvidar mencionarlo. Maldita sea, Martin, Máiréad fue asesinada aquella misma noche, ¡y tú me preguntas por qué no están mis archivos al día!

Fitzsimmons levantó la mano.

–Lo siento, Declan. Tienes razón. Es que... para serte sincero, estoy un poco preocupado.

–¿Preocupado? ¿Por qué?

–Alguien está haciendo preguntas sobre ti. Aparecen generalmente mezcladas con un montón de material rutinario, pero están ahí. Y no todas llegan por los canales habituales. Como bien dices, la gente de nuestra profesión utiliza con frecuencia métodos heterodoxos.

–¿Quién pregunta?

–Es difícil saberlo con precisión. Quienquiera que sea lo hace con astucia, distribuyendo el material por diversos departamentos. Pero en mi opinión, se trata del MI5.

–¿A qué nivel? –preguntó Declan.

–No es fácil estar seguro. Podría ser bastante alto.

–¿Qué quieren saber que no conste en los archivos existentes?

Martin se encogió de hombros y dio una fuerte calada. Sacó otro cigarrillo de la cajetilla y lo encendió con la colilla.

–Lo que tú sabes –respondió al tiempo que soltaba una bocanada de humo–. Concretamente, lo que sepas respecto al atentado en el bar de O'Donoghue. Teorías, pistas, a quién has interrogado hasta ahora, qué información has transmitido y qué te reservas para ti. Todo ello disperso, ¿comprendes? Una pregunta por aquí, otra por allí.

–¿Por qué me lo cuentas?

–Creí que era evidente, Declan. Somos viejos amigos, no tenemos por qué andarnos con rodeos entre nosotros. Sé que estás afligido, pero a la gente que formula esas preguntas no les importa un comino.

–Agradezco la información, Martin. La tendré en cuenta.

Declan apagó la colilla en un gran cenicero sobre la mesa y se levantó para retirarse.

–Declan, te sugiero que te lo tomes como una advertencia. Alguien tiene un interés malsano por ti.

–Maldita sea, Martin, media Irlanda lo sabe desde el tiroteo en O'Connell Street.

–Podría mejorar la situación si me contaras lo que sabes. Si lo supiera, tal vez podría ayudarte.

Declan titubeó. Supondría un gran alivio compartir con alguien lo que sabía, especialmente una persona en la que confiaba plenamente. Pero también era innegable que si la información de Austin McKeown caía en las manos equivocadas, aunque de buena fe, las consecuencias podían ser aterradoras.

–Te llamaré, Martin. Comunícamelo si te enteras de algo más.

Salió del despacho y cerró cuidadosamente la puerta a su espalda. Sus dedos estaban todavía calientes de sostener el cigarrillo.

15.59 horas

Richard Wetherell entró con su coche por un portal de hierro crestado, se acercó al largo edificio de la escuela, giró a la izquierda frente a la fachada color crema y castaño, y entró en el espacio reservado a los profesores. Le permitían dejar allí su coche como privilegio especial, debido a su necesidad particular de seguridad. A pesar de ello, tendría que inspeccionar su Astra antes de marcharse, como lo exigía el reglamento después de haber dejado el coche sin vigilancia durante cualquier período de tiempo, para reducir las posibilidades de encontrarse con una cajita negra sujeta a la parte inferior del vehículo.

El pequeño aparcamiento estaba casi vacío. Eran las cuatro de la tarde de un viernes, las clases habían terminado hacía casi una hora, y los profesores que no se ocupaban de actividades extraescolares ya se habían marchado a sus casas. Wetherell solía acudir al centro unas dos veces por trimestre para hablar con los alumnos mayores de la Fuerza Combinada de Cadetes, de catorce años en adelante. Evidentemente, ninguno de ellos sabía lo que se proponía. Le tomaban por un miembro cualquiera del ejército, un simple subalterno con la misión de promocionar la imagen de las fuerzas armadas y tal vez alentar a algunos de los mayores a plantearse la posibilidad de una carrera militar. Ni siquiera el profesor encargado de los cadetes conocía su verdadero trabajo, ni el auténtico propósito de sus visitas.

Wetherell era oficial de carrera de la decimocuarta «Int.», la compañía decimocuarta del servicio de inteligencia del ejército británico, conocida popularmente como «el destacamento». Había emergido de una operación secreta anterior denominada Tropa de Campo Cuatro, y estaba basada permanentemente en el cuartel general del ejército en Lisburn. Sus miembros procedían del cuerpo de inteligencia y eran entrenados en Hereford por el SAS.

El motivo de Wetherell para visitar la escuela era sencillo. Vigilaba a los estudiantes de los últimos cursos que pudieran ser idóneos para trabajar en el destacamento o, en su defecto, en alguna otra sección del servicio secreto militar en la provincia. Los que considerara como candidatos probables ingresarían en el ejército en la forma habitual, previa prueba correspondiente, seguida de tres días en Westbury para demostrar sus aptitudes ante la Junta de Comisiones, para pasar luego a la academia militar de Sandhurst y, si aprobaban todos los cursos, convertirse en alféreces. Pero con mucha antelación el Cuerpo de Inteligencia los habría mandado a Ashford, sólo para comprobar sus habilidades. Después de nueve meses en un batallón de infantería en Irlanda del Norte, regresarían a Ashford y a Hereford para proseguir con su formación. Por último se les mandaría de nuevo a Ulster, listos para emprender sus primeras misiones secretas.

La decimocuarta «Int.» necesitaba desesperadamente personal local de talento y Wetherell era su principal oteador. La selección se efectuaba entre un grupo muy reducido de chicos, y con menor frecuencia de chicas, elegidos en las mejores escuelas de la provincia. La Institución Académica Real de Belfast, denominada comúnmente «Inst.», así como Campbell College, al este de la ciudad, constituían sus cotos principales. La razón era simple.

La «Inst.», a pesar de que ahora ya no tenía alumnos internos, era una antigua escuela privada cuyo director, conocido curiosamente como rector, era siempre un inglés. Tenía el mejor equipo de rugby de Irlanda, y eran siempre campeones, tanto de fútbol irlandés como tradicional. De sus alumnos emergía una alta proporción de la clase dominante de Ulster: funcionarios, oficiales de alto rango, tanto de la policía como del ejército, abogados, jueces, banqueros, científicos, médicos y financieros. Tanto los alumnos como el personal, casi sin excepción alguna, eran protestantes y de clase social acomodada. Además, la escuela era una de las pocas que disponía de una Fuerza Combinada de Cadetes. Con un proceso meticuloso de selección, los miembros de dicha fuerza podían convertirse en material perfecto para el espionaje, que exigía un acento regional convincente y un buen conocimiento de la zona.

Cuando Wetherell se dirigía al local de los cadetes cerca de las mallas de cricket, apareció Paul Mercer por detrás del edificio principal de la escuela y se le acercó corriendo. Mercer era profesor de latín, protegido del brillante aunque odioso Charles Fay, cuyo reino de terror dentro y fuera de su departamento era todavía legendario en la escuela. Escocés de nacimiento, era el segundo comandante de la Fuerza Combinada y había servido en el Cuerpo de Inteligencia antes de dedicarse a la enseñanza.

Se estrecharon calurosamente la mano. Aunque desconocía el cargo preciso de Wetherell, Mercer estaba al corriente del motivo de sus visitas. No era el comandante, Chris Abernethy, sino él quien ayudaba a seleccionar todos los años a los más prometedores entre los posibles candidatos.

–Me alegro de haberte encontrado –dijo–. Hoy Alcorn se ha llevado a los muchachos al gimnasio. Podrás dar allí tu conferencia, cuando acaben y se vistan.

–¿No hacen ya bastante ejercicio esos pobres diablos durante el horario escolar?

Mercer se rió. Se dirigieron al gimnasio, situado junto al edificio de idiomas modernos.

–Más de lo que prefiere la mayoría de ellos. Pero tienen una dura expedición prevista para el sábado en los Mournes y Chris quiere que estén en forma.

Llegaron al gimnasio. Parecía que a Mercer le inquietaba algo.

–¿Qué perspectivas hay entre los mayores? –preguntó Wetherell.

–Muy buenas. Tengo a algunos chicos muy prometedores para que les eches una ojeada. Luego podemos verlos.

Abrió la puerta de los vestuarios y le cedió el paso a Wetherell.

Cuando acababa de cruzar el umbral de la puerta, Wetherell retrocedió inmediatamente un paso. Algo no cuadraba, pero tardó un par de segundos en percatarse de lo que era, un par de segundos que le costarían la vida. No había ropa en los bancos, ni en los percheros, y tampoco se oía ruido alguno procedente del gimnasio.

–Las manos sobre la cabeza y no se mueva –ordenó una voz decidida a su derecha.

Miró de reojo y vio una mano con una pistola que le apuntaba a la cabeza. Mientras levantaba las manos con lentitud, volvió ligeramente la cabeza para ver con claridad a su agresor.

–¡Vista al frente! –ordenó al estilo militar la voz con acento inglés.

Wetherell se preguntó si aquello era una broma de mal gusto, preparada por algún alumno con la ayuda del estúpido comandante.

–Mercer, quítele la pistola. Rápido.

Paul Mercer se colocó delante de él, sin mirarle a los ojos, con la frente empapada de sudor. Le cacheó rápidamente y retiró la Browning automática que Wetherell llevaba siempre consigo.

–Empiece a andar –ordenó el inglés mientras le empujaba en los riñones en dirección al gimnasio.

Mercer se adelantó y les abrió la puerta. El gimnasio estaba completamente vacío. Aquello tenía cada vez menos aspecto de broma o de prueba de iniciativa. Además, ¿a qué maestro se le ocurriría organizar una prueba de iniciativa en la que un alumno se enfrentara a un experto soldado con un arma cargada? Empezó a pensar desesperadamente en la forma de invertir la situación.

–¡Adelante!

Lo obligaron a cruzar el gimnasio, hasta llegar a la pared del fondo cubierta de espalderas que llegaban casi al techo.

–Baje las manos.

Obedeció. Acto seguido, un capuchón le cubría la cabeza. Luego se le obligó a girar repetidamente sobre sí mismo, se le empujó contra la pared y a continuación le levantaron los brazos y se los sujetaron a las espalderas. Ahora estaba completamente indefenso y, con creciente pánico, comprendió que podía estar muy cerca de la muerte. Esperaba que así fuera, porque la alternativa para un oficial del servicio secreto era una prolongada tortura. Una mano le agarró los tobillos y, después de separarle las piernas, se los sujetó también a las espalderas.

–Usted –oyó que ordenaba la voz del inglés–, salga de aquí. Asegúrese de que no entre nadie. Me reuniré con usted cuando termine.

Oyó los pasos sobre el suelo de madera, seguidos de la puerta que se abría y cerraba. Retumbó un pequeño eco en la sala vacía.

–Quíteme ese maldito capuchón –exclamó Wetherell.

–Lo siento, señor –respondió la voz, casi disculpándose–. Es preferible no hacerlo. Es mejor que no vea lo que ocurre. Procuraré ser rápido cuando llegue el momento. Pero las primeras, señor, es imprescindible hacerlas cuando está todavía vivo. De este modo los forenses creerán que le han interrogado los irlandeses.

–¿Quién diablos es usted? ¿Quién le ha mandado?

–No desperdicie el aliento, señor. Tome, póngase esto entre los dientes. Muérdalo. Dicen que es útil.

Se percató de que le levantaba parcialmente el capuchón y le empujaba algo en la boca. Un tapón de goma. El capuchón volvió a descender.

En el gimnasio vacío, con olor a sudor y sangre coagulada, oía el eco de una hoja que alguien afilaba.

DIEZ

Castletown House
Celbridge
Domingo, 16 de septiembre
18.11 horas

Declan había querido echarle una última ojeada a Castletown House a solas, para sentir por cuenta propia la impresión que el lugar le producía. Con la recepción por la noche del día siguiente se inauguraría la conferencia y varias semanas de actividad intensa. Todavía se ultimaban los preparativos en el interior, pero los jardines estaban desiertos.

Había pasado todo el día con Concepta, el primero desde el funeral. No había sido satisfactorio. No habían discutido, pero tampoco se habían sentido realmente a gusto juntos. A lo largo del día, su jaqueca había empeorado progresivamente. Intentó acostarse después del almuerzo, pero sólo sirvió para que aumentara su dolor de cabeza. Por fin, una llamada de Grainne Walsh le había facilitado el pretexto necesario para ausentarse. Antes de marcharse le había pedido a Amina que le acompañara, supuestamente para que, como profesional, comprobara con él las medidas de seguridad, pero en realidad con la esperanza de que tuvieran tiempo de charlar.

A lo largo de las últimas semanas había experimentado dos conjuntos de emociones muy contradictorias. Por una parte le embargaba un terrible dolor por la pérdida de su hija, y por otra pasaba cada vez más tiempo con la única mujer a la que había amado realmente, y que le había correspondido con la misma intensidad. A veces llegaba a quedarse sin aliento, como si hubiera corrido demasiado o se asfixiara.

La compañía de Amina le recordaba lo que había perdido. La confusión que había sentido anteriormente respecto a la falta de amor por Concepta se había convertido ahora en certeza absoluta. Y con la pérdida de Máiréad, no tenía a nadie en quien depositar sus sentimientos.

Todavía era pronto para saber lo que ocurriría entre Amina y él. Ciertamente no habían vuelto a convertirse en amantes. Él no le había hecho ninguna propuesta, ni ella había manifestado ninguna señal de su disponibilidad. Con toda seguridad regresaría a Beirut después de la conferencia, para dejarle realmente solo y doblemente afligido. Pero Declan albergaba una pequeña esperanza de convencerla para que se quedara; se le ocurrían innumerables pretextos.

Desde el mediodía arreciaba un viento frío y había indicios de que podría acercarse una tormenta. Más allá de la casa, el río Liffey fluía entre verdes orillas, en su último tramo de libertad antes de penetrar en la ciudad, para desembocar finalmente en el mar. Dieron un paseo por la orilla y encontraron un sendero que serpenteaba hacia el este, en dirección a Leixlip.

Amina había estado analizando la amenaza de un ataque terrorista musulmán, basada en las últimas informaciones recibidas de Beirut. Se creía que varios miembros de al-Jihad al-Islamiyya, el grupo de acción secreta de Hizbolá, se encontraban en Europa. Dos conocidos asesinos a sueldo, que habían trabajado para Amal chiíta, habían sido vistos en Oslo.

Se detuvieron junto a la orilla y se refugiaron del viento entre un grupo de viejos árboles. Rizos y pequeñas olas adornaban la superficie del agua. Muy por encima de sus cabezas, se deslizaban velozmente las nubes en un inhospitalario cielo. Asomó una garza, rieló momentáneamente y desapareció. El viento y el oleaje eran una simple medida de su profundo silencio. La luz no parecía proceder del firmamento, sino simplemente estar ahí, silenciosa, entre las piedras y el agua, desprovista de brillo, amortiguada por los árboles y los altos matorrales.

Amina tiró de su brazo y echaron a andar de nuevo. Pasaron junto a un pequeño bote amarrado a un embarcadero de madera. Se oía el lastimoso piar de un pájaro tras unos juncos.

–¿Quieres todavía a Concepta?

Parecía una pregunta estúpida, trasnochada, vulgarizada por innumerables romances baratos, desgastada por todos los consultorios sentimentales de las revistas que había leído. Sin embargo, había sido incapaz de impedirse a sí misma formularla. A pesar de todo, necesitaba saberlo.

Declan no respondió inmediatamente. No tenía palabras para expresarle todo lo que quería decir. Ni siquiera se lo había planteado a sí mismo, y toda su confusión inarticulada, desarticulada, amenazaba con destrozarle como hojas afiladas en el momento en que se atreviera a enunciarla. El simple hecho de sujetar a Amina era lo más peligroso que había hecho en su vida.

–Quería a Máiréad –respondió–. Habría dado mi vida para salvarla.

–No es eso lo que te he preguntado.

El silencio creó la ilusión de que la voz de Amina procedía de la lejanía, de la otra orilla. Deseaba besarla, acostarla sobre la húmeda hierba y hacer el amor con ella. Pero su voz parecía impregnar el aire frío, burlándose de él.

–Nunca he querido a Concepta –dijo–. La he admirado, cuidado de ella, compadecido... Forma parte de mí y no puedo extraerla sin lastimarme. Pero nunca la he amado.

–¿Por qué has seguido tanto tiempo con ella?

–Esto es Irlanda. El divorcio es casi imposible. Además, es hermana del primer ministro. Tú estabas en el Líbano. Máiréad era una niña. Hice lo que pude.

–Deberías haber regresado.

–¿A Beirut?

–Sí.

–Sabes que eso era imposible para ambos.

–¿Es posible ahora?

Declan desvió la mirada para posarla en la turbulenta superficie del agua.

–No.

–Podría quedarme aquí.

Declan le dio una cariñosa palmada en la nuca.

–Demos un paseo.

Avanzaron por el sendero cogidos de la mano. El cielo sobre sus cabezas estaba cubierto de nubes y se oscurecía progresivamente. La luz del firmamento, que en nada se parecía al crepúsculo mediterráneo, se apagaba gradualmente conforme caía la noche. Tenía la sensación de haber estado siempre allí, como si su vida en Beirut hubiera sido un sueño, un sueño que ni siquiera le pertenecía. Recordó un poema de Yeats, que había oído por primera vez en una clase de literatura inglesa, muchos años antes de conocer a Declan y de que le hablara de Irlanda. Se lo había aprendido de memoria y ahora, mientras paseaban, lo recitó con una entonación suave y modulada.

> O'Driscoll ahuyentó con una canción
> el pato silvestre y el ánade
> de los altos y empenachados juncos
> del melancólico lago Hart.
> Y vio cómo los juncos oscurecían
> con la llegada de la marea nocturna,
> y soñó con el largo cabello sombrío
> de Bridget, su desposada.

Mientras escuchaba su voz entre los juncos, recordaba los mismos versos en otra ocasión. Sabía cómo terminaba el poema, como un joven de Sidhe, el anfitrión del aire, arrebataba a la desposada de O'Driscoll y no se la volvía a ver jamás. Amina llegó a la última estrofa:

> Pero oyó en el aire
> a un gaitero que tocaba,
> y nunca había sido su son tan triste,
> y nunca había sido su son tan alegre.

El viento arrebató sus palabras y las arrojó al agua gris. Estaba de pie y se miraban, como si esperaran que del viento en las alturas les llegara el son de la gaita, pero no había música, sólo el ímpetu de la creciente tormenta que doblaba las altas ramas de los árboles. Declan se acercó, la rodeó con sus brazos como si lo hiciera por primera vez y le dio un beso, un prolongado beso en el que todo fue olvidado y todo fue recordado.

Cuando por fin se separaron, la oscuridad se cernía sobre el río.

–¿Adónde podemos ir? –preguntó Amina.

–Ven conmigo.

La cogió de la mano y la llevó un poco más lejos, junto a la orilla, hasta llegar a un pinar donde se separó del camino. El bosque estaba bastante protegido del viento y oscuro bajo las ramas de los altos pinos. Llegaron a un claro, con el suelo cubierto por una alfombra de alhumajo. Más allá del círculo mágico de los árboles, el viento soplaba con fuerza creciente sobre el agua, pero en el interior del bosque imperaba de nuevo el silencio.

Al acariciarla comprendió que el amor era más importante que la obligación, la amabilidad o la compasión, que no podía seguir transigiendo ni pagando el elevado coste que su corazón le exigía, a cambio de tolerar la situación existente. Nunca le había embargado tanto remordimiento, ni se había sentido tan traicionado por el transcurso del tiempo.

La desnudó con rapidez, sin apenas respirar, como si temiese que desapareciera por arte de magia. Era extraño que conociera aquel lugar, aunque nunca había estado allí con una mujer. Era como si les hubiera esperado durante tantos años. Se quitó su propia ropa y la acostó en la misma sobre la mullida pinocha. Sólo más adelante se percató de que había desaparecido su jaqueca.

Luego permanecieron abrazados para conservar el calor y escucharon la tormenta que arreciaba más allá de los pinos.

–¿Todavía me quieres? –preguntó Declan, que sólo distinguía su silueta en la oscuridad.

–Nunca he dejado de quererte –respondió Amina.

–Quiero que te quedes aquí a vivir conmigo.

–Ya veremos.

–Puede que consiga una anulación de matrimonio. Pádraig Pearse tiene influencia en las altas esferas. Preferirá una anulación discreta a un escándalo.

–Ya veremos.

–¿No podrías decir otra cosa?

–¿Qué quieres que diga? Me abandonaste hace quince años, y ahora esperas que sacrifique mi vida y mi hogar para quedarme aquí contigo. No es fácil, Declan. Te lo aseguro.

–¿Pero tú me quieres?

Amina le abrazó, recordando las muchas ocasiones que había pensado en él acostada a solas en la oscuridad, cuando no podía acariciarle.

Desde la otra orilla, alguien escondido los observaba con una mirilla infrarroja de alta resolución. Utilizaba el nombre de Ezekiel. Estaba muy lejos de ser un mirón. Al igual que Declan, estaba allí para echar una última ojeada a Castletown House antes de que empezara la conferencia. Reconoció al subcomisario Carberry por las fotografías, pero la mujer le era desconocida. Tomó nota mental de su rostro y siguió inspeccionando el perímetro.

ONCE

Castletown House
Celbridge
Lunes, 17 de septiembre
18.53 horas

Hacía una noche perfecta para la recepción, pensó Declan. Levantó la cabeza y miró hacia el Liffey al fondo del césped, recordando la noche anterior, cuando llegó por fin la tormenta y regresaron a Dublín empapados de agua, pero sin importarles en absoluto.

Ahora se había levantado de algún lugar una fresca brisa, como si Dios protegiera a los suyos. No el Dios verdadero, por supuesto, pero a Declan nunca le habían interesado los matices teológicos. Había una capa de bruma sobre el río, que parecía anunciar la llegada del otoño.

La noche era fresca, pero lo suficientemente agradable para que los invitados pasearan por el jardín hasta el río sin resfriarse. El impulso sibarita se apoderó de la mayoría, aunque los más pertinaces se resistieron en pequeños y sobrios grupos. El miércoles por la mañana se habrían dado por vencidos. Evidentemente no se servía alcohol ni cerdo en la comida. Además, había muy pocas mujeres presentes. Pero ése era el alcance al que se había permitido llegar el ascetismo.

Los hombres paseaban por las amplias terrazas, o circulaban parsimoniosamente por las salas doradas iluminadas por arañas. Llevaban vasos de exóticos zumos de fruta, *calpis* o sorbetes granizados importados de Teherán con olor a rosas. Los curiosos examinaban la carta con fingida indiferencia: *soufflé* a la suiza, *ballotine* de salmón irlandés, *gâteau* de alcachofas (la palabra «Jerusalén» discretamente omitida), *noisettes* de cordero irlandés al estragón, y colas de langostino de la bahía de Dublín con trufas y raviolis gratinados. Alguien había pasado la noche en vela para traducirlo todo al árabe y al persa.

Los cocineros habían tenido la sensatez de no preparar ningún plato de Oriente Medio. Se garantizaba que la carne era *halal* y, para asegurarse de que no dejara de serlo, así como comprobar que no se agregara vino o licor a la comida, circulaban por las cocinas una serie de individuos barbudos.

Los escasos huéspedes occidentales eran expertos diplomáticos. Los alcohólicos habían llegado bien preparados y llevaban sus correspondientes petacas de licor para pasar la velada. Los homosexuales se guardaron de insinuarse a los representantes de la fe islámica. Los que conocían el percal habían hecho sus preparativos de antemano con la ayuda de un joven y amable primer secretario de la embajada turca. Los heterosexuales habían dejado a sus esposas o amantes en sus respectivas casas, felices de disponer de una noche libre. Nadie estaba molesto.

Ciaran Clark deambulaba entre la concurrencia como un cisne en el río, con suma elegancia y delicadeza. Estrechaba manos, sonreía, hacía presentaciones, utilizaba sus diez palabras de uso general en árabe, sabía el nombre de todos los presentes y conocía todos sus números. Aquél era su momento de gloria, antes de que llegaran el primer ministro y el presidente Fallon.

Era ministro de Asuntos Exteriores desde abril. Nacido en Kerry, educado en Dublín y pulido en Harvard. Su mezcla de raíces rurales y elitismo universitario le convertían en el modelo del nuevo irlandés. Al igual que su mentor, el primer ministro tenía la mirada fija en Europa. Quería remodelar el país de Cúchulainn y Finn Mac Cumaill a imagen y semejanza propia: confiado, emprendedor, con una visión clara de la situación, e indistinguible de cualquier otra.

Declan le observaba, con su traje oscuro y seguro de sí mismo. A veces se preguntaba quién le inspiraba más miedo: Sinn Féin y sus dementes armados, impulsados por su visión de una Irlanda que nunca había existido ni existiría jamás, o Ciaran Clark con sus ostentosos trajes de Armani, que se limitaba a observar mientras el país se hundía en el estanque gris de su propia trivialidad.

Clark le recordaba a Declan un ave, aunque no acababa de decidir si de bello plumaje o de rapiña. Era demasiado pronto para saber lo que ocultaban sus elegantes gestos y radiantes sonrisas. Las facciones de Clark eran afiladas, aguileñas, tensas, en una cabeza que descansaba sobre un delgado cuello. Sus ojos observaban y absorbían, pero sin delatar nada.

Los dos habían pasado la mañana discutiendo matices de la seguridad durante la recepción. Clark había limitado el número de hombres que Declan podía desplegar y había prohibido los registros ocasionales. Declan había insistido en que, en tales condiciones, no podía garantizar la seguridad de los asistentes. También había pedido que se le permitiera estacionar una unidad blindada del Fiannóglach, regimiento de zapadores del ejército, en el perímetro de Castletown House. Clark se había negado rotundamente. La discreción era la orden del día. No inspiraría confianza entre los asistentes verse incomodados por la presencia policial y militar. Las consideraciones políticas y diplomáticas debían ser prioritarias. Declan tendría que arreglárselas con veinte policías y quince zapadores, alejados de los huéspedes.

Los únicos militares visibles en el interior del edificio eran el teniente general O'Rahilly, jefe de personal de las fuerzas de seguridad irlandesas, y su secretario, el general de brigada Walsh. O'Rahilly había prestado servicio en el regimiento irlandés de las Naciones Unidas en el Líbano en la década de los ochenta, y durante un año había desempeñado el cargo de jefe de personal de la organización supervisora de las Naciones Unidas. Sabía mucho más que cualquier miembro del Ministerio de Asuntos Exteriores sobre los problemas de conservar la paz en Oriente Medio.

Los demás militares estaban camuflados en el exterior. En la terraza frontal, Declan Carberry compartía sus quejas con el capitán Tommy Murtagh, comandante de la unidad de zapadores. Ninguno de ellos se sentía feliz.

–Lo siento, Declan –decía Murtagh–. Yo tendría aquí cincuenta hombres si pudiera, pero estoy atado de manos. He hecho todo lo que he podido. He anulado los permisos en Curragh y he puesto a los sesenta hombres en estado de alerta amarilla. Acudirán con toda rapidez si los necesitamos.

Declan volvió la cabeza para contemplar el enorme edificio a su espalda y los extensos jardines que lo rodeaban. Había infinidad de lugares donde podía ocultarse un asesino. Su intención era que los huéspedes se quedaran en el interior, pero el agradable atardecer les había persuadido a salir a las terrazas.

–Esperemos que no sea necesario, Tom. Diles que los invitaré a todos a una copa cuando esto haya terminado.

Murtagh sonrió.

–Debes de ser muy rico, Declan Carberry, con lo que cuesta la Guinness hoy en día.

Declan le miró también con una sonrisa, pero amarga. Había alquilado por una noche el esmoquin que llevaba.

–No, Tom –respondió mientras movía lentamente la cabeza–. No soy rico. Estoy casado con una mujer rica, que es muy diferente.

Ezekiel tenía a sus hombres en posición y comunicados entre sí por un sistema centralizado de UHF. Iban equipados para entrar en acción: monos Nomex sobre chalecos antibalas, pasamontañas negros ignífugos y máscaras de gas. Llevaban dos armas cada uno: una H&K MP5 para la operación propiamente dicha y un fusil semiautomático. Los rifles estaban equipados con mirillas de láser para visión nocturna, con amplificadores de imagen de la tercera generación, los más caros del mercado. Eran demasiado importantes para economizar con modelos de la primera o segunda generación. Con dichas mirillas, un tirador podía alcanzar a un hombre a trescientos metros en condiciones de escasa iluminación.

Consultó su reloj, eran las dieciocho cincuenta y tres. Todo dependía de la sincronización: la distracción, el asalto y la operación propiamente dicha. Si no había ningún contratiempo, entrarían en acción cuando empezara a decrecer la luz. De ese modo, la última parte de la operación podría llevarse a cabo al amparo de la oscuridad. El elemento sorpresa en sí no bastaría. Necesitaban además oscuridad y rapidez.

Sintió tirantez en la piel del cráneo y que una fina capa de sudor nervioso le cubría las palmas de las manos. Éste era siempre el peor momento: el compás de espera antes de la operación, la inactividad obligatoria, el incremento de adrenalina en la sangre, que no podía utilizarse todavía.

Aún faltaban unos minutos. Se arrodilló y habló por el micrófono incorporado a su máscara de gas.

–Arrodillémonos para rezar –susurró.

No podía verlos desde donde estaba, pero sabía que estaban ahí, con la cabeza gacha. Oía los ruidos del bosque, unos ruidos suaves y cautelosos que se preparaban para la noche que caía. Recordó su primera cacería en las Montañas Rocosas, cuando tenía sólo diez años. Su padre le había llevado consigo a cazar renos, armado con su primer rifle, un viejo Hornet del calibre veintidós que había pertenecido a su abuelo y que sólo servía realmente para cazar ratones. Recordaba todavía el olor del bosque, las ramas quebradas bajo sus pies inexpertos y las estrellas como trozos de cristal en el oscuro firmamento, de horizonte a horizonte.

–Señor, escúchanos –dijo en voz baja, consciente de que el micrófono transmitiría sus palabras sin distorsionar a cada uno de los miembros de su unidad–. Estamos reunidos ante ti esta noche...

Y el reno se desplomó a su primer disparo, mortalmente herido, agitándose entre la maleza al amanecer.

–En estos últimos días suplicamos tu bendición y tu ayuda. Nuestros espíritus son débiles, protégenos con tu espíritu...

Y la sangre roja, y su padre junto a él apuntando para rematarlo.

–Nuestras manos son débiles, refuérzalas con tu mano todopoderosa...

Y el reno se estremeció una vez más y permaneció inmóvil, la maleza de pronto silenciosa, sin ningún pájaro, ninguna ardilla... ningún Dios.

–Nuestros ojos son débiles, agudízalos, te lo suplicamos, y concédenos visión interior, como se la has concedido a tu siervo David, que nos permita ver y conocer y entender...

Y las lágrimas que no pudo contener, y la voz de su padre, dura y enojada, como si le mordiera: «Pórtate como un hombre».

–Y concédenos valor en lo que ahora iniciamos, sabiendo que lo que hacemos, lo hacemos en tu nombre. Y si alguien perece, permítele que muera como mártir por tu sagrada causa. Suplicamos tu fuerza y tu protección en esta hora, nuestra hora de prueba. Te lo pedimos en nombre de tu Hijo y en el nombre de David, que Tú has mandado entre nosotros. Amén.

Guardó silencio. El rifle pesado, oscuro y silencioso entre los dedos le infundía satisfacción. Hablaría una sola vez esta noche. Se sacó un cargador del cinturón y lo introdujo en el arma. Contenía cinco balas Glaser del siete sesenta y dos. Aunque con una bastaría.

Declan consultó su reloj. El primer ministro y el presidente estarían ahora en camino. Les había sugerido que llegaran antes de que oscureciera, pero tenían un compromiso previo con el embajador británico y calculó que serían cerca de las nueve cuando comparecieran.

Alguien tosió discretamente a su espalda. Volvió la cabeza y vio a Concepta. Llevaba un elegante vestido blanco, diseñado especialmente para la velada. Se habían invertido en él muchas horas de reflexión y debate, con tanta consideración por la política como por la moda. Era espectacular como vestido de noche, sin peligro a escandalizar a ningún invitado. Un largo pañuelo blanco le cubría la cabeza. En su opinión estaba encantadora y, por primera vez, comprendió por qué estaba tan solicitada para esas funciones. Aquella noche, rodeados de invitados, había entre ellos menos tirantez.

–Tienes un aspecto arrebatador –dijo Declan.

–Gracias. Aporto mi granito de arena. Te asombrará ver a Sheilagh Burke. Parece una hermana de san Pedro Claver.

Declan soltó una carcajada. Sheilagh Burke era una estúpida, cuyo marido dirigía las granjas de pollos de Pádraig Pearse en el condado de Limerick.

–No obstante, Concepta, deberías haberte quedado en casa. Pádraig Pearse no tenía derecho a pedirte que vinieras. Es demasiado pronto.

–Tú estás aquí.

–Por obligación. No habría acudido libremente a una fiesta.

–A Pádraig le pareció que me vendría bien salir. Y Brannigan cree que el trabajo será útil para despejar mi mente –respondió al tiempo que le ofrecía una copa–. Te he traído algo de beber. Se llama *calpis*.

Declan lo observó.

–¿Qué es?

–Contiene zumo de litchi y algo más que he olvidado.

–Estoy de servicio.

–Por Dios, Declan, no contiene ni una gota de alcohol.

No era el momento ni el lugar indicados, pero no pudo evitarlo.

–Concepta. He estado pensando y he llegado a la conclusión de que cuando esto haya terminado, me refiero a la conferencia, creo que me marcharé de casa después de todo. Buscaré un lugar para vivir solo, como lo tenía previsto...

–Hace apenas cinco semanas que ha muerto nuestra hija. Por Dios, Declan, te dije que te necesitaba.

–Estarás bien. Seguiremos viéndonos. Pero necesito estar solo.

Declan se preguntó si estaba siendo justo u honesto. Hasta el día anterior por la mañana habría sido cierto lo que decía, pero ¿ahora? Consideró que la engañaba.

–¿Qué ocurrirá conmigo, Declan? ¿No piensas más que en ti mismo? Estaré sola en esa casa que es como un sepulcro. Sin marido, sin hija, sin vida que merezca la pena.

–Me quedaré un poco más. Pero esto no se puede postergar indefinidamente. Tal vez podrías irte al campo y pasar un tiempo con tu familia. Te sentaría bien dejar Dublín una temporada. Y a ellos les gustaría que los visitaras.

–Has conocido a alguien, ¿no es cierto?

Parecía casi absurdo. Conocía a Amina desde hacía quince años.

–No digas bobadas.

–Pero ¿no me negarás que es cierto? ¿Qué otra razón podrías tener para marcharte? Maldita sea, Declan, si crees que voy a permitir que te largues con una cualquiera del Ballymun, o de donde sea que la hayas encontrado, estás muy equivocado. No sólo tendrás que vértelas conmigo. Pádraig Pearse te asará vivo si te atreves siquiera a mencionárselo.

En aquel momento, Ciaran Clark apareció a su espalda y miró desconfiadamente a Declan. Le acompañaba un individuo alto y barbudo.

–Concepta –dijo Ciaran–, me gustaría presentarte al profesor ‘Abd al-Halim ‘Abbud, presidente de la delegación egipcia.

Concepta le volvió la espalda a Declan, extendió la mano y sonrió.

–*Masa' al-khayr* –dijo en un tono encantador.

Declan vio cómo se alejaba sin decir palabra. El ministro de Asuntos Exteriores saludó cortésmente con la cabeza y se retiró en busca de algún otro personaje importante. Declan estaba a punto de marcharse cuando percibió que alguien le tocaba suavemente el brazo. Volvió la cabeza y vio a Amina que le sonreía. Su enojo y tirantez desaparecieron inmediatamente.

–No sabes cuánto me alegro de verte –exclamó.

–Ésa era Concepta, ¿no es cierto?

Declan asintió.

–Es muy hermosa. Nunca la describiste como se merece cuando solías hablarme de ella.

–No podía pensar que fuera hermosa –respondió Declan–. Al menos cuando estaba contigo.

Amina se ruborizó.

–Estamos aquí de servicio, comisario.

–También estábamos de servicio en el Líbano, si mal no recuerdo. Por no hablar de anoche.

Amina sonrió, todavía avergonzada. Su atuendo, traje chaqueta estilo europeo y cabello corto descubierto, era muy diferente del de Concepta.

–¿Le parece correcta a Ciaran tu forma de vestir? –preguntó Declan.

–Soy una mujer moderna –respondió con la voz un poco forzada–. Así es como me gusta vestir. En Argelia, los fundamentalistas, como algunos de los que están aquí esta noche, han degollado a jóvenes escolares por el mero hecho de no llevar *hijab*. Yo también me niego a hacerlo, en su honor. ¿Tienes algo que objetar?

Declan movió la cabeza en sentido negativo.

–¿Cómo lo asimila? –preguntó Amina para cambiar de tema.

–¿Concepta? No muy bien. Creo que ya te conté lo mal que reaccionó cuando murieron sus padres. Se ha tomado muy a pecho la muerte de Máiréad. La organización de esta conferencia me ha obligado a dejarla sola mucho tiempo.

Amina no respondió, aunque sabía que no era del todo cierto. Había pasado con ella gran parte de aquella tarde. Claro que tampoco se lo reprochaba. Él también estaba afligido y estar con su esposa le había hecho sentirse mejor, o por lo menos eso le había dicho.

–Parecía trastornada cuando he llegado.

–Sí. Ha sido culpa mía. No soy muy diestro para elegir el momento oportuno. Le he dicho que quería marcharme de casa, instalarme solo en la ciudad.

Amina se ruborizó de nuevo.

–¿No crees que te precipitas?

Declan negó con la cabeza.

–Ya se lo había mencionado antes de tu llegada. Es algo que debo hacer, independientemente de lo que ocurra.

–No sería preferible...

De pronto sonó el comunicador que Declan llevaba en el bolsillo y pulsó inmediatamente el botón de recepción.

–Carberry.

–¿Declan? Soy Tommy Murtagh. Tenemos problemas, Declan. Acabo de recibir una llamada del cuartel general en Curragh. La mitad de la unidad ha salido.

–¿Salido? ¿A qué te refieres?

–Ha habido una emergencia en la carretera al oeste de Lucan. El embajador británico se dirigía a cenar con el rector de Maynooth College. Su coche ha sido objeto de una emboscada.

DOCE

Tommy Murtagh se había retirado llevándose a sus quince hombres consigo. La unidad entera de zapadores en Curragh estaba en alerta roja. Otras unidades habían abandonado sus cuarteles para dirigirse al lugar de la emboscada.

Declan Carberry no tardó un instante en hacerse cargo de la situación. Sin prestar atención a las volubles protestas de Ciaran Clark y con la ayuda de Amina, obligó a todos los huéspedes a entrar en el edificio, para concentrarlos en el salón del primer piso. Era una decisión desafortunada, pero en aquel momento no tenía forma de saberlo.

Para no alarmar a nadie, no mencionaron la emboscada. Declan se prometió que rodarían cabezas. Nadie le había comunicado que el embajador británico se proponía visitar Saint Patrick, un seminario teológico situado en Maynooth, a sólo seis kilómetros de Celbridge.

La decisión de entrar en el edificio se justificó en términos de la creciente oscuridad y la arreciante brisa. Dadas las circunstancias, se había anulado la visita del presidente y del primer ministro; ésa fue la primera prioridad de Declan cuando tuvo noticia de la misma. No cabía descartar que el objetivo de la misma fuera en realidad el coche presidencial, y que el ataque contra el embajador Reynolds hubiera sido un error terrible, aunque providencial.

Providencial por lo menos a corto plazo. Declan se estremeció al pensar en las consecuencias de que Reynolds resultara herido o muerto. Las relaciones angloirlandesas se habían deteriorado enormemente en 1976, a raíz del asesinato de Christopher Ewart-Biggs, embajador británico en Dublín. Otro asesinato era inimaginable, especialmente si tenía en cuenta las repercusiones que caerían sobre el jefe de la brigada especial. Declan percibió el inicio de otra jaqueca.

Cuando los invitados se concentraban de nuevo en sus canapés y zumos de litchi, Declan reorganizó su equipo. Instaló diez hombres alrededor del perímetro interior de la verja, cinco junto al edificio y otros cinco distribuidos estratégicamente por el interior. Eso bastaría hasta que llegaran refuerzos de Dublín. Amina, vínculo principal de Declan con los huéspedes musulmanes, advirtió discretamente a los guardaespaldas de diversas delegaciones de la situación y les sugirió que extremaran la vigilancia.

En el exterior reinaba una calma sobrenatural.

Ezekiel consultó su reloj: las diecinueve quince. La emboscada había sido sincronizada a la perfección. Eso le quitaba un gran peso de encima. Mañana, el contable del IRA en Nueva York recibiría un papel rosado en el que se le notificaría que se había efectuado un ingreso de un millón de dólares estadounidenses en un banco de Zúrich. Creería que el dinero procedía de NORAID. No era cierto. El chófer de la embajada británica había recibido ya diez mil libras. Creía que procedían del IRA. Tampoco era cierto. Ambos mantendrían la boca cerrada. ¿Qué otra cosa podían hacer?

Observó el Transaif con los zapadores a bordo que salía por la puerta de la finca. Había llegado el momento de entrar en acción. Su equipo constaba de doce hombres, además de él. Hombres de fuerza. Hombres de Dios. El primer paso consistía en tomar posiciones. Habló por el micrófono pegado a su laringe.

–Conectad los generadores de interferencia.

Al recibir la señal, seis miembros del equipo conectaron los generadores de interferencia, en la misma frecuencia que el transmisor de alarma del perímetro. Nada ocurriría en el centro de control del edificio. La alarma dejaría de funcionar, pero nadie se percataría de ello. Los monitores indicarían que funcionaba perfectamente. Y eso era exactamente lo que quería, porque significaba que podrían cruzar la verja sin que nada ocurriera. O por lo menos en eso confiaba. Si después de todo la alarma no se hubiera desactivado, se vería obligado a anular la operación. A no ser que las balas de la Garda se le anticiparan.

–¡Adelante! –ordenó.

Unas figuras silenciosas empezaron a avanzar entre los árboles y cruzaron la verja. Ezekiel observaba con unos potentes prismáticos la reacción en el interior del edificio, algún indicio de que hubiera saltado la alarma.

–Quietos –susurró.

Su posición le permitía observar la extensa fachada desde un ángulo de casi treinta grados. El comandante de la Garda había colocado un vigilante en la esquina frontal de cada ala, dos en la terraza delantera y otros dos en el camino de acceso. Sumaban seis, pero era imprescindible saber cuántos había detrás del edificio. No podía cometer ningún error.

En su plan había cabida para un máximo de cuatro bajas, antes de convertirse en inoperativo. La decisión de actuar con un margen tan limitado no se había tomado a la ligera. Por fin había llegado a la conclusión de que los riesgos de que le acompañaran más de doce hombres superaban a los de perder demasiados durante el ataque. Si introducía a sus hombres en el edificio, también tenía que sacarlos antes de que llegaran los refuerzos de Dublín o Curragh.

Ninguna reacción. Hasta ahora todo salía a pedir de boca. Los centinelas vigilaban atentos, pero no recibían señal alguna del centro de control. No tardarían en descubrir lo que sucedía, musitó para sus adentros.

–A vuestros puestos.

Los últimos reflejos del sol acariciaban el inmaculado césped. El mundo empezaba y acababa aquí, en el bosque, entre los árboles, en un reino de sombras movedizas. Oía su propia respiración, oscura tras la máscara, sutil recuerdo de su mortalidad; cada suspiro más cerca del anterior. Lo había calculado en una ocasión de niño. Un promedio de quince aspiraciones por minuto. Veintiuna mil seiscientas por día. Quinientos cincuenta millones trescientas sesenta y ocho mil, si uno llegaba a los setenta.

Cuando sus hombres emergieron de los árboles, se arrojaron al suelo para arrastrarse hasta unos pequeños setos.

–Cinco en posición...

–Tres en posición...

–Diez en posición...

Las voces irrumpían en su conciencia mientras él rozaba una rama baja con su rifle cuando se arrastraba hacia su propia posición. Poco después todos estaban en su sitio. El número seis, Capaldi, le informó sobre la situación en la parte posterior del edificio.

–Otros cuatro guardias. Dos en las esquinas y otros dos junto a la puerta trasera. Todos claramente visibles.

–¿Algo en el tejado?

–Nada.

–De acuerdo. Tal y como estaba previsto, voy a numerarlos, a partir del centinela del camino que está más cerca de mi posición, en el sentido de las agujas del reloj. Esto es puramente rutinario, no es preciso que nadie se ponga nervioso. Todo el mundo debe elegir un objetivo, a excepción del seis y el siete. El uno y el doce están lejos, casi trescientos metros, el dos y el once a una distancia media, calculo que entre ciento cincuenta y doscientos metros, y los demás a menos de cien metros. No quiero ningún fallo, de modo que fijemos en primer lugar los dos objetivos lejanos.

Eso significaba él y Ross. Apoyó los codos en el suelo y colocó el rifle en posición de disparo. El PSG1 pesaba más de nueve kilos con el supresor, y le alegraba la perspectiva de abandonarlo después de un solo disparo. Sin embargo, su peso lo convertía en un rifle ideal para el francotirador, porque le otorgaba estabilidad. Armó el trípode e hizo girar el rifle, para que no apuntara al edificio. Notaba la frialdad del arma junto a su mejilla. Los dedos de su mano derecha se doblaron fácilmente alrededor de la empuñadura. Mientras respiraba honda y lentamente, se recordó a sí mismo que no debía apresurarse.

Conforme giraba el rifle, sintió que empezaba aquella extraña simbiosis entre él y el arma. En el fondo la odiaba, detestaba lo que podía hacer, en lo que podía convertirle. Era una extensión de su ser más profundo. Odiaba matar, pero se consideraba perdonado y reforzado. El cirujano con su bisturí provoca dolor, pensaba, pero si cura al enfermo, ¿qué pecado ha cometido derramando sangre?

El mundo que veía por la mirilla no era el mundo real. Las imágenes de luz ampliada eran figuras fantasmagóricas, formas de un universo paralelo. Veía largos coches negros como ballenas varadas en la playa, relucientes e irreales. Y la grava del camino desprovista de color, como la arena de una playa sin mar. Y luego su objetivo, que no era en absoluto un hombre, no era un ser humano al que todavía quedara tiempo de respirar, sino un fantasma que vivía en el pequeño mundo de su rifle. Uno podía matar impunemente a esos fantasmas, matarlos y acudir a su Dios con una sonrisa, arrojarse a sus brazos.

La cabeza del guardia pareció situarse en la cruz de su mirilla. Colocó suavemente el dedo en el gatillo y contuvo la respiración.

–No te muevas –musitó–. Número uno en el objetivo –añadió junto al micrófono.

–Número doce en el objetivo –fue la respuesta.

Eran las diecinueve diecinueve.

Dentro del edificio, Declan hablaba por su teléfono móvil con el cuartel general de la Garda.

–¡No me importa que acuda a la reserva! Limítese a mandarme todos los hombres que pueda y hágalo ahora mismo.

–Señor, necesito...

Desconectó el teléfono y miró a la terraza por la ventana. Estaban en la sala frontal del ala oeste. En su mente se aceleraban los pensamientos. Según la embajada británica, la cena de Maynooth había sido una decisión de última hora tomada entre viejos amigos. El embajador debía haber llegado antes, pero el primer ministro le había llamado para charlar un poco con él y con el presidente. Por tanto, parecía más probable que el objetivo real de la emboscada fueran Pádraig Pearse y Fallon. Aunque...

Si la emboscada era obra del IRA, y no veía quién si no podía ser responsable de la misma, no habría tenido como objetivo los dos estadistas más destacados de Irlanda. En las propias ordenanzas del IRA, la número ocho establecía la prohibición claramente explícita de enfrentarse al ejército o a la policía de la república.

Cuanto más pensaba en ello, más convencido estaba de que tanto el lugar como el momento eran demasiado oportunos para ser casuales. Empezaba a parecer algo premeditado; una maniobra de distracción. El presidente y el primer ministro no habían salido de Dublín. Pero los delegados de la conferencia seguían aquí, en Castletown House.

En el exterior todo parecía perfectamente tranquilo. En la lejanía, los árboles más altos reflejaban la luz del sol poniente. Un pájaro se estremeció en el viento. En la terraza, Paddy Delaney y Jim Costello custodiaban la puerta principal. Más allá, en el camino, Martin Kavanagh y Seán Maher vigilaban el portal de la verja. Eran algunos de sus mejores hombres, elegidos meticulosamente para la brigada y seleccionados especialmente para aquella misión.

Un pavo real cruzó el césped, apenas visible a la luz del crepúsculo. Paseaba por su propio mundo, ajeno a las insignificantes preocupaciones de los humanos que lo observaban, consagrado exclusivamente a la belleza.

En una fracción de segundo todo cambió radicalmente. Mientras Declan los observaba, los cuatro agentes de la Garda se ladearon simultáneamente y se desplomaron de pronto al suelo, como marionetas a las que acabaran de cortar sus cuerdas. El pavo real emitió un chillido agudo y preciso. Imperó de nuevo el silencio. El pavo real desplegó su cola en la creciente oscuridad.

Con dedos temblorosos, Declan pulsó el botón de su comunicador.

–Habla Carberry. Quiero un informe de lo que sucede en el jardín. Corto.

Silencio. Se aguantó la respiración. Silencio.

Pulsó de nuevo el botón.

–Adelante equipo A. Corto.

Se percató de que le temblaba la voz.

Silencio.

–Maldita sea, ¿hay alguien ahí?

Tenía la sensación de que iba a estallarle el corazón. Volvió a pulsar el botón.

–Equipo B. ¿Me oyen? ¿Está ahí, Conor? Corto.

–Habla Conor. ¿Qué diablos sucede, señor?

–Mantenga a sus hombres en estado de alerta. Lleve a los huéspedes a la gran galería, pero por lo que más quiera, procure que no cunda el pánico. Si sucede algo comuníquemelo inmediatamente. Corto.

Corrió a la sala de control. No podía hacer nada por los hombres del exterior, se había percatado por la precisión de los disparos de que estaban muertos antes de llegar al suelo.

El técnico de los controles hacía girar desesperadamente los botones. Delante de él, ocho monitores parpadeaban en silencio con unas brillantes líneas de interferencia.

–Maldita sea, ¿qué sucede?

–Todas las pantallas han quedado en blanco hace aproximadamente un minuto, señor –respondió el operador después de volver la cabeza–. No logro activar ninguno de los monitores.

–¿Vio algo antes de que se desconectaran?

–¿En las pantallas? No. Todo estaba perfectamente normal en el exterior.

–Pues no lo está ahora. Alguien ha eliminado al equipo A. Deje esos malditos aparatos y vaya inmediatamente arriba. Póngase a las órdenes del teniente Dunn.

El técnico miró fijamente a Carberry. Tenía el rostro completamente blanco.

–¡No se quede ahí mirando como un idiota! ¡Dése prisa!

El agente agarró su Steyr AUG y salió por la puerta que daba al extenso vestíbulo principal. Pasó entre dos columnas jónicas y giró a la izquierda hacia la escalera. Entonces, parsimoniosamente, como un bailarín cuando reduce el ritmo de su danza para ejecutar un paso más complejo de lo habitual, titubeó y empezó a doblar el cuerpo. Se le arquearon los brazos hacia la espalda y se le cayó el rifle de las manos sobre las baldosas blancas y negras del suelo.

Declan observó cómo caía, vio que su sangre se desparramaba como vino tinto sobre la blancura de la columna y oyó un chillido, ¿o era sólo un eco en el desierto vestíbulo de mármol? Miró hacia la puerta principal y vio la silueta de un hombre a la luz del crepúsculo. Su atuendo era negro de pies a cabeza. Sólo se distinguían sus ojos tras el cristal de su máscara. Miraba fijamente a Declan y le apuntaba al pecho con un subfusil MP5.

TRECE

Habían ensayado tantas veces el asalto que cuando llegó el momento de la verdad resultó casi decepcionante. Habían construido modelos del edificio a escala real y los jardines, a partir de fotografías y planos recientes publicados en guías turísticas. Pero sólo el día anterior habían tenido oportunidad de calcular la fuerza posible de la resistencia que cabía esperar.

A las diecinueve veintidós cuatro hombres se aseguraron el control de la planta baja. Los ocho restantes colocaron escaleras de aluminio junto a las ventanas de la gran galería del primer piso; a los pocos segundos estaban junto a las ventanas, listos para entrar. Cuando Ezekiel dio la señal, los dos de los extremos rompieron un cristal y arrojaron granadas de fogueo al interior de la sala.

Las granadas estallaron simultáneamente, cegando y ensordeciendo a todos los presentes. A continuación, los mismos hombres arrojaron granadas de gas lacrimógeno. En pocos segundos, la sala había empezado a llenarse de una humareda espesa y asfixiante.

Entretanto, los seis hombres del centro utilizaban hachas para abrirse paso a través de las ventanas. Tardaron sólo unos segundos.

Los hombres de los extremos cubrían a los huéspedes con sus MP5, mientras sus compañeros se encaramaban por las ventanas. En aquel momento se abrió una puerta en la pared oeste y entró un agente de la Garda en la sala, con su Steyr listo para disparar. Una nubecilla de gas le acarició el rostro y sintió que se asfixiaba. Levantó instintivamente la mano para frotarse los ojos. Y en aquella fracción de segundo pareció estallar el gas, cuando una ráfaga de balas amputó simultáneamente su mano y su cabeza. Una segunda ráfaga disparada contra la puerta sirvió para desalentar a cualquiera que se propusiera entrar por allí a la sala.

De pronto, en plena nube de gas, alguien empezó a bailar sin música, girando y contorsionándose como un torbellino. Se llamaba Brendan McGlinchey y era uno de los agentes de la Garda destinados a proteger a los huéspedes en la gran galería. Había quedado completamente desorientado por los fogonazos y el estruendo de las granadas. Sin embargo, sujetaba firmemente su rifle Steyr, como si el arma se hubiera convertido en el asa de un universo descontrolado. Le chorreaban los ojos y la nariz y tenía la sensación de que el gas le trituraba las entrañas, como millares de diminutos puñales que le rasgaban los pulmones. Pero en algún lugar de su mente, una fuerza aún mayor que conservaba el control le informaba de lo que sucedía y de lo que debía hacer. Sabía que debía localizar las ventanas y disparar.

Se obligó a abrir los ojos a pesar del gas. El escozor era terriblemente doloroso y se le llenaron los ojos de lágrimas. Los cerró de nuevo. A su alrededor tenía un mundo de locura, de ruidos de animales capturados en una horrible trampa: gritos, aullidos y gemidos sin esperanza alguna de misericordia ni redención. Y en el seno de aquel caos el son de su propia voz, con claridad cristalina, desprovista de toda humanidad. Tenía un cargador completo: treinta balas. Si por lo menos pudiera disparar algunas.

Tantas formas en movimiento, tanto humo, tan poco tiempo. Giró para apuntar en otra dirección. Le pesaban las piernas. Parecía moverse en cámara lenta.

El ruido de otro cristal que se rompía. Brendan afianzó los pies, apuntó en la dirección de la que procedía el ruido y apretó a fondo el gatillo. Se oyó el estruendo de una prolongada ráfaga sin dirección específica. Todas las balas se incrustaron en el techo. El último asaltante que acababa de entrar por la ventana levantó su propia arma, e hizo un solo disparo que le alcanzó en el cuello. La nube de gases lacrimógenos no suponía para ellos ningún problema de visibilidad, pues usaban gafas de visión nocturna que les permitían distinguir un objetivo de tamaño humano a trescientos metros a la luz de las estrellas. Veían el objetivo, apuntaban y daban en el blanco.

Los ocho asaltantes estaban ahora en la sala. Se oyeron disparos al otro lado de las puertas, acompañados de gritos. Los agentes restantes de la Garda resistían valerosamente al reducido grupo que había entrado por la planta baja.

Después de dejar a dos hombres cubriendo a la gentuza, que constituían hasta hace unos minutos personajes importantes y sus guardaespaldas, el jefe del equipo de asalto condujo al resto de sus hombres a la puerta principal. No le pareció oportuno lanzar una granada de fogueo, que afectaría a sus propios hombres que subían por la escalera, además de desorientar a los agentes de la Garda. Ezekiel ordenó a sus hombres que prepararan sus armas para efectuar un solo disparo. Con el pulgar, desplazó la palanca de su propio fusil de la posición efe a la posición e, para realizar también un único disparo.

Al otro lado de la puerta, proseguían el tiroteo. Daba la impresión de oír la televisión en la habitación contigua. Eso le produjo a Ezekiel una sensación más irreal que nunca, como si nada de aquello estuviera ocurriendo, y se preparó para fraguar su propia realidad en un molde de carne y hueso: compartir el sacrificio, el acto de inmolación, sumergirse en el sudor, la sangre y el dolor, convertirse en uno con su Dios; he ahí la esencia de todo. Era la cena del Señor, con el fusil como cáliz. Por segunda vez en su vida, penetraba en el fuego y el humo en busca de amor. Levantó la pierna y abrió la puerta de una patada.

Disparó dos veces y alcanzó a un policía con cada uno de ellos. Dos de sus hombres aprovecharon la oportunidad para cruzar la puerta. Pero cuando el tercero llegó al umbral, una ráfaga le impulsó de espaldas a la sala. De los siete agentes de la Garda que defendían la escalera, sólo dos seguían vivos. El que acababa de disparar la ráfaga se ocultó tras un pedestal de mármol que sostenía un pálido busto georgiano. Ezekiel oyó cómo introducía un nuevo cargador en su fusil y se puso a cubierto antes de que el guardia disparara una ráfaga contra la puerta. Se oyó un solo disparo de un MP5 y el Steyr guardó silencio. Ezekiel salió de nuevo al rellano. En aquel momento, el último policía arrojó su arma al suelo y salió con las manos en alto. Ezekiel lo derribó con un solo disparo en la frente, limpio y sacrificador. No podían permitirse el lujo de tomar presos.

En la gran galería, la barahúnda se convertía en sumisión acobardada. Eran las diecinueve veinticuatro. En la sala soplaba una fuerte corriente de aire, que no tardó en dispersar el gas. Los invitados, vestidos para una noche calurosa, temblaban de frío. Varios de ellos estaban agachados, vomitando. Concepta Carberry se había sentado en una silla que había encontrado y jadeaba penosamente. Cerca de allí, Ciaran Clark hacía todo lo posible para distanciarse de sus invitados. Amina estaba intentando tranquilizar a un grupo de mujeres musulmanas. Se había desprendido ya de su pistola en un jarro vacío; muchos años de experiencia le habían enseñado a distinguir cuándo valía la pena luchar y cuándo era preferible esperar.

Ezekiel entró de nuevo en la sala y vio de reojo un pequeño movimiento. Un guardaespaldas argelino, al recobrar plenamente el conocimiento, intentaba desenfundar el arma que llevaba bajo su chaqueta de esmoquin. Ezekiel se le acercó, apuntó y disparó. El guardaespaldas se desplomó y durante unos segundos sacudió las piernas en el suelo. Ezekiel disparó de nuevo. Ahora permaneció inmóvil.

–Rodríguez, Nielsen, cacheadlos. Todos los que vayan armados son guardaespaldas. Agrupadlos ahí. –Hizo una pausa y levantó un transmisor que llevaba sujeto al pecho–. Habla el casero. Adelante correcaminos. Corto.

Se oyó un ruido, seguido de una voz:

–Correcaminos al habla. Aquí todo está tranquilo.

–Venid aquí inmediatamente. Estaremos listos en cuatro minutos.

–Llegaremos en dos. Corto y cierro.

Se sujetó de nuevo la radio al pecho y habló por el intercomunicador de su laringe.

–¿Freeman? ¿Robbins? ¿Cómo está todo ahí abajo?

–La planta baja está controlada. Tenemos un prisionero. No es árabe.

–Que suba con Freeman. Tú, Robbins, quédate ahí y vigila hasta que bajemos.

Consultó su reloj.

Rodríguez y Nielsen habían reunido a siete individuos, cuyas armas estaban en el suelo. Ezekiel se les acercó.

–¿Eso es todo?

–Todos los que iban armados.

–Matadlos. Ocúpate tú, Rodríguez. Nielsen, comprueba la salida.

No sólo los guardaespaldas no eran de ninguna utilidad para ellos, sino que podían causar problemas en el refugio. Rodríguez cumplió sus órdenes con eficacia y sin precipitarse, como un matarife que sacrificara ganado. Introdujo un nuevo cargador en su fusil; detener la operación para recargar el arma habría sido cruel y poco profesional.

–¡Al suelo! –ordenó.

Uno obedeció mientras los demás le miraban confusos. Pocos entendían una sola palabra de inglés. Rodríguez les indicó con gestos lo que debían hacer y uno tras otro obedecieron. Por fin estaban todos boca abajo en el suelo.

Les disparó dos tiros en la nuca a cada uno. No hubo supervivientes.

Concluida la ejecución, uno de los hombres de la planta baja entró en la sala con Declan Carberry. Con su esmoquin, parecía otro diplomático.

–Reunidlo con los demás –ordenó Ezekiel.

Eran las diecinueve veintiséis cuando Ezekiel se situó frente a los delegados.

–Todos los irlandeses un paso al frente –ordenó, con una voz grotescamente amplificada por el megáfono de su máscara.

Nadie se movió.

–No quiero héroes –dijo–. Sólo me interesan los musulmanes. Los demás podéis marcharos.

Nadie reaccionó.

Ezekiel no podía permitirse el lujo de perder el tiempo. Avanzó hacia el grupo y agarró a Ciaran Clark, cuyo rostro le resultaba familiar de los periódicos. El ministro de Asuntos Exteriores sollozaba cuando apareció ante el grupo.

–Quiero que identifiques a tu gente –ordenó Ezekiel–. Si titubeas o intentas incluir a algún musulmán, te mataré.

Con los ojos mojados y fuego en la garganta, Clark obedeció. Aquél no era su género de batalla. Dejaría que fueran otros quienes enarbolaran el estandarte. Señaló uno por uno a los miembros de su personal y los asaltantes los separaron del grupo para reunirlos en el centro de la sala. Los militares irlandeses Walsh y O'Rahilly, eran fácilmente reconocibles por sus uniformes.

Clark vio de reojo a Declan Carberry y tuvo la tentación de abandonarle, pero habría sido absurdo porque no tenía en absoluto aspecto de árabe. Además, Ciaran necesitaba una víctima propiciatoria a quien atribuir el infortunio. Le señaló con el dedo.

Entonces se acordó de Concepta, acurrucada al fondo entre un grupo de mujeres musulmanas, con su vestido largo y el pañuelo de cabeza. Ciaran avanzó para intentar sacarla del gupo, pero Ezekiel movió la cabeza en sentido negativo y la empujó para que regresara con las demás.

Entonces Amina, antes de que los demás tuvieran tiempo de reaccionar, agarró a Concepta y la llevó al frente del grupo.

–Eres un imbécil –exclamó dirigiéndose a Ezekiel–. ¿No ves que no es musulmana? Se llama Concepta Carberry y es la hermana del primer ministro. Si te la llevas, se organizará un terrible escándalo.

Ezekiel titubeó antes de asentir y luego le ordenó a Concepta que se uniera a los irlandeses.

–¿Y tú? –exclamó Ezekiel agarrando a Amina por el brazo–. Tampoco eres musulmana.

Ciaran Clark avanzó y negó con la cabeza.

–Se llama Amina Bustani y es libanesa –dijo–. Compruebe la lista de invitados si lo desea.

Ezekiel la examinó más detenidamente y recordó su cara de la noche anterior, junto al río, con el jefe de seguridad. Pero ¿quién era esa mujer si la otra era su esposa? No era una delegada, a juzgar por su aspecto y su conducta de la noche anterior. ¿Una agente de la Garda que se hacía pasar por árabe? ¿O algo más interesante? Asintió y la empujó con los demás rehenes.

–Maldita sea, no es una delegada –exclamó una voz desde el fondo.

Declan avanzó con la intención de separar a Amina del grupo, pero el asaltante más próximo le golpeó en la sien con la culata de su MP5.

De pronto su jaqueca desapareció milagrosamente, antes de que Castletown House se derrumbara a su alrededor y él se desplomara bajo su propio peso. El mármol, el cristal y las cornisas doradas se oscurecieron como el plomo.

CATORCE

Dublín
Martes, 18 de septiembre
10.45 horas

Las calles por las que pasaba el coche eran corrientes, al igual que la gente que circulaba por las mismas. O por lo menos eso parecía. Declan ya no era capaz de distinguir lo normal de lo grotesco. Un indefinido dolor de cabeza le recordaba el golpe recibido hacía más de catorce horas. En el hospital de Saint James le habían afeitado parte del cráneo para suturarle la herida. Su mano se dirigía instintivamente al vendaje, como si pretendiera arrancárselo. El dolor que sentía en la cabeza era menos severo que la mayoría de sus jaquecas. En el hospital le habían dado analgésicos, pero le habían advertido que no tomara demasiados, ni con excesiva frecuencia. Como si eso le preocupara.

Había alguien junto a la cama cuando recobró el conocimiento. No era uno de sus propios hombres, sino un individuo de traje gris, con aspecto y modales de pertenecer al servicio secreto. De mucha utilidad iban a ser ahora, pensó Declan. Pero no dijo nada.

¿Cuántas personas habían muerto anoche? Sin duda veinte de sus propios hombres. Todos ellos agentes a los que conocía personalmente, buenos hombres de los que él mismo se consideraba responsable. Y había visto cómo ejecutaban a los guardaespaldas, siete en total, todos desconocidos, de los que también era responsable. ¿Y después de perder el conocimiento? No tenía ni idea. Sólo recordaba haber despertado en la austera habitación del hospital, con dolor de cabeza y las ideas confusas.

El hombre del traje gris se había negado a contestar todas sus preguntas. Había esperado pacientemente mientras le tomaban radiografías y le practicaban una serie de pruebas. Cuando poco después de las diez declararon que estaba relativamente sano, el individuo en cuestión solicitó que le dieran inmediatamente de alta. Los médicos preferían que Declan permaneciera veinticuatro horas en el hospital bajo observación, pero el individuo insistió y se salió con la suya.

Ahora circulaban por Nassau Street, con el largo muro gris de Trinity College a su izquierda. El Volvo negro en el que viajaban no era particularmente imponente ni tenía aspecto oficial, pero el tráfico de media mañana parecía cederle el paso como por arte de magia. Dublín nunca le había parecido a Declan tan irreal, tan insustancial. Adivinaba más o menos hacia dónde se dirigían.

El coche redujo la velocidad junto al edificio gubernamental de Merrion Street y entró por la puerta ministerial del ala norte. Giró a la izquierda hacia un portal cubierto, donde el guardián de Declan le obligó a apearse rápidamente. Un ascensor los llevó al primer piso. La cámara del consejo estaba a pocos pasos. Dos soldados con fusiles Steyr automáticos custodiaban la puerta blindada. El hombre del traje gris les mostró un pase y se abrió la puerta.

Una mesa cuadrada ocupaba la mayor parte de la sala. De las paredes colgaban retratos de personajes históricos, que contemplaban tristemente el presente. Junto a un extremo de la mesa estaba sentado Pádraig Pearse Mangan, con un aspecto más demacrado de lo que Declan hubiera podido imaginar. Cerca de él había otros siete hombres, a los que Declan reconoció: el teniente general Denis Quaid, jefe de personal del ejército, Tómas O'Sullivan, al igual que Declan, subcomisario de la Garda, Martin Fitzsimmons, jefe del C3, Seán Roche, ministro de Justicia, Pat Devlin, comisario en jefe de la Garda, Eoin Ceannt, representante irlandés en la comisión europea para la prevención del terrorismo, y Ciaran Clark, pálido y claramente agobiado. Un taquígrafo, situado a un extremo de la mesa, estaba listo para tomar notas. A juzgar por su aspecto, todos los presentes habían pasado la noche en blanco.

Ciaran Clark se levantó y le ofreció una silla. Pádraig Pearse le miró fugazmente y agachó la cabeza. Reinaba un tenso silencio, hasta que el primer ministro pareció recomponerse.

–Gracias por su presencia, señor Carberry. Lamentamos haberle obligado a abandonar el hospital. Pero tenemos una crisis en las manos y necesitamos formularle algunas preguntas.

–¿Preguntas? ¿Sobre qué? Ni siquiera sé lo que sucedió. Estoy intentando averiguarlo desde que he recuperado el conocimiento esta mañana.

–Subcomisario –interrumpió Roche–, tal vez podría empezar por contarnos las medidas de seguridad que había tomado para la conferencia de Castletown.

Declan miró a su cuñado.

–Cielos, Pádraig, ¿va a contarme alguien lo que sucedió anoche? ¿Está viva Amina Bustani? ¿Qué ha sucedido con mis hombres?

–¿Tendría la amabilidad de contestar la pregunta del ministro de Justicia, señor Carberry? Necesitamos saber algunas cosas.

Declan miró a su alrededor. Las caras de todos sus compañeros parecían de mármol, no reflejaban expresión alguna.

–Por favor, Declan, cuéntales lo que quieren saber. Es lo mejor –dijo Tómas O'Sullivan, aparentemente avergonzado.

Declan quería ponerse a chillar. ¿Por qué le ocultaban la verdad? ¿Le consideraban sospechoso de complicidad con los terroristas que habían atacado la conferencia? ¿Podían ser tan zoquetes?

–Hay una ficha en mi despacho con los detalles de las medidas de seguridad –respondió–. Consúltenla si quieren.

–Queremos oír su propia versión sobre cómo se organizaron las medidas de seguridad. Necesitamos saber quién tuvo acceso a qué. Si hay un chivato en la unidad especial de detectives debemos localizarle cuanto antes.

–No hay ningún chivato. Todos los hombres relacionados con la operación estaban allí anoche. Y que yo sepa, están todos muertos. Si quieren saber lo que falló, empiecen por preguntarle al señor Clark, aquí presente, quién fue el responsable de limitar la fuerza de seguridad a treinta y cinco hombres y de prohibir que se efectuaran registros.

Pat Devlin, el comisario en jefe de la Garda, se inclinó sobre la mesa. Era un viejo amigo, pero su actitud era fría.

–Tenemos entendido que esas decisiones fueron suyas. Al parecer, el primer ministro y el señor Clark intentaron persuadirle para que incrementara las medidas de seguridad, pero usted decidió hacer caso omiso de sus recomendaciones.

Ciaran Clark examinaba atentamente la superficie de la mesa. Pádraig Pearse miraba hacia la lejanía, sin decir palabra.

–Eso es una distorsión deliberada de lo sucedido. Yo...

–Señor Carberry, no le aconsejo que intente atribuir sus propias debilidades operativas al primer ministro y a un miembro del gabinete –dijo Devlin, que era un hombre duro, muy próximo al primer ministro, formado en la lucha contra el IRA.

Declan sabía que no convenía enfrentarse a él a la ligera.

Se había percatado ya de lo que sucedía. Buscaban una víctima propiciatoria a quien culpar del desastre de la noche anterior, ¿y quién mejor que el cuñado del primer ministro? ¿Qué mejor sacrificio, qué prueba más clara de las puras intenciones del gobierno?

–Utilicé los agentes de la Garda que se me facilitaron y los quince soldados del Sciathán Fiannóglach destinados a la operación. Se habían establecido tres turnos de vigilancia. Fue durante el segundo cuando tuvo lugar la redada.

–¿Bajo su mando directo?

–En aquel momento, sí.

–¿Cuál era la jerarquía del mando? –preguntó Roche.

El interrogatorio prosiguió sin interrupción durante más de una hora, hasta que Declan empezó a marearse y sentir náuseas. Le estaban crucificando y no tenía forma de defenderse. Personas más poderosas que él habían decidido que rodaría su cabeza para proteger las suyas.

–Señor Carberry –empezó a decir Pádraig Pearse, con cierto titubeo–, no sabe cuánto lo siento, pero hemos decidido separarle del servicio activo, a la espera de una investigación oficial de la matanza de anoche. Como agente de policía y máximo responsable de la seguridad, no se le puede eximir de culpa respecto a lo sucedido. La investigación determinará si hubo o no alguna filtración, y si la hubo, cuándo y cómo sucedió.

–Queremos un informe completo de las medidas de seguridad adoptadas en Castletown House, los procedimientos de socorro previstos en caso de alguna emergencia, y un análisis detallado de lo que no funcionó. Quiero que esté sobre mi escritorio a primera hora del jueves por la mañana. ¿Está claro?

–Sí, señor.

–Comprendemos que esto es un duro golpe para usted después de todo lo ocurrido, pero entienda que no tenemos otra alternativa. Le damos las gracias por haber venido directamente del hospital. Estoy seguro de que su colaboración no pasará inadvertida a la junta de investigación.

El formalismo extremo de su lenguaje denotaba que Pádraig Pearse estaba terriblemente asustado. No sería fácil eludir las repercusiones de la redada de anoche, sin olvidar la emboscada de la que había sido objeto el embajador británico, además de la bomba y del tiroteo del mes anterior. La cabeza de Declan no sería la única que rodaría. Había otras carreras en juego. No le sorprendería que en pocos días se derrumbara el gobierno en pleno. Era comprensible que intentaran protegerse, cuando todavía podían hacerlo.

Declan se puso de pie, se tambaleó y Tómas O'Sullivan extendió el brazo para sujetarle.

–Estoy bien –dijo–. No es preciso que me acompañen. Conozco el camino.

–Uno de los guardias le acompañará a la puerta. Váyase a su casa y descanse.

–Y ahora que esto está resuelto –dijo desde el umbral de la puerta después de volver la cabeza–, tal vez alguien podría contarme lo que sucedió anoche cuando perdí el conocimiento.

Pero nadie respondió. Se abrió la puerta y el guardia le acompañó en silencio.

QUINCE

Paddy O'Leary le esperaba a medio camino del pasillo. Era secretario particular de Pádraig Pearse, desde varios años antes de que le nombraran primer ministro. Republicano de cuarta generación, había votado por el Fianna Fail poco después de que el IRA oficial abandonó su política de abstención frente a las elecciones. Su pasado era turbio, pero tenía una reputación de hombre duro que cuidaba de su amo como un halcón. Era amigo de Pádraig Pearse desde que iban a la escuela. Según Concepta, O'Leary era la única persona en quien su hermano realmente confiaba.

–Señor Carberry, tenga la bondad de seguirme.

–Ya he terminado –respondió Declan–. Me voy a mi casa. Maldita sea, Paddy, estoy medio muerto.

–Son órdenes especiales del primer ministro, señor. Tenga la bondad.

Órdenes especiales del primer ministro. ¿A qué diablos jugaba Pádraig Pearse? Declan titubeó antes de seguir a Paddy por el pasillo. El guardia no les acompañó.

–Espere aquí, se lo ruego –dijo Paddy después de conducirle a un pequeño despacho–. El primer ministro no tardará.

–¿Puede decirme lo que sucede, Paddy?

–No, señor, no puedo. Sólo sé que ha habido unos trastornos terribles y que lo peor está todavía por suceder. Es todo lo que sé, le doy mi palabra. Lo siento.

Cuando apareció Pádraig Pearse al cabo de veinte minutos, Declan desenroscaba el tapón de un frasco de analgésicos.

–Le diré a Paddy que te traiga un vaso de agua –dijo, y abandonó de nuevo el despacho.

Cuando regresó, Declan comprobó que estaba agotado, que

perdía finalmente el control que había exhibido desde hacía más de una hora.

–¡Madre de Dios! –exclamó después de sentarse frente a Declan.

El despacho estaba escasamente amueblado, con algunas incómodas sillas de madera y una mesa en un rincón, que podía utilizarse para celebrar reuniones.

–Quiero irme a mi casa, Pádraig –dijo Declan.

–Maldita sea, Declan, quédate ahí sentado. Todavía no he terminado contigo.

Paddy O'Leary llamó a la puerta y entró con una bandeja, sobre la que había dos vasos y una botella de agua. Declan sacó unas píldoras del frasco y colocó uno de los vasos sobre la mesa.

–Cielos, Declan, lamento lo ocurrido. No he podido evitarlo, créeme. No puedes imaginarte cuánta presión...

–Ahórrate los discursos, Pádraig. Y, por lo menos, cuéntame lo que ocurrió anoche. Creo recordar que Concepta salió sana y salva. ¿Qué sucedió con los demás? ¿Están todos vivos?

–¿Vivos? Posiblemente. Santo cielo, eso espero. Mira, échale una ojeada a esto.

Se sacó un papel doblado del bolsillo y se lo ofreció a Declan. Le temblaba la mano. Cogió el segundo vaso, se sacó un frasco de petaca del bolsillo y llenó medio vaso de whisky.

–Virgen santa –blasfemó de nuevo mientras se llevaba el vaso a la boca y lo vaciaba de un trago.

Declan no dijo nada mientras se servía otro whisky.

–Supongo que te lo han prohibido.

Declan asintió. Desdobló el papel. Era un papel blanco corriente, como el que se compra en cualquier papelería. En el centro del mismo, sin filigrana alguna, había un mensaje mecanografiado:

> «El profeta que alegue pronunciar una palabra en mi nombre que yo no le haya ordenado pronunciar, o que hable en nombre de otros dioses, incluso dicho profeta morirá.» Palabra de Dios. Alabado sea Dios. Su palabra es la verdad y durará eternamente.

Declan levantó la cabeza.

–Maldita sea, ¿qué es esto?

–Lo he recibido por correo esta mañana. Paddy lo ha encontrado y me lo ha entregado personalmente. La primera cita es del Deuteronomio.

El Señor ha visto y el Señor ha oído grandes debilidades entre los pueblos y los hijos del hombre. Alabado sea el Señor y alabado sea su Hijo. Aleluya. Yo salí de las llamas y no me abrasaron. «Cuando camines por el fuego, no te quemarás; tampoco te abrasará la llama» (Isaías 43, 2). Salí del humo y no me cegó. «Y emergió el humo del pozo, como el humo de un gran horno» (Apocalipsis 9, 2).

–Maldita sea, Pádraig, esto son un montón de bobadas. No me digas que ahora te dedicas a escuchar a los predicadores callejeros.

–Sigue leyendo, Declan.

La abominación de Arabia perecerá por la espada. Los siguientes están con nosotros, sujetos en todo momento al miedo a la muerte, ya que el Señor no tiene misericordia de quienes no le temen ni se asustan de su ira. «Ya que la feroz ira del Señor cae sobre vosotros» (2 Crónicas 28, 11).

De los hijos de Egipto, dos. De las tribus de Arabia, también dos. De los hijos del Líbano, dos, y otros dos de Siria. De los que residen en Argelia, dos, y de Libia, también dos. De los habitantes de la tierra que yace entre los dos mares, donde en otra época se erguía victoriosa la sagrada Constantinopla, dos. De los medos y los persas, dos. De los bazares de Pakistán, dos. De las costas de la lejana Malasia, dos. Mujeres, tenemos seis.

Son compañeros del diablo, y sus vidas no son nada a los ojos del Señor. Recuérdalos cuando entres en la sala del consejo (y pide consejo, pero el mejor consejo es el de Dios. «El consejo del Señor dura eternamente, los pensamientos de su corazón durante todas las generaciones» (Salmo 33, 11).

Declan depositó lentamente el papel sobre sus rodillas.

–Cuéntame lo que sepas –dijo.

Pádraig Pearse le miró fijamente unos instantes, como si intentara adivinar sus pensamientos.

–Mientras estabas inconsciente, pudimos obtener declaraciones de Ciaran y de su personal. Ninguno de ellos sufrió daño alguno. A Concepta, como dijiste, le permitieron marcharse. Está bien, pero la he mandado al campo. Dios sabe que necesita descansar.

»Las únicas víctimas fueron tus hombres y los guardaespaldas. Los asaltantes se llevaron a los delegados y encerraron a los demás en la gran galería. Éstos vieron lo que sucedía a través de las ventanas.

»Los asaltantes tenían un autocar con las ventanas cubiertas junto a la entrada –prosiguió después de tomar un trago de whisky–. Tras subir a todos los rehenes, los asaltantes salieron a toda velocidad. Hacía unos ocho minutos que se habían marchado cuando llegaron a Castletown los primeros refuerzos. Después de comprobar el edificio y asegurarse de que los supervivientes podían salir sin peligro, habían transcurrido como mínimo otros diez minutos.

–¿Qué le ha ocurrido al embajador británico? ¿Fue sólo una maniobra de distracción?

–No, el caballero inglés fue realmente objeto de una emboscada. No cabe la menor duda. No está herido, pero sí muy trastornado. Hubo un terrible tiroteo, como en las películas del oeste. Mataron a uno de sus guardaespaldas e hirieron al chófer. Los agresores habían huido cuando llegaron los zapadores. Pero como tú bien dices, fue una maniobra de distracción para retirar a los zapadores de Castletown y atraer a los de Curragh. Para serte sincero, tuvieron mucho éxito.

–¿El IRA?

–Me parece que no debemos precipitarnos. Eso es lo que dice Downing Street y no pienso discutir con ellos; son evidentes candidatos, ellos o alguna de sus facciones. Pero esa nota que tienes sobre las rodillas no la ha escrito ningún miembro del Sinn Féin.

–¿Crees que es auténtica? Podría ser falsa.

–Falsa, y una mierda. No te quepa la menor duda de que es verdadera.

–¿Estás seguro?

Los analgésicos comenzaban a surtir efecto y a Declan se le empezaban a aclarar las ideas. Se preguntó si le renovarían la receta cuando se le terminaran.

–En primer lugar, no se ha revelado ni una palabra a la prensa de lo sucedido. Ni se hará. Lo estamos tratando con mayor sigilo que el secreto de Fátima. Gracias a Dios que tuvimos el acierto de no invitar a ningún periodista anoche a Castletown. Nadie tiene por qué saber nada.

–Cielos, Pádraig, ¿no creerás que puedes mantenerlo en secreto mucho tiempo?

Pádraig Pearse negó con la cabeza. Parecía muy cansado. Aún peor, parecía haber envejecido. Levantó el vaso y se llenó la boca de whisky.

–Claro que no. Pero debemos procurar que tarde todo lo posible en llegar a la prensa. Lo último que necesitamos es que Dublín se llene de equipos de televisión del mundo entero. He dado órdenes tajantes de que no se divulgue la noticia y creo que así será durante algún tiempo todavía. En todo caso, como te estaba diciendo, eso significa que quien escribió esta misiva sabía exactamente lo que había ocurrido. Por consiguiente, no era una persona cualquiera.

Declan agitó el papel en el aire.

–Maldita sea, Pádraig, esto es obra de un demente.

–¿Tú crees? Me encanta que estés tan seguro. A juzgar por lo que he oído hasta ahora, lo de anoche fue obra de profesionales. Dudo de que encuentres a gente tan meticulosa entre los jesuitas. No creo que estemos tratando con dementes.

–¿De qué se trata entonces? ¿Cuál es el motivo? ¿Qué se proponen?

–No me cabe la menor duda de que pronto lo sabremos. De momento, de lo único que podemos estar seguros es de que alguien ha secuestrado a los delegados, que los tienen en algún lugar ocultos, y que se han puesto en contacto conmigo.

–Eso no es todo –dijo Declan.

–¿Hay algo más?

–Sabemos que no son musulmanes. La nota lo demuestra. No es obra de facciones enfrentadas, ni nada por el estilo. Dudo de que proceda de los grupos de la oposición seglar de Oriente Medio. En mi opinión, los autores más probables son fanáticos extremistas cristianos.

–Madre de Dios, sálvanos de esa gentuza. Pero podrías tener razón. Ordenaré que lo investiguen –dijo al tiempo que levantaba el vaso para tomar otro trago.

–Pádraig, no has acabado de contarme lo que sucedió cuando se marchó el autocar. Debía disponerse de una buena descripción. ¿Cómo no lo detuvieron en ningún control de carretera?

–En menos de una hora se habían instalado controles en todas las carreteras que parten de Celbridge, en un radio de ochenta kilómetros a la redonda. Ni rastro del autocar. Hay dos posibilidades: o bien finalizaron su recorrido dentro de dicho radio, o lograron deshacerse del autocar y utilizaron otro medio para transportar a los rehenes.

–Apostaría por lo segundo. Encontraréis el autocar en algún granero o cobertizo.

–Lo estamos buscando.

Pádraig vació el vaso de whisky y lo echó a un lado. Siempre había sabido controlar la bebida.

–Declan, según Ciaran, anoche le dijiste a Concepta que pensabas abandonarla. Ruego a Dios para que eso no sea cierto.

–Lo es, Pádraig. Nuestra relación ya no da más de sí.

–Vamos, hombre, no puedo creerlo. Al menos con una pareja como la que formáis tú y Concepta, que siempre ha sido ejemplar.

–Eso es mentira, Pádraig, y tú lo sabes. No es demasiado tarde para ella ni para mí. Si viviéramos en una sociedad normal, lo haríamos legalmente, pero tal como están aquí las cosas, no tendremos más remedio que atenernos a las consecuencias.

–Bueno, no te precipites, Declan. No te precipites. Espera a que todo esto haya acabado. Y un poco más. Sería una crueldad abandonarla después de lo que ha sufrido con la pérdida de Máiréad.

–Es a ti a quien necesita, Pádraig, a quien siempre ha necesitado.

–Nos necesita a ambos. Pero hablaremos de eso en otro momento –dijo al tiempo que consultaba su reloj–. Debo marcharme dentro de unos minutos. Tengo una reunión con la Junta de Seguridad Nacional. –Hizo una pausa antes de proseguir–. Declan, lamento haberte sometido a este interrogatorio, pero era indispensable para que pudieras serme de alguna utilidad.

–¿Utilidad? Creí que me poníais de patitas en la calle.

–Hombre, no seas bobo. ¿Crees que querría prescindir de ti en un momento como éste? Todos sabemos que tú no eras responsable de la escasez de personal anoche. Aunque dudo de que otros veinte o treinta hombres hubieran evitado lo que sucedió. Ahora eso no tiene importancia. Lo importante es lo que ocurra en los próximos días y las próximas semanas.

»Te habrás percatado de que tenemos un asunto con rehenes a la vista. Pronto plantearán sus demandas y Dios sabe qué otras cosas. Un rescate, concesiones políticas, o el intercambio de los rehenes por presos en El Cairo o Teherán. Los gobiernos de los rehenes ya han empezado a presionar. Se han celebrado reuniones con embajadores en Dublín y hoy llegarán otros de Londres.

»Hago lo que puedo para conservar la operación en manos irlandesas, pero ya sabes que por muy inescrutables que sean los caminos del Señor, dejar asuntos en manos irlandesas no es uno de ellos. Dudo de poder resistir más de cuarenta y ocho horas, probablemente mucho menos. Todas las agencias principales de seguridad han sido puestas en estado de alerta. Evidentemente, estaremos dispuestos a cooperar con las mismas, sobre todo a nivel europeo. Pero esto es una crisis internacional y puedes apostar lo que quieras a que todo el mundo querrá meter mano.

»Ésa es la razón por la que te he marginado. Lamento que la reunión tuviera que ser tan desagradable, pero estoy seguro de que las demás agencias querrán una transcripción de la misma y, por consiguiente, debía ser convincente. Roche está al corriente de lo que estamos haciendo, al igual que Ceannt y Fitzsimmons. Pero de momento me ha parecido preferible que los demás no lo supieran.

»Declan, quiero que dirijas tu propia operación, al margen de la Unidad Especial y de cualquier otra agencia que intervenga. Se te mantendrá informado de todo lo que suceda, te doy mi palabra. Quiero que lo resolvamos nosotros mismos, sin la intervención de esos capullos del MI5 o de la CIA.

Declan sintió que empezaba de nuevo su jaqueca. Al margen de sus sentimientos respecto a cargar con el mochuelo por la tragedia de la noche anterior, le producía también una sensación de alivio alejarse por fin de todo aquello. Pero ahora Pádraig Pearse le involucraba más que nunca.

–Pádraig, debo redactar un informe. Necesitaré todo el tiempo del que dispongo.

–Santo cielo, Declan, si no te conociera mejor creería que se te ha ablandado el cerebro. El informe se redactará, es indispensable. Pero tú no tienes por qué pensar siquiera en ello. Tengo a un individuo en algún despacho, con una docena de botellas de Guinness y una máquina de escribir. Tranquilízate, hombre, ni siquiera sabrás que lo has escrito.

Declan le miró fijamente. La desesperación estaba ineludiblemente impresa en el rostro del primer ministro y tuvo la tentación de aprovecharse de las circunstancias. Pero estaba cansado y era demasiado viejo para esos juegos. La extorsión era cosa de jóvenes.

–Maldita sea, Pádraig, no esperarás que me ocupe solo de una operación de esa envergadura. La investigación puede extenderse a cualquier lugar.

–Puedes elegir a tu propio equipo. Una docena de los mejores hombres, más si los necesitas. Dispondrás de un grupo de despachos en Merrion Square; Paddy te dará los detalles. Tendrás línea privada con mi despacho y con el de Martin Fitzsimmons. Un grupo de técnicos está instalando ya los ordenadores. Dispondrás de acceso directo a los archivos de la Garda y del servicio secreto. Habla con Martin de los detalles, tiene mi autorización para facilitarte lo que desees.

–Todavía no he aceptado el encargo.

–Lo harás, Declan. Quiero que encuentres a los responsables de este asunto y que los pongas tras las rejas durante mucho tiempo. Si eso no es posible, creo que nadie se preocupará por contar cadáveres. Sin embargo, lo más importante es que los rehenes regresen sanos y salvos a sus casas. De lo contrario...

Pádraig Pearse se estremeció.

–¿Qué sucederá?

–Si algo les ocurre, Declan, todos caeremos con ellos.

El primer ministro se puso de pie.

–Vete a tu casa, Declan, y duerme un poco. Mañana vas a tener un día muy ocupado.

DIECISÉIS

Killiney, Dublín,
Martes, 18 de septiembre
18.55 horas

Había transcurrido el día y era casi de noche. Declan estaba en el jardín de su casa desierta, con la bahía de Killiney a sus pies, donde un oscuro mar entraba y salía. De vez en cuando pasaba allí varias horas sentado, inmóvil, conforme subía y bajaba la marea, oculto por los altos árboles y las sombras que proyectaban sobre el césped jaspeado.

Empezaba a hacer frío. Se había levantado un recio viento de mar, que azotaba las hojas de los árboles. Hasta la muerte de Máiréad, no se había sentado en el viejo banco de madera desde hacía años, ni había contemplado el mar, ni había estado realmente a solas. Ahora, apenas lograba alejarse de allí. Estaba sentado como un anciano, esperando la caída de la noche.

No había logrado dormir en todo el día, como si su mente, temerosa del olvido, anhelara estar despierta. La culpa le atosigaba como un cura un domingo por la mañana. Y el remordimiento, y la tristeza, y un creciente pavor. No había logrado comer ni beber nada. La luz desaparecía del firmamento. El mar oscurecía.

Dentro, sin Concepta, la casa parecía abandonada, no se lo esperaba. A pesar de que en los últimos años ella no pasaba mucho tiempo en casa, el lugar conservaba siempre una sensación de su presencia. Curiosamente, su ausencia incrementaba su sensibilidad respecto a la pérdida de Amina. Acababa de recuperarla y ahora estaba más alejada que nunca. Atrapado entre habitaciones vacías y el mar, le desolaba pensar que pronto pudiera estar muerta, que tal vez ya lo estuviera.

Entró en la casa. Al llegar a la cocina, sonó el teléfono. Se acercó rápidamente a la mesa donde estaba el aparato y lo descolgó, unos instantes antes de que se conectara el contestador automático.

–¿Declan? Habla Martin Fitzsimmons.

–¿Con quién esperabas encontrarte?

–Me ha parecido que deberías saber que han encontrado el autocar. Estaba abandonado en un cobertizo de las afueras de Naas. Están interrogando al propietario de la finca, pero hay un noventa por ciento de probabilidades de que no sepa nada al respecto. Agentes de la Garda lo están examinando ahora en busca de huellas dactilares.

–Diles que no se molesten. Están perdiendo el tiempo.

–Hay muchas huellas.

–Claro que hay muchas huellas. ¿Qué esperas encontrar en un autocar? Si se ha utilizado para el transporte público, y estoy seguro de que lo ha sido, no habrá un solo centímetro sin huellas. Estoy convencido de que los asaltantes no lo limpiarían antes de la operación, para luego cubrirlo con sus propias huellas a fin de ayudar a la policía. Además, algo me dice que no encontrarás sus huellas en los ficheros. –Hizo una pausa–. ¿Habéis descubierto ya lo que hicieron después de abandonar el autocar?

–Hay pruebas de que tenían coches ocultos en el cobertizo. Está todo lleno de marcas de neumáticos. Parece que cargaron a los rehenes y se marcharon.

–¿Todos en la misma dirección?

–Sólo hasta la carretera principal. Entraron en la N7 un poco más allá del cruce de Newhall, por el lado de Drogheda. Hay barro por donde llegaron. Pero entonces unos giraron a la derecha y otros a la izquierda, y a partir de ahí podrían haber tomado veinte direcciones distintas. Lo habrían hecho de todos modos. Podemos estar seguros de que no viajaron en caravana. Les habría salido más a cuenta arriesgarse en el autocar. Después de alejarse lo suficiente, debieron de reunirse en algún lugar convenido de antemano.

Declan reflexionó.

–¿Cómo podemos estar seguros de que no tenían una docena de destinos diferentes? –preguntó–. Que nosotros sepamos, los rehenes no tienen por qué estar en un mismo sitio. Puede que los hayan distribuido entre más de una docena de lugares.

–Cielos, Declan, no se me había ocurrido. La perspectiva de encontrarlos en esas condiciones sería una terrible pesadilla. Aunque, por otra parte, aumentaría el riesgo de que alguien los descubriera casualmente.

–Sólo en un lugar determinado. Todos los demás seguirían a salvo. De todos modos, no es más que una idea. Un escondrijo colectivo sería más fácil de controlar.

–En todo caso se lo mencionaré a Pat Devlin. Pero tendré que decirle que se me ha ocurrido a mí. No sabe que tú estás involucrado.

–Dile lo que quieras. De todos modos no será él quien los encuentre. Lo haré yo.

DIECISIETE

Baalbek, Líbano
Miércoles, 19 de septiembre
07.00 horas

Acababan de finalizar las plegarias matutinas en la mezquita de al-Rida. Aquel ruinoso y abigarrado edificio era el más importante de los numerosos templos chiítas de la ciudad, cuartel general de la rama libanesa de Hizbolá. Numerosas banderas rojas y negras, y amarillas y verdes, adornaban las calles circundantes. En el interior del edificio había abundantes grupos de hombres barbudos charlando. Algunos se estrechaban la mano al despedirse, antes de ir a abrir sus tiendas y despachos. Otros se encontraban con viejos amigos. En primera fila, un grupo de ancianos palpaban las cuentas de sus rosarios. Dispersos entre la multitud, había pequeños grupos de adolescentes, con una barba rala o inexistente, que observaban a los mayores y aprendían a comportarse en la sociedad adulta. Unos pocos niños, todos varones, jugaban discretamente junto a sus padres.

En la puerta de la mezquita, milicianos armados y uniformados con camisa caqui y chaqueta de camuflaje vigilaban atentamente a los transeúntes. No eran los jóvenes que custodiaban habitualmente el recinto de la mezquita, sino expertos milicianos, antiguos guerreros de Hizbolá que habían luchado en la guerra civil y peleaban todavía contra el régimen sionista del sur. Un poco más lejos se habían colocado controles en las calles para evitar que se acercara cualquier tipo de vehículo a la mezquita. Nadie ajeno a la íntima congregación de feligreses, cuyas necesidades espirituales y materiales satisfacía la mezquita, podía penetrar en un radio de quinientos metros alrededor de la misma.

En el interior del templo, algunos rezagados rezaban a solas, ajenos a las conversaciones de su alrededor. En el centro de cada grupo se distinguían los turbantes blancos y negros y las túnicas negras del *ulama*. Había varios iraníes, representantes del gobierno de la República Islámica, o emisarios para dirigir *mujtahids* en los seminarios teológicos de Qum, Karbala o al-Najaf. Muchos de ellos eran jóvenes que apenas habían finalizado su curso de Dars al-kharij. Algunos tenían el Corán en las manos, otros, libros de oración. Se notaba un cierto nerviosismo. A cada momento alguien levantaba la cabeza y miraba hacia la pequeña puerta trasera del edificio.

Se oyó un murmullo de voces junto a la entrada, seguido de un silencio que se extendió rápidamente por toda la mezquita. Entró un grupo de mujeres y se dirigió a la sección femenina, una pequeña zona separada del resto del *masjid* por unas gruesas cortinas grises. Iban vestidas de negro de pies a cabeza y con el rostro cubierto por un velo. Las primeras en entrar fueron las 'Ara'is al-Damm, las célebres «esposas de sangre», vírgenes que habían consagrado su vida a Husayn, nieto del profeta y príncipe de los mártires. Todas habían jurado sacrificar su vida cuando llegara el momento, atacando oportunamente a los enemigos del Islam. Pertenecían en su mayoría a la brigada Sayyida Zaynab, un comando femenino financiado y dirigido por Hizbolá, la principal organización libanesa apoyada por los iraníes.

Las seguían una treintena de mujeres de edades diversas, también vestidas de negro, que eran las madres, hermanas, tías, abuelas y primas de las «esposas de sangre» que ya habían sacrificado su vida por la causa. Andaban sigilosamente, para no molestar a los hombres que oraban. Nadie les dio la bienvenida. Llegarían y se retirarían en silencio.

Como en respuesta a alguna señal convenida, los hombres y adolescentes empezaron a sentarse en filas frente al *minbar*, el púlpito elevado reservado habitualmente para los sermones de los viernes. Empezaron a circular entre ellos los *saqis*, con jarros y copas sobre unas bandejas, y sirvieron *sharbat* de agua de rosas a los feligreses, acompañado de discretas bendiciones.

La noche anterior había corrido la voz de que Sayyid Muhammad Husayn Fadlullah pronunciaría un sermón después de la plegaria del *fajr*. Últimamente, el sumo mandatario de Hizbolá y maestro religioso de dicha organización raramente aparecía en público. Para algunos de los presentes, ésta sería la primera oportunidad de escucharle en persona. Para otros, la de oír de nuevo la voz que les había inspirado y guiado en la lucha durante la guerra civil y la invasión.

Se abrió la puerta trasera y entraron dos jóvenes clérigos, seguidos del jeque en persona. Ahora era un hombre de sesenta años, canoso y serio, pero por su forma de andar parecía mucho más joven y sus ojos brillaban con una emoción apenas contenida. Llevaba el turbante negro en lo alto de su cabeza, como una corona. Mientras sus ayudantes se situaban uno a cada lado del púlpito, él subió por la escalera del mismo y se sentó en el penúltimo peldaño.

Nadie hablaba. Nadie se movía. Todas las miradas convergían en Fadlullah.

–*Bismillah al-Rahman al-Rahim* –dijo–. *Al-hamdu li 'llah rabb al-'Alamin, wa sala 'llah 'ala sayyidina wa mawlana Muhammad wa alihi al-tahirin, wa la'natu 'llah 'ala a'da'ihim wa ghasibi huqubihim wa nasibi shi'atihim wa munkiri fada 'ilihim min al-jinn wa 'l-uns min al-awwalin wa 'l-akhirin ila yawm al-din.*

Concluido el exordio, fijó la mirada en la congregación. Por la expresión y tono de su voz, todos habían adivinado ya que sus noticias no eran halagüeñas.

–Os felicito, pueblo de Dios. Habéis defendido con firmeza, tesón y lealtad la fe verdadera. Devotos del Profeta, que en paz descanse, devotos de los santos imanes, devotos del mártir Husayn. Hemos compartido un sinfín de aflicciones. Hemos contemplado una infinidad de ríos de sangre vertida sobre la arena de nuestra patria, la sangre de nuestros hijos e hijas, de nuestros hermanos y hermanas. El Líbano se ha convertido en un campo de Karbala para nuestro sacrificio y Beirut en un cementerio para nuestros hijos.

Hizo una pausa y miró hacia la larga cortina gris, tras la que se encontraban las mujeres.

–Hoy se encuentran entre nosotros las 'Ara'is al-Damm. Que Dios y el imán reinante se sientan satisfechos de ellas. Que el Profeta y su hija Fátima las bendigan. Sirva su valentía de ejemplo a nuestros hombres. Las felicito: quiera Dios depositar pronto las llaves del paraíso en sus manos.

Un pequeño escalofrío recorrió la sección de las mujeres. Las palabras del jeque no se prestaban a confusión posible: muy pronto, las voluntarias recibirían la orden de entrar en acción. Entre las que ahora estaban tras la cortina, algunas no tardarían en morir.

–No son muchas las obligaciones de todos los creyentes: rezar, observar el ayuno, participar en una ocasión al peregrinaje a La Meca, dar limosna, evitar lo prohibido y aferrarse a todo lo bueno. Pero actualmente tenemos otra obligación colectiva: desencadenar la *jihad* contra los enemigos del Islam hasta que el mundo vuelva a Dios. *Wa qatiluhum hatta la takuna fitnatun wa yakuna 'l-din li 'llahi.* Luchar contra ellos hasta vencer el mal y que la religión pertenezca a Dios. Lo prometido por Dios se convertirá indudablemente en realidad.

»Pero hoy el corazón del Islam ha recibido una terrible puñalada.

El silencio era sepulcral, un mar de rostros permanecía inmóvil, todos los pechos se aguantaban la respiración, la mirada de cada uno de los presentes estaba fija en los labios del predicador.

–Los delegados que se trasladaron a Irlanda para asistir a la conferencia de intelectuales musulmanes han sido secuestrados por un grupo de cruzados y sionistas. Entre ellos se encontraba mi amigo y maestro, perla luminosa de la fe, padre de virtudes, *Fakhr al-Milla wa 'l-Din*, jeque Mu'in Usayran. Todos los presentes le conocéis y amáis tanto como yo. En este mismo momento, sus comentarios sobre la palabra de Dios se encuentran en los hogares de todos los creyentes. Pero mientras pronuncio este discurso, su vida y la de sus compañeros cuelga de un hilo.

»Pueblo de Dios, deseo que regreséis a vuestras casas y recéis por la vida de nuestros rehenes. No habrá manifestaciones. La publicidad sólo pondría innecesariamente vidas en peligro. Lo que hagamos se llevará a cabo discretamente. No carecemos de medios. Incluso en nuestra debilidad, disponemos de la fuerza de millares. Como ha dicho Dios: «*In yakun minkum mi'atun yaghlibu alfan min alladhina kafaru bi-annahum qawmun la yafqahuna*». Si fuerais un centenar y esperarais pacientemente, venceríais a un millar de incrédulos, porque son personas ignorantes.

El jeque guardó silencio. De los feligreses llegaban algunas voces: llanto por los mártires, maldiciones contra los enemigos de los imanes y promesas de venganza contra los adversarios del Islam. Esta última calamidad había despertado de nuevo toda su aflicción, toda su ira y toda su frustración en la vida. Muertes de recién nacidos, cánceres, fallecidos en campaña, hambre, pobreza, la ira cotidiana del exilio, la humillación permanente de la vida en los pueblos del sur y en los suburbios de Beirut, cosechas perdidas, matrimonios fracasados, exámenes suspendidos y vidas arruinadas, todo ello emergió en una marea de lamentaciones por la suerte de unos hombres y unas mujeres casi desconocidos para ellos.

A lo largo de los siglos, los chiítas libaneses habían sido avasallados y menospreciados. La prosperidad de las últimas décadas les había pasado prácticamente inadvertida. Habían contemplado la aniquilación de sus casas, sus fincas y sus negocios, y lo único que veían ahora eran aviones israelíes, buques de guerra norteamericanos y armamento ruso. Eran los desventurados de la tierra. No tenían nada que perder que no hubieran perdido ya.

Cuando cesaron los lamentos, el jeque se puso de pie y bajó del púlpito. Muchos se apretujaron a su alrededor para cogerle y besarle la mano. Saludó a los conocidos, bendijo a los niños que se le acercaban y sonrió benignamente a todos los que acudieron a él. Sus ayudantes tardaron más de veinte minutos en conducirle hasta la puerta por la que había llegado. Mientras uno de ellos la mantenía abierta, su compañero ayudaba al jeque a cruzar el umbral. Cuando se cerró la puerta, las lamentaciones de los feligreses continuaban en el interior de la mezquita.

Estaban en un pequeño cuarto precariamente amueblado. De una pared colgaba una enorme fotografía del imán Jomeini, y de otra la del imán Musa al-Sadr, líder revolucionario chiíta, desaparecido hacía muchos años durante una visita a Libia.

En una silla de acero tubular había un hombre alto sentado. Cuando Fadlullah entró en la habitación, se puso inmediatamente de pie. Se acercó al jeque, agachó la cabeza, le cogió la mano y se la llevó a los labios.

–Abu Hida –susurró Fadlullah al tiempo que le estrechaba la mano–. Me alegro muchísimo de que hayas venido. Mi angustia ha terminado. Pediré que nos traigan café. Luego hablaremos. Hay un trabajo para ti.

DIECIOCHO

Merrion Square
Dublín
Miércoles, 19 de septiembre
08.30 horas

Declan había pasado la mayor parte de su vida familiarizado con el terror. Cuando tenía dieciocho años, comenzaron los disturbios en el norte, que no tardaron en extender su sombra por toda la república. Poco después de ingresar en el cuerpo de policía, al terminar sus estudios en el University College, le trasladaron a la brigada especial, donde trabajó en el sexto departamento, responsable de controlar la actividad del IRA en el sur.

En 1974, cuando las bombas de los defensores del Ulster causaron veinticinco víctimas mortales en Dublín, él fue uno de los primeros en presentarse al lugar de la tragedia. Desde entonces, al igual que muchos de sus compatriotas, había vivido con el temor de una escalada en el conflicto del norte, que arrastraría al sur a una espiral de terror y venganzas, hasta convertirse en una guerra civil. Su abuelo había luchado en los años veinte y había visto de primera mano cómo aquella contienda sanguinaria desgarraba familias y ciudades. Declan nunca había olvidado sus advertencias. El peligro había disminuido, pero persistía la amenaza, silenciosa, latente tras todo lo que hacía y decía.

Había visto toda suerte de locuras a lo largo de los años, que habían pasado por su despacho como producto de la más tortuosa imaginación. Pero esto era diferente. Lo sabía. Lo olía. Lo que había ocurrido en Castletown no era obra del IRA, del Ejército Nacional de Liberación Irlandés, de la Fuerza de Voluntarios de Ulster, ni de ninguno de los grupos terroristas contra los que Declan había luchado día tras día. Esto era algo foráneo, ejecutado por motivos que ni siquiera era capaz de imaginar. *El Se-*

ñor ha visto y el Señor ha oído grandes debilidades entre las naciones y los hijos del hombre.

Había llegado a su nuevo despacho a las ocho y media. Era un refugio subterráneo, construido hacía unos años para albergar a los miembros del gabinete y a los altos funcionarios, en caso de un ataque nuclear. Desde hacía algún tiempo, estaba abandonado y sin ninguna utilidad prevista. Se accedía al mismo por una tienda de libros antiguos en Upper Mount Street, desde cuyo sótano un túnel conducía al otro lado de la calle. Una empinada escalera llegaba al refugio, bajo el pequeño parque situado en el centro de Merrion Square.

El anticuario era hermano de Martin Fitzsimmons, un hombre de absoluta discreción. Su clientela era escasa. Los libros que vendía eran aburridos y de unos precios exageradamente abusivos. Los pocos bibliófilos que entraban en su tienda solían abandonarla poco después sin haber efectuado ninguna compra.

Lo único que lamentaba Declan Carberry era la gran proximidad de las oficinas gubernamentales en Merrion Street. No podía evitar preguntarse qué estarían tramando allí en aquel mismo momento.

Paddy O'Leary había entregado a Martin Fitzsimmons la lista de veinticinco hombres y mujeres confeccionada por Declan, y Martin se había encargado de transferirla a «servicios especiales», sin explicación alguna. Declan los conocía a todos y les dio la bienvenida a su llegada. A las nueve menos diez, todos ocupaban sus puestos.

Los teléfonos, los faxes y los ordenadores estaban conectados. Un módem de alta seguridad facilitaba su acceso al ordenador nacional de la policía y, a través del mismo, a los ficheros de seguridad europeos. Destinaron tres operadores a controlar lo que la Garda, la unidad especial de detectives y el C3 descubrieran sobre los rehenes. Declan no quería duplicar sus esfuerzos.

A las nueve reunió a su equipo en una gran sala, convertida en cuartel general de la operación. Siguiendo sus instrucciones, todos habían acudido a trabajar vestidos de paisano; no quería despertar la curiosidad de nadie haciendo que la gente viera a un grupo de policías uniformados en la librería menos frecuentada de Dublín. Posiblemente, el *Herald* publicaría conjeturas sobre una red de pornografía. Era, después de todo, lo que media ciudad esperaba desde hacía años.

–Quiero agradeceros a todos vuestra participación en esta operación. Es justo que sepáis desde el primer momento que vamos a trabajar fuera del marco estricto de la ley. A decir verdad, el primer ministro no está autorizado a ordenar una operación secreta sin la aprobación ni conocimiento del parlamento, del gabinete, o del Consejo Nacional de Seguridad. Oficialmente, he dejado de ser jefe de la unidad especial de detectives y, en realidad, he sido suspendido del servicio activo. Ahora, mi mera presencia aquí dando instrucciones supone una infracción de las condiciones de mi suspensión.

»Por consiguiente, es más que probable que si algo falla en esta operación, el primer ministro y todos los demás involucrados negarán todo conocimiento de la misma. Si fracasamos, no cabe esperar misericordia por su parte. Puede que se os suspenda o incluso que se os destituya. Si esto supone un problema para alguno de los presentes, es libre de marcharse. Porque si decidís quedaros, la decisión será irreversible. No habrá vuelta atrás. A decir verdad, yo sería el primero en marcharme si no estuviera metido ya hasta el cuello en este asunto.

Miró a su alrededor. Su último comentario había provocado sonrisas, pero nadie parecía sentirse incómodo. En la sala había hombres y mujeres con quienes había trabajado estrechamente en el pasado. Dominic Lawlor. Tim O'Meara, que había perdido un ojo en una redada a una fábrica de bombas de Glasnevin en 1983, y que sólo había podido salvar su carrera gracias a la intervención personal de Declan. Maire O'Brien, con quien Declan había pasado seis meses para localizar a una banda de secuestradores cerca de un pueblo de Offaly, responsables del secuestro de media docena de industriales y del asesinato de dos de ellos. Todos le miraban fijamente. Nadie se movía, ni manifestaba indicio alguno de querer marcharse. Había elegido bien.

–Gracias –dijo–. Espero que ninguno de vosotros tenga razón alguna para lamentar su decisión más adelante. Ahora, antes de entrar en materia, es preciso establecer algunas normas básicas. En primer lugar, en esta operación se trabajará las veinticuatro horas del día. Todos los permisos quedan anulados hasta nueva orden y todo el personal permanecerá en este refugio hasta que se concluya la operación. Los dormitorios necesitarán un poco de ventilación. He pedido ropa limpia para las camas, toallas, etc. No es el Shelbourne pero estaréis mucho más cómodos que en los servicios de vigilancia.

Se oyó una serie de murmullos en la sala.

–Os lo he advertido, la decisión es irreversible, no hay vuelta atrás. Después de esta reunión, podéis llamar a vuestras casas para anular los compromisos que tuvierais. Pero necesito que estéis aquí por si surge alguna emergencia. Dominic organizará las guardias esta mañana y os dividirá por equipos. Grainne Walsh será mi lugarteniente. Si necesitamos más personal, nos lo mandarán, pero prefiero trabajar con el menor número de personas posible. Eso significa que os exigiré el doble de trabajo y el doble de compromiso a cada uno de vosotros. Si alguien se hace el remolón, no necesitará la bendición del primer ministro para que le destinen a los campos de patatas de Galway.

Hizo una pausa. En esta ocasión no se oyó murmullo alguno.

–En segundo lugar, esta operación es bastante más que secreta. No debéis mencionar vuestro trabajo a nadie, absolutamente a nadie. Eso incluye a vuestras esposas, maridos, novias, novios, padres, cartero, e incluso al confesor, en el supuesto de que alguno de vosotros acostumbre a confesarse. Si alguno siente una necesidad imperante de que le absuelvan, traeré aquí a un cura y le encerraré en el refugio.

Hubo varias sonrisas. El pecado no era una preocupación importante para ninguno de los presentes. Todos habían presenciado suficiente perversión humana para no prestar atención a las pequeñas transgresiones.

A continuación, Declan explicó lo mejor que pudo lo sucedido en Castletown House. Fue lo más difícil de su discurso y lo que más le había preocupado durante toda la noche anterior. Todos los presentes conocían personalmente a los agentes muertos en la redada, y algunos eran íntimos amigos. Cuando concluyó, a muchos se les habían llenado los ojos de lágrimas. Pero sabía que ahora podía contar con ellos, independientemente de lo que sucediera y de la cantidad de noches que tuvieran que pasar juntos en el refugio. Todos arriesgarían mucho más que su empleo para encontrar a los asesinos y hacer justicia, de un modo u otro.

Se sacó un papel del bolsillo.

–Esta mañana he recibido esto por el sistema de fax Corea –dijo–. Un mensajero motorizado ha entregado el original durante la noche en Iveagh House. Sólo le ha visto el vigilante nocturno y no se ha molestado siquiera en tomar nota de la matrícula. Hasta ahora, los secuestradores se han salido con la suya. Pero ya se ha incrementado la seguridad en todas las oficinas gubernamentales donde puedan recibirse mensajes. Debemos ponérselo difícil, forzarles la mano.

Abrió el papel y lo leyó:

> Quiénes o qué somos carece de importancia. Lo que importa es que veintiocho vidas están en nuestras manos y que empezarán a morir si no se satisfacen nuestras exigencias. Lo que pedimos es sencillamente justicia.
>
> Primero, que cese la prohibición en Arabia de todas las religiones a excepción de la musulmana y se autorice el culto público a los cristianos.
>
> Segundo, que se restituyan en Irán todas las propiedades a las iglesias y se legalice la conversión de musulmanes al cristianismo.
>
> Tercero, que se busque y castigue a los responsables de la persecución de cristianos en el sur de Sudán, y que se abandone todo intento de imponer la ley islámica a los no musulmanes.
>
> Cuarto, que cesen las restricciones a las que están sometidos los coptos en Egipto para la construcción de iglesias, y que se detenga y juzgue a los musulmanes responsables de ataques a los cristianos en Asyut y otros lugares.
>
> Quinto, que se concedan los mismos derechos a los misioneros cristianos en estados islámicos que a los misioneros musulmanes en Occidente.
>
> Sexto, que se levanten todas las restricciones relacionadas con la importación, impresión y distribución de Biblias en los países islámicos.
>
> Cuando nuestras peticiones hayan sido satisfechas, liberaremos a los rehenes sanos y salvos. Sois responsables ante Dios de presentar nuestras peticiones a los gobiernos pertinentes. Como muestra de vuestra cooperación, debéis poner un anuncio en el *Irish Times* mañana por la mañana. Bastarán las palabras: «Confiamos en Dios». Si no es así, será necesario ejecutar al primero de nuestros rehenes.

Nos pondremos en contacto con vosotros mañana a las nueve de la noche. Imploramos a Dios que reine el buen sentido y podamos ejercer misericordia. De lo contrario, la ira del Señor es inmediata y su venganza veloz.

Se hizo un prolongado silencio. Declan dobló el papel y se lo guardó de nuevo en el bolsillo. En el fondo de la sala, alguien se armó del valor necesario para formular la pregunta que todos se hacían.

–¿Ha aparecido el anuncio?

Declan cerró momentáneamente los ojos. Estaba cansado. Las secuelas de la tragedia de Castletown House eran visibles en su rostro.

Negó con la cabeza.

–No –respondió–. El vigilante no se molestó en entregarle la nota a nadie hasta que han llegado a trabajar esta mañana. Cuando se ha leído el mensaje, el *Times* ya estaba en la calle.

DIECINUEVE

Despacho del director y coordinador
Servicio secreto, Irlanda del Norte
Stormont Castle
Belfast
Miércoles, 19 de septiembre
09.55 horas

–Debería conseguir una esposa, Perkins. Lo hacen gratis.

–Sí, señor. Eso me han dicho.

Perkins había sido visto en un club de la «milla dorada» de Belfast, relacionándose con una dama de dudosa reputación. No era una ofensa particularmente grave, por la que Willoughby fuera a organizar un escándalo. Pero en Belfast, un agente del MI5 debía ser cauteloso con sus relaciones. Las trampas amorosas eran corrientes y frecuentemente mortales, cuando no para la víctima, para alguien de quien hablaba.

–¿No comprende que ha cometido una estupidez y que tendrá que marcharse? Es una mancha en su conducta. Lo peor que podía haber hecho.

Perkins asintió avergonzado.

–Sí, señor, ya lo había pensado.

–De modo que ya lo había pensado. Ha actuado usted como un imbécil. ¿En qué estaba pensando? No sabía que tuviera ese género de debilidades.

–No, señor. No suelo tenerlas. Pero en esta ocasión... bebí un poco más de la cuenta, señor, y esa mujer...

–Sí, bueno, no me interesan esas paparruchas, Perkins. Constará en su expediente y no me importa decirle que tendrá un efecto negativo en su carrera. Yo, en su caso, pensaría en buscarme otro empleo. Y ahora, dígame, ¿ha traído la ficha de O'Dalaigh que le pedí?

Perkins se alegró, con la esperanza de que después de aquel rapapolvo se olvidara el incidente.

–Sí, señor, aquí está –respondió al tiempo que le entregaba una carpeta.

–Dice que ayer fue vista. ¿Por qué no lo he sabido hasta ahora?

–Un pequeño tropiezo en las comunicaciones, señor.

–¿Qué significa eso exactamente?

–No estoy seguro, señor. Eso es lo que me han dicho.

–Pues averígüelo y asegúrese de que no vuelva a ocurrir. Y ahora lárguese de mi vista y llame a Harker.

Geoffrey Willoughby se acomodó en su silla y hojeó el informe. Ocupaba el cargo de director y coordinador del servicio secreto MI5 en Irlanda del Norte desde hacía años, pero tenía todavía la sensación de andar sobre ascuas, de controlar tan poco los acontecimientos como a su llegada, y de que en cualquier momento todos sus planes podían estallarle literalmente en las narices.

Pero el verdadero peligro no eran las bombas o las balas, sino el insidioso incremento del cinismo. Se esparcía como el óxido, incluso en el más bruñido de los metales. Desde hacía años observaba a políticos, intelectuales, militares y espías, con sus impecables planes y astutas estrategias, y les veía oxidarse uno tras otro. Desde Londres, aquello parecía un juego sin sentido, pero un juego al fin y al cabo. Pero aquí no gozaba del lujo de la distancia. Empezaba a sentirse presa del desaliento y la decepción, y detectaba las primeras manchas de óxido en su propia armadura. Atrapar a Maureen O'Dalaigh y a sus muchachos constituía su esperanza de bruñirla de nuevo, antes de que llegara el momento de regresar a su país.

Se abrió la puerta y entró Anthony Harker. Cuando la cerró a su espalda, parecía excluir el mundo entero: el departamento, Stormont Castle, Belfast y la totalidad de Irlanda del Norte. En realidad, la puerta era innecesaria. Su propia actitud constituía una barrera que le aislaba del resto del universo.

Willoughby sonrió y le indicó que se sentara. Harker era un hombre ya entrado en los cuarenta, si bien aparentaba muchos menos. Aunque no era tanto su aspecto físico lo que despertaba la atención, como su rostro. Un rostro que le obligaba a uno a mirarle, no de una forma global sino con creciente interés, por lo poco que revelaba. Nada alteraba su expresión, su poder de autocontención estaba tan desarrollado que sabía instintivamente que era capaz de cualquier cosa.

Harker le permitía al director recuperar su confianza, creer en algún tipo de victoria, o por lo menos en una forma digna de salir de aquel embrollo. Lo que Harker era y había sido constituía un misterio incluso para Willoughby que, por lo menos nominalmente, era su jefe. Poco después de su llegada a la provincia, Willoughby había descubierto que, por mucho que abarcara su control, éste no incluía a Harker. Éste era algo especial, diferente, intocable, casi sagrado. Siempre había estado y seguiría estando ahí, incluso cuando Willoughby se marchara y otro director ocupara su lugar. Harker era el corazón y el cerebro del departamento, y en el supuesto de que muriera, lo sería su espíritu.

–O'Dalaigh ha dado señales de vida –dijo Willoughby.

–Eso tengo entendido.

–¿Has visto esto?

–Hace unos minutos.

–¿Te parece fiable?

–No me cabe la menor duda. Pierce es digno de toda confianza. Tiene ojos de lince. Pero no es sólo el hecho de que se la haya visto. Algo se fragua. Algunos de sus personajes más importantes se han puesto en movimiento.

–No son los personajes importantes quienes me interesan, sino O'Dalaigh. Ya lo sabes.

–No obstante, ella forma parte de lo que se esté fraguando. Mis hombres tienen el oído pegado al suelo. La policía real de Ulster ha movilizado a sus mejores sabuesos. Es cosa de un par de días. La encontraremos.

–Me alegro. No me decepciones. Y asegúrate de traerla viva. Quiero al resto de la unidad de servicio activo. Hasta el último hombre.

–Haré todo lo posible.

Se hizo una pausa y, con la misma, un cambio de actitud. Con Anthony Harker, Willoughby había encontrado el camino a los más oscuros recovecos de la jungla de Irlanda del Norte.

–¿Y aquel otro asunto? –preguntó el director–. ¿Ya está resuelto?

–¿Wetherell? Me he ocupado de todo. No ha habido ningún problema.

–¿Significa eso que ahora todo está de nuevo seguro?

Harker movió la cabeza en sentido negativo.

–No del todo. Todavía queda Carberry. Es un objetivo muy difícil. Las repercusiones serían terribles si se llegara a descubrir nuestra intervención.

–Soy perfectamente consciente de ello. Haz lo que puedas. Asegúrate de que no haya más filtraciones.

–¿Eso es todo?

Willoughby negó con la cabeza.

–Hay algo más –dijo el director–. Ha llegado de Londres esta mañana.

Levantó un papel de su escritorio y se lo entregó a Harker sin hacer ningún comentario. Harker lo leyó y se lo devolvió.

–Veo que ha empezado.

–Creo que ha llegado el momento de que te desplaces a Dublín. De lo contrario las cosas se saldrán de quicio.

–Muy bien. ¿Y si se me necesita aquí?

–De momento yo me ocuparé de eso. Hasta ahora has hecho un buen trabajo. Me siento tranquilo con la situación.

Harker se incorporó, como si estuviera dispuesto a marcharse, pero se sentó de nuevo.

–¿Debo hablarle a Mangan de Scimitar?

–Todavía no –le informó Willoughby.

–Le ayudaría a comprender…

–No. Más adelante, si aparece algún contratiempo. De momento, no tiene por qué saberlo. Y si se va, mejor que no sepa nada. Por su propio bien.

–Muy bien. Haré los preparativos necesarios para estar en Dublín esta tarde. Adviérteles de mi llegada y de que cuento con tu autorización.

Harker se levantó sin cumplidos y abandonó el despacho. Willoughby se estremeció mientras se sacaba una pequeña agenda del bolsillo. La consultó rápidamente y marcó un número de teléfono. Después de sonar varias veces alguien descolgó el auricular.

–¿Ciaran Clark? Habla Geoffrey Willoughby. A ser posible, me gustaría charlar contigo en privado.

VEINTE

Dublín
Miércoles, 19 de septiembre
10.05 horas

–Me sabe mal reconocerlo, pero creo que tienen razón –titubeó Dominic Lawlor, pero con la tozudez de alguien convencido de algo y decidido a expresarlo contra viento y marea–. Me refiero a los musulmanes. A su forma de actuar. Ya sabe... su abuso de autoridad. Ejecutan a las personas que no son de su agrado, apedrean a las mujeres. Después de todo, nosotros somos cristianos, ¿no es cierto?

Declan le miró fijamente. Dominic siempre le había parecido un hombre justo, que ejercía una influencia tranquilizante en sus subordinados, un buen policía que detestaba profundamente a los fanáticos.

–¿Piensa alguien más de ese modo? –preguntó Declan.

Nadie respondió, pero intuyó que varios de los presentes estaban de acuerdo. Había sabido desde el primer momento que aquélla no sería una operación fácil.

–En tal caso, quiero que me comprendáis sin ninguna ambigüedad. Si eso es lo que crees, Dominic, que los terroristas tienen razón, prefiero que te marches ahora mismo. Así como cualquiera que piense del mismo modo. Os voy a dar tiempo a todos para que lo reflexionéis. Pero no quiero a nadie en mi equipo que piense, aunque sólo sea momentáneamente, que la gente a la que perseguimos pueda tener razón, o que exista alguna justificación para sus actos, o que sus víctimas se lo hayan buscado. ¿Me he expresado con suficiente claridad?

El rostro de Lawlor estaba pálido como la cera. No esperaba semejante exabrupto. Pero sabía que Declan no hablaba en vano. Su elección era fácil: aferrarse a sus convicciones y marcharse, o reflexionar. De no haberse tratado de Declan Carberry, no habría dudado en coger su abrigo y marcharse a casa.

–Bien –dijo Declan–, creo que esta reunión ya se ha prolongado lo suficiente. Si alguien tiene algún problema, puede mencionármelo luego.

Sabía que la mejor forma de conseguir que su equipo dejara de preocuparse por la misión encomendada consistía en ponerles a trabajar cuanto antes.

–Casi todos tenéis algo que hacer. Quiero informes provisionales sobre mi escritorio a la una del mediodía. Liam y Grainne, os ruego que vengáis ahora a mi despacho.

Liam Kennedy y Grainne Walsh habían pertenecido a la unidad de apoyo especial de la fuerza especial de choque de la policía, una brigada de acción rápida creada en la década de los setenta, para responder a una serie de secuestros en Irlanda, muchos de ellos organizados por el IRA provisional. La unidad de apoyo especial había trabajado con la fuerza de choque en misiones secretas, aportando sus conocimientos de vigilancia electrónica. Ahora había dejado de existir, pero algunos de sus miembros pertenecían todavía a la brigada especial.

Declan cerró la puerta.

–Me alegro de contar con vuestro apoyo para esta misión –dijo–. Disponéis de la experiencia adecuada. Sé que habéis hecho cosas parecidas antes, pero quiero estar seguro de que no vais a decepcionarme. No quiero a nadie en este equipo que no esté dispuesto a concluir el trabajo.

–Resulta un poco confuso todo esto, ¿no, señor? –dijo Grainne, que había estudiado dos cursos de Derecho en el Trinity College antes de abandonar la carrera para ingresar en la policía.

El hecho de haber dejado los estudios no había sido porque le resultaran difíciles, ya que aprobaba los exámenes sin esfuerzo alguno, sino debido a una creciente convicción de que, cuando se licenciara, se encontraría en el lado erróneo del sistema jurídico. Poseía una de las mentes más agudas del cuerpo de policía y Declan no quería en modo alguno perderla. Sabía que si intentaba disfrazar las dificultades, a la hora del almuerzo habría regresado a Harcourt Street.

–¿Confuso? Sí, lo es –respondió–. Y tampoco van a ponerse las cosas más fáciles. Ni siquiera estoy seguro de que la actuación del primer ministro sea correcta, o de que yo haga lo que debo al cooperar con él en este asunto. No obstante, confío en su criterio. Entre nosotros, a veces da la convincente impresión de ser un imbécil. Pero ¿hay algún político que no la dé? Pádraig Pearse no tiene un pelo de tonto. Y en esta clase de asuntos es bastante experto.

»El problema es que incluso él tiene limitaciones. Si no queremos que esta operación se paralice cuando intervengan los británicos y todos los demás, no podemos depender de la información procedente del despacho del primer ministro ni de los servicios secretos. Si queremos saber lo que ocurre, tendremos que averiguarlo por nuestra cuenta. Por consiguiente, nos interesa instalar cuanto antes nuestros equipos de vigilancia. Mañana, a estas horas, tendremos tantas posibilidades de intervenir una línea telefónica en Irlanda como de convencer al papa de que use preservativos.

–¿Qué teléfonos, concretamente, debemos intervenir? –preguntó Liam, que era oriundo de algún lugar de Kerry, como Kenmare o Sneem.

Declan sabía que nunca le habían gustado algunos de los trabajos que se había visto obligado a hacer en otra época, cuando su unidad vigilaba grupos políticos no violentos.

–Todos los que se te ocurran –respondió Declan antes de mencionar la lista que había elaborado mentalmente–: El cuartel general de la Garda Síochana en Phoenix Park y el cuartel general del área metropolitana en Harcourt Street. El despacho del primer ministro, evidentemente. Iveagh House. El servicio secreto civil y el militar. Las embajadas de Oriente Medio. Y la británica, para mayor seguridad. Eso bastará de momento. A no ser que se te ocurra alguno más.

Grainne hizo una mueca.

–¿Qué ocurre, inspectora Walsh? –preguntó Declan–. ¿Alguna objeción, jurídica o moral? Aquí eres mi lugarteniente y quiero estar seguro de que obedecerás mis órdenes o actuarás por iniciativa propia.

–No, señor, ninguna objeción. Es sólo que los objetivos que acaba de mencionar no serán fáciles. La mayoría comprueban regularmente las líneas. Y será muy difícil controlar tantos teléfonos a la vez con el escaso personal del que disponemos aquí.

–Tienes razón. Probablemente necesitaremos algunos operadores experimentados. Ocúpate de organizarlo. ¿Qué aparatos necesitamos?

–Bueno, para empezar, convendría instalar un grabador internacional de comunicaciones. Es un aparato con el que se pueden grabar ciento veinte conversaciones simultáneamente. Por sí solo no nos sería de gran utilidad, pero si le podemos acoplar un Racal Timesearch estamos salvados. El Timesearch comprobará automáticamente las cintas, a una velocidad seiscientas veces superior a la normal. Tarda dos minutos en leer veinticuatro horas de grabación. Podemos programarlo para que vigile ciertas palabras o frases clave, por ejemplo «rehén».

–De acuerdo. ¿Dónde podemos conseguirlo?

–Tienen uno en la central de correos.

–Bien, escribiré una autorización. En cuanto a la instalación de micrófonos, me gustaría que utilizarais vuestra discreción. Hay personas con las que ambos habéis trabajado en Telecom Éireann, estoy seguro de que cooperarán debidamente presionadas. Tratad a todos los demás con mucho tacto. Vosotros mismos podréis decidir con quién conviene y con quién no conviene hablar. Contadles lo menos posible, pero aseguraos de su cooperación. Apelad a su patriotismo, o algo por el estilo.

»Os daré una lista de las personas que conocen esta operación. Acudid a ellas en primer lugar. Os facilitarán toda la ayuda que necesitéis. Incluso cuando los europeos dominen la situación, podremos contar con la ayuda de algunos de los nuestros.

En aquel momento sonó el teléfono y Declan levantó el auricular. Escuchó atentamente. Vieron cómo cambiaba la expresión de su rostro. Si no hubiera estado ya pálido debido a su terrible experiencia anterior, habrían visto cómo desaparecía el color de sus mejillas.

Colgó suavemente el teléfono y, durante unos momentos, permaneció con la vista fija en la superficie de la mesa. Luego levantó la cabeza para mirarles.

–Han matado al primer rehén.

VEINTIUNO

Phoenix Park
Dublín
Miércoles, 19 de septiembre
10.30 horas

Martin Fitzsimmons esperaba junto a la entrada. Más allá, semioculto entre la bruma, se encontraba el verde y húmedo Phoenix Park. El cuartel general de la Garda apenas era visible tras el jardín. Declan había acudido a aquel lugar con más frecuencia de la que le gustaba recordar, pero hoy era diferente.

–Aquí ha sido donde le hemos encontrado –dijo Martin sin preámbulos–. Es uno de los delegados egipcios, un individuo llamado 'Abd al-Halim 'Abbud.

–¿Estás seguro? ¿Tienes la certeza de que ése era su nombre?

Le sonaba, aunque no recordaba exactamente de qué.

Caminaban por el húmedo césped hacia el monumento a Wellington. Declan apenas se percató de los coches aparcados de la Garda, los hombres de uniforme negro y la ambulancia que esperaba para trasladar el cadáver. Todo tenía una deprimente familiaridad. Sin embargo, en el espacio de un día, había aprendido a verlo todo como si lo contemplara desde la lejanía.

–Ha sido identificado hace media hora por un agregado de la embajada egipcia. Puedes hablar con él si lo deseas. Se llama Hafiz.

–No me interesan individualmente los rehenes. Quién fuera o lo que hiciera ese tal 'Abd al-«como se llamara» no me ayudará a encontrar a sus asesinos. Sólo quiero comprobar si hay algo, alguna pista, algún indicio, algún error, que me conduzca a ellos.

–Cabe decir que tienen sentido del humor.

Llegaron al pie del monumento de piedra gris, que se elevaba setenta y dos metros hacia el firmamento, el obelisco más alto del mundo. El cadáver estaba acurrucado en los peldaños de la base, diminuto junto a la enorme columna, como un sacrificio a una divinidad pagana. Parecía innecesariamente cruel haberle abandonado ahí, lejos del calor del sol, envuelto en la niebla. Tenía un amable rostro barbudo. Ahora Declan lo recordó, era el hombre que Ciaran Clark había presentado a Concepta, el jefe de la delegación egipcia. Declan se preguntó si tendría esposa e hijos.

–¿Humor? No veo nada gracioso.

–Bueno, no era exactamente humor a lo que me refería. Pero... –respondió mientras señalaba el monumento–, el lugar elegido parece particularmente apropiado.

–Un egipcio al pie del único obelisco de Dublín. ¿A eso te refieres?

Fitzsimmons asintió al tiempo que se mordía la lengua por haber mencionado la palabra humor. Detestaba aquel tipo de trabajo. Inspeccionar cadáveres en fríos parques no era lo suyo. Después de todo, no era policía. Desde el primer momento había sido un hombre de ideas que actuaba entre bastidores.

–¿Quién lo ha encontrado?

–Una patrulla de la Garda.

–¿Por casualidad?

Fitzsimmons negó con la cabeza.

–No. Se recibió una llamada desde una cabina de Trim. Hemos mandado agentes a la zona. Llamaron directamente al cuartel general de la Garda.

Movió la cabeza en dirección al largo edificio a su derecha. El lugar era apropiado en más de un sentido, pensó Declan. A su espalda, tras Chesterfield Road, la avenida que cruzaba el parque, estaba el cuartel general del ejército, donde se encontraba el Ministerio de Defensa. Más allá estaba Aras an Uachtarain, la residencia oficial del presidente, antiguo palacio del virrey. Frente al mismo se encontraba la residencia del embajador norteamericano. Y a continuación, para completar casi una elipse de regreso al monumento, se elevaba la enorme cruz construida en 1972 para conmemorar la visita del papa Juan Pablo II. Numerosas muestras del estado irlandés y de sus relaciones exteriores. ¿Era el simbolismo intencional o existía sólo en la imaginación de Declan?

–¿Ha tocado alguien el cuerpo?

–Todavía no. Si es cosa del IRA, es posible que hayan colocado una bomba.

Declan negó con la cabeza.

–No habrá ninguna bomba.

–Hemos tenido que incrementar el servicio de seguridad del presidente y del embajador norteamericano. Esto está demasiado cerca.

–Ésos no son sus objetivos. Retira a los hombres adicionales de la embajada. No queremos que el embajador sospeche y empiece a hacer preguntas. Para eso sobrará tiempo más adelante.

Miró a su alrededor. A lo lejos, una pareja cruzaba el césped a caballo, cerca del campo de polo. El cabello de la mujer flameaba tras su cabeza como una pequeña bandera. Iba montada sobre un caballo gris. En una ocasión, durante unas de sus pocas vacaciones en el Líbano, él y Amina habían cabalgado varios kilómetros por la playa a pleno sol. Alejó el pensamiento de su mente.

–¿Dieron alguna razón? No tuvimos tiempo para cumplir sus exigencias y no tenemos forma alguna de comunicarnos con ellos.

Fitzsimmons miró el cadáver, situado sólo a unos pasos. El egipcio estaba empapado por la niebla y el rocío. Había sido un hombre apuesto. No sabían todavía cuánto tiempo llevaba muerto.

–No recibí personalmente la llamada, ni está grabada. Después de todo, no la esperábamos.

–Maldita sea, Martin, se supone que todo está controlado día y noche.

–Me limito a repetirte lo que me han dicho. Puede que la hayan grabado, no lo sé. El que ha hecho la llamada ha dicho que debíamos saber que hablaban en serio. Que moriría un rehén cada día, hasta que se vieran satisfechas sus demandas. Le ha dicho a la telefonista que había un cadáver al pie del «duque de hierro». Luego ha colgado.

Se acercaron al cadáver. 'Abd al-Halim tenía las manos atadas a la espalda con una cuerda. Llevaba una túnica blanca y un paño del mismo color alrededor de la cabeza, manchado de sangre junto a la sien izquierda, donde había recibido un balazo.

Sus pies estaban cubiertos por unas finas zapatillas de cuero. Yacía torpemente, como un niño dormido. Sus ojos, completamente abiertos, miraban hacia el monolito gris. Declan acercó la mano y se los cerró.

Sin decir palabra se agachó y movió el cuerpo para enderezarlo. Cedió con facilidad y supuso que el rigor mortis hacía tiempo que había pasado.

No tenía más heridas. Examinó rápidamente sus manos, brazos, piernas y pies, pero no halló nada inusual. Tendría que esperar a ver lo que encontraban los expertos en la autopsia. Pero cuando empezó a enderezar el cuerpo, algo le llamó la atención. El reloj de pulsera parecía impropio de su sencillo atuendo. Se agachó de nuevo y le levantó el brazo. Era un reloj corriente, pero la correa era de un rojo intenso y en su esfera redonda figuraba la inscripción siguiente: «Una hora más cerca del retorno del Señor». Era la correa lo que le había llamado la atención.

Se lo quitó y examinó el reverso. Era de acero inoxidable, barato y sin pretensiones, a excepción de la enormidad de lo que proclamaba su esfera. El segundero giraba a la velocidad prescrita, como si pretendiera burlarse de quien lo llevaba. En el reverso, en letra menuda, figuraba el nombre de su fabricante: End Time Products Inc., Decatur, Illinois.

Declan se guardó el reloj en el bolsillo y dejó el brazo del difunto en su posición original. Fitzsimmons fingió no darse cuenta.

–Tendrán que actuar cuanto antes si no quieren que esto se repita con frecuencia –dijo Declan cuando regresaban a la calle.

Fitzsimmons asintió.

–El primer ministro ha convocado una reunión con los representantes de los países involucrados. Algunos llegarán en avión desde Londres esta mañana. Otros estarán representados por su personal de la embajada aquí en Dublín.

–Quiero que se me avise en el momento en que los secuestradores se pongan de nuevo en contacto. Asegúrate de que todas las líneas de entrada y salida de los edificios gubernamentales estén controladas y de que se graben las llamadas.

–Haré todo lo que pueda. Por cierto, Declan, ¿cómo crees que decidieron a quién matar primero?

Declan se encogió de hombros.

–Probablemente al azar.
–Estaba pensando... –La voz de Fitzsimmons se perdió en la lejanía–. El caso es que su nombre empieza por «a».
La idea le cayó a Declan como una puñalada. Amina Bustani sería siempre una de las primeras en cualquier lista.
–Tal vez. Pero no nos sirve de nada.
–Creí que podría serle útil al primer ministro. Podríamos saber en qué gobiernos concentrarnos, según el mayor riesgo de ciertos rehenes.
–Todos están en peligro, Martin. Ahora matarán a unos cuantos y luego utilizarán alguna estratagema para ganar tiempo. A no ser que uno de nosotros los encuentre antes.
–Ya se está llevando a cabo una búsqueda masiva, Declan. Tendrán que ser extraordinariamente listos para mantener a tanta gente escondida durante mucho tiempo.
Declan negó con la cabeza. Habían llegado junto a su coche. Abrió la puerta. La niebla era progresivamente densa en la cúpula del obelisco. Una manada de pájaros migratorios describió un impaciente círculo sobre el parque zoológico. Todo en su mente presagiaba el invierno, al que no se atrevía a enfrentarse sin la esperanza de Amina.
–Eso ya lo tendrán previsto, Martin. Puedes estar seguro de que lo habrán calculado todo hasta el fin.

VEINTIDÓS

Estaba sentado en una roca contemplando el océano. El aire olía a mar. Por su espalda soplaba un frío viento del este hacia el oscureciente horizonte. Cada aspiración le recordaba largos días en otra costa. Otra época, otro lugar, otro mundo. Se preguntaba si algún día volvería a ver América. En realidad no importaba, de todos modos su padre estaba siempre con él, dondequiera que fuere. Pero sentía afinidad con el lugar y creía que todavía le quedaba allí una importante misión por cumplir. Aún soñaba con regresar victorioso a su casa y construir su nueva Jerusalén en el desierto.

Una gaviota emitió un bronco chillido al volar por encima de su cabeza. Se estremeció ligeramente al sentirse azotado por una ráfaga de viento. Oyó un ruido a su espalda. Volvió la cabeza y vio a Ezekiel, que se le acercaba por la playa. Le reconoció por su gorra roja de béisbol y su chaqueta de plástico verde. Observó cómo andaba, con paso más firme al llegar a la arena dura de la orilla, sorteando rocas cubiertas de algas. Entre ellos había charcos de agua salada abandonados por la marea. Ezekiel los saltó con gracia y elegancia. Respiraba sosegadamente cuando llegó junto a su maestro. Sólo sus ojos delataban la ligera presión que sentía.

–Tenemos problemas. Creo que deberías venir y verlo con tus propios ojos.

–Te he dicho que no quería que me molestaran.

–Lo siento. Pero puede ser importante. Se trata de algo de lo que prefiero no ocuparme solo.

Apretó los labios, con una mezcla de enojo por la interrupción y de gratificación por la deferencia que su lugarteniente le mostraba.

–¿De qué se trata? –preguntó.

Así habían acudido a él los discípulos por primera vez, junto al mar de Galilea. Ahora se los imaginaba, a Pedro, a Santiago y a Andrés, cuando se le acercaban a la orilla del agua. Puede que cuando todo esto terminara se trasladara a Israel para vivir con sus discípulos en la costa de Galilea.

–Uno de los argelinos dice que está enfermo.

–¿Dice que está enfermo? Bueno, ¿lo está o no lo está?

–Eso parece. No tiene buen aspecto.

Regresaron juntos a una especie de granero de escasa altura, donde guardaban a los rehenes. Había una única puerta, vigilada día y noche por hombres armados con subfusiles AK-47. Sus escasas ventanas habían sido tapiadas. El interior estaba iluminado por una serie de bombillas, alimentadas por un generador de gasolina situado en un cobertizo cercano.

Entraron los dos en el edificio, dividido a lo largo en dos mitades, con un amplio pasillo en el centro. Estaba organizado como un cuartel militar, con la única diferencia de que las camas estaban separadas por unos gruesos tabiques de madera, que formaban hileras de celdas abiertas. Dichos tabiques eran, evidentemente, de construcción mucho más reciente que el resto del edificio. La estructura, utilizada originalmente para albergar ganado y guardar grano en invierno, se había construido inicialmente con paredes de piedra local y techo de bálago. El bálago, podrido y desintegrado desde hacía mucho tiempo, había sido reemplazado por planchas metálicas acanaladas. Los tabiques de madera correspondían a la misma época.

Cada una de las celdas albergaba a un rehén. Las mujeres estaban en una sección aparte al fondo del edificio, separada de la de los hombres por una puerta maciza, con sus correspondientes letrinas y lavabos, y vigilada constantemente por dos hombres armados. No había mujeres entre los guardias. El maestro había considerado y rechazado la idea, para evitar dificultades disciplinarias. Había tenido problemas con las mujeres en otras ocasiones.

El argelino estaba tumbado en la cama, en la tercera celda a la derecha. El jeque Hasan al-Turki, uno de los dos delegados saudítas, estaba sentado al borde de la cama. Lo habían desatado y permitido que abandonara su propia celda para que actuara como intérprete. Él y el enfermo habían logrado comunicarse en árabe tradicional, una versión del lenguaje clásico utilizada entre personas cultas, por mucho que se diferenciara su idioma cotidiano.

El argelino se llamaba 'Ali Bouslimani. Tenía casi sesenta años, era profesor de filosofía en la Universidad de Argel y uno de los principales teóricos del FIS (Frente Islámico de Salvación). Tenía el rostro pálido como la cera y respiraba con dificultad. Al-Turki le sostenía la mano y le hablaba con afecto.

Cuando aparecieron el maestro y Ezekiel, el saudita se puso de pie. Se le veía profundamente irritado.

–Hay que atender enseguida a este hombre –exclamó–. De lo contrario morirá.

El maestro le empujó a un lado para acercarse a la cama y mirar a Bouslimani. El argelino miraba con los ojos desenfocados.

–¿Qué le ocurre? –preguntó el maestro.

–Padece *khunaq*. No sé bien cómo se traduce al inglés. Es una afección cardíaca muy grave. Sus medicamentos están en su habitación de Castletown House. La fuerte impresión recibida durante el asalto y el trato recibido desde entonces le han puesto muy enfermo. Debe ser trasladado al hospital más próximo.

–Eso es imposible –respondió el maestro.

–Entonces hay que llamar a un médico. Es preciso hacer algo. De lo contrario morirá.

–Lo siento, no puedo permitirlo.

–¿Me está diciendo que no ha tomado ninguna medida médica preventiva para los rehenes ni para su propia gente?

–Dios es nuestro único médico –se limitó a responder.

–¿Habla usted de Dios? ¿Qué dios mata a personas inocentes, coge prisioneros y los ata como si fueran animales?

El maestro volvió la cabeza para hablar con Ezekiel.

–Llévatelo de aquí. Yo me ocuparé de esto.

Al-Turki se acercó de nuevo a la cama.

–Deje que me quede con él. Y déme papel y pluma. Quiere que les escriba una carta a su esposa e hijos en Argelia

–Nadie va a escribir nada. Y ahora quiero que se vaya.

Al-Turki era bajo y sin mucha fuerza física, pero intentó defenderse. Su túnica estaba manchada con la sangre de un policía, al que había intentado ayudar antes de que le sacaran a rastras de Castletown House.

–Todos tenemos familia. Es injusto y cruel no mandarles noticias de nuestra situación. Estoy seguro de que no puede perjudicarles permitirnos que les escribamos.

El maestro le dio un soberano bofetón en la cara. Al-Turki se tambaleó, retrocedió, pero recuperó la compostura.

–Será juzgado –exclamó.

–Aquí soy yo quien juzga. Ezekiel, llévatelo de aquí.

En cuanto se retiraron, el maestro se agachó para acercarse al enfermo. Bouslimani extendió una mano y le agarró la muñeca. No hablaba inglés.

–*Ana marid...* –susurró en árabe–. *Utlub li tabiban... Ana ma'it...*

El maestro colocó la mano sobre el enfermo. No entendía palabra de lo que decía, pero supuso que pedía ayuda.

–Rezaremos juntos –dijo–. Le pediré a Jesucristo que te cure. Sólo tienes que creer en él. Deja que el Señor borre tus pecados, deja que te convierta en un hombre completo. –Hizo una pausa–. Deja que yo te dé vida.

Pasó más de una hora junto al lecho del moribundo, rezando con la cabeza gacha, e implorando su curación y su salvación. De vez en cuando pasaba un guardia armado, que miraba con curiosidad hacia el interior de la celda. Se oía algún que otro grito de los demás rehenes, en inglés, árabe o persa. Por lo demás, el edificio estaba sumido en un profundo silencio, mientras todo el mundo contenía la respiración a la espera de algo indefinible. Tras las cortinas una mujer lloraba. Nadie acudió a consolarla. Un hombre que se creía Jesucristo y a veces Dios rezaba en voz baja al oído del moribundo.

VEINTITRÉS

Saint Stephen's Green
Dublín
Miércoles, 19 de septiembre
18.35 horas

Declan consultó su reloj y levantó la mirada al cielo. Se hacía tarde. Seamus Cosgrave debía haberse reunido con él hacía media hora. No era propio de él retrasarse. Habían hablado brevemente por teléfono hacía tres horas y Cosgrave le había prometido estar en el parque poco después de las seis. No era su lugar habitual de encuentro, pero Declan le había aclarado que se sentaría en un banco cerca de la fuente de los juncos. Cosgrave no podía equivocarse.

Declan se levantó y dio un paseo. No le acompañaba ningún guardaespaldas. Si alguien le seguía, él mismo lo averiguaría. Se dirigió hacia los estanques, mirando entre los árboles por si alguien le vigilaba. No detectó nada inusual.

Vio a Cosgrave que se acercaba por el puente y se cruzaron sin saludarse. Ambos conocían el procedimiento. Cosgrave siguió andando en dirección a la fuente, sin haber dado indicación alguna de que anularan la entrevista. Declan dio un rodeo hasta su punto de partida, para comprobar que nadie había seguido a Cosgrave.

Cosgrave le esperaba sentado en un banco, con un ejemplar abierto del *Herald*. Declan se instaló al otro extremo del banco.

–Llegas tarde.

–Por Dios, señor Carberry, éste es un lugar público. He tenido que cerciorarme. Si alguien nos viera juntos...

Seamus Cosgrave era el confidente principal de Declan dentro del IRA desde hacía ya once años. Declan le había detenido por contrabando de armas, pero tras una pequeña investigación surgieron otros cargos de mayor gravedad. No había pruebas irrefutables, pero Declan logró convencerle de que le condenarían.

Puede que no hubiera funcionado, de no haber sido porque Cosgrave se había casado hacía un año con una joven encantadora llamada Teresa, de la que estaba locamente enamorado. Cosgrave tenía entonces más de treinta años, había pertenecido al movimiento toda su vida y estaba hambriento de compañía femenina. Empezaba a sentir resentimiento por el tiempo que pasaba alejado de su Teresa. Durante los interrogatorios, los policías encontraban divertido encontrarse con un militante del IRA enamorado. Pero Declan no se rió una sola vez. El amor le había otorgado poder sobre Seamus Cosgrave.

Para empeorar la situación, Teresa acababa de tener un hijo, Joseph, y los Cosgrave hablaban ya de hermanitos y hermanitas. Seamus, el menor de doce hermanos, era, en el fondo, un padre de familia. Sin lugar a dudas asesino y republicano recalcitrante, pero esposo afectuoso y padre cariñoso en el hogar. Lo trágico, pensó Declan, era que aquello en Irlanda estaba lejos de ser excepcional.

Declan no tardó en convencer a Cosgrave de los enormes problemas que le esperaban si no cooperaba. Con los cargos que se presentarían contra él, pasaría una larga temporada en Kilmainham. Joseph sería adulto cuando saliera. Teresa habría dejado, desde hacía mucho, de ser la joven delgada y vivaz con quien compartía la cama. Sugirió posibles infidelidades y la poca fiabilidad de otros hombres.

Seamus intentó pactar con fragmentos sueltos de información, pero Declan quería más. Quería controlarle personalmente, para toda la vida. En resumen, un matrimonio con la propia vida como precio de la infidelidad. Por fin acordaron un año en la cárcel y una deuda que Seamus pagaría luego lentamente, y que todavía seguía pagando. Y que Declan cobraba personalmente. Seamus era su fuente de información, su confidente, su trofeo, y no se lo entregaría a nadie.

Pasaron dos curas, enfrascados en una conversación. Un grupo de chiquillos jugaba con una pelota que había visto mejores tiempos. También pasó una joven en una silla de ruedas autopropulsada, con el rostro contorsionado por el dolor. Manaban inacabables chorros de agua entre los juncos, que caían a la fuente. En el firmamento, unas densas nubes grises amenazaban la ciudad.

–¿Cómo está Teresa? –preguntó Declan.

–Está bien. ¿Sabía que murió su madre hace unos meses?

–Sí. Lo siento. ¿Era muy mayor?

–Tenía más de noventa años. Vio cómo leían la proclamación del Levantamiento desde el edificio de correos, según solía decir. Era una mujer extraordinaria. Hasta hace más o menos un año, nunca dejó de ir a misa. La echamos mucho de menos.

–Y los niños, ¿cómo están?

–Muy bien. Joseph ganó un premio de irlandés la semana pasada. El año próximo quiere ir de vacaciones a Gaeltacht. Los hermanos disponen de un lugar en Galway.

–Eso he oído.

Declan hizo una pausa. Hasta ahora no se habían dirigido la mirada. Tanto subterfugio, pensó, ¿para qué?

–Me enteré de lo de su hija, señor Carberry. Fue terrible. Debe de estar usted desolado.

–Peor de lo que imaginas, Seamus. Pero no hablemos de ello. –Guardó silencio unos instantes y luego continuó–: ¿Qué puedes decirme del lunes por la noche?

–¿El lunes por la noche? ¿Qué ocurrió?

–Lo sabes perfectamente, Seamus. ¿Fueron los tuyos o la INLA?

–¿Lo del embajador? ¿A eso se refiere? Los responsables pertenecen al batallón de Dublín. Órdenes especiales.

–¿Cuál era su plan?

–Ninguno. El consejo militar recibió una filtración de la embajada. Sabían dónde estaría Reynolds aquella noche y organizaron una emboscada. Sólo pretendían mostrarle su vulnerabilidad. No se proponían matarle ni secuestrarle.

–¿Por qué no se me informó? ¿Por qué no me lo advertiste? No fue un incidente sin importancia.

–Me he enterado esta mañana. Y ustedes también han guardado el secreto –respondió Cosgrave mientras agitaba el periódico–. Aquí no se menciona una palabra del incidente. Ni en ningún otro lugar. ¿Qué sucede?

Declan miró de reojo a su confidente. Cosgrave había envejecido, pensó, aunque tenía poco más de cuarenta años. Sus mejillas estaban pálidas. Parecía cansado y nervioso. La vida entera en el movimiento le había aportado poca paz. Pensó que probablemente no mentía.

–¿Qué me dices de Castletown? –preguntó Declan–. ¿Fue también cosa del batallón de Dublín? Creía que no estabais capacitados para hacer algo semejante.

Cosgrave bajó el periódico y miró a Declan.

–¿Castletown? ¿Dónde diablos está eso?

–En Celbridge. Aquel gran edificio que hay allí. Castletown House.

–¿Cuándo tuvo lugar?

–Al mismo tiempo que la emboscada. El lunes por la noche. Y no me digas que no ocurrió nada, porque yo estaba allí.

Cosgrave dejó el periódico sobre el banco.

–Sólo tuvo lugar la emboscada, señor Carberry. Se lo juro por Dios, eso fue todo.

–Acabas de decirme que te has enterado de lo de la emboscada esta mañana. Puede que todavía no sepas lo de Castletown.

–¿Fue un trabajo importante?

Declan asintió.

–Muy importante.

–Entonces me habría enterado. No le quepa duda, señor Carberry, lo sabría. Esta mañana he estado con Gerry Noonan y me lo ha contado todo respecto a la emboscada, que tuvo éxito y que no hubo víctimas, a excepción de un guardaespaldas inglés. No ha mencionado nada relacionado con ninguna redada.

–Seamus, la emboscada fue una maniobra de distracción. No fue nada en sí, sólo mucho ruido para atraer a todas las unidades próximas de la Garda y de los zapadores. Entretanto, un grupo de hombres armados atacó Castletown House y tomó como rehenes a unas personas muy importantes. No digas a nadie que te lo he contado. ¿Entendido, Seamus?

Cosgrave asintió con nerviosismo.

–No se preocupe, señor Carberry. No he oído nada.

–Escúchame, Seamus, yo no creo en las coincidencias. Dos actos terroristas importantes, a pocos kilómetros y escasos minutos el uno del otro, no ocurrieron por casualidad. Había algo organizado de antemano. ¿Me comprendes, o quieres que te hable más despacio?

–Le entiendo perfectamente, señor Carberry. Se explica usted con mucha claridad, siempre se lo he dicho. Pero le juro por Dios que no sé nada de la redada y también me atrevería a jurar que no hay nadie en el movimiento que lo sepa.

–No obstante –insistió Declan mientras contemplaba cómo un aeroplano cruzaba por encima de las nubes–, los dos incidentes están relacionados. Quiero que averigües para mí en qué consiste dicha relación. Quiero saber quién y cómo se benefició de la emboscada. ¿Se hizo por dinero, publicidad desaprovechada, concesiones políticas? Se te pagarán todos los regalos de Navidad para la familia si obtienes esa información y me la facilitas.

Cosgrave estaba inquieto y miraba nervioso de un lado para otro. Si le veían hablando con el jefe de la unidad especial de detectives, su vida no tendría valor alguno.

–Caramba, señor Carberry, es mucho lo que me pide. Podría costarme la vida, se lo aseguro. Esa emboscada era sumamente secreta.

–Siéntate, Seamus, y escúchame. Necesito con urgencia esa información. Murió gente en Castletown House. En su mayoría agentes de la Garda. Mis propios hombres. Muchas otras vidas están en peligro. Tráeme lo que te pido en veinticuatro horas y serás bien recompensado. Si me decepcionas, tendré que desenterrar tu ficha.

–¿Veinticuatro horas? ¡Virgen santísima!

Declan permaneció inmóvil. Miraba a Cosgrave de reojo mientras vigilaba por si alguien se paraba más de lo normal, o prestaba excesiva atención a los dos individuos sentados en un banco del parque. Sabía lo que Seamus estaba pensando, le conocía tan bien como a sí mismo. En cualquier momento formularía su pregunta.

–¿Será ésta la última vez, señor Carberry? ¿Quedaremos en paz? Sería el mejor regalo de Navidad que podría recibir.

Como todos los confidentes, Seamus Cosgrave soñaba con el día en que sería libre, cuando facilitaría su última información y le soltarían las riendas. Desde hacía once años convivía diariamente con el temor de ser descubierto, torturado y ejecutado. Y sólo un hombre, Declan Carberry, podía librarle de su carga y concederle la libertad.

–Puede que lo sea, Seamus, puede que lo sea. Si la información que me facilitas es lo suficientemente buena y permite que me acerque a la gente que busco, estoy dispuesto a olvidar lo tuyo.

–¿A quién busca?

–A los responsables del ataque en Castletown House. Quiero atraparlos a toda costa, Seamus. No puedes imaginarte cuánto anhelo encontrarlos. Tanto como capturar al asesino de Máiréad.

–Entonces me aseguraré de que los encuentre.

Se puso de pie. Cuando se agachó para recoger el ejemplar del *Herald* que había traído consigo, se percató de que Declan lo había sustituido por otro del *Evening News*.

–No me llames al número habitual, Seamus. Ahora ya no sirve. Encontrarás otro número en el periódico. Puedes mandarme un mensaje a cualquier hora, de día o de noche. Asegúrate de dar señales de vida en las próximas veinticuatro horas. No esperaré más. Manos a la obra. Vigilaré para asegurarme de que no te siguen.

Cosgrave se guardó el periódico en el bolsillo y se dirigió al puente. Declan observó cómo se alejaba. Lo único en lo que podía pensar era en Amina.

VEINTICUATRO

Despacho del primer ministro
Dublín
Miércoles, 19 de septiembre
21.00 horas

Como estaba previsto recibieron la llamada a las nueve en punto. Pádraig Pearse dejó que el teléfono sonara tres veces antes de levantar el auricular.

–Soy el primer ministro –respondió–. ¿Con quién hablo?

Se hizo una breve pausa. El despacho estaba lleno de hombres silenciosos, algunos de ellos agachados junto a diversos aparatos de escucha. Controlaban, grababan y trataban de localizar la llamada. En despachos cercanos, numerosos expertos esperaban para analizar la voz y examinar el mensaje, en busca de cualquier pista que pudiera contener. A lo largo y ancho del país, se habían cancelado los permisos de los policías y todas las unidades estaban en estado de alerta las veinticuatro horas del día.

–Mi nombre no importa. Soy quien soy –respondió una voz ronca y mecánica, distorsionada por algún tipo de codificador.

–Escuche, amigo –susurró Pádraig Pearse, a quien no había pasado inadvertida la referencia bíblica–. No me importa que sea Dios en persona, esto tiene que acabar. Su maldito mensaje nos llegó demasiado tarde. Pero eso no le impidió matar a un inocente.

–Nadie es inocente. Nacemos en el pecado y morimos en el pecado si no estamos con el Señor. ¿Ha encontrado usted a Jesucristo, señor primer ministro? ¿Le ha permitido penetrar en su corazón?

–Si vamos a hablar, hagámoslo sobre cómo vamos a resolver este asunto. Todo lo demás, déjelo para más adelante.

–Digo lo que debe decirse. Mi voz es la voz de Jesucristo. Mi palabra es la palabra de Dios. No intente negociar conmigo, no crea que puede jugar. Soy quien soy. Cumpliré lo prometido.

Mangan miró al comisario Devlin, que estaba sentado junto a él, y colocó una mano sobre el auricular.

–Válgame Dios, Pat, ese hombre está loco. Procuraré entretenerle. ¿Han localizado ya tus hombres la llamada?

Devlin negó con la cabeza.

–Falta poco. Sigue hablando.

Mangan retiró la mano.

–Necesito un número al que pueda llamarle para evitar posibles errores –dijo.

–No ha habido ningún error. Yo le llamaré cuando sea necesario. Las cosas han empezado mal, pero espero que mejoren. Por su bien, y por el de los hombres y las mujeres a mi cargo. En primer lugar, deseo saber si está usted dispuesto a actuar como intermediario con los gobiernos a los que presento mis condiciones.

Devlin le pasó una nota a Mangan: «Localizado. Cabina en Mountcharles, Donegal. Unidad de la Garda en camino».

Mangan asintió antes de concentrarse de nuevo en el teléfono.

–Sólo puedo acceder a hablar con ellos extraoficialmente. No tengo autoridad para hacer otra cosa. Mi gobierno no puede responsabilizarse...

–Limítese a transmitirles mis condiciones. Ellos serán los responsables de lo que decidan hacer. Pero le ruego que haga hincapié en las consecuencias de un retraso, aunque sea mínimo. Para facilitar las cosas, insistiré en que se cumplan una por una las condiciones. Eso ayudará a los hijos de Satán a ponerse de acuerdo.

»Empezaremos por la importación libre, publicación y distribución de la palabra de Dios en los países musulmanes. Estoy dispuesto a aceptar un acuerdo inicial limitado a Arabia Saudita, Irán y Malasia. Disponen de plazo hasta mañana por la noche para llevarlo a cabo. Debe aparecer una declaración a este efecto en la edición del viernes por la mañana del periódico en lengua árabe *Al-sharq al-awsat*, que se publica en Londres. Si no aparece, morirá la próxima víctima.

El primer ministro colocó la cabeza entre las manos. Nunca se había sentido tan impotente. Pat Devlin se le acercó. Tenía la frente empapada de sudor. No podía ignorar la presencia de Anthony Harker, sentado junto a la pared, observando, sin decir palabra.

–¿Qué se propone? –susurró el jefe de policía–. Debe de saber que a estas alturas hemos localizado la llamada.

Pádraig Pearse se encogió de hombros.

–Parece que le gusta el sonido de su propia voz. ¿A qué distancia están tus hombres?

–Tienen que llegar desde el centro de Donegal. No tardarán. Sigue hablando.

–Hay algunas cosas que debemos aclarar –dijo el primer ministro, que había recibido instrucciones muy precisas, durante más de una hora, por parte de un experto en la negociación de rehenes del cuerpo de zapadores.

Se le atragantaban las palabras, pero prosiguió.

–Adelante.

–En primer lugar, necesitamos un santo y seña, por si se divulga la noticia del secuestro. Cuando eso suceda, cualquiera podría llamarme y alegar que habla en su nombre. Toda clase de locos intentarían intervenir.

–Estoy de acuerdo. Utilizaré la palabra «Carmelo» para presentarme. Sólo la conoceremos mi lugarteniente y yo.

–En segundo lugar, no podemos permitirnos que se repita lo que sucedió anoche. Si alguno de ustedes entrega algún mensaje escrito en la puerta de mi despacho, le doy mi palabra de que no será detenido ni seguido.

–Inaceptable. Usted ya no está al mando. Incluso ahora, mientras hablamos, se le está vigilando. Su palabra no vale un centavo. Próxima petición.

–¿Entonces dónde entregarán los mensajes? Debemos saberlo de antemano.

–Se entregarán donde y cuando yo decida. Próxima pregunta.

Devlin escribió una nota en un papel y la colocó sobre el escritorio «Tienen la cabina a la vista. Hay alguien dentro. Manténle ocupado».

–Muy bien –dijo Pádraig Pearse con el pulso muy acelerado, como si estuviera personalmente en Mountcharles y le costara creer que hubiera sido tan fácil dar con ellos–. Tengo otra pregunta. Debemos asegurarnos de que los rehenes están vivos y a salvo. Tiene que facilitarnos alguna prueba, fotografías, cartas escritas por ellos. Algo. Necesito alguna prueba para...

La expresión del primer ministro cambió de pronto. Miró el teléfono con el entrecejo fruncido y lo colgó suavemente.

–Se ha cortado la línea –susurró–. Así, de repente.

Todos los presentes levantaron la cabeza. Un hombre vestido con un traje gris oscuro y corbata amarilla se acercó al teléfono del primer ministro y lo descolgó. Se lo llevó al oído y le hizo una seña a otro individuo situado al otro lado del despacho, frente a unos aparatos. El segundo individuo manipuló unos controles, pulsó unos botones, se encogió de hombros y se quitó los auriculares que llevaba puestos.

–¿Qué sucede? –preguntó Pádraig Pearse dirigiéndose a Devlin–. Pat, ¿qué diablos ocurre?

Devlin frunció el entrecejo.

–No lo sé, Pádraig. A estas alturas ya habrán detenido a alguien. Intentamos ponernos en contacto con la unidad.

–La línea ha quedado completamente muerta –dijo Pádraig Pearse–. Como si alguien la hubiera cortado. Me parece que algo va mal.

–No te preocupes, Pádraig. Le tenían a su alcance. Puede que uno de ellos haya cortado el cable. No puede haber huido.

Permanecían todos inmóviles. En un rincón, un técnico hablaba frenéticamente por teléfono. Uno de los hombres de traje oscuro daba instrucciones por un teléfono móvil. Harker observaba en silencio. La puerta seguía cerrada. No entraba ni salía nadie. El hombre de corbata amarilla colgó el teléfono del primer ministro.

Tras varios minutos que parecieron interminables, Pádraig Pearse se levantó y se dirigió a la ventana. La oscuridad era total y la quietud sobrenatural. Esta noche, aquello había dejado de ser su despacho, su ciudad, su país. Ahora formaba parte de un nuevo mundo feliz, él y su pueblo, todos por un igual. Volvió la cabeza cuando se abrió la puerta.

Tómas O'Sullivan entró en el despacho y saludó al primer ministro antes de acercarse a Devlin.

–Acaba de llegar esto, señor –dijo al tiempo que le entregaba una nota al comisario en jefe–. Me ha parecido que debía verlo inmediatamente.

Devlin agachó la cabeza para leerla, Pádraig Pearse se le acercó y vio cómo su amigo palidecía.

–¿Qué sucede, Pat? ¿No han detenido a ese cabrón?

Devlin negó con la cabeza. Estaba pálido como la cera. El primer ministro se percató de que le temblaba la mano.

–Había una unidad de refuerzo de Ballyshannon –respondió–. Han llegado hace unos minutos a Mountcharles.

–¿Y bien?

–Debía de haber una trampa en la cabina. Algún tipo de bomba. Potente por lo que parece. La unidad de Donegal ha sido aniquilada. Cinco hombres. Todos muertos.

VEINTICINCO

El alba yacía sobre el horizonte de levante como un trapo medio sucio, pálido y cenagoso, enjuagado en agua putrefacta. Si estuviera lo suficientemente cerca, pensó, podría incluso olerlo. En nada se parecía a los espectaculares amaneceres que había presenciado en el desierto de Nuevo México, o los crepúsculos dorados de su Texas materna.

Después de alejarse a remo medio kilómetro de la orilla, le dijo a Ezekiel que dejara de esforzarse.

–Creo que ya estamos bastante lejos –dijo–. ¿Ves hacia dónde va la corriente?

–Parece que pasa junto a esa isla y sigue adelante.

–Perfecto. Estupendo. Manos a la obra.

Se sentó en la proa del pequeño bote, que se mecía en las olas. Al volver la cabeza, vio la pequeña playa de la que habían salido y, más allá, la pendiente que conducía al granero y cobertizos que había elegido como cuartel general.

–¿No crees que tendrías que rezar? –preguntó Ezekiel.

Movió la cabeza en sentido negativo.

–De nada serviría –respondió–. Ya está en el infierno. Permanecerá allí un millón de años. Y luego otro millón. Ya no puede abandonarlo. Me duele pensar que arde en el infierno, sinceramente, pero la suerte ya está echada, él ha tomado su propia decisión. Intenté convencerle, tú lo sabes. Le ofrecí la alegría de conocer a Jesucristo. Pero lo único que hizo fue rezarle a Mahoma y pedirme que llamara a un médico. Parecía incapaz de decidirse entre el médico y el diablo.

Soltó una carcajada para reírse de su propio chiste.

Ezekiel sonrió con una mezcla de amor y angustia.

La idea del fuego le perturbaba. Un millón de años ardiendo

sin descanso. Su propia esposa e hijos habían muerto en un incendio, asados vivos con varias docenas de amigos íntimos. Había sido breve, pero habían sufrido más de lo justo para cualquiera. Miró el agua y dejó que apaciguara la idea de las llamas que le atormentaba.

–Entonces, de pronto, se murió –prosiguió el maestro–. Y fue directamente al infierno. Allí seguro que no hay ningún médico –agregó–, pero está lleno de abortistas.

Ezekiel sonrió tímidamente. Detestaba pensar que hubiera alguien en el infierno.

Los restos acurrucados de 'Ali Bouslimani yacían en el fondo del bote. Había fallecido plácidamente en plena noche.

–Todavía podríamos aprovechar su cuerpo –sugirió Ezekiel–, en caso de que no acepten nuestras condiciones y tengamos que ofrecerles otro cadáver.

El maestro negó con la cabeza. Cerca de donde se encontraban empezaba el gran oleaje atlántico. Olía la enorme magnitud del océano a su espalda, como si su inmensidad y profundidad pudieran mesurarse a través del olfato.

–Si los sauditas se niegan, y lo harán, uno de los rehenes deberá morir. He dado mi palabra. No habrá sustituciones, ni engaños. La duración de sus vidas está determinada. Ni siquiera yo puedo prolongar lo que Dios ha limitado.

Ezekiel sabía perfectamente que no debía discutir. Había visto a su maestro cambiar de estado de ánimo en otras ocasiones, como una bombilla a punto de fundirse. Cualquiera que se atreviera a discutir con él podría encontrarse con 'Ali Bouslimani en el fondo del mar.

Se fijó en el bulto bajo su anorak. Nunca abandonaba su pistola, ni de día ni de noche.

–¿Crees que no aceptarán nuestras propuestas? –preguntó.

Sonrió, todavía amable.

–No tienen por qué –respondió–. Ése es el quid de la cuestión.

–No lo comprendo.

–A estas alturas deberías entenderlo, Ezekiel. Todos van a morir. ¿No te das cuenta? Nuestras condiciones son inaceptables. Me he asegurado de que así sea. Se acumularán los cadáveres, se pondrán cada vez más nerviosos, pero nunca podrán asimilar mis propuestas. Satán no puede permitirse el lujo de comprometerse. Él y sus siervos saben que conceder libertad a la Iglesia equivaldría a golpear con un hacha la base de un tronco podrido. Y eso es algo que no puede permitirse. A su lado, un millón de muertes parecería una insignificancia. O diez millones. De modo que seguirán negándose hasta que los rehenes estén muertos. Entonces todo habrá terminado. Tú y yo regresaremos a casa. Las olas arrojarán a la orilla un cadáver sin rostro.

–Los considerarán mártires. Lo he visto en televisión. Todos vestidos de negro y enarbolando estandartes. Les encantan los mártires, les ayudan a ganar fuerza.

El maestro esbozó una triste sonrisa. El cadáver yacía en el fondo del bote, que se mecía a merced de las olas. Una pálida luz surgía por el este de un cielo que se transformaba y convertía en gris plomizo la superficie del agua.

–Sí, fuerza. Pero a su vez debilidad. Con la presión necesaria, si logramos trastornarlos, también nos ofrecerán mártires. Una cosecha, Ezekiel, como la fruta cuando cae del árbol. La sangre de los mártires fue la semilla de la Iglesia. Si provocamos a Satán, nos ofrecerá otros. Y la gente de nuestro pueblo emitirá un grito que romperá el cielo sobre Washington. La guerra será la única alternativa. La última cruzada, Ezekiel. Imagínatelo. Yo estaré ahí, al frente de mis ejércitos, para luchar contra Satán hasta encadenarlo y arrojarlo al pozo. Nos acercamos realmente al fin.

Como en respuesta a sus palabras, un rayo de luz emergió entre las densas nubes sobre sus cabezas. Lo observó, vio cómo parpadeaba y desapareció. Experimentó una sensación de triunfo inminente.

–Ha llegado la hora de acostar a éste –dijo.

Se agachó y agarró el cadáver por los sobacos.

–Cógelo de los pies y ayúdame a arrojarlo por la borda. Con cuidado, para no volcar el bote.

Fue más difícil de lo que suponían. Ezekiel tuvo que sentarse a un lado, para equilibrar la pequeña embarcación. Lograron colocar la cabeza y los hombros sobre la borda. El bote oscilaba precariamente. Cuanto más se deslizaba el cuerpo por la borda, mayor era la inclinación de la barca. Cuando parecía que estaban inevitablemente a punto de zozobrar, el cuerpo acabó de deslizarse y cayó al agua con un ruido apagado. Los pies parecieron agitarse convulsivamente en el último momento, antes de que desapareciera el cadáver y sólo el agua fría golpeara el casco del bote que oscilaba sobre las olas.

VEINTISÉIS

Dublín
Jueves, 20 de septiembre
08.00 horas

Declan había convocado al primer turno para celebrar una reunión matutina y ahora empezaba a lamentarlo. La parte superior de su cabeza parecía haberse ausentado, después de separarse del resto. Tras una noche de insomnio, la jaqueca se le había presentado alrededor de las cuatro de la madrugada. Ni su dolor de cabeza ni sus nervios habían mejorado ante la perspectiva de que en cualquier momento pudiera recibir órdenes de cerrar su operación. Nunca se había sentido tan impotente, sin que se le permitiera buscar al asesino de su hija, ni encontrar y rescatar a Amina.

–Espero que hayáis dormido bien –dijo mientras observaba a los hombres y mujeres a su alrededor, y comprobaba con cierto alivio que parecían estar tan agotados como él–. Lamento que este lugar no ofrezca las comodidades a las que estáis acostumbrados. He sugerido que se traslade la operación a Shelbourne, pero me han respondido que debido a consideraciones presupuestarias no será posible en un futuro previsible.

El comentario provocó algunas sonrisas irónicas, pero nadie hizo bromas. No se premiaban los chistes sobre consideraciones presupuestarias.

–Anoche tuvieron lugar dos cosas que nos afectan directamente –prosiguió Declan–. La primera fue una iniciativa del MI5 para responsabilizarse por completo de esta crisis, y dejar en manos de nuestro propio gobierno las operaciones cotidianas de la policía y actividades especiales. Un individuo llamado Harker, del que todos habréis oído hablar, se reunió con el primer ministro por la tarde. Goza de plenos poderes para actuar en nombre del director y coordinador de los servicios secretos en Irlanda del Norte. No sabemos cómo llegó a Willoughby la información sobre la crisis de los rehenes, pero ahora eso carece de importancia.

»Evidentemente, el MI5 no tiene aquí jurisdicción. Sin embargo, Irlanda pertenece a la Unión Europea y existen numerosos acuerdos sobre la lucha contra el terrorismo internacional. El grupo de ministros de Trevi, que coordina grupos de trabajo sobre terrorismo y crimen organizado, tiene una influencia considerable. El MI5 mantiene relaciones mucho más estrechas que nosotros con los distintos servicios secretos europeos. Lo único que Harker tuvo que hacer fue amenazar a Mangan con la perspectiva de una acción conjunta europea. Desde nuestro punto de vista, es preferible tratar con el MI5 de Irlanda del Norte, antes de que se nos arrastre a una operación internacional en la que perderíamos hasta el último vestigio de autonomía nacional.

»Esto significa que, desde ayer a las ocho de la tarde, nuestra operación semilegal ha pasado a ser completamente clandestina. Estamos más solos que nunca, aunque de momento proseguirán los contactos subrepticios con el C3 y la unidad especial de detectives.

Hizo una pausa. Por la expresión de sus rostros, se percató de que por fin comprendían que podrían acabar todos gravemente comprometidos.

–En segundo lugar –siguió diciendo Declan–, anoche los secuestradores se pusieron directamente en contacto con el primer ministro. Aquí tengo una transcripción de la conversación entre el señor Mangan y un hombre que parece ser el jefe de los secuestradores.

Se la leyó rápidamente, sin que nadie le interrumpiera ni formulara pregunta alguna.

–No quiero hablar de eso ahora, lo haremos más adelante. Ante todo, debo comunicaros por qué se interrumpió la conversación de una forma tan abrupta. –Les contó lo de la explosión en la que habían muerto cinco agentes de la Garda en Mountcharles–. Acabo de recibir detalles del examen forense en el lugar de autos. Sabemos dos cosas: que la figura que se avistó en la cabina era un maniquí y que el teléfono estaba conectado a un receptor de onda corta. Quienquiera que hablara con el primer ministro no estaba en la cabina. Si el transmisor tenía la potencia necesaria, podía estar en cualquier lugar del país.

–O en el extranjero –agregó Liam Kennedy–. Podía transmitir desde el norte, o desde Escocia. Incluso más lejos si utilizaba las comunicaciones vía satélite.

–Ése es un dato interesante. Estoy seguro de que los rehenes no han salido de este país. Pero podría haber un grupo de control, que organizara a los secuestradores desde Gran Bretaña o incluso desde el continente europeo. Sin embargo, creo que debemos actuar bajo la presunción de que todas, o casi todas, las personas a las que buscamos están en Irlanda. De lo contrario, el asunto pasa realmente a manos de nuestros amigos del grupo de Trevi.

Hizo una pausa para consultar los papeles que tenía sobre el escritorio.

–Ha dicho que nos hablaría de la conversación del primer ministro con el jefe de los secuestradores –dijo Grainne Walsh, cuyo aspecto era mejor que el de sus compañeros.

Era una de esas insufribles mujeres, capaces de pasar seis meses en una cárcel tailandesa o cruzar China en tren y llegar como si saliera de un salón de belleza.

Declan asintió.

–Gracias por recordármelo, Grainne. Pareces ser la única entre nosotros que logró dormir anoche como es debido. Confío en que después de la reunión no te importe prepararme un buen café.

–¿Con una o dos cucharadas de azúcar?

–Sin azúcar. Estoy a régimen. Sí, la conversación del primer ministro. Hay un par de asuntos que merecen ser examinados detenidamente, y estoy seguro de que la competencia ya lo está haciendo. En primer lugar, el hecho de que quien hablaba con el primer ministro considerara necesario disimular su voz. Puede haber varias razones para ello, pero la más probable es que pensara que alguien podía reconocerla. Debemos averiguar por qué.

»Otra cuestión respecto a la voz. Puede que tenga algún acento y eso abre numerosas posibilidades –dijo al tiempo que pulsaba el botón del interfono que había sobre su escritorio–. ¿Myles? ¿Puedes venir ahora, por favor?

Se abrió la puerta y un curioso hombrecillo entró tímidamente en la sala. Era bajito, con una erizada cabellera pelirroja, chato, traje de mezclilla y chaleco de Aran. Declan le indicó que se sentara delante.

–Os presento al profesor Myles O'hUiginn –dijo Declan–, Myles es un viejo amigo mío. Es el catedrático de estudios religiosos del Trinity College. Le he contado la naturaleza de nuestro problema y ha accedido a formar parte de nuestro equipo hasta que resolvamos este asunto. Creo que sus conocimientos nos serán necesarios antes de que esto acabe. Hizo una pausa para mirar a O'hUiginn–. Myles, acabo de mencionarles la cuestión del acento. Tal vez tú puedas explicárselo un poco.

O'hUiginn asintió. Aquél no era su mundo y parecía sentirse incómodo. Hasta ahora su vida había transcurrido sin ninguna alarma ni incidente inusual. Sin embargo, desde hacía más de una década, había comprobado que su campo de estudio se iba haciendo imprescindible para entender la política de más de una región del planeta. Ahora, al encontrarse en el centro del escenario, le inquietaba la posibilidad de que sus conocimientos resultaran incongruentes.

–Bueno, sí... –titubeó, sin saber qué lenguaje emplear con una gente que no tenía la edad de sus alumnos, pero tampoco eran colegas de quienes pudiera esperarse cierto nivel de formación y conocimientos–. Debo aclarar, y espero que ustedes lo entiendan, que todo es bastante provisional. No tenemos mucho como punto de partida. A decir verdad, casi nada...

–Adelante, Myles. Esto no es una conferencia. Diles lo que me has contado.

–Lo siento, Declan. No estoy acostumbrado a dar lo que supongo que llamáis informes. Lo intentaré.

–Adelante.

–El asunto del acento es interesante –prosiguió O'hUiginn–, especialmente porque estoy seguro de que en este caso no se trata de un grupo irlandés. En primer lugar, hay muy pocas sectas protestantes de tamaño respetable en este país. Muchas más si incluimos el norte, por supuesto, y no excluyo dicha posibilidad. La mayoría de las sectas, como lo moonies, meditación trascendental, los baha'is, etc., tienen alguna sucursal en el sur, pero estoy seguro de que esto no tiene nada que ver con ninguna de ellas.

»Tanto las comunicaciones escritas de los secuestradores como la conversación telefónica de ayer sugieren decididamente una organización cristiana derechista. Pero por lo que me han contado sobre la magnitud de lo sucedido, no puedo creer que sea obra de ninguna de las pequeñas sectas. Ninguna de ellas dispone de esa capacidad, en términos de dinero, personal o formación. Evidentemente, varias de ellas tienen vínculos internacionales, y eso es algo a tener en cuenta, pero en este caso no serían mi primera elección. Ninguna de las sectas irlandesas tiene antecedentes de violencia ni, que yo sepa, está relacionada con grupos extranjeros que lo tengan.

»Para encontrar una secta cristiana derechista con el dinero, el personal y la pericia necesarios para una operación de este calibre, creo que debemos dirigirnos a Estados Unidos, donde existen diversos grupos de dichas características. Hay un par de indicios que apuntan en dicha dirección. En primer lugar, la persona que habló ayer por teléfono con Mangan en un momento dado dijo: "Su palabra no vale un centavo". Luego –prosiguió mientras se sacaba del bolsillo el reloj que Declan había encontrado el día anterior–, tenemos este reloj, que el rehén egipcio muerto llevaba en la muñeca. Parece que se lo pusieron a manera de declaración. Está fabricado en Estados Unidos y tengo la certeza de que no es común entre los fundamentalistas en esta parte del mundo. Tengo entendido que el señor Carberry se propone investigar la venta y distribución de su fabricante.

»Bien, de momento, eso es prácticamente todo. Como ya les he dicho, no disponemos de gran cosa. No me gustan las conjeturas y, por regla general, no...

–Gracias, Myles –le interrumpió Declan–. Quiero que te quedes con nosotros para comentar la información conforme surja. Si logramos identificar a esa gente, puede que nos resulte más fácil localizarla.

O'hUiginn se puso de pie y un joven informático del fondo, llamado Tim Donnelly, levantó la mano.

–Profesor, ¿podría decirnos si el santo y seña elegido por el comunicante de anoche tiene algún significado?

O'hUiginn negó con la cabeza.

–Todavía no. Es demasiado general. El monte Carmelo es un lugar bíblico ampliamente conocido. Es el lugar donde el profeta Ezequiel derrotó a los sacerdotes de Baal. Y está situado, por supuesto, en el actual estado de Israel, junto al puerto de Haifa. Evidentemente, podría tener algún significado en el contexto moderno. O puede que sea algo más personal para nuestro comunicante telefónico. Veremos.

–¿Tiene alguien alguna otra pregunta para el profesor? ¿No? En tal caso dejaremos que regrese a su trabajo.

–Si me necesitas, Declan, estaré todo el día arriba en mi estudio. Hay cierto material que debo consultar. Mañana tendré una lista de otros artículos que necesito. Tendrás que ocuparte tú de conseguirlos, la administración de la biblioteca es demasiado lenta. Muchos pueden ser transmitidos por internet. ¿Podrás hacerlo?

Declan asintió.

–No creo que haya ningún problema. Me mantendré en contacto.

Cuando O'hUiginn se retiró, Declan prosiguió:

–No os dejéis engañar por su aspecto. Es listo. Descubrirá cosas que ninguno de vosotros ha descubierto y establecerá conexiones que ni siquiera se os ocurrirían. Su aspecto de profesor despistado es en gran parte una fachada. Myles es uno de los mejores. Y necesitamos a alguien en nuestro equipo capaz de interpretar los comunicados de los secuestradores.

–¿No intentarán reclutarle los investigadores oficiales? –preguntó Grainne.

–No le encontrarán. No abandonará este edificio hasta que todo haya terminado. Me ha dado su palabra.

»Por lo que dice, parece probable que el jefe de los secuestradores sea norteamericano, y es verosímil que algunos o todos los miembros de su equipo sean estadounidenses. ¿Estáis de acuerdo?

Varios asintieron.

–Bien, ésta es la mejor pista que tenemos. Quiero que Pronsias y Brendan la investiguen inmediatamente. Comprobad todos los norteamericanos que han entrado en Irlanda durante, digamos, los últimos tres o cuatro meses. Reducid la lista a los que no han abandonado el país. Entonces comprobaremos quiénes siguen en la dirección que nos han facilitado. Sospecho que los organizadores llegaron hace algún tiempo para preparar el golpe, pero el resto del equipo pudo llegar unas semanas, o incluso unos días, antes de la redada.

Sonó el teléfono y Declan lo descolgó.

Era Pádraig Pearse.

VEINTISIETE

Belfast
Jueves, 20 de septiembre
11.30 horas

El avión aterrizó a la hora prevista en el aeropuerto de Aldergrove, después de descender de un cielo azul pálido y sobrevolar una discontinuidad de campos labrados y no labrados. El día anterior, Abu Hida se había desplazado en avión de Beirut a Atenas y de Atenas a Amsterdam. Llevaba documentos falsos suministrados por la unidad de operaciones secretas de Hizbolá en Sidón. Desde el aeropuerto de Schiphol se dirigió a un céntrico café de Amsterdam, donde un simpatizante malayo le proporcionó billetes de banco usados. El malayo le prestó también su maquinilla de afeitar y Abu Hida se rasuró la barba.

Aquella misma noche, Abu Hida se trasladó en un vuelo de Air UK a Newcastle, en el norte de Inglaterra. Puesto que el aeropuerto de salida se encontraba en la Unión Europea, a su llegada no tuvo que someterse a ningún control de aduanas y el de pasaportes era una mera formalidad para los pasajeros que, como Abu Hida, tenían pasaporte de la Unión. Por la mañana se trasladó a Belfast, con documentos que le identificaban como Ghiyath Shafique, un tendero pakistaní residente en Gateshead.

El vuelo desde Newcastle formaba parte de un servicio de puente aéreo, y la mayoría de sus pasajeros eran vendedores y representantes vestidos con trajes de Marks & Spencer. Nadie le prestó a Ghiyath Shafique la menor atención. En ambos aeropuertos los guardias de seguridad le autorizaron a proseguir, después de unas preguntas rutinarias sobre la razón de su viaje. Sus objetivos tenían nombres como Liam o Brendan y procedían de Turf Lodge o Ardoyne, no Lahore o Rawalpindi.

Si bien no era un hombre especialmente alto, apuesto o elegante, nadie se cruzaba con él sin reparar en su presencia. La causa estribaba sobre todo en la intensidad y profundidad de la mirada de unos ojos de un negro aceitunado y en sus labios, rígidos y tensos, como si estuviera a punto de sonreír o soltar una carcajada. Si Anthony Harker hubiera estado de servicio en el aeropuerto, habría reconocido inmediatamente el tipo de persona que era. En cierto modo, eran como hermanos.

A la salida de la terminal, se subió al primer taxi de la fila y pidió que le llevara a una dirección cerca del centro de la ciudad. En la carretera del aeropuerto había un control permanente de la policía de Ulster, pero los taxistas, todos ellos ineludiblemente protestantes, eran conocidos de los agentes. El sargento de guardia miró fugazmente a Abu Hida, asintió y siguieron su camino.

Después de cruzar el control, el taxista miró por el retrovisor y empezó a charlar. Ser amable con los forasteros era la compensación tradicional de los habitantes de Ulster, por el odio que les inspiraban sus vecinos.

–¿Es ésta su primera visita a la provincia? –preguntó el taxista.

En el momento de abrir la boca, delató su filiación religiosa. Ningún católico se habría referido a los seis condados como «provincia», ni utilizado «Londonderry» para referirse a Derry.

–Sí –farfulló Abu Hida–. Mi primera visita.

–No se preocupe de los polis, hijo. Se limitan a cumplir con su obligación. Nos evitan problemas –dijo el taxista en el momento en que tomaba una curva bastante cerrada y de pronto aparecía la ciudad a sus pies, extendida a lo largo de una inmensidad de agua cubierta de reflejos luminosos–. ¿Vive usted en el continente?

–Resido en Inglaterra. En Gateshead.

–No me diga. Mi hija menor estudió sociología, o como quiera que lo llamen, en la Universidad de Newcastle. Pero ahora ha regresado. Muchos van y nunca vuelven. Afortunadamente las cosas ya no están tan mal como antes. Irlanda del Norte es como cualquier otro lugar, qué duda cabe. Uno puede vivir aquí muchos años, sin llegar a tener ningún problema. No hay que creer todo lo que le cuentan a uno por televisión. La realidad es muy diferente. Es cierto que de vez en cuando matan a alguien, pero ya no es como hace diez años o más. He oído decir que hay más delincuencia en Inglaterra que aquí. Se lo juro. ¿A qué ha dicho que se dedicaba?

A Abu Hida le resultaba difícil seguir la rápida conversación en aquel extraño acento. Hablaba bien el inglés, pero aquello era como estar en un país extranjero.

–Lo siento –respondió–. No le he entendido.

–¿A qué se dedica? Su trabajo.

–Soy propietario de una tienda de ultramarinos, pero también alquilo vídeos.

Al llegar a Templepatrick entraron en la autopista M2 y el coche aceleró en dirección a la costa.

–He oído que muchos como usted tienen tiendas ahora en Inglaterra –dijo el taxista–. De todos modos es una lástima que no puedan estar en la India, en su propia casa. Allí podrían disfrutar del sol. Buena falta nos haría a nosotros.

–Soy pakistaní.

–Bueno, es lo mismo aunque diferente, ¿no es cierto?

Abu Hida observaba la ciudad que le envolvía. Desde hacía años oía hablar de Belfast como el Beirut de Europa. Esperaba encontrar la ciudad arrasada por los bombardeos, con patrullas de facciones rivales por las calles, devastada, pero en su lugar vio las calles insípidas de una provinciana ciudad europea.

–Entonces usted debe de ser hindú.

–Musulmán.

–No me diga. Salman Rushdie en persona ha estado sentado donde está usted ahora. Se lo juro. Pero, dígame, ¿es usted musulmán católico o musulmán protestante?

Era un viejo chiste que Abu Hida nunca había llegado a comprender.

–Usted perdone, no...

–No se preocupe. Era sólo una broma.

Al llegar a una rotonda entraron en Glenmachan Street, donde se encontraron con otro control policial, pero una vez más les indicaron que prosiguieran. El taxista giró a la izquierda por Tates Avenue, en dirección a la universidad.

Había carros blindados en las calles, y en un par de ocasiones Abu Hida vio patrullas militares que avanzaban cautelosamente por la acera, pero no detectó indicio alguno de bombas ni obuses. El tipo de guerra que aquí libraban, pensó, debía de estar estrictamente contenida, y sus víctimas eran meros ritos con el único propósito de evitar los compromisos de la paz.

Circulaban por calles normales, de casas corrientes, y se preguntó por qué le habían mandado allí y cómo encontraría en tal lugar su destino. De pronto se sintió desesperanzado.

–Creo, señor, que ya hemos llegado.

Acababan de detenerse en Stranmillis Road, frente a un restaurante indio llamado Imambara, cuyo nombre estaba escrito en gruesas letras doradas sobre una ornamentada puerta arqueada, y cuyo aspecto chocaba de modo grotesco con la sencillez de las demás casas victorianas de la calle.

–¿Tiene amigos aquí? –preguntó el taxista.

–¿Amigos?

–Ya sabe... familia, parientes...

–Ah, claro. Voy a casa de un primo.

–Bueno, estoy seguro de que se sienten muy a gusto en Belfast. Aquí nadie les molestará, no es como al otro lado del estrecho. Todo el mundo es bien recibido en Irlanda del Norte. Negros, castaños, amarillos... no importa. Siempre y cuando, claro está, no sean católicos.

Pagó al taxista y entró en el edificio. Era ya la hora del almuerzo y el restaurante estaba lleno de clientes, muchos de ellos estudiantes de la cercana universidad que aprovechaban las tarifas especiales del mediodía. Se le acercó un camarero de bata blanca y faja roja.

–Deseo ver al señor Shafique. Dígale que ha llegado su primo de Inglaterra.

Shafique era el propietario del restaurante. Llegó al cabo de unos momentos, con una radiante sonrisa que ocultaba su nerviosismo interior. Aunque sólo llegaba a la altura del pecho de Abu Hida, parecía pesar por lo menos el doble. Una exagerada cortesía caracterizaba todos sus movimientos y matizaba su voz con una empalagosa hipocresía. Abu Hida vio inmediatamente en él una réplica del taxista. Ambos anhelaban una dosis de tranquilidad. Lo que más necesitaban en su vida era sentirse apreciados y Abu Hida intuyó que lo sacrificarían todo a dicho fin, incluso la oportunidad de ser ellos mismos.

–Por favor, siéntese –dijo el hombrecillo–, debe de estar hambriento. Le diré al cocinero que le prepare algo de comer. Lo único que se sirve aquí es *halal*.

Abu Hida movió la cabeza en sentido negativo.

–Este lugar es demasiado público. ¿No tiene un sitio más privado?

–Claro, claro. Lo siento. Subiremos a mi despacho.

Cogió la bolsa de Abu Hida y salieron por una puerta lateral, seguidos del olor a curry barato.

El despacho era un cuarto abigarrado del piso superior, abarrotado de cajas de cartón llenas de especias y bolsas de ropa para la lavandería. Las paredes estaban llenas de copias enmarcadas de caligrafía árabe mal ejecutada y unos vulgares cuadros de la Caaba en papel de aluminio. Sobre el escritorio había una fotografía en color de un edificio bañado por el sol oriental. Shafique se la mostró después de dejar el equipaje en el suelo.

–Esto es la gran Imambara de Lucknow. Para los chiítas es un lugar muy sagrado, como bien sabe. He bautizado mi restaurante en su honor. Mi abuelo solía acudir a las celebraciones litúrgicas durante el Ramadán. Mi familia vivía en Lucknow antes de la independencia. Por supuesto, yo nunca he estado allí.

Abu Hida no quería perder el tiempo con bagatelas.

–Quiero estar solo –dijo–. Comeré cuando haya concluido mis oraciones. A las dos vendrá un hombre a recogerme. Se llama ʻAli. Mándemelo en cuanto llegue.

VEINTIOCHO

El hombre que según le habían dicho al pequeño gordinflón de Shafique se llamaba 'Ali llegó poco después de las dos. Para entonces, Abu Hida ya había rezado, comido y descansado y estaba listo para enfrentarse a las penalidades que le esperaban. Éstas formaban parte de su *jihad*, su lucha personal contra el reino de la incredulidad, tanto en el mundo como dentro de sí mismo.

'Ali era también árabe, iraquí del sur. No era gordo y nervioso como el señor Shafique, ni se contentaba con estructurar su vida alrededor de símbolos de la devoción familiar y reliquias de un pasado olvidado. Iba vestido con ropa sencilla y barata. Llevaba barba y el pelo meticulosamente corto. Su porte impresionó a Abu Hida en el momento en que llegó al deslucido cuarto.

Sabía que 'Ali había luchado contra Saddam Hussein en las marismas del sur de su país durante la rebelión chiíta de 1991. Antes había estudiado teología en el seminario de al-Najaf y había dirigido una *halaqa* –una célula del partido chiíta Da'wa– en su ciudad natal de Suq al-Shuyukh, centro de resistencia contra Saddam y la dictadura baatista controlada por los sunitas. Mantenía estrechas relaciones con algunos de los pequeños grupos de la resistencia: al-Afwaj al-Islamiyya y el Jund al-Imam. Después del fracaso de la rebelión, había huido del país por orden de uno de sus maestros: Hujjat al-Islam al-Ghaffari. Ahora hacía cinco años que estaba en Irlanda del Norte, donde preparaba un doctorado en estudios islámicos en la Universidad de Queen. Durante dicho período, no había perdido el tiempo.

Shafique los dejó solos.

–¿Es digno de confianza? –preguntó Abu Hida después de cerrar la puerta.

–Bastante. Conoce el precio de la traición. Su primo, el de los documentos que tú utilizas, es creyente y muy activo en el movimiento en Inglaterra. También tiene varios parientes que son de fiar, verdaderos chiítas que adoran a los imanes. Shafique no tiene ninguna razón para traicionarte.

–Tal vez no deliberadamente, pero es capaz de cometer errores. Puede que abra la boca en un momento inoportuno y se vaya de la lengua. Vigílale de cerca. Habla con su primo, asegúrate de que comprenda la importancia de mi presencia, pero no le reveles ningún detalle. Insiste en que le aclare al señor Shafique las consecuencias de la indiscreción, tanto para él como para su familia.

Hizo una pausa. Aunque no se le había informado plenamente del historial de 'Ali, sabía instintivamente que podía confiar en él. Abu Hida había pasado toda la vida entre hombres consagrados a la causa, hombres dispuestos a morir por sus creencias y para quienes todo compromiso equivalía a traicionar la verdad absoluta. En el fondo de su alma, él también era plenamente consciente de su propia trivialidad, de la trascendencia de la entrega total, y la reconocía en los demás, como si de algún modo expresaran lo que llevaba dentro de sí mismo.

–De todos modos, Shafique no tiene importancia. ¿Has hecho los contactos que se te han pedido?

'Ali, cuyo verdadero nombre era Abu Ahmad al-Rikabi, asintió.

–Nos están esperando. El lugar y la hora del encuentro no se han decidido todavía. Te llevaré a mi casa y esperaremos a que nos llamen. Tengo un piso a la vuelta de la esquina, en Pretoria Street.

–¿Saben lo que hacen?

–Creo que sí. Algunos de ellos tienen mucha experiencia.

–Veremos. ¿Estará ahí todo lo que he pedido?

–Casi todo. Las armas sin lugar a dudas; me han asegurado que te facilitarán lo que deseas.

–Veremos.

–Lo demás se te entregará en cuanto establezcas contacto con el grupo que trabajará contigo. Lo siento, pero no nos ha sido materialmente posible tenerlo todo en tan corto plazo de tiempo. Mi gente hace todo lo que puede.

–De momento, lo esencial es que yo esté armado.
'Ali consultó su reloj.
–Creo que deberíamos marcharnos. ¿Es éste todo tu equipaje?
Abu Hida asintió.
'Ali se agachó para coger la bolsa, pero su compañero se la quitó de la mano.
–No –dijo amablemente Abu Hida–. No eres mi criado. Sólo te pediré que hagas por mí lo que yo no pueda hacer personalmente.
'Ali sonrió.
–Me habían advertido que sería difícil manejarte.
Abu Hida le miró fijamente.
–Más difícil de lo que imaginas –respondió.
Sin otra palabra, se dirigió a la escalera.

Dublín
16.28 horas

Se abrió la puerta y Grainne Walsh asomó la cabeza. Declan la miró. Había estado pensando en Amina.
–Perdone, pero creo que debería escuchar esto.
Se puso de pie y se dirigió a la puerta. Había varios miembros de su equipo alrededor de un escritorio, al fondo de la sala contigua. Se oía una radio. Declan consultó su reloj; debían de ser las noticias de las cuatro y media. Alguien subió el volumen.

–... tendrá lugar el próximo miércoles. La fábrica de Limerick se cerró en febrero con la pérdida de sesenta puestos de trabajo, pero el señor O'Sullivan ha declarado que se propone abrir de nuevo las puertas el próximo año, en otro emplazamiento. Un representante sindical entrevistado esta mañana ha calificado la oferta de inaceptable y ha afirmado que proseguirán las protestas. Y ahora ampliamos la noticia anterior, relacionada con ciertos rumores de un secuestro de rehenes aquí en Irlanda. Estamos en conexión telefónica con Siobhan Coyle en Londres. Siobhan, ¿hay más noticias?
–Todavía no, Raymond. Los portavoces de las principales embajadas árabes niegan la existencia de contratiempos e insisten en que la conferencia prosigue con normalidad. De momento, de lo único

que disponemos es de rumores llegados de diversas organizaciones fundamentalistas de Oriente Medio, que aseguran que sus delegados han desaparecido y que las comunicaciones de los servicios secretos europeos revelan detalles de una conspiración para secuestrarlos y posiblemente asesinarlos. Tengo entendido que la agencia Reuters en Beirut recibirá un comunicado esta tarde.

–Gracias, Siobhan. Entretanto, aquí en Dublín, el ministro de Asuntos Exteriores, Ciaran Clark, ha negado que los delegados corran peligro alguno y ha sugerido que los rumores de un ataque armado contra la conferencia eran mera desinformación, concebida para confundir las negociaciones. Dichos rumores, según él, eran probablemente obra de ciertos grupos extremistas a los que no se había permitido participar en las conversaciones. Según un portavoz de la oficina del primer ministro, la conferencia prosigue en Castletown House, en condiciones de extrema seguridad. Y ahora, las últimas noticias deportivas...

VEINTINUEVE

Belfast
Jueves, 20 de septiembre
19.10 horas

La zona bélica del oeste de Belfast se encuentra a poco más de un relajado paseo de las frondosas avenidas y casas señoriales junto a Malone Road. Caminando por Balmoral Avenue y a lo largo de Stockmans Lane, por debajo de la nueva autopista, se llega a una serie de suburbios de residencias municipales, donde los acentos son diferentes, las casas más pequeñas y los coches, los pocos que se encuentran, más viejos. A partir de ahí, se vaya por donde se vaya, se halla uno en un vasto gueto republicano, que se extiende por Clonard desde el este de Dunmurry, hasta la zona inferior de Falls al oeste del centro de la ciudad. Sus nombres se han oído un millar de veces en televisión: Ballymurphy, Turf Lodge, Andersonstown, Falls. Éste es un mundo dentro de otro mundo, pobre, asediado, patrullado día y noche por los soldados de un ejército que sus habitantes consideran de ocupación. Es la «orilla oeste» en otro lugar. Nadie quiere vivir realmente ahí, ni se atreve a hacerlo en ningún otro lugar.

'Ali condujo sin titubear por Stockmans Lane, Kennedy Way, la periferia este de Ladybrook y penetró en Andersonstown. Hacía veinte minutos que había recibido una llamada telefónica comunicándole el lugar y la hora del encuentro. Conocía el camino como cualquier lugareño. Desde el día de su llegada a Belfast, el joven iraquí se había dedicado a entablar contactos con grupos republicanos. Lo único que tenía en común con ellos era su odio al imperialismo británico, pero eso bastaba para brindar a su alianza un matiz significativo.

Había empezado a llover, tímidamente al principio, pero luego con sombría persistencia. Pasó un carro blindado. Desde la torreta, un soldado británico asomaba la cabeza y les apuntaba amenazadoramente con su rifle.

Penetraron en un entramado de calles tristes y depauperadas, donde los hombres vigilaban en las esquinas con mirada cautelosa y los jóvenes se agrupaban en las puertas de las casas, con el cuello de sus chaquetas levantado para protegerse de la lluvia, a la espera de la noche. Los escaparates y las puertas de las pequeñas tiendas tenían barrotes y persianas. En las paredes abundaban las consignas de combate y de un tenaz idealismo, que evocaban recuerdos de un pasado imposible. Unas cámaras de circuito cerrado de televisión procuraban detectar posibles alteraciones del orden. Los escasos coches que se veían estaban oxidados y dilapidados. El Escort de doce meses en el que circulaban parecía elegante y fuera de lugar. Por fin Abu Hida empezó a comprender la razón de su presencia y a creer que, a pesar de todo, tal vez se enfrentaría a su destino en aquella isla empapada por la lluvia.

El término árabe *al-mustad'afin* tiene innumerables traducciones: los miserables, los pobres, los oprimidos... Pero en el fondo todas significan lo mismo: personas desprovistas de todo a excepción de esperanza y desafío, y que Fanon denomina «desventurados de la tierra». A lo largo de los siglos los chiítas se habían considerado a sí mismos oprimidos, y ahora se habían levantado para exigir lo que les pertenecía.

Durante sus muchos años de lucha en Beirut, Abu Hida imaginaba Occidente en blanco y negro: un mundo esplendoroso de tiranos portentosamente ataviados decididos a destruir todo lo que él estimaba, empresarios que manipulaban el comercio internacional de drogas, pornografía y armas. Sabía que su visión era falsa, excesivamente simplificada, pero para él también era más útil que cualquier verdad. El odio que le inspiraban la crueldad y el engaño le había brindado las fuerzas necesarias para cometer las peores atrocidades bélicas, y se había aferrado a su distorsionada imagen de la arrogancia occidental, a fin de alimentar su odio.

Pero ahora, al circular por esas dilapidadas calles y ver a los jóvenes con sus anoraks baratos, a las mujeres con sus flácidas bolsas y a los niños demacrados con la mirada vacía, comprendió que aquí también había *mustad'afin*. No tenía por qué saber que había calles protestantes como aquéllas en otros lugares de la ciudad, que había gente pobre y desamparada a lo largo y ancho de Gran Bretaña, que el auténtico enemigo en cualquier lugar no eran los ingleses, ni las fuerzas imperialistas, ni los ejércitos de ocupación, sino la insidiosa y persistente pobreza que ajaba la vida de todos a los que alcanzaba, independientemente de sus creencias.

Se detuvieron frente a una casa de dos plantas en Clonelly Avenue. 'Ali miró cautelosamente a su alrededor antes de apearse para dirigirse a la puerta. La casa tenía el mismo aspecto que todas las demás de la calle. Había una bicicleta infantil oxidada en el suelo, junto a la entrada. Una antena parabólica sobresalía de una esquina. La madera no se había pintado desde hacía muchos años y estaba visiblemente podrida.

Se entreabrió la puerta. 'Ali habló gravemente con alguien en el estrecho vestíbulo. En la cercanía ladró un perro con indiferencia, como si le molestara el silencio. Al cabo de unos momentos, el ruido de un helicóptero ahogó los ladridos; la vigilancia era permanente. Se hizo de nuevo el silencio.

–Te están esperando.

TREINTA

En la sala junto a la entrada había dos hombres de pie y una mujer sentada. La casa había sido requisada hacía media hora a los Cronin, una familia católica que había vivido allí toda la vida; el marido estaba en el paro, la mujer se ocupaba de la limpieza en un centro de jubilados, y tenían cinco hijos. Se habían trasladado a Turf Lodge con su hermana hasta que dejaran de necesitar la casa. Nunca se les ocurriría protestar, nadie lo hacía. Ceder la casa sin previo aviso formaba parte inevitable de la vida, al igual que esconder algún arma, una caja de detonadores, o a un fugitivo.

'Ali presentó a los hombres: Desmond McCormick y Con McKearney. Ambos tenían unos treinta y cinco años, unos anchos ojos desvaídos y unos labios secos y malhumorados del color de un viejo ladrillo. Abu Hida hizo una evaluación mental de cada uno de ellos mientras les estrechaba la mano, consciente de que su vida y el éxito de su misión podían depender de su fuerza y fiabilidad.

La mujer estaba sentada en un sillón aparte y Abu Hida podía haberla ignorado, en parte por el hecho de ser mujer y en parte porque no se ajustaba a ninguno de sus estereotipos de combatientes. En su propio movimiento, las mujeres utilizaban velos o uniformes militares. El maquillaje, el perfume y la ropa elegante pertenecían al enemigo. Pero esa mujer llevaba un discreto traje, el cabello bien peinado y olía vagamente a rosas.

'Ali condujo a Abu Hida hacia ella. Cuando se acercaban se levantó lentamente y extendió una mano impecable.

–Te presento a la doctora Maureen O'Dalaigh –dijo 'Ali–. Doctora O'Dalaigh, éste es el hombre del que te he hablado.

Abu Hida le estrechó la mano y sintió inmediatamente lo que

no había experimentado con ninguno de los hombres: fuerza, dureza, la determinación de un matador. La ropa y el maquillaje eran un disfraz o una burla. Le apretó la mano y ella le correspondió.

–Encantada de conocerte –dijo–. 'Ali me ha hablado mucho de ti. Dice que en tu país eres un héroe.

–No soy yo quien debe decirlo. Para nosotros no existen los héroes. Soy un luchador, un *mujahid*. No lucho para mí, sino para los imanes.

–Claro, tú eres chiíta, ¿no es cierto?

–Sí. Un musulmán que ama a la familia del Profeta.

Hizo una pausa. De pronto se percató de que todavía le estrechaba la mano y, avergonzado, la soltó.

–Comprendo –dijo O'Dalaigh–. El *ahl al-bayt*.

–Efectivamente –respondió Abu Hida sorprendido–. Estás muy bien informada.

–Bueno, leo mucho. Aquí no somos todos unos salvajes ignorantes, como ese par de zoquetes –sonrió mientras miraba a sus compañeros.

–Maureen O'Dalaigh está doctorada en leyes por la Universidad de Queen –dijo 'Ali–. Es una mujer inteligente. Deberás cuidar lo que le dices.

Abu Hida sonrió. Si era abogada, se explicaba su atuendo y su peinado, pero no su fuerza.

–Cuando venía del aeropuerto –dijo–, el taxista me ha preguntado si yo era musulmán protestante o musulmán católico. La pregunta me ha parecido estúpida, sin sentido.

Ella sonrió y Abu Hida se preguntó si se reía de él, como acababa de hacerlo de sus amigos. Parecía muy pagada de sí misma.

–No estoy tan segura –respondió–. Es lo único que comprende la gente de aquí y en lo que la mitad de ellos piensan exclusivamente. Hay dos bandos y se sienten perdidos si no pueden incluirte en uno de ellos. «¿Con qué pie te levantas?» Ésa es la pregunta habitual. Uno no puede responder que tiene tres pies, o cuatro, o ninguno; saben que eso no puede ser cierto. Si no eres protestante, eres católico, aunque seas judío o hindú. Y viceversa.

–Deja al pobre hombre tranquilo, Maureen –dijo Desmond

McCormick, que se había acercado a Abu Hida y le había conducido a una silla.

–¿Te apetece algo de beber? –preguntó McKearney.

–Té o café sería perfecto.

–¿No quieres algo más fuerte?

–¿Cómo?

–¿Una cerveza, o un whisky? Hay Bushmills en la cocina.

Abu Hida negó con la cabeza.

–No bebo alcohol.

–Lo siento –dijo McKearney–, lo había olvidado...

–Válgame Dios, Con –interrumpió Maureen O'Dalaigh–, ¿vas a dejar de perder el tiempo? Nuestro amigo ha venido para hablar de negocios, no para sentarse a tomar Guinness. Manos a la obra.

McKearney se sentó obedientemente en una silla junto a Abu Hida. 'Ali se quedó de pie.

–Tengo lo que querías –dijo McCormick, que era un individuo inquieto, cuya agitación le producía un nerviosismo que parecía impedirle descansar.

Se agachó, abrió la cremallera de una gran bolsa deportiva que tenía a sus pies, sacó un rifle y se lo entregó a Abu Hida.

–No está cargado –dijo.

Abu Hida sopesó el arma con ambas manos y deslizó los dedos por el cañón, con la delicadeza de un médico que examinara el brazo lastimado de un paciente. Era un rifle de precisión Heckler & Koch, idéntico al que había utilizado en su país. A continuación, McCormick le entregó un Franchi del calibre doce. Abu Hida lo inspeccionó meticulosamente y lo dejó junto al primero.

La bolsa contenía también una pistola automática Heckler & Koch de nueve milímetros P7M8, con una mirilla de láser Soginco, una pistola SIG-Sauer P-226 con capacidad para cargadores de quince cartuchos, un rifle de asalto Steyr AUG, dos mirillas infrarrojas y varias cajas de municiones.

–Esto está muy bien –dijo Abu Hida–. Habéis sido muy eficientes.

–Han tenido que traerlos especialmente –respondió McKearney–. Con mucha prisa. Espero que valga la pena. A nosotros no nos vendrían mal armas como éstas.

–Cállate, Con. Me das dolor de cabeza –exclamó O'Dalaigh.

–Era sólo un decir.

–Olvídalo. El cuartel general concedió ayer su autorización para esta operación, que ha sido ratificada esta mañana por el consejo militar. Si prefieres explicarles cómo deben hacer las cosas, puedes llamar a Dan Hughes; aquí tengo su número de teléfono.

–Déjale tranquilo, Maureen –suplicó McCormick–. No tenemos por qué discutir entre nosotros.

–Amigo McKearney –interrumpió Abu Hida–, podéis disponer de todas las armas como éstas que queráis. Si cumplís vuestra misión, os doy mi palabra de que os garantizaremos cargamentos de todo lo que necesitéis. No es la primera vez que tratáis con 'Ali. Sabéis que podemos cumplir nuestras promesas. Estas armas son necesarias para la misión que se me ha encomendado. Y ahora, si no os importa, me gustaría hablar de los preparativos que habéis hecho.

–En primer lugar –intervino Maureen O'Dalaigh–, me gustaría saber qué pruebas tenéis de que alguien ha secuestrado a vuestra gente. Según la radio, la conferencia en el sur progresa sin contratiempos. Lo que se dice de rehenes no son más que habladurías.

Abu Hida negó con la cabeza.

–Una banda armada atacó el lugar de la conferencia el lunes por la noche. No es un rumor, sino un hecho. Los servicios secretos de por lo menos tres estados árabes han interceptado comunicaciones codificadas entre servicios antiterroristas europeos en las que se facilitan informes detallados del ataque y de lo sucedido a continuación. A través de 'Ali seguiré recibiendo detalles de otras comunicaciones interceptadas. Y, con vuestra ayuda, espero localizar y rescatar a los rehenes.

–¿Por qué no lo dejas en manos de los servicios de seguridad irlandeses?

–Los irlandeses ya no dirigen la operación, ahora lo hace el MI5. Espero que estéis de acuerdo conmigo en que no se puede confiar en ellos.

–¿Podemos confiar en ti? –preguntó Maureen, sin dejar de mirarle fijamente, como si pudiera leer con facilidad sus pensamientos, e incluso su alma.

No estaba acostumbrado a tratar de un modo tan abierto con una mujer que formulaba preguntas, exigía respuestas y ponía a los hombres en su lugar. Además, el convencimiento profundo de que era tan fuerte como él, puede que más, no le dejaba más alternativa que tratarla en términos igualitarios.

–Debemos confiar el uno en el otro –respondió, a título personal, pensando en que sus respectivas organizaciones podían discutir todo lo que quisieran, pero la confianza era esencial a nivel individual–. De lo contrario, actuaré solo. Será más difícil y casi con toda seguridad fracasaré, pero no tengo otra alternativa.

Sabía que debía ganarse su confianza. En su propio país, había demostrado sobradamente todo lo necesario. Pero aquí, entre desconocidos que no compartían siquiera sus creencias, iba a la deriva. Miró a su alrededor y observó el desorden del abigarrado cuarto, su desastrosa decoración, el papel barato de las paredes, los agujeros en la alfombra y las rasgaduras del mobiliario. Lo único que tenían en común, pensó, era la pobreza y el odio por un enemigo universal con muchos nombres. Eso le habría bastado, de no haber sido por la mujer. Su ropa, su actitud y su discreta inteligencia le intimidaban; además, sobre todo, del hecho de que fuera mujer.

–Necesito vuestra ayuda –dijo–. No conozco vuestro país, no sé por dónde empezar a buscar a los rehenes. Lo único de lo que dispongo es acceso de segunda mano a las comunicaciones de los servicios de seguridad, e incluso eso tiene sus limitaciones. Tengo muy poca confianza en la capacidad de los servicios antiterroristas para localizar a los secuestradores antes de que sea demasiado tarde. Sin vuestra ayuda, tendré muchas dificultades.

Hizo una pausa. La lluvia caía casi silenciosamente en la calle. Oscurecía. Pasó otro helicóptero. El cuarto olía a comida pasada y sudor.

–Lo que os pido no está desprovisto de riesgo. Pero tanto si tenemos éxito como si fracasamos, contaréis con el apoyo garantizado de todas las organizaciones con rehenes en esta isla. Se os facilitarán las armas que elijáis, todos los explosivos que podáis necesitar, aquí o en Inglaterra, y entrenamiento gratuito para vuestros soldados.

Maureen O'Dalaigh miraba atentamente a Abu Hida. Sus

manos, sus pies, su forma de hablar y de moverse. Sin proponérselo, se dio cuenta de que le admiraba. Físicamente se sentía muy atraída hacia él; pero no era eso, sabía que no era eso. Percibía en él una fuerza casi primitiva, pero también descubrió que la mantenía perfectamente bajo control, que nunca actuaría de un modo descuidado, caprichoso o no premeditado. Ojalá pudiera disponer de unos cuantos hombres como él, pensó, para acabar de una vez con aquella guerra sin sentido. El nivel del recluta medio del IRA era lamentable. Lloraba cada vez que estallaba una bomba antes de tiempo y morían víctimas inocentes. Era algo que aceptaba como parte inevitable de una guerra, pero de lo que no se sentía orgullosa. Una idea empezó a fraguarse en el fondo de su mente. Si la organización de Abu Hida pudiera mandarle un puñado de hombres como él durante un año, ¿por qué iba a molestarse en enviar a campos de entrenamiento en el Líbano o Irán a individuos como Con McKearney?

–Hay una cosa que me gustaría saber –dijo Maureen O'Dalaigh–. ¿Has venido, como dices, a liberar a esos rehenes, o tu misión es ejecutarlos?

Se percató de que era astuta y no podría ocultarle gran cosa.

–El jeque Mu'in Usayran es mi padre. Su vida es de gran importancia para los chiítas en el Líbano.

–Eso no responde a mi pregunta.

–He venido a Irlanda para rescatar al jeque. Tu misión es llevarme hasta él. Sus secuestradores serán castigados. Los demás rehenes no son de mi incumbencia. –Hizo una pausa–. Ni de la vuestra.

Con McKearney se puso de pie y se acercó a la ventana. Miró inquieto de un lado para otro de la calle, como si algo le preocupara. Por el cielo circulaba un helicóptero. Se alejó de la ventana y regresó a su silla, todavía nervioso.

O'Dalaigh titubeó y se encogió de hombros. ¿Por qué preocuparse de la muerte de extranjeros cuando estaba dispuesta a aceptar la de irlandeses por el bien de la causa?

–Muy bien –dijo–. ¿Por dónde empezamos? Estamos dispuestos a ayudarte en la medida de nuestras posibilidades. El ejército británico y el MI5 disponen en Irlanda de la mayor red para recoger información. La sección ciento veinticinco del servicio secreto militar utiliza un ordenador denominado Crucible. Tiene acceso a uno de los mayores bancos de datos que existen. Está conectado directamente al ordenador R2 en Inglaterra y a su base de datos, así como a las bases de datos de los servicios secretos europeos e internacionales. Es muy impresionante. –Hizo una pausa. McKearney, que estaba junto a ella hablando en voz baja con McCormick, volvió la cabeza, la miró y ella prosiguió–. Pero hay algo que no tienen. Supongo que en tu país ocurre lo mismo. No tienen a la gente, ni sus mentes, ni sus corazones. El movimiento republicano no dispone de bancos de datos informatizados, ni de transmisores vía satélite, ni de un sistema Tinkerbell para intervenir teléfonos, pero cuenta con la cooperación de millares de personas corrientes a lo largo y ancho de esta isla. Tenemos ojos y oídos en todas partes. Créeme, no son muchas las cosas que ocurren de las que no nos enteremos casi inmediatamente. Y así es como encontraremos a tus rehenes. Además, lo haremos antes de que los servicios de seguridad reciban el menor soplo.

Abu Hida asintió. El pragmatismo y sentido común de aquella mujer le inspiraban confianza. De algún modo, estaba seguro de que no alardeaba al afirmar que su organización disponía de los medios para localizar a los rehenes.

–Te estoy agradecido –respondió–. Pero necesito saber de cuántos hombres puedes prescindir para que me acompañen.

–Dezzy –dijo Maureen volviendo la cabeza para dirigirse a McCormick–, ¿podrías explicarle nuestros planes?

McCormick respiró hondo. Abu Hida intuía que se sentía incómodo. Su actitud hacia Maureen O'Dalaigh era deferente, como si fuera su subordinado. Había una enorme diferencia entre ambos, pensó Abu Hida. No eran sus andrajosos zapatos, ni su astrosa ropa los que marcaban la diferencia, sino su porte.

–Hemos decidido que lo mejor será que trabajes con una unidad de servicio activo –empezó a decir McCormick–. Podrán ayudarte en todo lo que necesites durante la búsqueda y, si has de entrar en acción, dispondrás de hombres entrenados para que te acompañen. Habitualmente, las unidades de servicio activo son necesarias para operaciones generales aquí en el norte, pero hace poco se retiró una que está ahora en el sur y se les ha ordenado que actúen como tu equipo de apoyo. –Titubeó, como si tuviera algo difícil que decir–. El caso es que todos son norteños, de Belfast, y ninguno de ellos conoce muy bien el sur. Por lo tanto, el jefe de personal ha decidido colocarlos a las órdenes de alguien que esté familiarizado con el conjunto del país. Y ha elegido a la doctora O'Dalaigh.

–No lo comprendo –dijo Abu Hida.

–Es muy sencillo –respondió Maureen O'Dalaigh–. Todos los componentes de la unidad son unos buenos chicos. Están bien entrenados, tienen experiencia y son hombres duros. Pero fuera de Belfast son como un puñado de jovencitas de la escuela para ciegos de Jordanstown. Necesitan a alguien que conozca el terreno. Y ese alguien resulta que soy yo. Debido a mi profesión de abogada, viajo mucho. Y cuando me desplazo profesionalmente a algún lugar, siempre aprovecho para trabajar para la causa.

–¿Quién eres exactamente? –preguntó Abu Hida–. ¿Qué cargo ocupas?

Maureen sonrió.

–Esto es por lo general algo secreto. Pero puesto que tanto Dezzy como Con ya lo saben, también puedo revelártelo. Soy miembro ejecutivo del consejo militar. ¿Responde eso a tu pregunta?

–Quiero saber por qué tu gente se cree con derecho a ofrecerme a una mujer. Esto es trabajo de hombres. Puede que haya muertes.

Maureen se sulfuró, enojada a pesar de que había anticipado su rechazo.

–Y supongo que vuestras famosas «esposas de sangre» se quedan en casa pintándose las uñas de los pies. Escucha, amigo, lo tomas o lo dejas. Con o sin armas, te estamos haciendo un favor. Sin mi ayuda, no tienes ninguna oportunidad. Eres...

Un teléfono móvil sobre la mesa empezó a sonar. Una, dos, tres veces.

–Maldita sea, contesta –exclamó McKearney.

O'Dalaigh levantó el teléfono.

–¿Sí?

Escuchó y Abu Hida se percató de que sus mejillas palidecían.

–Comprendo –dijo antes de colgar.

Sin decir palabra, se puso de pie y se dirigió a la ventana. El helicóptero hacía más ruido que nunca. Estaba anocheciendo.

–Era Jimmy Kane –dijo en un tono casi imperceptible–. Acaba de enterarse de que ha entrado una patrulla militar en esta zona.

Volvió la cabeza y miró enojada a Desmond McCormick.

–¿Qué coño ha ocurrido con tus malditos vigilantes? Se suponía que debían estar ahí. ¿Qué coño les ha sucedido?

En aquel momento se oyó un fuerte ruido en la calle. El helicóptero se elevó y se retiró. Cuando decrecía el ruido de sus motores, un megáfono quebró el silencio. Una voz inglesa, con un tono preciso, retumbó en la calle empapada por la lluvia, entre las paredes de aquellas míseras casuchas:

–Maureen O'Dalaigh. Desmond McCormick. Con McKearney. La casa donde os encontráis está rodeada. Quedáis detenidos. Os ordeno que abandonéis todas las armas. Salid con las manos sobre la cabeza y no sufriréis ningún daño. Os doy mi palabra. Ante cualquier intento de resistencia nos reservamos el derecho a disparar.

A continuación se hizo de nuevo el silencio en la calle durante unos momentos, hasta que apareció de nuevo el helicóptero entre las cavernas grisáceas de un cielo donde casi reinaba la oscuridad.

TREINTA Y UNO

–¡Vosotros los habéis traído! ¡Malditos cabrones, vosotros los habéis traído! –exclamó Con McKearney mientras se dirigía a Abu Hida con el puño levantado, sin que el árabe hiciera el menor movimiento para evitar el golpe.

–¡Maldita sea, Con! ¡Déjalo! –dijo Maureen O'Dalaigh después de colocarse entre ambos mirando a su subordinado.

–Son soplones de los malditos británicos –declaró McKearney–. Nos han tendido una trampa.

–Nos ocuparemos de eso más adelante. ¿Entendido, Con?

Sin prestarle atención a Abu Hida, Maureen se dirigió a McCormick.

–¿Podemos salir de aquí por la parte trasera, Dezzy?

–De aquí a Glen Road es campo abierto –respondió, visiblemente nervioso, mientras el ruido del helicóptero en la calle ahogaba casi sus palabras–. Podríamos intentarlo por el patio de la escuela de los hermanos. Si logramos cruzar la calle, podemos dirigirnos a la iglesia de Santa Teresa y luego hacia Black Hill o bajar por Turf Lodge. No lo sé. Maldita sea, no lo sé.

–De acuerdo –dijo Maureen–. Allí también habrá soldados, pero si nos separamos puede que no dispongan de los suficientes para cubrirnos a todos. Todo depende de las prisas con que hayan organizado esta operación. Yo intentaré dirigirme a Whiterock. Tú, Dezzy, sal en dirección contraria, hacia Glen, y si llegas a casa de Andy Doyle, él te sacará en su coche.

»Tú, Con –prosiguió, volviendo la cabeza para mirar a McKearney–, dirígete a la iglesia por el otro lado de Glen Road. Hay un Ford Escort de color rojo aparcado delante de la misma. Aquí tienes la llave –agregó, al tiempo que se la arrojaba–.

Conduce por Glen Road hacia las afueras y abandona el coche a la primera oportunidad.

Los miró sucesivamente a ambos.

–¿Vais armados?

Los dos asintieron. McCormick llevaba una pistola automática y McKearney un revólver.

–En tal caso, manos a la obra.

–¿Qué hacemos con ésos? ¿No irás a permitir que se larguen tan campantes? –dijo McKearney después de levantar su revólver, y apuntar primero a 'Ali y luego a Abu Hida–. Nos han atraído aquí con una sarta de patrañas, y sólo esperan a que nos marchemos para reunirse con esos matarifes del SAS –agregó, sin dejar de apuntar directamente a la cabeza de Abu Hida–. Si tú no vas a hacer nada al respecto, lo haré yo.

Con McKearney era un asesino experimentado. Había matado por lo menos a quince hombres y mujeres a lo largo de su vida. A un policía fuera de servicio que estaba jugando con sus hijos en el parque de Ormeau. A tres basureros que estaban tomando una copa en un bar de Donegall Pass. A una niña que salía de la escuela y se cruzó en su camino frente a King's Hall. A un soldado por la espalda en el mercado. Y otros por el estilo. Una lamentable lista de víctimas casuales, propia del mundo en el que vivía. Una lista que convertía en héroe a un hombre de paja.

Dio un paso en dirección a Abu Hida, para asegurarse de no fallar el disparo, con ambas manos en el revólver y el dedo en el gatillo.

–Chivato hijo de puta –añadió, mirando de reojo a 'Ali.

Fue lo último que dijo. Nadie llegó a ver el cenicero que salía despedido de la mano de Abu Hida, pero todos oyeron su crujido cuando aplastó la región frontal del cráneo de Con McKearney. Se tambaleó momentáneamente, apuntando todavía con el revólver a su supuesta víctima, luego le flaquearon las piernas y se desplomó al suelo. El revólver cayó a los pies de Abu Hida. El cenicero, un grueso disco de cristal, rodaba todavía por la alfombra. Se tambaleó después de detenerse y se quedó plano en el suelo. «Murphy's Stout», decían unas grandes letras rojas grabadas en el mismo.

Dezzy McCormick se agachó junto a McKearney.

–Está muerto –exclamó–. Maldita sea, le has matado.

–Déjalo, Dezzy. No puedes hacer nada por él –dijo Maureen mientras cogía a su colega por el brazo y le ayudaba a levantarse, al tiempo que miraba a Abu Hida de un modo casi comprensivo.

El rostro de Abu Hida era completamente inexpresivo, como si la muerte de Con McKearney no hubiera hallado rugosidad alguna a la que aferrarse.

El megáfono cobró vida de nuevo.

–Ésta es la segunda llamada. No habrá una tercera. Estáis completamente rodeados. Dejad vuestras armas en la casa y rendíos. Os doy mi palabra de que no se os lastimará.

–Adelante, Dezzy.

Maureen empujó a McCormick por la puerta de la pequeña sala y le siguió hacia la cocina, situada en la parte trasera de la casa. Al llegar a la puerta de la cocina, sintió una mano en su brazo.

Abu Hida, junto a ella, movió la cabeza.

–Eso sería un suicidio –dijo–. Es lo que esperan que hagas. No les des esa oportunidad. Quédate conmigo. Yo te sacaré de aquí.

McCormick había abierto ya la puerta de la cocina y volvió la cabeza para mirarla.

–Vamos, Maureen –suplicó–. ¿A qué esperas?

Ella miró de nuevo a Abu Hida. El árabe estaba tranquilo, más tranquilo de lo razonable para cualquiera en dichas circunstancias. ¿Y si Con tenía razón?, se preguntó Maureen. ¿Y si los árabes no eran más que quintacolumnistas infiltrados por la compañía decimocuarta británica de servicios secretos? Abu Hida no insistió. Era ella quien debía elegir. Respiró hondo, decidió y se acercó a él.

–Si estás con los británicos –dijo–, me las pagarás. ¿Comprendido? No me importa cuánto tarde, pero me aseguraré de que te crucifiquen –agregó antes de volver la cabeza para dirigirse a McCormick–. Date prisa, Dezzy. Yo me quedo aquí para distraerles. Buena suerte. Te veré en el bar de McD mañana por la noche. Me invitarás a una cerveza.

Dezzy titubeó. No sería fácil salir solo. Intuyó que le utilizaban como señuelo, pero no tenía otra alternativa. Prefería arriesgarse en la oscuridad a quedar atrapado en la casa mientras llegaban refuerzos y cerraban el cerco.

–De acuerdo –respondió con la voz entrecortada y ya sólo un valor fingido–. Hasta pronto.

Cuando salió a la calle, Maureen cerró la puerta y regresó apresuradamente a la sala de estar. Se habían apagado las luces y la única iluminación procedía del crepúsculo y una farola anaranjada de la calle.

'Ali no había perdido el tiempo. Había sacado tres armas de la bolsa y las había cargado: el rifle de precisión H & K, el rifle de asalto Steyr AUG y el automático Franchi del calibre doce. A los dos primeros les había acoplado mirillas infrarrojas Rank Pullin SS20, capaces de identificar un objetivo a trescientos metros, sobradamente adecuado para las circunstancias presentes.

Abu Hida tomó el rifle de precisión y le entregó el Franchi a Maureen O'Dalaigh.

–¿Sabes utilizarlo? –preguntó.

A modo de respuesta, Maureen alzó la culata rebatible, tiró del percutor y se colocó el arma bajo el brazo.

–Me apostaré en la parte trasera de la casa –dijo 'Ali, con el rifle de asalto en las manos–. Avisadme cuando estéis listos para salir y os cubriré.

Se oyeron disparos detrás de la casa y supusieron que Dezzy McCormick ofrecía resistencia. Nadie esperaba que durara mucho.

'Ali cogió una caja adicional de munición y salió por la puerta.

–Quédate aquí –ordenó Abu Hida–. Cuando abran fuego, dispara ráfagas cortas para impedirles avanzar. Cambia de lugar después de cada ráfaga, de lo contrario te localizarán por el fuego del cañón. Yo voy al piso de arriba. No dispares hasta que esté listo.

Ella le miró como si le viera por primera vez.

–Vamos a morir aquí –afirmó desapasionadamente.

Estaban en una situación imposible y sabía que no podían en modo alguno vencer en la lucha.

No –respondió Abu Hida–. He estado muchas veces en situaciones parecidas. Confía en mí. Te sacaré de aquí. Luego estaré en tus manos. Tenemos que estar unidos.

–¿Y él? –preguntó Maureen moviendo la cabeza en la dirección que 'Ali había tomado.

–¿'Ali? Morirá –respondió Abu Hida sin emoción alguna.

–¿Así de simple? Sacrifica su vida para que puedas huir, y tú se lo permites.

Abu Hida asintió.

–No es fácil que lo entiendas, ni tengo tiempo ahora para explicártelo. Es nuestro destino, eso es todo. De otro modo, nada tendría sentido.

Miró a su alrededor, a aquella sala desprovista de calidez y, por extensión, las escuálidas calles a las que pertenecía, con su monótona y persistente pobreza, su odio, su resentimiento, y los soldados que las cercaban.

–¿Tiene esto algún sentido? –preguntó, como si lo hiciera por primera vez.

–Sí –respondió Abu Hida–. Ante la mirada de Dios.

–Yo no creo en Dios –dijo Maureen.

–Entonces nada puede tener sentido. Especialmente tu ira.

De pronto cesaron los disparos detrás de la casa. En la calle, el oficial del megáfono había tomado una decisión.

–Uno de los vuestros ha sido abatido. Si prosigue la resistencia, mis hombres tomarán represalias. He ordenado que avancen hacia la casa. Los soldados dispararán contra cualquiera que abra fuego.

Abu Hida había llegado a la habitación frontal del primer piso. Abrió la ventana y la arrancó literalmente de las bisagras; la madera podrida del marco ofreció escasa resistencia. En la calle, el brillo de la farola dificultaba la visión. Después de arrodillarse, apuntó y la destruyó de un disparo.

Cerró los ojos para acostumbrarlos a la oscuridad. Cuando los abrió de nuevo, vio hombres que se movían al otro lado de la calle, figuras oscuras, soldados con uniforme de campaña. Sabía que no querrían avanzar con excesiva rapidez, que se mantendrían atentos a los primeros disparos.

Se oyó una ráfaga en la parte posterior de la casa, seguida de otra y de varios disparos aislados. Abu Hida sabía que podía confiar en 'Ali, que protegería la retaguardia mientras pudiera.

El helicóptero seguía circulando, pero estaba convencido de que no encendería sus faros para no iluminar a los soldados y convertirlos en blancos fáciles. No obstante, le habría gustado disponer de un lanzador de misiles portátil SA-7 para derribarlo. Si los localizaba durante la huida, podría ponerles las cosas difíciles.

Tenía tres objetivos principales. Si lograba llevarlos a cabo, él y la mujer tendrían la oportunidad de huir. Retiró la mirilla infrarroja del rifle y la utilizó para examinar la calle. Si le veían, no se sentirían inmediatamente amenazados, pero descubrirían que era capaz de ver en la oscuridad. No creía que conocieran su presencia ni la de 'Ali, aunque cabía la posibilidad de que los servicios secretos británicos fueran mejores de lo que imaginaba. Si no sospechaban de su presencia, se esperarían resistencia por parte de Maureen O'Dalaigh y Con McKearney, porque a estas alturas Dezzy McCormick ya habría sido identificado. Eso le concedía a Abu Hida un importante elemento de sorpresa.

Su primer objetivo estaba en un callejón, entre dos casas estucadas, treinta metros a su izquierda. Siguió escudriñando el entorno. Su objetivo número dos estaba en un portal, exactamente al otro lado de la calle. No lograba localizar al tercero, pero a Abu Hida no le cabía duda de que estaba ahí. No importaba, aparecería si abatía a los otros dos.

Acopló de nuevo la mirilla infrarroja al rifle y apuntó al primer objetivo, el oficial de comunicaciones de la unidad, cuya misión era la de transmitir mensajes entre la unidad y la base. Debería disparar con rapidez, antes de que alguien detectara el rifle y abriera fuego contra él. El soldado, parcialmente oculto tras un muro, llevaba casco y chaleco antibalas. Alguien como Con McKearney nunca le alcanzaría, aunque dispusiera de un misil antitanque.

Apuntó entre el hombro y la parte superior de la cabeza. No te muevas, pensó.

–¡Rifle en la ventana superior! –exclamó una voz desde la calle.

Abu Hida soltó suavemente el aire de sus pulmones y apretó el gatillo. La cabeza del soldado dio una sacudida. Abu Hida se retiró inmediatamente de la línea de fuego y se ocultó bajo la repisa de la ventana. Apenas lo logró. Una ráfaga destrozó lo poco que quedaba de la ventana, y las balas se incrustaron en el techo y en la pared posterior de la pequeña habitación.

–¡Doctora O'Dalaigh! –exclamó en el silencio parcial que siguió al tiroteo–. ¡Cubre la calle! ¡De izquierda a derecha!

En el momento en que Maureen abría fuego, se puso de pie, apuntó y disparó. Fue un tiro fácil, exactamente delante de la casa. El hombre del portal se tambaleó y se desplomó sobre la acera. Sus dedos inertes soltaron el megáfono que tenía en la mano, que repiqueteó sobre el hormigón. Abu Hida se retiró de nuevo de la ventana.

–¡Capitán abatido! –se oyó en la calle.

Abu Hida se desplazó al otro lado de la ventana y se dispuso a disparar pegado a la pared. En la acera de enfrente había un soldado, agachado tras una verja, que disparaba repetidamente contra la sala de estar. Abu Hida le pegó un tiro entre las cejas. Giró el rifle y abatió a otro que se dirigía a un Shorland aparcado en la esquina. Entonces fue cuando detectó a su tercer objetivo, al encargado de coordinar el fuego contra la casa. Estaba agachado al otro lado del Shorland y hablaba por un transmisor portátil. Cuando salió para ayudar a trasladar a la última víctima a cubierto, Abu Hida le disparó en el cuello.

Ahora empezaban a comprender que no sólo se enfrentaban a un par de pistoleros semientrenados. Todavía se oían persistentes disparos detrás de la casa. Abu Hida supuso que 'Ali habría causado varias víctimas entre sus enemigos.

Se acercó sigilosamente a la puerta del dormitorio, salió al estrecho pasillo y bajó corriendo por la escalera. En la sala de estar, Maureen O'Dalaigh introducía un nuevo cargador en su Franchi. Entró a gatas para mantenerse por debajo del nivel de la ventana, se colocó la bolsa al hombro y dio media vuelta.

–Saldremos dentro de un minuto –dijo–. ¿Estás lista?

Maureen asintió, hizo una pausa y disparó una breve ráfaga.

Abu Hida aprovechó para salir por la puerta y permaneció agachado en el pasillo. Algunas balas de alta velocidad perforaban el tabique de la sala. Ya fuera de su alcance, se puso de pie y corrió hacia la cocina, donde 'Ali había improvisado una trinchera con la lavadora y el frigorífico tumbados.

–'Ali, intentaremos salir por la puerta delantera –dijo Abu Hida después de situarse junto a su compañero–. ¿Podrás cubrirnos?

'Ali asintió. Disparó unas cuantas veces en la oscuridad y vació el cargador. Nadie devolvió el ataque.

–Se están reagrupando. Debemos marcharnos antes de que decidan acercarse.

Cuando Abu Hida daba media vuelta para marcharse, 'Ali introdujo un nuevo cargador en su rifle.

–Éste es el último –dijo–. Procurad daros prisa.

Abu Hida metió la mano en la bolsa para sacar una pistola SIG-Sauer y un cargador.

–Toma. No permitas que te atrapen vivo.

'Ali se llevó la mano al bolsillo y sacó las llaves de su coche.

–Guárdatelas –dijo–. Las necesitarás.

Apenas se veían en la oscuridad. Se dieron un abrazo agachados detrás del frigorífico y la lavadora.

–Tu nombre será recordado por esto, *shahid* –dijo Abu Hida–. Saluda en mi nombre al Profeta. Y pídele a su nieto que me otorgue su fuerza.

'Ali, entre sollozos, le besó en ambas mejillas. Luego, después de guardarse la pistola en el bolsillo, se dirigió a gatas a la sala de estar. Se colocó en el lugar de Maureen O'Dalaigh y le dijo que se marchara. Cuando Maureen llegó a la puerta, oyó un disparo y el grito de otro soldado que caía.

Abu Hida guardó el rifle en la bolsa y sacó la pistola H & K que 'Ali había cargado antes. Se guardó otros dos cargadores en el bolsillo.

Sabía que, incluso sin comunicaciones radiofónicas, el cuartel general habría mandado ya refuerzos. Desde el helicóptero veían lo que sucedía y no tardarían en llegar otros. Él y Maureen tendrían que salir cuanto antes de la zona. Su mayor preocupación era el helicóptero, pero confiaba en el conocimiento que Maureen tenía de los alrededores para huir y mantenerse ocultos.

Le entregó las llaves del coche de 'Ali.

–El coche está a la izquierda, cerca de la puerta. No han intentado moverlo. Deja que yo me ocupe de cualquiera que pudiera ocultarse tras el mismo. Tú concéntrate en abrirlo y conducir. Llévanos a alguien que sepa cómo sacarnos de Belfast esta noche. ¿Puedes hacerlo?

–Sí –respondió–. Ya está previsto. Es lo habitual.

–Me alegro. ¿Estás preparada?

Hizo una pausa.

–¿Sabías que era mi cuñado? –dijo Maureen.

–¿Quién?

–McKearney. Estaba dispuesto a matarte.

–Ya lo sé. Lo lamento por tu hermana.

–No es necesario. Le abandonó hace muchos años. Ni es preciso que lo lamentes. Se lo buscaba desde hace tiempo –dijo Maureen, a la vez que tiraba del percutor de su pistola–. ¿Cómo sabías que no era el hermano de mi marido?

–Nunca has estado casada –respondió Abu Hida–. Y, de haberlo estado, no habría sido con alguien que perteneciera a la misma familia que él. Y ahora, ¿estás lista?

Menuda audacia la suya, pensó Maureen. Le habría gustado ponerle en su lugar, pero aquél no era el mejor momento, y se limitó a asentir.

–Ahora –dijo Abu Hida.

TREINTA Y DOS

Dublín
20.10 horas

Ciaran Clark llamó inmediatamente después de cenar. Según dijo, ésa era una línea segura, aunque Declan lo dudaba; el MI5 consideraría prioritarias todas las comunicaciones de entrada y salida del despacho del ministro de Asuntos Exteriores. Pádraig Pearse le había advertido de la llegada de Harker, lo cual no había tranquilizado a Declan ni había contribuido a aliviar sus jaquecas. Había oído hablar de él en varias ocasiones y sabía el poder que ejercía. Nunca se habían cruzado directamente sus caminos, pero de vez en cuando Declan había percibido su sombra. Alguna misión malograda, información ocultada, una muerte inexplicable... acompañadas siempre de frágiles rumores de un mundo no exactamente contiguo al suyo.

–Declan, habla Ciaran. Hablamos por una línea segura. La han comprobado hace media hora.

–No estés tan seguro. Ciaran. Hay muchas formas de intervenir un teléfono.

–Santo cielo, Declan, vas a volverme tan paranoico como tú.

Declan suspiró.

–¿Qué quieres, Ciaran?

–Hablar contigo, eso es todo. No te vendrá mal una pequeña charla. Dime, ¿tienes ya alguna pista?

–Nada que tú no sepas, Ciaran.

–Tu misión consiste en descubrir lo que no podemos averiguar nosotros. ¿No tienes ninguna idea sobre dónde pueden estar? ¿Alguna corazonada, cualquier cosa? Te lo juro por Dios, Declan, aquí estamos sometidos a una presión terrible. No podemos limitarnos a seguir desmintiendo los rumores, nos exigen pruebas de que los delegados están a salvo. Pero eso es precisamente lo que nosotros no podemos ofrecerles. La gente de la prensa, la radio y la televisión no nos dejan tranquilos; no puedes imaginártelo. Cielos, Declan, debemos decirles algo. Cualquier cosa, sólo para demostrar que hemos progresado, que no nos hemos quedado de brazos cruzados.

Hablaba siempre en plural y repetía la palabra «nosotros». No parecía propio de Ciaran Clark, que formaba decididamente parte de la generación del «yo».

–¿Estás solo, Ciaran?

–¿Cómo?

–¿Hay alguien contigo?

Se hizo una breve pausa.

–Claro que no. Nadie sabe que estoy hablando contigo. Mejor dicho, casi nadie sabe todavía que trabajas para nosotros.

–¿Has hablado hoy con Pádraig Pearse?

–Sí, un par de veces. Está muy preocupado. Cielos, todos lo estamos.

–Lo sé. Escúchame, Ciaran, en este momento no tengo nada que puedas ofrecerle a la prensa. Tendrás que entretener a los periodistas. Cuéntales alguna historia, lo haces de maravilla. Créeme, Ciaran, eres muy diestro.

–Nosotros necesitamos información, Declan.

–¿A quién te refieres exactamente al decir «nosotros»?

Ciaran no respondió.

–Te llamaré inmediatamente cuando sepa algo, Ciaran. Te lo prometo.

–Nosotros...

Se hizo una pausa. Silencio absoluto. Declan tuvo la clara impresión de que Ciaran escuchaba a otra persona. Su actitud era más rígida que de costumbre, como la de alguien que recibe órdenes.

–Te llamaré luego, Declan. Aproximadamente dentro de una hora. Agradeceré cualquier cosa que puedas ofrecernos; no somos la Iglesia, no esperamos milagros.

Colgó el teléfono. Declan esperó un instante, levantó de nuevo el auricular y marcó el número privado que Pádraig Pearse le había dado. Sonó dos veces antes de que Paddy O'Leary contestara.

–¿Paddy? Habla Declan Carberry. ¿Puedo hablar con Pádraig?

Se hizo una pausa casi imperceptible.

–Lo siento, señor Carberry, pero en este momento está en una reunión que ha sido convocada en el último momento. Estoy seguro de que puede imaginarse cómo están las cosas por aquí últimamente. Le diré al señor primer ministro que ha llamado. Estoy seguro de que le llamará cuanto antes.

Paddy colgó el teléfono. Declan contempló el auricular, como si le hubiera traicionado personalmente. Paddy O'Leary nunca le había hablado antes con tanta formalidad. ¿Por qué le llamaba «señor» primer ministro, cuando eran viejos amigos, y Pádraig Pearse y Declan eran cuñados? ¿Qué ocurría? Pádraig Pearse le había asegurado que podría hablar con él en cualquier momento, aunque tuviera que interrumpir lo que estuviera haciendo. ¿Había intentado Paddy proteger a Declan? ¿O había querido simplemente librarse de él? En cuyo caso, ¿qué se estaba fraguando?

Colgó el teléfono. El segundero del reloj de su escritorio giraba sin remordimiento. Detestaba el silencio. El reloj no hacía siquiera tictac, como si el tiempo hubiera perdido algo de gran valor.

TREINTA Y TRES

Belfast
21.15 horas

Aunque por los pelos, lo habían logrado. De no haber sido por Maureen O'Dalaigh, Abu Hida habría estado perdido. Ella había conseguido sortear el laberinto de calles hasta el sur de Glen Road, para llegar a Andersonstown Road a partir de donde desciende hacia Falls. Aquélla había sido la parte fácil. Entonces tuvo que elegir una ruta en la que no se encontraran con ningún control de carretera, ni con refuerzos procedentes de Fort Whiterock. Las tropas llegarían por la variante de Monagh Road y se dirigirían al oeste por Glen Road. El helicóptero volaba en todo momento por encima de ellos y controlaba su recorrido. Abu Hida sabía que sus tripulantes estarían en contacto con su base y ordenarían a las patrullas más cercanas que les cortaran el paso.

Maureen pensó que habría controles de carretera donde Kennedy Way se junta con Glen Road y la autopista M1. Eso les impedía dirigirse tanto al norte como al sur. Podía cruzar Turf Lodge en dirección norte, pero eso les obligaría a pasar peligrosamente cerca del cuartel de Fort Whiterock. Si descendían por Falls Road, en el cruce con Glen donde se encontraba el cementerio de Milltown había una comisaría de policía real de Ulster, y allí habría indudablemente otro control de carretera. No obstante, ésa era la dirección que debía tomar para llevar a cabo su plan.

Mientras conducía, hablaba rápidamente por un teléfono móvil. Los británicos podían intervenir la llamada, si lograban localizarla con un Celltrack, pero Maureen habría apostado su vida a que no se les había ocurrido siquiera que llevara un teléfono consigo. El aparato, que no le pertenecía, estaba registrado a nombre de un conocido y respetable abogado, socio del Rotary Club y de la biblioteca Linenhall, con un despacho en Malone Road y clientes entre los que figuraban altos funcionarios, jueces y oficiales de rango superior de las fuerzas armadas.

Desconectó el teléfono y se lo guardó en el bolsillo.

–Nos están esperando –dijo entonces–. Escúchame atentamente, te diré lo que vamos a hacer.

El faro del helicóptero, que volaba a baja altura sobre las calles del cementerio, zigzagueaba tras ellos como una batuta.

Abandonó Andersonstown Road en Dunmisk Park, para dirigirse de nuevo hacia el norte por Andersonstown y descender luego por Fruithill Park, hasta que salió junto a la rotonda de Glen Road. Cruzó entonces la zona este de Andersonstown en dirección a la autopista, hasta llegar a la parte superior de Falls Road. Enseguida se encontraron cerca de la comisaría de la policía real de Ulster. A lo lejos divisaban el control de carretera.

–Aquí es donde nos apeamos –dijo Maureen.

El cementerio de Milltown estaba a su derecha. Las blancas lápidas con los nombres de innumerables nacionalistas caídos contrastaban con la oscuridad. Escalaron el muro y saltaron al otro lado.

–No te alejes de mí –susurró Maureen–. Si nos han visto entrar, estarán por todas partes en pocos minutos.

Avanzaron rápidamente entre las tumbas. Abu Hida percibía la cálida familiaridad del entorno. Los muertos eran todos iguales. A fin de cuentas, era lo único que importaba.

Salieron a un camino frente a Falls Park. A pocos metros, había un Datsun verde aparcado. El control de carretera estaba a su izquierda. Cuando subieron al coche y Maureen arrancó el motor, Abu Hida vio que los policías volvían la cabeza para mirar hacia ellos. Se alejaron de allí y dejaron el parque a su espalda y el cementerio de Belfast, de dimensiones muy superiores, a su izquierda.

Giró por Whiterock Road hasta Britton's Parade y, antes de llegar a una curva, se detuvo frente a una gran escuela.

–Esto es Saint Peter –dijo Maureen–. Aquí es donde nos apeamos. Yo cogeré tu bolsa del maletero. Tú quédate con la que llevas.

Ella se había hecho cargo de la situación, y él deseaba que lo hiciera. Un falso orgullo podía haberle costado la vida en territorio desconocido.

Después de abandonar el coche, retrocedieron andando hacia una verja. A cierta distancia tras la misma había un edificio sobre una colina, con sus ventanas claramente iluminadas. A su alrededor, la oscuridad era completa. Alguien había logrado apagar todas las farolas de la zona. Incluso con sus sofisticados aparatos, al helicóptero le resultaría difícil localizarlos.

–Éste es el hospital de Our Lady –dijo Maureen–. Es un centro geriátrico.

–¿Estaremos a salvo?

–No vamos a quedarnos aquí. Es sólo una forma de salir.

Se ayudaron mutuamente a escalar la elevada verja metálica. Maureen, que conocía el camino al dedillo, condujo a Abu Hida hasta el garaje del hospital. Las puertas estaban abiertas y había una ambulancia dispuesta a salir. Emergió una silueta del oscuro edificio y se les acercó.

–¿Sois vosotros a quienes persiguen los británicos? –preguntó.

–Efectivamente –respondió Maureen–. ¿Tú eres Gerry?

–Sí.

–¿Puedes sacarnos de aquí?

La miró fijamente unos segundos y asintió.

–Puedo llevaros hasta el Royal –respondió–. A partir de allí es cosa vuestra.

–Adelante –dijo Maureen–, yo me ocuparé del resto. ¿No debería haber una enfermera contigo? –añadió después de mirar a su alrededor.

–Eileen llegará dentro de un momento. Saldremos en cuanto estéis instalados. ¿Quién es ese que te acompaña?

–No es de tu incumbencia. Échanos una mano.

El espacio bajo el asiento de la ambulancia había sido remodelado, para que cupieran dos personas acurrucadas. Abu Hida entró primero. Estaba oscuro y apretujado contra el tabique del fondo, con su pesada bolsa sobre las piernas. Maureen O'Dalaigh entró a continuación, con la cabeza contra sus pies. El hombre que les había recibido cerró la puerta y quedaron sumidos en la oscuridad más absoluta.

Un segundo helicóptero sobrevolaba junto al primero el perímetro del hospital, y ambos examinaban el terreno con sus faros.

Cuando salió la ambulancia por el largo camino que conducía al puente de Clowney en Falls, los dos helicópteros la siguieron. Pero en aquel momento se iluminaron los faros del Datsun, rugió el motor, chirriaron los neumáticos y el coche salió disparado. El segundo helicóptero titubeó, descendió, dio media vuelta y siguió al coche por Britton's Drive y luego de pronto hacia el sur por Whiterock Gardens.

La ambulancia pasó junto al centro lúdico y entró en Falls Road, donde giró a la izquierda en dirección al hospital Royal Victoria. El conductor no conectó la sirena, pero conducía de prisa, un poco por encima del límite de velocidad.

Había un control de carretera en Broadway que impedía el acceso a la autopista. Había otro a pocos metros en Falls Road, junto al hospital pediátrico. Dos «cerdos voladores» Sankey, con sus alas cuadradas plenamente extendidas, cortaban el paso. Había agentes armados de la policía real de Ulster distribuidos tras las alas a ambos lados de la carretera. La ambulancia paró junto al control y dos policías armados con subfusiles ametralladores se acercaron cautelosamente al vehículo.

–¿Tendría la bondad de apearse del vehículo? –dijo uno de ellos.

El conductor obedeció y se dirigió a uno de los policías, que era alto y cejudo.

–¿Puede decirme qué se supone que ocurre? Un helicóptero me viene pisando los talones desde que he salido del hospital. Llevo a un enfermo en la ambulancia, y he de trasladarlo al Royal.

–¿Le importaría abrir la puerta trasera, por favor?

–Hágalo usted mismo.

–Le he pedido que abra el vehículo. No lo haré por segunda vez.

El conductor se dirigió a la parte trasera del vehículo y abrió las puertas. En su interior había una enfermera sentada junto a la camilla, sobre la cual había un anciano acostado y cubierto de mantas hasta la barbilla.

El policía alto entró en la ambulancia y se dirigió a la enfermera.

–¿Lleva algún documento de identidad?

Ella le indicó la tarjeta plastificada que llevaba sujeta sobre el pecho izquierdo. En la misma figuraba su nombre y los detalles del hospital, junto a una fotografía en color que correspondía al aspecto de su rostro.

–¿Qué le ocurre? –preguntó el policía después de señalar al anciano.

–Puede verlo usted mismo –respondió la enfermera–. Ha tenido un síncope y le llevamos al Royal para que le examinen. En Our Lady no disponemos de los medios necesarios, como usted bien sabe. ¿Y ahora va a permitir que sigamos nuestro camino? Podría empeorar si no se le atiende pronto.

El policía titubeó y miró al hombre de la camilla. Aparentaba unos noventa años, delgado, con el rostro contorsionado por el dolor y el cráneo cubierto de granos y algún que otro pelo blanco. Sus ojos azules estaban húmedos y desenfocados. No había estado luchando con armas en la calle. El policía abrió las mantas hasta la cintura del anciano. Llevaba un delgado pijama de algodón a rayas. El cordón de la cintura estaba suelto y apestaba.

–Oiga, ¿le importaría dejar al viejo tranquilo? Va a resfriarse.

El policía se encogió de hombros y cubrió de nuevo al anciano con la manta. No lo entendía. El piloto del helicóptero estaba muy seguro. Pero ni la enfermera ni el anciano estaban entre las personas a las que buscaban.

El Datsun aceleró por Whiterock Gardens y luego por Whiterock Road, con el helicóptero pisándole los talones. En la esquina siguiente estuvo a punto de chocar contra un Shorland en medio de la calle. Por fin habían llegado los refuerzos de Fort Whiterock. El conductor del Datsun giró el volante, subió a la acera obligando a los soldados a desparramarse y cruzó el control con olor a goma quemada en el asfalto.

Acto seguido empezaron a disparar desde todas partes. El coche se llenó de balas, perdió el control y patinó trescientos metros antes de detenerse. Numerosos soldados se acercaron por delante y por detrás dispuestos a disparar, pero nadie abrió fuego desde el coche. Los soldados se siguieron acercando lentamente al vehículo.

Se abrió una puerta delantera y alguien empezó a salir.

–No disparéis –dijo una voz inglesa–. Queremos a ese hijo de puta vivo.

El pasajero se apeó, se tambaleó un par de pasos y se desplomó. A los pocos segundos estaba rodeado de hombres con rifles de asalto. Simultáneamente, otros apuntaban a la figura caída sobre el volante.

Una potente lámpara iluminó al personaje del suelo y uno de los soldados le dio la vuelta.

–Maldita sea, sargento, no es más que un niño.

El pasajero era indudablemente joven; doce o trece años a lo sumo. Estaba gravemente herido en varias partes del cuerpo, pero seguía vivo. Se movieron sus labios.

–No... estábamos... haciendo nada –basqueó, intentó incorporarse de rodillas y se cayó de espaldas–. Sólo nos divertíamos con el coche, señor... nos mandó el hermano de Kevin... dijo que podíamos utilizar el coche... Sólo dábamos una vuelta... eso es todo... sólo una vuelta.

TREINTA Y CUATRO

Dublín
21.40 horas

Pronsias Donnelly y Brendan Cahill presentaron un informe provisional a las nueve y media. Parecían estar agotados. Declan habló brevemente con ellos antes de reunir al equipo. Cuando estaban todos presentes, Pronsias se puso delante. Era un hombre pequeño pero de complexión fuerte, con unas manos finas y brillantes, y unas atractivas facciones en las que se reflejaba el desgaste de su profesión. Cahill estaba a su espalda, con su delgada piel gris casi transparente a la luz artificial. Pronsias se aclaró la garganta, como para eliminar el polvo acumulado durante un largo día sepultado en los archivos. En realidad lo había pasado frente a la pantalla de un ordenador.

–Si alguna vez habéis estado en Norteamérica –empezó diciendo–, sabréis que allí hay más irlandeses que aquí, aunque ninguno de ellos quiere vivir en lo que denominan la «vieja patria». Sin embargo, les gusta visitarla. Sin ir más lejos este año se espera la llegada de medio millón de norteamericanos, la mayoría turistas. Desde el primero de mayo hasta finales de agosto, que es el período que a Brendan y a mí se nos ha ordenado comprobar, han pasado por la aduana irlandesa doscientos sesenta mil norteamericanos y canadienses, principalmente por los aeropuertos de Dublín o de Shannon.

»Doscientos cuarenta y siete mil llegaron como turistas, muchos de ellos en viajes alrededor del mundo, o a Europa y las Islas Británicas. Ochocientos llegaron para trabajar en compañías norteamericanas o irlandesas, once mil estudiantes en cursos de verano y seiscientos para estudios más prolongados.

Además, hay otras categorías menos cuantitativas, todas ellas se están investigando: intelectuales que asisten a alguna convención, miembros de órdenes religiosas católicas que visitan la casa madre en Irlanda, religiosos de otras iglesias que asisten a cursillos de verano u otros acontecimientos, personal militar, músicos, escritores, etc. Muchos de los turistas tienen algún pariente en este país y, por consiguiente, no disponemos de información sobre la dirección donde se han hospedado. Los turistas no necesitan visados y no están obligados a comunicarle su paradero a la policía, lo cual significa que no sabemos nada de ellos hasta que comparecen en el aeropuerto para abandonar el país. En la mayoría de los casos, éste es nuestro único control.

Hizo una breve pausa para consultar los papeles que tenía delante.

Luego levantó la cabeza y miró a Declan.

–Me gustaría que ahora prosiguiera Brendan, que es quien se ha ocupado primordialmente de localizar a los que se han quedado.

Brendan Cahill se puso de pie. Era un hombre delgado, prematuramente calvo, con unos grandes ojos sensibles a la luz. Movía el borde de sus pies mientras hablaba, como si temiera perder el equilibrio.

–Sabemos que de los doscientos sesenta mil que llegaron entre mayo y agosto, doscientos cuarenta mil han regresado a su país o se han trasladado a otro destino. La temporada turística y los cursos de verano ya han finalizado. La mayoría de los que llegaron en viaje de negocios se quedaron sólo unos días y casi ninguno de los que vinieron a finales de agosto continúa en Irlanda. Y así quedan contabilizados la mayor parte de nuestros visitantes.

Tosió con nerviosismo, miró a su alrededor e inmediatamente bajó la cabeza para consultar las notas que tenía en la mano. Leer informes ante los demás siempre le recordaba a las representaciones en su escuela de Kilgarvan. Ahora habría preferido estar allí, ayudando a su hermano en las labores del campo. Se rumoreaba que los japoneses abrirían una fábrica de ordenadores en Killarney. Puede que se acercara el momento de cambiar de empleo.

–Ahora bien –prosiguió–, eso nos deja a un puñado de turistas que siguen aquí en septiembre, algunos estudiantes que van a pasar el curso entero en la universidad y trabajadores con contratos de larga duración. Todavía no sabemos exactamente lo que buscamos, ni disponemos de suficiente personal para investigar como es debido. Necesitamos ayuda de la Garda, hombres que comprueben si las personas están en las direcciones que han dado. Ésa es la única forma de la que disponemos para eliminar sospechosos.

–Y mujeres –dijo Grainne–. No olvides que en la Garda también hay agentes femeninas.

–De acuerdo, mujeres. Y si todas son como tú, compadezco a los sospechosos.

Grainne sonrió y le hizo discretamente un gesto obsceno con los dedos.

–Bromas aparte –dijo Declan–, ¿cuánto crees que tardaremos en reducir la lista? Suponiendo que contemos con la colaboración de Phoenix Park y Harcourt Street.

Brendan se encogió de hombros.

–¿Un par de días? Muchos han ido al oeste, a pescar y cosas por el estilo. Puede que no sea fácil localizarlos. Y algunos no quieren ser localizados. Han venido a Irlanda para alejarse de todo.

–Uno o dos no importan. Buscamos una pauta. Un grupo de gente en un mismo lugar. Turistas que no se hospeden en ningún hotel ni estén registrados en ningún camping. Algo por el estilo.

–¿Y si no obtenemos la colaboración de la brigada D? –preguntó Pronsias, que seguía todavía de pie.

Declan sintió la llegada de otra jaqueca. En esta ocasión detrás de los ojos, como una tormenta de truenos más allá del horizonte.

–Entonces estamos perdidos –respondió–. No podemos hacerlo solos. Puede que no valga la pena. Tal vez lo del norteamericano es una pista falsa.

–Tenía entendido que nos habían garantizado su cooperación –dijo Liam.

–Lo habían hecho. Pero no sé cuánto durará. Demasiada gente conoce la existencia de esta operación. Cuando se divulgue la noticia, todo habrá acabado. Os lo advertí desde el primer momento.

Se dio la reunión por concluida y Declan regresó a su despacho. Un par de sus colaboradores regresaron a sus escritorios. Varios se acostaron. Grainne Walsh se dirigió a la sala de televisión. La primera noticia del boletín de las diez confirmaba que los delegados habían sido secuestrados. Ciaran Clark, con el rostro pálido como la cera, habló de las presiones a las que estaba sometido el gobierno irlandés por parte del mundo árabe. A continuación habló el ministro de Asuntos Interiores, que describió los pasos que tomaban las fuerzas de seguridad para encontrar y liberar a los rehenes. Todos los gobiernos afectados habían acordado no negociar con los terroristas responsables. No se mencionó la presencia de funcionarios del servicio de seguridad británico en la capital irlandesa. El primer ministro no compareció ante las cámaras.

El informe duró casi veinte minutos. Se prometió un boletín especial a medianoche sobre este suceso.

La siguiente noticia fue breve, pero llamativa.

–El parlamentario Brian O'Mara ha efectuado una llamada esta noche pidiendo que se investiguen inmediatamente los rumores que señalan que el primer ministro está involucrado en una conspiración que incluye el uso indebido de fondos públicos. En una conferencia de prensa en su condado de Lifford, el señor O'Mara ha declarado esta noche que hoy habían llegado a sus manos ciertos documentos que demuestran la existencia de un fraude a gran escala. Parece que se han efectuado pagos de fondos públicos a diversos países de Oriente Medio, a fin de garantizar contratos para EuroChik, la empresa del señor Mangan que se dedica a la exportación de carne y cuyas oficinas centrales están en Limerick. Un portavoz de EuroChik, que tiene sucursales en Francia, Bélgica y Alemania, ha asegurado que dichos rumores carecen de fundamento. El señor Mangan no estaba disponible para hacer comentarios. Se espera que el señor O'Mara haga una nueva declaración mañana en el *Dáil*.

–El...

Grainne apagó el televisor. Cuando volvió la cabeza, vio a Declan en el umbral de la puerta. Estaba pálido como la cera.

–Lo siento, señor, no sabía que estaba ahí. ¿Quiere ver el resto de las noticias?

Se sintió incómoda.

Después de todo, estaban acusando a su cuñado de conducta fraudulenta.

–No es necesario, Grainne. Ya he oído bastante.

–Estoy segura de que no puede ser cierto. Me refiero a lo que han dicho del primer ministro.

Declan se encogió de hombros. Ya no estaba seguro de lo que podía ser cierto o dejar de serlo. Recordó su conversación con Ciaran Clark, la sensación de otra presencia en Iveagh House, la rigidez con que Paddy O'Leary le había impedido hablar con Pádraig Pearse, y la llegada a Dublín de aquel individuo llamado Harker. Parecía que no habían perdido el tiempo.

–Podría ser cierto –respondió–. Pádraig Pearse no es la persona más escrupulosa del mundo. Pero nunca ha sido ímprobo. Dudo que haya utilizado de ese modo los fondos públicos. Sospecho que debe de haber una pizca de verdad en todo ello y que alguien ha fraguado todo lo demás.

–¿Fraguado? ¿Con qué propósito?

Declan hizo una mueca, que esperó pareciera una especie de sonrisa.

–¿Propósito? Me parece evidente. Para deshacerse de él y poder colocar en su lugar a alguien más dispuesto a cooperar con lo que se propongan. Yo apostaría por Ciaran Clark –respondió antes de consultar su reloj–. Ha llegado la hora de que todos nos acostemos. Mañana tenemos que empezar temprano. Los del turno de noche nos avisarán si ocurre algo –agregó mientras mantenía la puerta abierta para cederle el paso.

–No nos queda mucho tiempo, ¿verdad, comisario?

Declan movió la cabeza.

–Yo diría que unas veinticuatro horas, tal vez menos. Sin Pádraig Pearse, no tendremos ninguna autoridad.

–Entonces lo abandonaríamos todo, ¿no es cierto?

–¿La investigación? Probablemente.

–Incluso si… –Movió la cabeza–. No lo sé, son meras elucubraciones.

–¿Incluso si qué?

Titubeó.

–¿Incluso si eso supusiera que los rehenes murieran?

Declan no respondió. La idea no dejaba de atormentarle día y noche.

TREINTA Y CINCO

Belfast
21.50 horas

Cuando la enfermera entró con el anciano, que ingresaría para que le hicieran una revisión y regresaría por la mañana al hospital de Our Lady, el conductor permaneció junto a la ambulancia con el fin de asegurarse de que no había moros en la costa. El helicóptero circulaba todavía por la zona y, de vez en cuando, iluminaba el techo del vehículo con su potente faro. Llegó una segunda ambulancia y varias salieron apresuradamente. No tardarían en regresar con heridos de Andersonstown. El conductor miró a su alrededor.

–Ahora podéis salir –dijo después de golpear el doble fondo.

Maureen salió primero, seguida de Abu Hida.

–¡Maldita sea! –exclamó al tiempo que movía los brazos y las piernas para activar de nuevo la circulación–. Eso no ha sido construido para dos personas. Preferiría caer en manos de los soldados antes que volver a meterme ahí. Y en cuanto a ti –prosiguió, después de volver la cabeza para mirar a Abu Hida–, podías haberte quedado quieto. No has dejado de empujarme la cabeza con tus enormes pies.

Abu Hida la miró y, por primera vez, le brindó una sonrisa que le transformó el rostro. Maureen sintió que se le formaba un nudo en el estómago.

–Tienes la cabeza muy dura –respondió–. Creo que mis pies han sido los perjudicados.

–No hay tiempo para quedarse aquí charlando –dijo el conductor, que era un hombrecillo gruñón, a quien le desagradaba verse envuelto en aquel género de asuntos, pero perfectamente consciente del precio que tanto él como su familia pagarían si se negaba.

–Ahora nos vamos –respondió Maureen–. Tan pronto como saques ese cacharro de aquí. Puede que los británicos te sigan a ti, en lugar de seguirnos a nosotros.

–Bueno, espero que no. Tengo una familia que me espera en casa. No me apetece que me detengan y me interroguen durante toda la noche.

–Te has portado muy bien, Gerry –dijo Maureen–. Ahora mantén la boca cerrada. Y asegúrate de que tu mujer hace lo mismo.

–¿Eileen? Es una buena chica. Sería uno de los vuestros si no se lo impidiera el trabajo.

–Lo tendré en cuenta. Y ahora, lárgate.

Se alejó en la ambulancia y les dejó solos en el camino, frente a la puerta principal. Entró una ambulancia y oyeron las sirenas de otras que se acercaban.

–Ponte la bata –dijo Maureen.

Gerry les había dejado dos batas blancas con estetoscopios en los bolsillos. Les caían relativamente bien y de lejos su papel parecía convincente.

Se acercaron al portalón principal. Al llegar junto al mismo, el ruido de las sirenas era ensordecedor. Entró una ambulancia blanca, cuyas luces azules giraban como peonzas. Maureen y Abu Hida tuvieron que saltar a un lado porque el vehículo se acercaba velozmente a la entrada de urgencias, seguido de una segunda ambulancia. A una cierta distancia se veía una tercera, que se les acercaba a toda velocidad.

Cuando se disponían a salir por el portalón, un individuo de bata blanca salió corriendo del lado del edificio.

–¿Adónde diablos creéis que vais? ¿No veis que hay una urgencia? Ha habido un terrible accidente en Andersonstown. Venid inmediatamente a echar una mano.

–Maldita sea –exclamó Maureen–, acabamos de salir de servicio. Estoy agotada.

–No me importa que estés medio muerta –exclamó el médico, que era un hombre maduro de pelo corto y rostro encarnado–. Ahora necesitamos a todo el mundo en urgencias. Hay un caos terrible.

–Lo siento. Tengo mejores cosas que hacer.

El médico parecía estar a punto de necesitar que le atendieran a él. Se acercó a Maureen y le cubrió la cara de saliva al chillarle:

–No puedo dar crédito a mis oídos. Maldita zorra, ¿quién te has creído que eres? Si no os presentáis en urgencias en este mismo momento...

Su voz quedó ahogada por el aullido de la sirena de una tercera ambulancia, que llegaba en aquel instante. Maureen se acercó al doctor con una sonrisa, al tiempo que se llevaba la mano bajo la bata. Cuando pasaba la ambulancia, miró a su alrededor. Todo el mundo había entrado para ayudar. Sacó una pistola, apoyó el cañón contra las costillas del médico y disparó dos veces. El ruido de la sirena no dejó que se oyeran los disparos.

Abu Hida agarró al médico por la espalda y, entre ambos, le arrastraron junto a la verja, lejos de la puerta.

–Larguémonos inmediatamente –dijo Maureen.

Salieron a Grosvenor Road. El pequeño grupo de gente en la acera opuesta no les prestó la menor atención. Dos médicos con sus correspondientes bolsas que regresaban a su casa.

Por encima de ellos circulaba todavía el helicóptero, al que se unió un segundo a los pocos momentos. Maureen condujo a Abu Hida a la derecha, en dirección al centro de la ciudad, a paso moderado.

–No te quites la bata hasta que nos alejemos del hospital –dijo Maureen.

Cruzaron la calle y avanzaron por Servia Street. Las calles laterales, con muchas de sus farolas rotas, estaban más oscuras. Se quitaron las batas y las arrojaron en un portal.

–Por aquí –dijo acelerando el paso.

Se oía el ruido de vehículos militares que se les acercaban por Grosvenor Road. Luego un frenazo seguido de pasos en el asfalto y voces de mando.

–Conserva la serenidad –dijo Maureen–. Sigue andando.

–¿Adónde vamos? Si rodean la zona, acabarán por encontrarnos a su debido tiempo.

–Confía en mí –respondió Maureen–. He dicho que te sacaría de aquí y eso haré, si no me lo pones demasiado difícil.

Pasó un helicóptero, examinando la manzana de pequeñas casas que mediaba entre la parte baja de Falls y Grosvenor Road. Maureen sabía que allí podían rodearlos, como se temía Abu

Hida. Pero si lograban llegar al otro lado de Falls, casi estarían donde ella quería. Se encaminó a Divis Flats. Todo el mundo abandonaba las calles al enterarse de la presencia masiva de los soldados. Querían estar en sus casas antes de que empezaran los registros. Maureen aceleró el paso. El ruido del helicóptero no les impidió oír el de los veloces vehículos que se acercaban por Westlink. Maureen sabía que los helicópteros disponían de potentes visores infrarrojos, para los que la oscuridad no sería obstáculo si los habían localizado.

Llegaron a Falls. En Northumberland Street había un control, en esta ocasión del ejército. Giraron a la derecha por Percy Street y siguieron avanzando hacia el norte. Se oyó el ruido de unos Shorland que paraban en Shankill, delante de ellos. Estaba segura de que los habían localizado y de que los soldados los estaban rodeando.

–Por aquí –dijo apresuradamente mientras empujaba a Abu Hida por un callejón a la izquierda.

Acababan de entrar en un callejón sin salida, de casas dilapidadas con rejas en las ventanas. Al fondo había una verja de siete metros de altura. Formaba parte de la denominada «línea de la paz» que separaba ciertos barrios católicos de la ciudad de sus vecinos protestantes a escasos metros de distancia. Sus primeros dos tercios estaban formados por un muro de hormigón gris, seguido de una sólida verja de acero verde. Era demasiado alta para escalarla y excesivamente gruesa para atravesarla.

Varias de las casas más próximas a la verja habían sido abandonadas. Maureen empujó la puerta rota de la tercera del fondo.

–Entra –ordenó–. ¡Date prisa!

No había luz en el interior, pero su vista se había acostumbrado ya a la oscuridad. La casa estaba vacía, saqueada durante unos disturbios hacía años. Maureen no titubeó. Condujo a Abu Hida a la parte trasera de la casa, a lo que había sido un pequeño cuarto de lavar. Adosado a la pared había un fregadero blanco como una lápida. Maureen se acercó directamente al mismo, lo agarró y lo empujó.

El fregadero se movió y desplazó simultáneamente una enorme baldosa junto al mismo en el suelo. Conforme Maureen empujaba se agrandaba el agujero, hasta que llegó a ser lo suficientemente grande para permitir el paso de una persona.

–Entra –dijo.

En la calle se oía el ruido de carros blindados que se acercaban.

–Prefiero quedarme aquí y luchar antes que esconderme en un sótano hasta que me encuentren –respondió Abu Hida.

Era el peor de sus temores, aunque no lo admitía, el de encontrarse atrapado en un cuarto cerrado o en algún lugar bajo tierra.

Maureen movió enojada la cabeza.

–Entra ahí, besugo. No es un sótano. Es nuestro camino a la libertad.

TREINTA Y SEIS

Viernes, 21 de septiembre
02.15 horas

A veces pasaba toda la noche rezando, o leyendo las sagradas escrituras. Esta noche había buscado inútilmente orientación en la Biblia, de cabo a rabo. En algunas ocasiones las noches eran tan largas y oscuras que no creía volver a presenciar de nuevo el alba.

Se acercó a la ventana, donde por ningún lugar se veía luz alguna. Ni siquiera se divisaba ningún barco en la oscuridad del mar que iluminara la noche. La distancia le hundía como un gran peso. Ninguna luz, ninguna orientación en lugar alguno. Esta noche le atormentaban las dudas. ¿Había hecho bien en permitir que otros le utilizaran en aquel asunto? ¿Cuál sería su próximo paso? ¿Cómo concluiría aquella situación, sin provocar al mismo tiempo su propia destrucción y la de los suyos, como ya lo había hecho en otra ocasión anterior?

No dudaba de su propia virtud mesiánica, de su superioridad respecto a los demás, ni siquiera de su divinidad. Tampoco dudaba de que el mundo acabaría y renacería, pronto, muy pronto, o de que él reinaría en su nuevo Jerusalén, como rey del mundo, el hijo de Dios en un trono angelical. No tenía dudas en cuanto a sí mismo, sólo respecto a los demás, y temía las consecuencias del mundo y de las estratagemas mundanales. No sería la primera vez que le tendían una trampa, una trampa terrible. Ahora debía asegurarse antes de dar otro paso.

Cogió la Biblia de la mesilla de noche. Sus tapas flácidas y las páginas manchadas de sudor le pesaban en las manos. Anhelaba penetrar en su interior y refugiarse de las dudas que le asediaban. Abrió el libro, examinó la página y leyó.

Le dio un vuelco el corazón. Dios no le había abandonado después de todo. Era simple y perfectamente evidente lo que debía hacer. Cerró la Biblia y la sujetó momentáneamente. Ahora parecía ligera, como si Dios hubiera reducido su peso. Con una sonrisa la dejó nuevamente sobre la mesilla.

Zechariah, el lugarteniente de Ezekiel, era esta noche el comandante de guardia, formada por cinco miembros de su escolta personal, todos armados y atentos, dos en el interior con Zechariah y tres en el perímetro exterior. Los rehenes estaban encerrados en sus celdas, sin luz ni comida. Varios oraban, recitando versos del Corán. El libro del diablo en boca de Satanás. Dejó que prosiguieran. Le gustaba oírles, afianzaba su determinación. Una de las mujeres sollozaba. Otra le cantaba, sola en su propia oscuridad.

Encontró a Zechariah solo en el centro de operaciones, leyendo la Biblia, y se saludaron.

–Quiero que todo el mundo se levante –dijo, emocionado por la perspectiva de lo que se avecinaba, ahora ya sin indecisión alguna–. Todo el mundo, incluidos los rehenes y el inglés.

Zechariah le miró sorprendido y consultó el reloj.

–¿No es muy tarde? ¿Por qué no esperar hasta la mañana?

–No, ahora, esto no puede esperar. Dios quiere que les hable inmediatamente. Y que actuemos en seguida. –Miró fijamente a su subordinado–. No me contradigas, Zechariah. No te cruces nunca en mi camino, ni actúes como si estuvieras dispuesto a hacerlo, porque te aplastaré. ¿Comprendido?

Su melodioso acento tejano había adquirido un tono duro y peligroso. Zechariah asintió cansado. Había experimentado estados de ánimo parecidos en muchas ocasiones anteriores. Un estallido de euforia, una depresión repentina. Entusiasmo, llanto, ira, euforia sexual. Su maestro era completamente imprevisible. En dichas ocasiones, ni siquiera el amor y lealtad de Zechariah eran equiparables a la tensión.

–Ordénales a tus hombres que entren –dijo–. Toda la guarnición. Celebraremos una reunión en el comedor. Una sesión de estudio bíblico. Quiero que estén todos presentes, incluso los babilonios.

Era el término que utilizaba para los infieles, a quienes Dios odiaba, a los que había repudiado.

Zechariah refunfuñó para sus adentros. Algunas de las sesiones bíblicas del maestro podían durar varias horas. Las de doce horas no eran inusuales y consistían básicamente en un sermón por parte del maestro sobre sus últimas interpretaciones de las escrituras. Cualquiera que se durmiera o no prestara atención se exponía a un castigo inmediato. Zechariah sabía mejor que su jefe lo cansados que estaban sus hombres y lo mucho que necesitaban el poco sueño que las circunstancias les permitían, después de su preparación para el secuestro, el ataque propiamente dicho, la subsiguiente huida y el hecho de mantenerse constantemente en estado de alerta.

Zechariah suspiró y se puso de pie. No tenía sentido perder el tiempo. El maestro se salía siempre con la suya y Zechariah había estado con él el tiempo suficiente para saber que era inútil poner obstáculos. Encontró a los dos guardias que vigilaban el interior y les ordenó que llamaran a sus compañeros del exterior. Su jefe se dirigía ya al comedor, donde se mentalizaría para la sesión que estaba a punto de empezar. Zechariah estaba nervioso, como siempre antes de una sesión bíblica. Por regla general, en las mismas hacía alguna declaración: una nueva introspección, una revelación reciente, algo que Dios le había comunicado al maestro la noche anterior. Las consecuencias solían ser nefastas.

El sector norte del cobertizo había sido dividido rudimentariamente en dos áreas: un gran dormitorio para la guarnición y una pequeña habitación para el maestro. Él era el único de todos los presentes que disponía de su propio cuarto de baño, aunque pequeño e incómodo. Zechariah abandonó el sector donde se encontraban los presos para entrar en el dormitorio. Detestarían que les despertara, pero sabía que obedecerían sus órdenes. No había otra alternativa, por lo menos razonable. Sin su jefe no eran nada, peor que nada. Les había librado de sus vínculos, extraído de su vida anterior, a cambio de ofrecerse a sí mismo y prometerles el paraíso. Eso era todo lo que tenía, todo lo que pedía.

Pulsó un interruptor y cuatro hileras de fluorescentes cobraron vida perezosamente.

Tardaron más de media hora en llegar todos al comedor. Tuvieron que esposar a los rehenes y llevarlos por parejas. El comedor estaba en el extremo sur del cobertizo, separado por las celdas del dormitorio. Al este, tras el comedor, había una gran cocina. La distribución, determinada por la forma inalterable de la estructura original, era arbitraria. Pequeñas construcciones exteriores albergaban los lavabos y los retretes, una sala de armas y un centro de comunicaciones.

Observaba sentado cómo iban entrando. La expresión de su rostro nunca cambiaba. Estaba instalado en una especie de tarima, construida especialmente para dicho propósito. Había un micrófono con su correspondiente soporte delante de él y dos grandes altavoces a los lados, de un tamaño desmesurado para las dimensiones relativamente reducidas del comedor. Según sus indicaciones, los rehenes se sentaron en las primeras filas y sus propios hombres detrás o de pie a los lados, con las armas en las manos. Llamó a Ezekiel y le susurró algo al oído. Ezekiel estaba de espaldas al público y nadie le vio palidecer cuando su maestro le habló.

–¿Estás seguro? –preguntó.

El maestro asintió. Nunca había estado tan seguro de nada.

–Sí, completamente seguro. Esta noche. Ve a buscar lo que necesito y espera a que te llame para traérmelo.

Ezekiel asintió y bajó de la tarima. Sin mediar otra palabra, salió del comedor por el pasillo que conducía al exterior.

Reinaba el silencio entre el público, al que pensó que difícilmente podía considerar como congregación de feligreses, debido al elevado número de hijos del diablo que había entre ellos. Los miró uno por uno: los miembros de su guardia personal meticulosamente elegidos y el botín que habían capturado.

Sonrió, se apeó del alto taburete sobre el que estaba sentado y se acercó al frente de la tarima, que se elevaba aproximadamente un metro del suelo, lo suficiente para estar por encima de las cabezas del público sentado, sin sentirse alejado.

Sabía que la mayoría de los que le escuchaban no le entenderían. «Oís, pero no comprendéis; veis, pero no percibís.» Pero si los apóstoles recibieron el don de lenguas y los hombres del presente gozaban de los dones del Espíritu Santo, ¿no podría pedirle a Dios esta noche que llevara la comprensión a los corazones de aquellos infieles?

–Os creéis listos –empezó diciendo en un tono grave y nasal, arrastrando las palabras–. Creéis que sois astutos y que Dios os sonríe. Pues yo no soy listo ni astuto, maldita sea, pero sé que vuestra mente está llena de mierda.

»Eso os digo. ¿No creéis que debería hacerlo? ¿No creéis que un predicador, un profeta ordenado por Dios debería utilizar esas palabras? ¿Es eso lo que pensáis?

Comprobó que los pocos que le comprendían se sobresaltaban. Hasta ahora habían alcanzado a comprender que los seguidores del hombre responsable de su secuestro le consideraban santo. Por supuesto, ninguno de ellos había imaginado remotamente su auténtica identidad, ninguno llegaría a comprender quién era en realidad: el verdadero David, el rey de Israel, el hijo de Dios, el cordero, Jesucristo que había regresado para guiar a los hombres en sus últimos días.

Les sonrió. Nadie le devolvió la sonrisa. ¿En qué pensaban? ¿A qué esperaban? ¿A que Alá acudiera en su ayuda?

–Tenéis la mente llena de mierda –prosiguió, en un tono ahora más claro–, porque todos creéis en un dios falso, un dios de mentiras e iniquidad. Esto no es blasfemia, sino la verdad. Vuestro dios es Satanás en persona, aunque le llaméis Alá y os arrodilléis ante él mañana, tarde y noche.

»Hay un solo Dios verdadero, y un solo hijo de Dios, y vosotros podéis acudir a ellos o ir al infierno. Es así de simple, la verdad divina es siempre sencilla y la palabra de Dios siempre la misma.

Hizo una pausa para mirar a su alrededor. Sus guardias parecían cansados y los presos desconcertados. Le pertenecían y podía ofrecerles la vida o la muerte a su antojo. Vida, muerte, o lo que mediara entre ambas.

Buscó la luz en su interior, la luz que sabía que allí se albergaba. A veces la envolvía tanta oscuridad que apenas sabía si la encontraría cuando la buscara de nuevo. Pero estaba allí, con su tenue brillo, a la espera de que la avivara.

–Se le dijo al profeta Daniel que los libros estaban cerrados. «Y dijo, sigue tu camino, Daniel, porque las palabras están cerradas y selladas hasta el fin de los tiempos.» Y Jesucristo repitió la advertencia de Dios sobre los libros, cuando leyó el libro de Isaías en la sinagoga. Afirma Lucas: «Y cerró el libro, se lo entregó al sacerdote y se sentó».

»Maldita sea, ésa es la razón por la que se me ha enviado. Para romper el sello del libro. Para abrir los siete sellos de los siete pergaminos. "Y vi en la mano derecha del que estaba sentado en el trono un libro escrito en el interior y cerrado con siete sellos. Y vi un poderoso ángel que proclamaba a gritos: ¿Quién es digno de abrir el libro y romper los sellos?"

»Pues yo os diré quién es digno de hacerlo. Yo lo soy. Sólo el cordero de Dios puede romper esos sellos, sólo Dios puede comunicaros el contenido de los libros. Sólo el verdadero David puede revelaros el secreto de lo que Dios se propone.

TREINTA Y SIETE

Amina contemplaba crecientemente horrorizada al hombre de la tarima. Desde la noche del secuestro venía esforzándose en ayudar a las demás mujeres musulmanas a comprender lo que sucedía. Ninguna de ellas hablaba particularmente bien el inglés y no habían logrado captar debidamente lo que les ocurría. Amina, hasta cierto punto, se lo había explicado.

Ahora, al escuchar a aquel ente pálido y arrogante, le sobrevino una auténtica sensación de pánico. Todo lo sucedido hasta ahora podía ser en cierto modo explicable. Una banda de terroristas que secuestra a un grupo de personajes importantes. Eso no tenía nada de inusual, ni tenía por qué generar ningún miedo especial. Habría exigencias, negociaciones, compromisos, pagos y finalmente se les pondría en libertad. Querrían dinero, armas, o la liberación de presos; todo ello susceptible de negociación hasta llegar a un acuerdo. Después de todo, no estaban en Beirut ni en Teherán. Era perfectamente posible que ella estuviera en condiciones de negociar algún tipo de acuerdo, cuando estuviera segura de que era prudente revelar su auténtica identidad.

Había dicho a todas las personas con las que había hablado que no tenían por qué preocuparse, que las autoridades irlandesas estaban haciendo ya todos los esfuerzos necesarios para encontrar una solución. Les había asegurado que eran personas honradas y que harían cuanto estuviera en su mano para garantizar la liberación de los rehenes. Había empezado a parecer un portavoz oficial. Así lo creía ella, estaba realmente convencida.

Hasta ahora. Ahora acababa de empezar a atisbar el auténtico horror de la situación. No cabía esperar nada racional. No le cabía la menor duda de que el hombre en cuyas manos habían caído estaba completamente loco. Puede que aspirara a poseer la luna, parte del planeta, o un trono junto a Dios, pero ni siquiera Pádraig Pearse Mangan podría otorgarle sus deseos. Levantó la cabeza. El hombre seguía hablando.

–Está en el libro de Ezequiel, allí es donde Dios dice lo que se propone hacer. Puesto que la mayoría de los presentes no conocéis la Biblia, os lo tendré que leer.

Pero no abrió la Biblia que tenía en las manos. No era preciso. Todos los pasajes de las escrituras que pudiera necesitar estaban grabados en su mente.

–«Y colocaré sobre ellos a un pastor, y él los alimentará, incluso a mi siervo David; los alimentará y será su pastor. Y yo, el Señor, seré su Dios, y mi siervo David un príncipe entre ellos; yo, el Señor, he hablado.»

Levantó la Biblia como si estuviera a punto de arrojársela. En cierto modo, eso era exactamente lo que deseaba hacer: convertir la palabra de Dios en un misil, dirigido al corazón de los infieles. Siempre les había dicho a sus seguidores que debían llevar dos armas: un AK-47 y la palabra de Dios.

Amina le observaba, magnetizada, con el temor creciente de que no saldría viva de aquella situación.

–¿Habéis leído la historia de David y Goliat? ¿La forma en que el joven David venció al gigante filisteo ante el ejército, con su honda y una pequeña piedra? Puede que hayáis oído la historia y os hayáis preguntado qué significa en realidad, qué pretende comunicarnos Dios con semejante historia. Algunos predicadores afirman que es sólo una lección para que aprendamos que el débil puede enfrentarse al fuerte, que el niño que tiene fe en Dios puede derribar a un gigante con su armadura.

»Pero si eso fuera lo único que nos dice la Biblia, no merecería que la llamáramos la palabra de Dios. Maldita sea, no necesitamos la Biblia para saber eso. Podemos leer historias sobre los débiles y los fuertes en el *Reader's Digest* o en algunos libros de la nueva era de la sección de rebajas de Dalton. Podéis estar seguros de que la palabra de Dios no son sólo historias de catequesis.

Todos le observaban en silencio, aunque la mayoría de ellos no comprendía en lo más mínimo sus palabras. Algunos susurraban inaudibles invocaciones. En una misma sala, dos dioses enojados se enfrentaban entre sí.

–No sé lo que opináis vosotros, pero para mí, indudablemente, no tiene ningún interés leer sobre alguna antigua batalla acontecida hace miles de años en Israel. Eso no es más que historia, muerta y sepultada. Lo que importa es su significado, y eso es algo que nadie conocía hasta que Dios rompió los sellos de los libros.

Observó sus rostros angustiados y desconcertados, percibió su ira, captó su desesperación. Luego miró a sus propios hombres con sus trajes de campaña. Estaban cansados, pero comprobó que le escuchaban a pesar de todo. Jamás se les habría ocurrido dormirse durante una sesión bíblica. Se fijó en la mujer de la segunda fila y vio cómo le miraba. Supuso que estaba más asustada que los demás. Conocía su nombre y sabía quién era. Ezekiel lo había averiguado y se lo había comunicado al poco de su llegada. Era la amante de Declan Carberry, jefe del equivalente irlandés del FBI. Hasta entonces no se había fijado realmente en lo atractiva que era. No tan joven como le habría gustado, pero todavía estaba en edad de contraer matrimonio. Tenía unos buenos pechos. Esta noche le ordenaría a Ezekiel que la llevara a su habitación. Pero antes debía concluir lo que estaba haciendo.

–Como todos sabéis, se trataba de una batalla entre los hijos de Israel y sus enemigos, los filisteos. «Ya que Israel y los filisteos se habían preparado para la batalla, ejército contra ejército.» David se colocó delante de los israelitas, dio media vuelta para enfrentarse a Goliat y dijo: «Vengo a ti en nombre del Dios de la multitud, el Dios de los ejércitos de Israel, a quien tú has desafiado».

Hizo una pausa para deleitarse en su confusión. Debían seguirle, estar pendientes de todas y cada una de sus palabras, para encontrarle algún sentido. Era el éxtasis que siempre había deseado, casi mejor que el sexo, la exaltación de saber que otros dependían de él para su sentido de la vida, del valor, de la salvación.

–Examinemos de nuevo esa historia –prosiguió–, no con vuestros ojos, sino con los míos. Yo os indicaré lo que debéis buscar, cómo entenderla. David dice que lucha en nombre de Dios, por consiguiente, sabemos que Israel debe representar al conjunto de la humanidad, puesto que Dios es el Dios de todos, no sólo de los israelitas. Y un mortal llamado Goliat no supone un peligro para la humanidad. No, el verdadero enemigo es Satanás, Satanás y su ejército del mal. La única esperanza del hombre es la de un salvador que se enfrente a Satanás. Sabemos quién es dicho salvador, sabemos que es Jesucristo. Y lo sabemos porque está ahí, en la Biblia, ante nuestros ojos, sabemos que Jesucristo y David son una misma persona. «Y colocaré sobre ellos a un pastor, y él los alimentará, incluso a mi siervo David.»

Amina estaba perpleja. Aquel ilógico razonamiento le resultaba completamente incomprensible. Aunque musulmana, se había criado en el que había sido el más ecuménico de los países árabes, y con mucha proximidad a los cristianos maronitas. Más adelante, cuando estalló la guerra civil, consideró esencial cierta comprensión del cristianismo, que facilitara su misión en busca de la paz entre comunidades enfrentadas. Había encontrado muchos aspectos dignos de admiración en las enseñanzas cristianas, pero esto excedía toda razón y todo sentido. Dicho descubrimiento empeoraba la situación; moriría debido a que un loco había despojado el mundo de toda razón.

–Ahora bien, las escrituras están siempre claras para los puros de corazón. En la historia de David y Goliat sabemos que el ejército de Israel es un símbolo de la humanidad y que los filisteos representan las fuerzas de Satanás, al igual que los asirios en el libro de Isaías representan a Estados Unidos y las dos tribus a la rama de David. Pero los que conocéis la Biblia también sabéis que la palabra de Dios tiene muchos significados. Goliat es un símbolo de Satanás, pero también de la bestia, del anticristo que aparecerá en los últimos días. ¿Y quiénes son los filisteos?

Hizo una pausa para mirar a los ojos de los cinco o seis árabes que le comprendían. ¿Le habían entendido? ¿Estaban ya asustados de él? ¿Realmente asustados?

–Si cogéis un buen diccionario, comprenderéis cómo la palabra de Dios es realidad en todas las épocas. La tierra de los antiguos filisteos es lo que conocemos hoy como Palestina. *Falistin* lo llaman en árabe –sonrió–. ¿No es cierto?

Nadie respondió.

–El ejército de los filisteos es un símbolo de los actuales palestinos. Y representan a los árabes, quienes a su vez representan a los seguidores del falso profeta Mahoma. Y así es como todo adquiere una claridad meridiana. Porque si examinamos el libro de Daniel, lo encontramos lleno de profecías sobre los últimos tiempos. Escuchad lo que dice Dios hacia el final de dicho libro, dos versículos después de comunicarle a Daniel que las palabras están cerradas hasta la hora del fin: «Y desde el momento en que se elimine el sacrificio cotidiano y se instaure la abominación que nos convierte en seres desolados transcurrirán mil doscientos noventa días. Bienaventurado el que espera y acude a los mil trescientos treinta y cinco días». Y luego Dios agrega: «Pero sigue tu camino hasta el fin de los tiempos».

»No es preciso que os recuerde que, como se afirma en las escrituras, debemos contar "cada día por un año". Mil trescientos treinta y cinco años. ¿Tiene eso algún significado para vosotros? Para mí no lo tenía hasta que Dios iluminó mi corazón y me mostró la verdad de sus palabras.

»La abominación que nos convierte en seres desolados tuvo lugar en el año 622, que es el inicio del calendario musulmán. Los árabes invadieron Palestina y construyeron una gran mezquita en el lugar del templo de Dios en Jerusalén. Y se instalaron allí, la gran abominación de Satanás, dominando la tierra santa durante mil trescientos treinta años. No años cristianos, sino musulmanes, según su calendario, que es lunar como el antiguo calendario judío.

»El año 1335 del calendario musulmán correspondió al 1917 del nuestro. Aquél fue el año en que se expulsó a los turcos de Palestina, el año en que los musulmanes dejaron de gobernar en la tierra santa. La palabra de Dios no podía haber pronosticado el futuro con mayor claridad. Pero nadie comprendió lo que Dios había revelado, hasta que llegué yo y rompí los sellos.

»Satanás fue expulsado, pero no enteramente. La mezquita de Omar sigue en el lugar del templo. La tierra santa está todavía rodeada por los ejércitos infieles. Como todos sabemos, 1917 no fue el fin de los tiempos, pero sí el principio del fin. Y ahora nos acercamos al fin.

»Si leemos el capítulo nueve del libro de Daniel, comprobaremos que Dios ha determinado un período de siete años, "una semana", inmediatamente antes de la última venida. Puedo deciros cuándo comenzó esa última semana de años. Comenzó en 1993, el año de mi gran sufrimiento. Poco después, el gobierno de Israel firmó un pacto con los palestinos: los filisteos, cuya cabeza es la bestia. Así no hizo más que cumplirse la profecía de aquel mismo versículo de Daniel: "Y confirmará el convenio con muchos por una semana". Y a continuación, el mismo versículo afirma que "en el seno de dicha semana cesarán el sacrificio y las ofrendas".

»La mitad de la semana son tres años y medio. Y aquél fue el momento preciso en que la bestia se disponía a romper el pacto. Vosotros os reunisteis con dicho propósito y si Dios no hubiera estado atento, lo habríais logrado. Pero Dios vigilaba, vigilaba y esperaba. Me mandó a vuestro encuentro, al igual que en otra época mandó a David a los filisteos, para destruiros, como David destruyó a Goliat.

Amina le observaba, convencida de que estaba loco y de que algo terrible iba a suceder. ¿A qué se había referido al hablar de 1993 como el año de su gran sufrimiento? ¿Había sucedido algo que facilitara alguna pista en cuanto a su identidad? Escudriñó su memoria, pero no recordó nada significativo.

–Esta noche –prosiguió–, le he preguntado a Dios qué quería que hiciera ahora. He rezado para implorar su orientación, he abierto la Biblia y he leído el siguiente versículo del segundo libro de Samuel: «Y David dio orden a los jóvenes, y ellos los mataron y les cortaron las manos y los pies, y los colgaron junto al estanque de Hebrón». Y a continuación, como nos lo cuenta Dios en el capítulo siguiente, David fue ungido rey de todo Israel.

»Al leer dicho versículo me acordé de otro, que estoy seguro de que todos conocéis. Se encuentra en Mateo. "Por consiguiente, si una mano o un pie te ofende, córtatelo y arrójalo lejos de ti; es preferible entrar en la vida cojo o mutilado a tener dos manos o dos pies y ser condenado al fuego eterno."

»De modo que por fin estamos reunidos: el verdadero David, ungido por Dios como rey, y las cabezas de Goliat, los jefes del ejército de Satanás, alineados ante mí como presos de guerra. He oído que vuestra propia ley considera justo que se le corte la mano a un ladrón, de modo que eso es lo que vamos a hacer.

Miró hacia el fondo de la sala, donde se encontraba Ezekiel a la espera de que le llamara.

–¡Ezekiel! ¿Has traído lo que te he pedido?

Ezekiel avanzó. En la mano derecha llevaba una gran hacha que usaban para cortar leña y bajo el brazo izquierdo un bloque de madera, sobre el que colocaban los troncos que deseaban partir. Zechariah le seguía con un pequeño caldero, lleno de alquitrán caliente.

Esperó a que su lugarteniente llegara a la tarima.

–Colócalo ahí –dijo, antes de mirar a los rehenes–. Siete son las letras del nombre de *Goliath* –prosiguió–, siete los sellos y siete los reyes, siete ángeles y siete redomas, siete cabezas y siete coronas, siete panes y siete cestos, siete meses y siete semanas, siete sacerdotes y siete trompetas, siete becerros y siete carneros, siete espíritus y siete estrellas. Por consiguiente, córtense siete manos a la vista de todos –agregó, al tiempo que señalaba a dos de sus hombres–. Traed aquí cuatro prisioneros.

TREINTA Y OCHO

Craiguenamanagh Farm
Ballybay
Condado de Monaghan
Viernes, 21 de septiembre
07.15 horas

Conor Melaugh despertó de un mal sueño, cuando el alba bañaba los campos junto a su ventana, inconsciente de haber alterado su descanso. Había matado con frecuencia y a veces despiadadamente, pero después de su primera víctima y del breve remordimiento que había sentido, no había experimentado sensación de culpabilidad despierto ni dormido. Se sentía orgulloso de ser un soldado en los últimos días de la más prolongada de las guerras, una guerra en la que su padre había luchado antes que él y su abuelo antes que su padre. Por consiguiente, no sentía vergüenza ni culpa, puesto que en la vida de un soldado estaba presente la muerte y en una guerra nadie era verdaderamente inocente. Ése era un credo tan válido para él como el de cualquier cura.

Sin embargo, desde su llegada a Ballybay no había pasado una sola noche completamente tranquila. Era el muchacho lo que le preocupaba, el muchacho y la muerte a la que le habían mandado, una muerte que él personalmente había contribuido a fraguar.

Aquella muerte le atormentaba, su forma, su sonido, su participación, y sentía la necesidad de saber más respecto a la misma. Quería saber quién había filtrado una información tan confidencial a su gente y por qué los soldados habían accedido a no intervenir, mientras el IRA mataba a su antojo. Eran primordialmente esas preguntas las responsables de que a veces despertara de madrugada asustado.

Se levantó de la cama, se acercó a la ventana y limpió la condensación del cristal con el reverso de la mano. Las ventanas estaban desprovistas de cortinas, para poder detectar con mayor facilidad a alguien que se acercara a la casa durante la noche. Cualquier tipo de luz que se aproximara a través de los campos habría bastado para despertarle.

Contempló los campos ondulados que descendían hasta el bosque de Clancy, de una hectárea de extensión. Los prados azulados salpicados de setas, bajo un cielo grisáceo, envolvían con su luz sus antiguas formas. A su izquierda vio un cuervo sobre una grada oxidada, junto al tronco de un árbol muerto, y se estremeció. Su piel detestaba el campo, su frialdad, su humedad y su inalterable luz grisácea. Era un hombre de Belfast, urbano de pies a cabeza. Necesitaba la dureza del asfalto bajo sus pies, no el barro, el estiércol y la hierba húmeda.

Los soldados habían recibido la orden de no disparar, y Conor Melaugh precisaba saber quién había dado dicha orden y por qué. Le rodaban las lágrimas por las mejillas, unas gruesas lágrimas de ira mezclada con culpabilidad. Él había reclutado personalmente a Gearóid Lalor, le había seleccionado para la unidad de servicio activo y le había entrenado. Era un buen muchacho, uno de los mejores. Y luego le había mandado frente al destacamento de soldados británicos, perfectamente consciente de lo que iba a suceder. Sus labios se apretaron para formar una sola palabra: Judas.

Bajó a la cocina para prepararse el desayuno. Hacía un frío terrible en aquella miserable cabaña, que seguramente su propietario había utilizado como cobertizo para sus vacas. Encendió un hornillo de butano y se agachó frente al mismo hasta que empezó a calentar. La mesa estaba cubierta de platos y cazos de la noche anterior. El aire frío estaba impregnado de un olor a comida pasada que le producía náuseas. Detestaba vivir de aquel modo, casi como un animal, odiaba el olor, el sonido y la humedad. Lo único que deseaba ahora era estar de regreso en Belfast, en una cama caliente con su esposa, y sus hijos profundamente dormidos en la habitación contigua. Pero tenía que contentarse con un calentador de gas en medio de la nada y un desayuno insípido mal cocinado. Se preguntaba cuánto tiempo podría aguantarlo.

En la despensa encontró unas tortas de patata y un par de lonchas de tocino barato. Hoy esperaba a la niña que le traía las provisiones; que Dios se apiadara de ella si llegaba tarde. No convenía que se dejara ver en el pueblo más de lo imprescindible. Los lugareños conocían su identidad, así como la de los demás componentes de la unidad de servicio activo, distribuidos por casas de campo de la zona, pero nadie se atrevería a denunciarlos.

Arrojó las tortas y el tocino simultáneamente a la sartén, con la misma grasa que utilizaba desde hacía casi una semana. Había restos de comida quemada en la grasa, pero creyó que le duraría otro par de días. Su esposa, Bernadette, habría limpiado la sartén todos los días. Mantenía la casa impecable. Los protestantes les consideraban animales, que vivían rodeados de mugre y con familias numerosas. Pero Bernadette podía haberles mostrado a todos ellos cómo mantener una casa limpia. Cuando estaba en la cárcel, sólo pensaba en el olor de su pequeña casa, con su esposa en la misma, su aroma, y el tacto de su piel por la noche. El realismo de sus recuerdos y el permanente hedor de la cárcel habían estado a punto de hacerle enloquecer.

Mientras freía las tortas y el tocino, oyó el ruido de un tractor. Los Clancy ya habían empezado a arar, plantar, o lo que hicieran en aquella época del año. Había intercambiado algunas palabras con ellos, pero se guardaban las distancias. Alejado de sus propias calles, había perdido su categoría de héroe. Aquí, apenas le toleraban como reliquia de una época romántica.

Sin embargo, había hombres que labraban aquellos campos, cuyos padres habían luchado contra los británicos, en una época todavía viva en su memoria. Y, gracias a Dios, suficientes jóvenes que creían todavía en la causa y conservaban viva la brigada Tyrone Monaghan. A pesar de que aquí estaban en zona republicana, seguían adscritos a la jefatura norte del IRA y la mayoría habían efectuado incursiones al otro lado de la frontera, en combinación con unidades de servicio activo del norte de Armagh y del este de Tyrone. Jim Lynagh, el mejor comandante fronterizo del IRA y cerebro del fallido ataque contra la comisaría de la policía real de Ulster en Loughgall, era oriundo de un pueblo cercano llamado Tully. Conor le había conocido un par de meses antes de su muerte.

Arrojó el tocino y las tortas de patata al último plato limpio. Jim Lynagh, su héroe, había muerto en una emboscada aquel mes de mayo en Loughgall, junto a Paddy Kelly, responsable de innumerables operaciones de éxito en Tyrone. Este año, Gearóid Lalor, un don nadie a quien había entrenado y traicionado, había perecido acribillado a balazos. Y Conor Melaugh seguía viviendo, como si en el mundo ya no quedara justicia ni sentido.

Se oyó el ruido de un coche en el camino. Dejó el tenedor sobre la mesa y se dirigió al cuarto delantero. La niña no venía nunca tan temprano, porque antes tenía que hacer la compra en Monaghan. Miró por la estrecha ventana, procurando no ser visto. Un Datsun azul dobló la curva junto al espino blanco y se detuvo frente a la puerta. Conor soltó lentamente el aire de sus pulmones. Era Fintan Mellows, el agente secreto de la zona.

Le invitó a entrar. Se habían visto antes dos o tres veces, siempre brevemente. Fintan actuaba de enlace para las comunicaciones entre los miembros de la unidad de servicio activo de Conor y la brigada de Belfast. Les traía órdenes y noticias, y transmitía sus peticiones o quejas. Si se lo pedían, hacía llegar mensajes a sus familias en Belfast. Era la única forma de contacto permitida por el consejo militar.

Se sentaron junto a la mesa de la cocina, que era el único lugar caliente de la casa, donde Conor pasaba mucho tiempo leyendo. Detestaba la idea de pasar el invierno en Ballybay, rodeado de hielo y nieve.

–Se te enfría el desayuno –dijo Mellows, que era un individuo alegre, electricista de profesión, y muy popular en la región.

Hacía algunos años había sido concejal del Sinn Féin en el ayuntamiento de Monaghan. Tenía numerosos contactos, que le convertían en indescriptiblemente valioso como oficial del servicio secreto.

–Te ofrecería un bocado –respondió Conor–, pero esto es todo lo que tengo.

–Come y calla. Ya he desayunado. ¿Comes más de la cuenta o la niña no te trae suficiente comida?

–Podría traerme un poco más.

–Me ocuparé de ello. Me sabría muy mal que te murieras de hambre. –Soltó una carcajada; Conor Melaugh era robusto y no parecía haber adelgazado–. Aunque de momento no será necesario. Hoy te vas de aquí. Han llegado órdenes del norte.

A Conor le dio un vuelco el corazón. ¿Le habían descubierto? ¿Le llamaban para interrogarle y castigarle?

–¿Qué sucede? –preguntó, con dificultad para mantener tranquilo el tono de su voz.

No había tocado la torta ni el tocino, que seguían en el plato.

–Tu unidad de servicio activo va a entrar de nuevo en acción a partir de esta mañana –respondió Mellows–. Se trata de una misión especial.

–¿Regresamos a Belfast? –preguntó, sin disimular su júbilo.

–Yo no he dicho eso. Para serte sincero, desconozco vuestro destino. Pero el intendente ha recibido órdenes de preparar el equipo y las provisiones para una unidad móvil. Me parece que vais a viajar durante algún tiempo. Tú seguirás siendo comandante de la unidad, pero la jefatura del norte manda a alguien nuevo que será responsable del conjunto de la misión.

–¿Te han dicho de quién se trata?

Mellows asintió.

–Maureen O'Dalaigh. Creo que la conoces. Ya está de camino. Y también tengo entendido que viene acompañada.

A Conor le dio otro vuelco el corazón. Maureen O'Dalaigh con otra persona. Tenía el sabor inconfundible a pelotón de ejecución. Si estuviera en su sano juicio, huiría en el momento en que Fintan Mellows volviera la espalda. Pero dudaba de poder llegar muy lejos. Estaba demasiado apartado de su casa, sin recursos, sin nadie en quien poder confiar y que no le traicionara.

–¿No sabrás de qué se trata?

Fintan se encogió de hombros.

–Ya sabes que no me lo cuentan –respondió–. Cuanto menos sepa, mejor para todos. Pero lo que sí puedo decirte es que anoche hubo un gran altercado en Belfast. Te enterarás si escuchas la radio. Al parecer tuvo lugar un tiroteo en Andersonstown en el que murieron Dezzy McCormick y Con McKearney. Pero no todo son malas noticias. Ni mucho menos. También murieron más de una docena de soldados británicos y bastantes resultaron heridos. ¿No te parece increíble?

Conor le miró estupefacto. Dezzy McCormick y Con McKearney eran completamente incapaces de causar tantas bajas entre soldados regulares.

–¿Sabes quién más estaba involucrado?

Fintan movió la cabeza.

–Debió de ser un tiroteo infernal. Lo único que sé es que buscan a Maureen O'Dalaigh.

–¿Maureen? Es muy buena, pero... una docena de soldados...

–Podrás preguntárselo personalmente cuando la veas. Está previsto que llegue a Ballybay a las nueve. Debéis reuniros todos en casa de Joe McCartan. Yo vendré a recogerte a las nueve menos cuarto. Veré si Joe puede ofrecerte algo mejor de comer que esa porquería.

–¿Lo saben ya los demás?

–No, voy a comunicárselo ahora. Cuídate. Nos veremos dentro de un rato.

En cuanto se marchó, Conor se sentó a reflexionar. Encendió la radio, pero todas las emisoras transmitían sólo música. Las noticias de Fintan sobre lo sucedido en Belfast eran moderadamente reconfortantes. Si Maureen huía de la justicia, era improbable que su llegada tuviera otro propósito.

Había sólo una cosa que debía hacer antes de que regresase Fintan. Su familia debía saber que no seguiría ahí. Había quebrantado ya todas las normas al comunicarles su paradero, pero quería estar localizable en caso de una emergencia.

Salió y cerró la puerta a su espalda. La cabina telefónica estaba a un kilómetro, en la carretera de Ballybay. Bernadette estaría en casa, preparando a los niños para la escuela. Haría una breve llamada y le diría que se pondría en contacto cuando pudiera. Lo más importante era evitar que se preocupara.

TREINTA Y NUEVE

El alba llegó un poco más tarde a la costa oeste, titubeante, como si cogiera fuerzas para cruzar el Atlántico. El aire era frío y olía a lluvia. La bruma envolvía Croagmarhin y los picos escarpados del monte Eagle, al oeste de Ventry. Al este y al norte se elevaba la montaña de Brandon ante el sol naciente, como otra tierra. Había llovido durante la noche y ahora el sol brillaba sobre las relucientes lomas occidentales. A lo lejos, en el mar, unas oscuras nubes tormentosas absorbían la luz. Michael Deighan alcanzaba a ver muchos kilómetros a la redonda desde su puesto de observación en Clogher Head.

Vislumbró el pequeño bote procedente de Inishtooskert, que se mecía en las olas con tres hombres a bordo. Lo había visto ya varias veces por la mañana y un par de veces por la tarde, en sus idas y venidas de una isla deshabitada. Seguramente se trataría de turistas, como los del pequeño campamento de Ballyferriter. Solían dedicarse a pescar, aunque nunca había visto a éstos con una caña en ningún lugar de la costa. Puede que lo hicieran en alta mar, o hacia el sur en dirección a Skelligs.

El día anterior había hablado de estos hombres a Seán Dearg, y éste le había ofrecido una comisión si lograba hacer un trato con ellos. Seán Dearg compraba y vendía todo lo imaginable, y suministraba sus mejores productos a más de la mitad de los restaurantes de Dingle: cangrejos y langostas de Kenmare, salmón de Sneem, ostras de Galway, *poitín* destilado por un buen amigo suyo en Connemara, y huevos, leche y tocino de su propia cosecha.

Michael empezó a descender por el sendero que rodeaba la cima, con la esperanza de llegar antes que ellos a la cala donde sabía que atracaban siempre. Para tener más de sesenta años, estaba en buena forma. Sus viejas piernas aguantarían todavía un par de años. Se rió, pensando en el dinero que ganaría si lograba hacer un trato con los turistas. Seán Dearg era un hombre de palabra. Además, existía la posibilidad de que la gente de la isla le encargara otros pequeños trabajos, difíciles para ellos sin desplazarse a la isla principal. Incluso puede que volvieran al año siguiente, o mandaran a sus amigos.

Por encima de su cabeza, meaucas y petreles volaban en círculos y graznaban al lanzarse en picado al agua. En más de sesenta años, nunca había salido de aquel lugar, ni siquiera a Tralee o Killarney, por no mencionar grandes ciudades como Cork o Dublín. ¿Qué interés podían tener para él esos lugares? Cuando miraba a su alrededor, no comprendía a los jóvenes de las nuevas generaciones que iban a Dublín, a Inglaterra, o incluso a Norteamérica, como sus abuelos, y no regresaban jamás. Algunos tenían mucho éxito en la vida, pero pensaba en lo que se habían perdido para lograrlo. Y los demás se limitaban a cambiar las incomodidades de un país pobre, por la monotonía cotidiana de Londres o Nueva York. Nunca había tenido mucho dinero y a veces le había resultado difícil conseguir comida para pasar el mes, pero aquí estaba con su propia gente, podía hablar irlandés con quien le placiera y acabarían por enterrarle en un lugar conocido.

El camino que descendía a la cala era empinado, pero lo conocía como la palma de su mano. Estaba allí esperando cuando el bote se acercó a la orilla. Vestían todos por un igual, con trajes y gorros de lana negra, y unas gruesas botas. Evidentemente no se dedicaban sólo a contemplar el paisaje, eran turistas que se tomaban a sí mismos muy en serio. No llevaban aparejos de pesca en el bote. Debían de ser cazadores, o tal vez alpinistas. En todo caso, pensó, tendrían apetito.

Se les acercó lentamente, con la mano extendida para saludarles.

–*Diás muire duit* –dijo–. *Tá sé an mhaidin deas.*

Sabía que no hablarían irlandés, pero creyó que les halagaría que lo supusiera.

–Lo siento –respondió uno de ellos, alto y barbudo–, pero no hablamos irlandés.

Michael soltó una carcajada.

–Claro –respondió–, ya pensaba que no lo hablarían, pero estamos en Gaeltacht y es rentable hablar irlandés. –Hizo una pausa, los observó y le pareció que eran hombres duros, serios–. Me llamo Michael Deighan –prosiguió–. Soy de Dunquin, a lo largo de la costa. He visto su bote unas cuantas veces y he decidido presentarme. Soy amigo de Seán Dearg, de Dingle. Puede que hayan oído hablar de él.

El alto movió la cabeza.

–Me temo que no –dijo–. Escuche, señor... Deighan, ha sido un placer conocerle, pero ahora tenemos un poco de prisa.

–Sí, claro, lo comprendo perfectamente. Estoy seguro de que querrán ponerse a cazar cuanto antes. En Inishtooskert hay poca caza. Hay poco de todo. Debe de costarles mucho trabajo trasladar las provisiones en el bote. Sobre todo cuando hace mal tiempo, aunque gracias a Dios últimamente ha sido bueno. De todos modos, es una pena que no conozcan a Seán Dearg, porque es la persona con quien conviene tratar en esta región.

Echó una ojeada al bote y comprobó que sólo llevaban una bolsa deportiva y una lona. Las armas o las trampas debían de estar indudablemente bajo la lona.

–¿Entonces no es la pesca lo que les interesa?

–No –respondió el alto–. Oiga, debemos marcharnos.

–Claro, claro, por supuesto. Les estoy entreteniendo, ¿no es cierto?

Dio un paso en dirección al bote.

–¿Le han comprado el bote a Seamus Maguire, en Glashabeg? Parece uno de los suyos.

–En realidad no sé a quién se lo hemos comprado. Yo me limito a remar. Y ahora, si tiene la bondad de dejarnos desembarcar en la playa, seguiremos nuestro camino.

–¿Volverán esta noche?

–Sí, eso nos proponemos. Pero no creo que...

–Tendrán problemas si lo hacen. Va a empeorar el tiempo y se espera un fuerte viento. Desde Inishtooskert es difícil hacerse a la mar cuando hay tormenta, si uno no está acostumbrado. Además, llevan la popa sobrecargada con lo que transportan en el bote. No tardarían en irse a pique si les golpea una ola de costado y entra agua en el bote. Les colocaré la bolsa donde no pueda perjudicarles, y ustedes pueden ponerse uno en cada banquillo.

Antes de que Ezekiel pudiera impedírselo, el anciano se agarró a la borda y subió al bote.

–Por favor, no se moleste... –exclamó Ezekiel después de acercarse apresuradamente.

Michael levantó la bolsa para trasladarla al centro del bote. En aquel momento se movió la embarcación, que no estaba todavía debidamente apoyada en la arena, perdió el equilibrio y se le cayó la bolsa sobre el banquillo central. La cremallera no estaba cerrada y se desparramó su contenido.

Los tres quedaron paralizados, observando al anciano. Michael se incorporó y, cuando recuperó el equilibrio, se dispuso a levantar de nuevo la bolsa. Tardó unos instantes en darse cuenta. ¿Eran cangrejos? ¿Pequeñas langostas? Pero luego se percató de que lo del fondo del bote eran manos humanas.

Dio un grito y se giró, saltó al agua y avanzó con dificultad sobre los guijarros. Vio que los tres individuos le miraban impasibles.

Ezekiel saltó del bote y sacó al anciano a la orilla. La boca de Michael se abría y se cerraba sin emitir palabra alguna, ni en inglés ni en irlandés. No había términos en ningún idioma para expresar lo que acababa de ver. ¿Había habido un accidente? ¿O eran aquellos individuos médicos, cirujanos norteamericanos llegados a Inishtooskert para curar a los enfermos?

No, pensó al contemplar su atuendo negro. No eran médicos. No habían venido para curar a los enfermos.

–Cielos –exclamó, con los ojos cerrados.

–Tiene toda la razón –susurró Ezekiel al tiempo que se sacaba la pistola del bolsillo y colocaba el cañón bajo la arrugada barbilla del anciano.

El disparo retumbó más allá de la ensenada, por los panales de abejas, capillas, antiguas iglesias y sobre las olas color pizarra, hasta apagarse y fenecer. A lo largo de la costa, plangas, fulmares y gaviotas graznaron al emprender el vuelo. En el silencio que se hizo a continuación, Ezekiel varó el bote en la arena y pensó en los pescadores de las playas de Galilea, en una época y lugar lejanos.

CUARENTA

Despacho del subsecretario
permanente de Política de la Seguridad
Stormont Castle
Belfast
Viernes, 21 de septiembre
08.30 horas

Al principio nadie hablaba, luego lo intentaron todos a la vez. El director y coordinador del servicio secreto vio cómo pasaban del susto a la indignación y a la recriminación mutua mientras saboreaba una taza de café. Su trabajo no consistía en adjudicar responsabilidades, aunque algunos lo suponían. Lo único que quería aquella mañana era un blanco apropiado o una víctima propiciatoria. El propósito de los demás era encontrar o presentar disculpas, como de costumbre. Dejó que se explayaran, convencido de que se sentirían mejor después de desahogarse.

Desde su cargo, valoraba a cada uno de ellos de acuerdo con una gama de elementos que oscilaban entre las corbatas y acentos de sus escuelas, y el alcance de su fidelidad o infidelidad marital, pasando por sus preferencias respecto a los animales de compañía. En su primera época había sido un personaje minucioso, que araba los áridos campos de Sloane Street y sus alrededores, en busca de las semillas perdidas de información útil que pudiera encontrar, y había traído consigo a los páramos de Irlanda del Norte parte de aquella obsesión ingenua por los pequeños detalles y trivialidades. Pero hacía mucho tiempo que había perdido su ingenuidad, y ahora aplicaba a fines más precisos su conocimiento sobre los pequeños detalles de la conducta de los demás. Era, según él, la ciencia del chismorreo aplicado.

Disponía de suficiente información sobre todos los presentes en la sala para aplastarlos si fuera necesario, como ocurría de vez en cuando, sobre todo en momentos como el presente, cuando tantas reputaciones y carreras parecían estar en juego.

El subsecretario estaba tras su pulcro escritorio y asentía debidamente en tono benigno durante las pausas. Willoughby, el director y coordinador del servicio secreto, se percató de que el subsecretario hacía el crucigrama del *Financial Times*. Esperaba que le durara el tiempo suficiente y confiaba en que lo haría durar. Su presencia en la reunión así como el cargo que ocupaba eran primordialmente simbólicos, y Willoughby se alegraba de que lo comprendiera y no intentara entrometerse donde no le llamaban. Los subsecretarios que no se contentaban con su papel simbólico podían ser fuente de irritación permanente. Hacía dos años que Burrowes estaba en la provincia y no había dado un solo paso en falso. Sin embargo, después de la tragedia de la noche anterior, rodarían muchas cabezas y casi con toda seguridad la suya sería la primera. Willoughby pensó que era una pena, porque aquello podría entorpecer perfectamente sus probabilidades de obtener un título nobiliario.

Lo que más presente estaba en la mente del director era la cuestión de las demás cabezas que seguirían a la de Burrowes. ¿Estaba incluso la suya segura? Un fracaso de última hora podía fastidiar su jubilación. Había visto a más de uno de sus colegas privados del merecido galardón de su trabajo, por un mínimo error de cálculo o una pequeñísima indiscreción.

Observó cómo discutían. ¿Se amotinarían contra él para convertirle en víctima propiciatoria? ¿O se contentarían con Burrowes, que era un blanco mucho más asequible y fácilmente desechable?

Todos los miembros de la Junta Ejecutiva Provincial habían sido convocados y estaban presentes: él, director y coordinador del servicio secreto; el general Charlie Wainwright, comandante de las fuerzas de ocupación; Bill Harper, subdirector de la policía real de Ulster y jefe de operaciones; y Jim Irwin, jefe de la brigada especial de la policía real de Ulster.

Había convocado también a Alan Rigby, controlador del servicio secreto, que operaba habitualmente desde el cuartel de Thiepval, cuartel general de las fuerzas armadas en Lisburn; Andy Kerr, agente de la brigada especial encargado de organizar y coordinar operaciones en el cuartel de Gough; Fred Atkinson, oficial de enlace de las fuerzas armadas; y al coronel Mark Beveridge, comandante de las fuerzas especiales. Beveridge, a su vez, había insistido en que estuvieran presentes tres de sus principales oficiales: Penrose, del regimiento número catorce del servicio secreto; Ross, del SAS, y McPherson, de la unidad de investigación de campo del cuartel general en Irlanda del Norte. Los tres últimos eran representantes de las principales operaciones secretas actuales del ejército en la provincia.

Willoughby suspiró y miró de reojo la fotografía de la reina que colgaba sobre la chimenea. Era reconfortante para él que siguiera ahí, aunque sin dirigir exactamente el destino del estado, pero proporcionándole por lo menos cierto peso específico. Temía el futuro, temía un estado carolingio gobernado por hippies y pacifistas de la «nueva ola». Regalarían Ulster, retirarían las tropas y mandarían un destacamento de monjes budistas que cantaran mantras y tocaran cascabeles.

–Caballeros –dijo, después de dejar su taza de café sobre una mesilla colocada oportunamente junto a él–, parece que no vamos a ninguna parte.

–Algo hemos aclarado –replicó Andy Kerr–. Hemos descubierto que lo de anoche fue un terrible descalabro.

Willoughby le dirigió una mirada apaciguadora. Kerr era un buen hombre, un leal subordinado, y le necesitaba en su puesto. Pero ¿de dónde diablos habían sacado esas rasposas voces, ese tono halagüeño con el que puntualizaban todo lo que decían?

–Todo a su debido tiempo, Andy, todo a su debido tiempo. Quiero conocer tu opinión y te la pediré, no temas. Pero hay algo más urgente. Antes de repartir la culpa entre nosotros, creo que por respeto a los que murieron tenemos la obligación de encontrar a sus asesinos. Eso, a mi parecer, debe ser nuestro principal objetivo. El primer ministro ya le ha indicado al señor Burrowes, aquí presente, que ésa es también su opinión. ¿Estamos todos de acuerdo?

Nadie discrepó.

–Lo suponía –agregó, sin dejar de mirarles fijamente a todos.

No era tanto su rango, que estaba lejos de ser el superior, como sus conocidos vínculos con el aparato de seguridad lo que le otorgaba autoridad entre los presentes. Desde «el departamento» controlaba todas las operaciones del MI5 y, mediante su red de oficiales de enlace e informadores, se mantenía por encima de todos los demás.

–Charlie –prosiguió, dirigiéndose al comandante de las fuerzas armadas–, ¿quién, exactamente, les facilitó a los muchachos la información que les indujo a intervenir anoche?

–Como usted bien sabe, una serie de capitostes del IRA provisional emergieron brevemente hace un par de días, incluida esa mujer a la que tanto desea atrapar, Maureen O'Dalaigh. De acuerdo con sus instrucciones, todas las ramas se dedicaron activamente a la búsqueda de información.

»Ayer, alrededor de las cuatro de la tarde, E4 recibió un soplo de uno de sus mejores chivatos. Pasó por el servicio de información de Castlereagh. Cuando el regimiento número catorce tuvo conocimiento de ello, comprendieron que podía tratarse de algo importante y se lo comunicaron a mi personal.

–¿Qué tenía de particular la información? –preguntó Willoughby, dirigiéndose al capitán Francis Penrose, comandante del regimiento número catorce del servicio secreto.

–Según el mensaje, podríamos capturar a tres miembros importantes del IRA provisional. La información de E4 especificaba armas y había razones para suponer que los atraparíamos con las manos en la masa. El objetivo principal era Maureen O'Dalaigh.

–¿Y nada les hizo suponer que les tendían una trampa?

–No, señor, sigo sin creer que lo hicieran. El IRA provisional nunca ofrecería como cebo a alguien tan importante. Estuvieron a punto de caer en nuestras manos. Dos de sus hombres murieron y O'Dalaigh se salvó por los pelos.

–No obstante, les esperaban.

–Eso está por ver. Reaccionaron bien, pero si se hubiese tratado de una encerrona habrían tenido mejor planificada la huida.

–Dice que murieron dos. Creí que habían sido tres.

Penrose asintió.

–Sí, señor, tres en total. Desmond McCormick, Con McKearney y un tercer individuo que no ha sido identificado todavía. Creemos que no pertenece al IRA provisional.

–¿Alguna idea acerca de su identidad?

Penrose movió la cabeza.

–No, señor, todavía no. Tengo a gente trabajando en ello. Se ha mandado su fotografía a todas las agencias de seguridad. Esperamos alguna respuesta en menos de una hora.

–Muy bien. Manténgame informado –dijo Willoughby, antes

de dirigirse a Jim Irwin–. Jim, supongo que ha hablado con su personal de E4.

–Sí, señor.

–¿Y bien?

–La información era de primera calidad. Procedía de un confidente cuyo nombre en clave es «hombre amarillo» –respondió mientras miraba a su alrededor, al tiempo que intuía la incomprensión en los rostros de los ingleses presentes–. Es oriundo de Ballycastle. «Hombre amarillo» es el nombre de un tipo de caramelo.

–Que se come en la feria de Ould Lammas –agregó Willoughby.

Se preguntaba por qué Whitehall realmente se preocupaba. Después de todo eran como salvajes que apenas habían abandonado sus costumbres tribales. Comían algas, unos dulces repugnantes, y se arrojaban bombas los unos a los otros. Pensó en Cornualles y en los jardines de Trellisick.

–Sí, señor, tiene usted razón. Hace siete años que trabaja para la región de Belfast. Mi jefe regional trata personalmente con él.

–¿David Cree?

–Sí, señor, el mismo. Si estuviera presente, él mismo lo confirmaría.

–Estoy seguro.

–En todos estos años, nunca le ha facilitado a David una información errónea. El «hombre amarillo» puede romperle a uno la dentadura, pero no deja de ser una persona encantadora.

El director y coordinador del servicio secreto le lanzó al policía una mirada de desaprobación.

–Me temo que en esta ocasión, señor Irwin, su confidente ha roto algo más que unos dientes. En el supuesto de que haya facilitado información incorrecta.

–La información no tenía nada de malo. Simplemente era incompleta. Debió haberse comprobado a fondo antes de organizar una operación.

Mark Beveridge refunfuñó.

–Maldita sea. Recibimos el soplo ayer por la mañana. Dependíamos enteramente de su evaluación.

–Que era perfectamente correcta.

–Caballeros –intervino Willoughby, para evitar el inicio de

una discusión–, no conviene seguir por ese camino. La calidad de la información es sólo una parte de lo que me preocupa. El asunto de mayor prioridad, como ya les he explicado, consiste en atrapar y destruir a los asesinos restantes. ¿Dispone alguien de alguna información relacionada con dicho aspecto de nuestra operación?

Wainwright, el comandante de las fuerzas de ocupación, fue el primero en hablar:

–Nuestro personal investiga todavía en el lugar de autos, Geoffrey. Pero las primeras indicaciones sugieren que sólo huyeron dos pistoleros.

–Me resulta difícil creerlo.

–No obstante, los informes de los hombres que participaron en el tiroteo parecen confirmar que no había más de cinco personas en la casa. Los helicópteros detectaron a dos personas que salían del edificio. Les siguieron la pista hasta el hospital de Andersonstown, y a partir de allí los informes son confusos. Uno de los helicópteros detectó a dos personas que abandonaban el hospital justo cuando una ambulancia acababa de llegar de Andersonstown. Desaparecieron en la parte baja de Falls.

–¿Alguna idea de quiénes eran?

Wainwright negó con la cabeza. La matanza de anoche había asestado un duro golpe a su carrera. Sabía que pronto abandonaría su cargo, sumido en las tinieblas.

–Una de ellas era O'Dalaigh, estamos seguros. Pero su acompañante podía haber sido cualquiera. Cuando logremos identificar al tercer muerto podremos formar una opinión.

–Pero habrá algún sospechoso.

El comandante movió de nuevo la cabeza para indicarle que no.

–Ninguno. Pero apostaría mi reputación a que no pertenece al IRA provisional. El que mató a los soldados anoche ha participado en auténticas batallas.

–¿Un renegado?

–Posiblemente. Tendremos más información cuando llegue la identificación.

Como hecho a posta, alguien llamó discretamente a la puerta. Una secretaria cruzó la sala y se acercó al escritorio del subsecretario. Burrowes levantó la cabeza. La secretaria le entregó un papel doblado. Burrowes le indicó que podía retirarse, echó una ojeada al papel y se lo entregó a Willoughby.

–Creo que te interesa, Geoffrey.

Willoughby lo leyó y lo dejó caer sobre sus rodillas.

–Caballeros, parece que se ha identificado al tercer hombre. Está fichado por los alemanes, en su sección de Oriente Medio. Se llama Abu Ahmad al-Rikabi, de nacionalidad iraquí, matriculado actualmente para un doctorado en la Universidad de Queen's.

El director y coordinador del servicio secreto les miró, sin estar seguro todavía de que controlaba la situación.

–Parece que las cosas han empezado a complicarse un poco.

CUARENTA Y UNO

Dublín
Viernes, 21 de septiembre
09.14 horas

Declan movió suavemente la cabeza, con la esperanza de que no le doliera. Todo pareció permanecer en su lugar. Lo intentó de nuevo y, en esta ocasión, creyó haberse dislocado algo. Sólo si permanecía inmóvil podía estar seguro de una calma relativa. Pero quedarse sentado era un lujo que no podía permitirse esta mañana.

Sonó el teléfono en su escritorio. En lugar de contestar, siguió con sus ejercicios de relajación. Imaginaba que todos los músculos de su cuerpo estaban lacios, empezando por el cráneo y descendiendo paulatinamente. El teléfono seguía sonando. Cada vez que llegaba más o menos a la altura de la nariz, pensaba en Amina y se le tensaba de nuevo toda la cabeza. El teléfono sonó por sexta o séptima vez. Acababa de sobrepasar la frente. Maldito teléfono.

Abrió los ojos y levantó el auricular.

–Sí –exclamó–. Carberry.

–¿Declan? Habla Martin Fitzsimmons. Escúchame atentamente y no me interrumpas. Es posible que la comunicación se corte en cualquier momento. Ciaran Clark ha sido investido primer ministro hace cinco minutos. Casi lo primero que ha hecho en su nueva capacidad oficial ha sido declarar tu operación ilegal. Harker ha traído ya fuerzas de los SAS del norte.

–¿Cómo? No puede hacer eso, es...

–Cállate, Declan. Conoce el lugar donde se realiza tu operación. Su equipo está recibiendo instrucciones en este mismo momento. Se te comunicará que actúas fuera de la ley y se te pedirá que te rindas. Si no le obedeces, tiene permiso para mandar una fuerza de asalto al refugio y sacarte de ahí.

–¿Por la fuerza?

–Si es necesario sí. Declan, debes irte de ahí inmediatamente. Harker no te permitirá salir vivo.

–¿Qué quieres decir?

–Recuerda nuestra charla de hace una semana, Declan, cuando te conté que el MI5 parecía interesarse excesivamente por ti, desde tu reunión con Austin McKeown. Desde entonces he investigado un poco por mi cuenta y tengo casi la completa seguridad de que Harker es el responsable del asesinato de McKeown, así como del atentado contra tu vida. El viernes pasado mataron en Belfast a un oficial del servicio secreto británico. Se llamaba Wetherell. ¿Te dice algo el nombre?

Declan sintió que la cabeza le daba vueltas.

–Sí –respondió.

–Harker tenía un informe completo de la muerte de Wetherell diez horas antes de que se identificara su cuerpo. Sal de ahí ahora mismo, Declan. No te dará una segunda oportunidad.

CUARENTA Y DOS

Stormont Castle
Belfast
09.16 horas

–En primer lugar, ¿qué hacía un iraquí en esa casa? ¿Por qué no se nos había hablado de él?

Geoffrey Willoughby llevaba a cabo su propia autopsia de los sucesos de la noche anterior. Sólo estaba presente su propio personal, todos miembros decanos del MI5 en cuyo tacto y discreción confiaba plenamente. Tenían un problema y Willoughby sabía que no sólo su propia carrera dependía de como lo resolvieran.

–Creo que debía de estar allí para vender armas, señor –respondió Raymond Tolliver, que trabajaba en la brigada K del MI5, cuyo interés principal era el terrorismo en Oriente Medio.

Tolliver, que había llegado de Londres aquella misma mañana, era el agente del MI5 responsable de una operación sumamente secreta denominada Scimitar.

–¿Usted cree? –preguntó Willoughby, sin disimular el sarcasmo en el tono de su voz.

–Eso fue lo que se nos dijo, señor, que se estaba efectuando algún tipo de transacción de armas. Hemos investigado al confidente de E4 y su evaluación nos parece verosímil. Les ha facilitado siempre información de primer orden, sin defraudarles una sola vez. Sus datos sobre la reunión de anoche eran exactos. Conocía los nombres, el lugar y la razón del encuentro.

–Ajustémonos a los hechos, señor Tolliver. «Hombre amarillo» les facilitó sólo dos nombres verificables.

–O'Dalaigh estaba allí, señor. Estamos seguros de ello. Se han encontrado sus huellas dactilares en una taza y en la mesa. Y hoy no está en su despacho, ni en su casa. Si efectuaban una transacción de armamento con extranjeros, casi con toda seguridad O'Dalaigh estaba presente.

–De acuerdo, tres nombres. ¿Sabemos quién es el «hombre amarillo»? –preguntó Willoughby, dirigiéndose ahora a Alan Rigby, que había estado presente en la reunión anterior y era el colega más decano del director y coordinador del servicio secreto.

–Se llama Tobin. Seán Patrick Tobin. Oficial del servicio secreto de la brigada de Belfast del IRA provisional y oficial de enlace con la jefatura norte. Ha trabajado para el E3 desde su detención e interrogatorio en Castlereagh en 1989. Desde entonces nunca ha dado un paso en falso. Es el confidente ejemplar.

–Eso en sí parece ya bastante sospechoso. Si es tan bueno, ¿por qué no nos lo hemos quedado? Parece demasiado importante para dejárselo a los irlandeses.

–En realidad no era necesario, señor. E3 ha sido siempre cooperativo, ha transmitido toda la información recibida a su sección E4, y ésta a su vez al servicio secreto del norte, que ha mantenido un estrecho contacto con nuestro oficial de enlace en Lisburn. Todo se hacía de acuerdo con el reglamento. Tobin trataba con un inspector de Belfast, un individuo llamado Maguire. Al parecer se llevaban bien. Confiaba en Maguire y dependía de él. Si hubiera tratado directamente con nosotros, corríamos el peligro de estropearlo. Les hemos dejado demasiado mal sabor de boca.

–No obstante, quiero que le traigan aquí. Esta noche, o antes a ser posible.

A Rigby se le abrieron enormemente los ojos. Era un hombre bajo, con bigote jaspeado y unas mejillas antaño rojizas, pero ahora de un enfermizo color cobrizo. Su trayectoria por la cúpula del MI5 nunca había estado desprovista de contratiempos y seguía sintiéndose incómodo con Willoughby, con quien nunca se había llevado particularmente bien. En su opinión, la idea del director y coordinador del servicio secreto era descabellada. En los últimos años, las relaciones entre el MI5 y la brigada especial de la policía real de Ulster se habían deteriorado, y originalmente habían mandado a Rigby desde Inglaterra con el propósito específico de contribuir a paliar la situación.

–Creo que eso podría generar recelo, Geoffrey. Si no le importa, me parece que sería preferible...

–Al diablo con su opinión. No me importa un comino a quién pueda molestarle, limítense a traer a «hombre amarillo» esta noche. En esta ocasión, necesitamos hablar directamente con él. Asegúrense de que llegue en buenas condiciones y entréguenselo a Malcolm, para que le interrogue.

»Malcolm –prosiguió Willoughby, dirigiéndose a un individuo sentado a dos sillas de la suya–, sáquele a ese cabrón todo lo que pueda. Después de lo de anoche, probablemente ya no será de utilidad alguna, de modo que haga con él lo que se le antoje. Pero asegúrese de que le cuente todo lo que quiere saber.

Antes de que Malcolm Blake tuviera oportunidad de responder, Willoughby se dirigió de nuevo a Tolliver.

–Raymond, me hablaba usted de ese árabe.

–Sí, señor. Veamos... Según los alemanes, al-Rikabi había estado vinculado anteriormente con la compra y venta de armamento. Es posible que estuviera anoche en Ballymurphy para organizar el envío de un cargamento de armas.

–Maldita sea, ¿qué intenta decirme? ¿Que el IRA mantiene relaciones amorosas con ese cabrón de Saddam Hussein?

Tolliver movió la cabeza.

–No, señor. Creo que está usted confundido. Al-Rikabi era chiíta y combatiente activo contra el régimen baatista. En cierta época, antes de huir de su país, luchó en el sur contra las tropas de Saddam. Ésa era la razón por la que se le vigilaba, pero no se le detenía. La brigada K pensó que podría serles útil en algún momento futuro, si los chiítas llegaban al poder, o si necesitábamos infiltrar ciertos sectores del servicio secreto iraquí, o si estallaba otro conflicto. No se le llegó a reclutar, pero estaba considerado como alguien potencialmente valioso.

–¿Y en su opinión los chiítas tienen acceso a suficiente armamento para interesar al IRA?

–Sí, señor, no cabe la menor duda. He hablado con Ronald Calverley, de la brigada especial metropolitana, que dirige una unidad especial de vigilancia de los fundamentalistas islámicos en este país. Hace unos años que se otorgó dicha responsabilidad a la brigada especial. Al-Rikabi estaba en los archivos de Ronald desde hacía ya bastante tiempo. Asegura que el grupo de al-Rikabi recibe material de alta calidad procedente de Irán. Y lo que no tienen, pueden conseguirlo, del mismo lugar o del Líbano.

–¿Y cree que anoche estaba entregando un cargamento?

–No, señor, imposible. El coche de al-Rikabi tuvo un accidente poco después del tiroteo. Los nuestros mataron a los dos ocupantes del vehículo, a quienes habían confundido con O'Dalaigh y el quinto hombre. Creemos que habían mandado a los jóvenes como señuelo. Pero el coche estaba limpio. O'Dalaigh y su acompañante no podían haberse llevado gran cosa. Con toda probabilidad, anoche sólo hablaron de condiciones y tal vez examinaron algunas muestras.

Willoughby asintió. Las cosas empezaban a ponerse feas. El gobierno había sido enormemente criticado por el sigilo, que él siempre había considerado necesario, con que llevaba el suministro de armas a Saddam Hussein. Conocía a varias de las personas acusadas de encubridoras, todas ellas honradas y respetables que siempre habían servido a su país, y le escandalizaba el mal trato que habían recibido por parte de la prensa. Había habido también cierto resentimiento, en cuanto a la reticencia de los aliados para apoyar a los rivales de Saddam después de la guerra del Golfo, dejando que los chiítas se convirtieran en víctimas de la venganza del dictador.

Existían demasiados reparos, según Willoughby. ¿Qué ventaja podía haber aportado al mundo civilizado que esos barbudos se hicieran con el poder? Habrían convertido el país en una maldita réplica de Irán, dispuesta a trastornar una vez más nuestros suministros petrolíferos. Saddam podía ser un bruto, a quien nadie invitaría a cenar con sus amigos, pero por lo menos era un bruto que comprendía el funcionamiento del sistema, y no como esos fanáticos que sólo conocían el Corán y cómo maltratar a sus mujeres si no se portaban debidamente. A fin de cuentas, pensaba Willoughby, se podían hacer negocios con un hombre como Hussein. Tal vez negocios sucios, pero ¿desde cuándo era importante tener las manos limpias para conseguir lo que uno se proponía? Los individuos de los turbantes no estaban dispuestos a dialogar siquiera si uno tenía un whisky con soda sobre la mesa.

No obstante, buena parte de la opinión pública estaba siempre dispuesta a explayarse en circunstancias parecidas. Si se divulgaba la noticia de que los adversarios de Saddam Hussein habían suministrado armas a los terroristas irlandeses, parte de la prensa empezaría a culpar a ciertos ministros del gobierno y alegaría que no les habían dejado otra alternativa a los chiítas, o algo igualmente absurdo. A los jefes políticos de Willoughby no les gustaría en absoluto. Especialmente con la operación Scimitar y el asunto del sur del que Harker se ocupaba. Eso debería silenciarse a toda costa.

–No quiero que se divulgue nada de esto. No debe hacerse referencia alguna a iraquíes en declaraciones a la prensa –dijo, antes de mirar de nuevo a Rigby–. Alan, ocúpese de ello. Asegúrese de que no haya ninguna filtración. Anoche había sólo tres terroristas en esa casa: O'Dalaigh, McKearney y McCormick. ¿Entendido?

–No será fácil explicar cómo se las arreglaron tres terroristas del IRA para matar a quince soldados británicos, sin contar el hecho de que uno de ellos logró escapar. Además, existe la posibilidad de que el propio IRA haga alguna declaración, aunque sólo sea para ponernos en ridículo.

–Creo que de momento preferirán mantener secreta la identidad de sus aliados. Y será mucho más embarazoso para nosotros si el público les cree capaces de semejante hazaña.

–Eso podría ser desmoralizador, Geoffrey.

–Al carajo con la moral. Encontraremos una explicación. Tenemos personal que cobra especialmente para eso, ¿no es cierto? Además, están muy bien pagados. Si se les antoja pueden atribuirlo a un fallo en las comunicaciones, me importa un comino. Lo primordial es no revelar la parte iraquí del asunto, por lo menos hasta que sepamos exactamente de qué se trata.

–Haré cuanto esté en mi mano, Geoffrey.

–Hará más que eso –ordenó, mientras hacía girar su silla–. Dígame, Tolliver, ¿qué sabemos del quinto hombre?

–Pues... estamos relativamente seguros de que llegó a la casa con al-Rikabi.

–¿Otro iraquí?

–Esta mañana he mantenido una conferencia de media hora con Willi Seghers, del *Bundesamt für Verfassungsschutz* alemán. Como usted bien sabe, se les ha otorgado a los alemanes la responsabilidad global en Europa para controlar a los grupos terroristas de Oriente Medio. Seghers tiene la certeza de que un importante terrorista de Hizbolá salió ayer del Líbano, y pasó por Amsterdam de camino al Reino Unido. No conocen todavía su identidad, ni su destino definitivo. Sin embargo, todo parece indicar que salió poco después de un sermón pronunciado por Sayyid Muhammad Husayn Fadlullah, jefe religioso de Hizbolá en el Líbano. Al parecer, uno de los rehenes secuestrados en Castletown es el jeque Mu'in Usayran, uno de los principales colaboradores de Fadlullah. Se supone que Usayran se desplazó a Irlanda con el nombre de Hajj Ahmad al-Madani.

»Seghers opina que el individuo que salió ayer del Líbano ha sido mandado a Irlanda para rescatar a Usayran. Cuando supe que un chiíta iraquí, estrechamente vinculado con Hizbolá, había sido encontrado muerto en Belfast, llegué a la conclusión de que nuestro quinto hombre podría ser el terrorista libanés.

Willoughby sonrió. Le gustaba el ángulo libanés. Alejaría la atención de Irak. Tal vez podrían incluso declarar que al-Rikabi era libanés, en lugar de iraquí.

–Gracias –dijo–. Señor Tolliver, me gustaría hablar un momento con usted en privado.

En cuanto los demás se marcharon, Willoughby sirvió dos copas de whisky y le ofreció una a Tolliver.

–¿Qué efecto tiene esto en Scimitar? –preguntó.

Tolliver respiró hondo antes de responder.

–Podría estropearlo todo. Harker debe asegurarse de mantener el asunto bajo control en la república. Yo regresaré inmediatamente a Londres y empezaré a dar pasos. Debemos lograr que Hizbolá acepte, antes de que sea demasiado tarde. De lo contrario...

–De lo contrario somos todos hombres muertos, señor Tolliver.

CUARENTA Y TRES

Dublín
09.17 horas

–Liam, quiero que te pongas inmediatamente en contacto con Harcourt Street. Diles que una banda de hombres armados está a punto de atacar las oficinas gubernamentales de Merrion Street. Dales esta dirección y asegúrate de que aparece en sus ordenadores –dijo Declan, antes de dirigirse al próximo escritorio–. Grainne, llama a todos los coches patrulla de la zona central de Dublín. El mismo mensaje: un ataque a oficinas gubernamentales. Asegúrate de que crean que procede del cuartel general.

–Los guardias de los coches no irán armados. Si se enfrentan a los SAS...

–Harker no es imbécil. No puede permitirse un tiroteo a estas alturas. Sus hombres tendrán órdenes muy específicas de retirarse. Están muy bien entrenados. Adelante con el mensaje.

–¡Señor! –exclamó Dominic Lawlor, que vigilaba los monitores de seguridad que cubrían los niveles superiores.

–¿Qué ocurre?

Declan se acercó corriendo al conjunto de pequeños monitores de un circuito cerrado de televisión que mostraban imágenes de la tienda y del nivel superior del refugio. En dos de los monitores vio a unos hombres vestidos de negro, encapuchados y con máscaras de gas, junto a la puerta interior que les conduciría al primer piso del refugio. Era exactamente como una repetición de lo sucedido en Castletown House. Pero en esta ocasión estaba preparado.

–¿Está esa puerta asegurada?

–Sí, señor.

–¿Cuánto tardarán en forzarla?

–Depende de lo que utilicen. Dos o tres minutos a lo sumo.

Eso significaba que pronto llegarían al primer nivel. El equipo de Declan todavía necesitaba tiempo para reunir los instrumentos y ficheros esenciales, además de destruir todo el material sensible, antes de emprender la retirada. Habían despachado ya a los conductores, para que prepararan las furgonetas en las que abandonarían Dublín junto con su material. El refugio tenía una salida de emergencia que sólo conocía el primer ministro. Pádraig Pearse había informado personalmente a Declan acerca de la misma, y confiaba en que Ciaran Clark no conociera todavía su existencia.

Declan miró de nuevo el monitor. Dos hombres habían empezado a cortar la puerta de acero con sopletes portátiles. Sólo tenían que cortar alrededor del cerrojo y estarían dentro. Levantó un micrófono cercano y pulsó el botón de su base.

–¡Atención! Ésta es una zona prohibida. Están penetrando en una instalación gubernamental sin la debida autorización. No tienen permiso para entrar en este sector. Les ruego que se pongan inmediatamente en contacto con su comandante.

Dos de los componentes del equipo de los SAS se consultaron apresuradamente, mientras un tercero parecía hablar por un micrófono incorporado a su máscara con alguien en el exterior del edificio. Entretanto, habían dejado de cortar la puerta. Declan calculó que ganarían un minuto con la distracción.

Maire O'Brien se asomó a la puerta de la salida oculta.

–Las furgonetas están listas –dijo.

Declan asintió y le indicó que se dispusiera a marcharse.

–Escuchadme todos –anunció Declan–, ha llegado el momento. Nos reuniremos de nuevo en el punto de encuentro.

El equipo británico había empezado a cortar la puerta de nuevo. En el interior, dos hombres de Declan cubrían la puerta con rifles de asalto. Serían los últimos en marcharse.

El resto del equipo se apresuró por el estrecho túnel de emergencia, que cruzaba tres calles bajo tierra, hasta emerger en un aparcamiento subterráneo en una travesía de Baggot Street. Un monitor indicaba que en el exterior el tráfico era perfectamente normal.

–¡Señor Carberry, han abierto el cerrojo!

–Bien, salid de aquí –respondió Declan, al tiempo que empujaba a Dominic por el umbral de la puerta.

En el monitor vio que el equipo de asalto tomaba posiciones. Uno de ellos preparaba granadas de fogueo. Los demás iban armados hasta los dientes.

–¡Retroceded! –ordenó Declan, para que los dos guardias de la puerta penetraran en el túnel.

La puerta se abrió con el estallido de una granada, seguido de un brillo cegador. Declan, que llevaba tapones en los oídos y se había cubierto los ojos, esperó un segundo y pulsó un botón. Cuando el pasillo que les separaba de la puerta estalló en llamas, corrió a la salida, cerró la puerta a su espalda y echó el cerrojo.

CUARENTA Y CUATRO

Craigpatrick, cerca de Mountshannon
Condado de Clare
Viernes, 21 de septiembre
14.25 horas

Craigpatrick era la residencia veraniega de Pádraig Pearse Mangan, a unos cuarenta kilómetros al este de Ennis, la capital del condado, en la orilla oeste de Lough Derg. Era una zona turística, a la que acudían personas adineradas para cazar, pescar y torturar la fauna silvestre, o simplemente para pasear por el lago. La casa de Pádraig Pearse, aunque elegante, era un pequeño refugio que el ex primer ministro había ordenado construir al principio de su carrera política, fácilmente accesible desde su distrito electoral de Limerick. Estaba situada a pocos kilómetros de Scarriff, el pueblo donde había nacido y en el que se había criado. Eso le permitía recibir cómodamente a los periodistas, antes de dar un paseo por el pintoresco paisaje y mostrarles la casa de dos habitaciones de sus padres, como si perteneciera todavía a la familia.

Declan y Concepta siempre habían dispuesto de la casa de Craigpatrick, y cuando Máiréad era pequeña solían pasar en ella vacaciones y fines de semana. En los últimos años, las necesidades políticas de Pádraig Pearse habían superado todas las demás consideraciones y habían convertido la casa en inaccesible durante largos períodos, pero Declan tenía todavía la llave.

Como estaba previsto, el equipo se reunió en un bar de Ennis. Cuando estuvieron todos, las furgonetas se dirigieron una por una a Craigpatrick. Todas habían logrado abandonar Dublín sin que nadie las siguiera. Perseguir un vehículo por las desiertas carreteras rurales irlandesas supone todo un reto incluso para el sabueso más experimentado. Declan estaba seguro de que Harker, de momento, les había perdido. Con un poco de suerte, podrían seguir trabajando unos días antes de que fuera necesario trasladarse de nuevo. Si se daba el caso, pensó, podrían ocultarse en el Burren, un páramo desierto y rocoso en el norte del condado, plagado de grutas y cavernas, que era la zona más inhóspita de Irlanda.

Declan se había quedado un coche para su uso personal. Mientras los demás se dirigían a Craigpatrick, condujo a Mountshannon para hablar con Norah O'Shea, el ama de llaves de Pádraig Pearse. Sabía que pasaba por la casa por lo menos una vez al día, para limpiar y cuidar de la calefacción.

Le recibió como a un viejo amigo de toda confianza, pero debajo de la superficie detectó la angustia de alguien temeroso de que la tragedia penetre de nuevo en su vida. Antes de trabajar para Mangan, su marido y sus dos hijos habían perecido ahogados. Desde entonces, había reconstruido hasta cierto punto su vida, en base al respeto que inspiraba en Mountshannon y sus alrededores el hecho de ser el ama de llaves del primer ministro. Ahora su situación era claramente incierta. Hasta hacía veinticuatro horas, trabajaba para el primer ministro de una nación pequeña, pero independiente. Ahora no sabía qué descubriría en el próximo boletín de noticias, ni si se presentarían cargos contra ella y la mandarían a la cárcel.

Declan le habló cautelosamente, e hizo hincapié en su cargo como jefe de la división de elite de la policía. Mientras Ciaran Clark no dictara una orden de detención contra él, Norah O'Shea no tenía por qué saber cuál era realmente su situación.

–Necesito su cooperación, señora O'Shea –dijo Declan, como si se tratara de uno de los informes privados, que tanto le habían encantado a ella en otra época, cuando Pádraig llegó por primera vez al poder–. No es preciso que le explique que mi cuñado tiene graves problemas. Ya lo habrá oído por la radio.

–Es terrible, señor Declan, terrible. Estoy segura de que el pobre hombre debe de sentirse muy apenado, con lo cuidadoso que es él para esas cosas. Su hermana estará con él, ¿no es cierto? Y después de todo lo que les ha ocurrido, a ella y a usted. Que Dios nos ampare.

–Ella está en el campo con su familia, señora O'Shea, y estoy seguro de que Pádraig se reunirá con ella cuando las circunstancias se lo permitan. Pero puedo asegurarle que estoy convencido de que Pádraig Pearse es inocente. Ésa es la razón por la que he venido, para llevar a cabo una investigación secreta a fin de establecer la verdad. Estoy seguro de que descubriremos que todo ha sido una maquinación, de principio a fin. Y ahí es donde necesito su cooperación.

–Por supuesto, señor Declan, sabe que cooperaré en todo lo que me pida. ¿Vendrá también él personalmente?

–No, a Craigpatrick no. Todavía no puede abandonar Dublín. Todo depende de esta investigación. Si logro obtener la prueba que busco, el señor Mangan será libre. El problema está en que esta operación es extraoficial y debe permanecer en el más absoluto secreto. Si se divulgara el más mínimo rumor de que estoy aquí con un equipo de investigadores... –Hizo una significativa pausa, para dejar que llenara el resto con su imaginación–. Digamos que Pádraig Pearse tiene enemigos políticos, hombres que utilizarían incluso mi presencia aquí contra él –prosiguió–. Después de todo, soy su cuñado y no tardarían en inventar también algo contra mí. Eso significa que no debe revelarle absolutamente a nadie mi presencia.

La señora O'Shea asintió vigorosamente. En realidad era su obligación ser discreta y no sería la primera vez que guardaba el secreto respecto a los visitantes de la casa.

–No diré una palabra, puede estar seguro de ello.

–No me cabe la menor duda. Pero hay otro asunto en el que necesito su ayuda. Necesitamos provisiones durante nuestra estancia. Si yo fuera a Mountshannon o a Whitegate a comprar comida, me reconocerían. ¿Cree que podría comprar lo necesario en distintos establecimientos, para no llamar la atención? Esta tarde le mandaré a un miembro de mi equipo para que la acompañe. Si alguien pregunta, dígales que Concepta ha llegado inesperadamente con unos amigos para pasar unos días de vacaciones.

Había ocurrido con suficiente frecuencia en el pasado para que pareciera perfectamente factible. Declan fijó una hora y dijo que mandaría a Grainne Walsh.

–Que Dios le bendiga, señor –dijo la señora O'Shea cuando Declan ya se retiraba–. Estas últimas semanas he pensado en usted y en la señora Carberry. Su hija era la niña más encantadora que haya pisado esta tierra.

Le impidió que siguiera hablando, antes de que fuera demasiado doloroso. Estar allí era ya bastante difícil para él. Craigpatrick estaba tan cargado de recuerdos como un baúl.

–Señor Declan, sé que llegará al fondo de esta cuestión. Si habla con el señor Mangan, no olvide decirle que pienso en él. Anoche le encendí una vela en la iglesia y hoy volveré a hacerlo. Dígaselo.

CUARENTA Y CINCO

Belfast
Viernes, 21 de septiembre
19.40 horas

Seán Tobin dio por finalizada la jornada del «hombre amarillo». Había aprendido a vivir como dos personas, a mantener sus identidades tan separadas como su cordura lo permitiera. Para ser eficaz como confidente, debía serlo también como agente del servicio secreto. Un error en una de sus vidas afectaría irremediablemente la otra. Esta noche escucharía atentamente y trataría de obtener la información de mayor utilidad que comunicaría a los supervisores del IRA para demostrar que cumplía con su obligación. Ellos, a su vez, como prueba de su confianza, le facilitarían detalles de algunas operaciones ya realizadas o en período de planificación, parte de los cuales se los transmitiría a Tommy Maguire.

Lo peliagudo era que había llegado a confiar en el protestante, incluso a gustarle. En el fondo eran muy parecidos. A ambos les gustaba el fútbol, los dardos y el billar; los dos tenían un hijo de siete años y otro de ocho; miraban casi los mismos programas de televisión; tenían incluso parientes en común, una pareja mixta que vivía en Inglaterra: él era primo de Tommy y ella sobrina de Seán.

Entró en el bar y se encaminó directamente a la barra. De una pared colgaba un retrato de Máiréad Farrell, una activista del IRA muerta en Gibraltar en 1988, enmarcado con las banderas de la república y las de las cuatro provincias. Estaban todos allí, todos sus viejos amigos, a los que conocía desde la infancia. Todos sabían que pertenecía al IRA, pero sólo unos cuantos imaginaban el cargo que ocupaba. Algunas cosas era preferible ignorarlas. Además, desde el riguroso reajuste de las células, uno no podía estar nunca seguro de que el individuo que estaba al otro lado de la mesa, con quien de pequeño había arrojado piedras a los soldados, no perteneciera también al IRA.

Jimmy McMenemy estaba en su acostumbrada mesa del fondo, consumiendo, al parecer, su tercera Guinness. Seán cogió su propia cerveza, una Murphy's, y se le acercó. Sabía que Jimmy iría armado. Desde su silla veía perfectamente la puerta y, lo que es más importante, a cualquiera que entrara por la misma. Aquí, como en todas las zonas republicanas, lo que más se temía era que se detuviera frente a la puerta del bar o del club un coche lleno de realistas, con sus armas automáticas cargadas, y empezaran a disparar. Ninguna cámara de seguridad podía impedir su veloz llegada, el rápido tiroteo y la inmediata huida. No sería la primera vez, ni la última.

La misión de Jimmy McMenemy consistía en detectar el tiroteo antes de que se iniciara. Se sentaba todas las noches frente a la puerta con su pistola a mano, pero cuando se había tomado sus dos o tres litros de cerveza, era dudoso que reaccionara debidamente si de pronto aparecía una pandilla de pistoleros enmascarados.

Seán se sentó junto a él.

–Hola, Jimmy. ¿Has visto a Patrick esta noche?

–Hace un rato estaba aquí. Se dice que hay problemas después de lo de anoche.

–Sí, ya lo sé. Yo también tengo que ver a unas cuantas personas. Andy McAteer ha dicho que vendría más tarde. Su hija menor está enferma.

–Eso he oído. ¿Está en el Royal?

–Ha ingresado esta mañana. Le están haciendo un reconocimiento.

–¿No saben lo que tiene?

Seán movió la cabeza.

–Se puso enferma anoche y cuando ha ido esta mañana el médico a visitarla, la ha mandado directamente al hospital. He visto a Andy este mediodía. Le preocupa que sea algo grave.

–Lo siento. Es una niña muy maja.

Jimmy tomó un buen trago de Guinness, que le dejó un bigote de espuma blanca sobre el labio superior.

–Hablando de niñas, ¿cómo está Bridget?

Bridget Noonan era la novia de Seán. Hacía tres años que vivían juntos y pensaban casarse en primavera. Tenían ya una hija, de la que Seán se sentía extraordinariamente orgulloso. Ellas hacían que su vida valiera la pena.

–Estupendamente. Esta noche ha salido con su hermana. Creo que a visitar unas amigas. Puede que pasen por aquí más tarde.

Se les acercó un hombre alto llamado Barley O'Brien, con un doble de Bushmills en una mano y un ejemplar de *An Poblacht* en la otra.

–Excelentes noticias sobre lo de anoche –dijo–. Dieciséis soldados muertos. Uno acaba de entregar su vida a Inglaterra hace media hora.

–¿Ha confirmado alguien quiénes de nuestros muchachos estaban allí anoche? –preguntó Seán.

–Suponía que tú lo sabrías –respondió Barley.

–¿Por qué lo dices? –replicó Seán, que no confiaba plenamente en Barley y nunca le habría confesado abiertamente que era el oficial de información de la brigada de Belfast, ni siquiera que perteneciera al IRA.

–Lo sabes perfectamente –dijo Barley.

–He oído que los soldados mataron a Con McKearney y Dezzy McCormick –respondió Jimmy–. Aunque parece increíble.

–Es más que increíble –agregó Barley–. Yo he oído que encontraron a un tercer hombre muerto en la casa.

–Debió de ser muy bueno –dijo Jimmy–. Con McKearney era un tipo duro, pero nunca fue tan bueno. Y en cuanto a Dezzy...

En aquel momento se abrió la puerta y entraron dos individuos elegantemente vestidos. Todo el mundo se puso visiblemente incómodo. Jimmy metió la mano debajo de la mesa. Al otro lado de la sala, otra mano pulsó un botón.

Los forasteros miraron atentamente a su alrededor, sin preocuparse por la tensión que habían provocado. Uno de ellos vislumbró al pequeño grupo en la mesa de Jimmy, le susurró algo a su compañero y ambos se acercaron.

–Por fin te encontramos –dijo el primero, dirigiéndose a Seán, sin prestar atención a los otros dos.

Hablaba con un acento inglés educado, pero no afectado. Su compañero se reunió con él al cabo de un momento.

–Hola, Seán –dijo–. Algunos de tus viejos amigos desean verte. Tenemos un coche en la puerta –agregó antes de mirar a Jimmy–. Ni se te ocurra. A no ser que desees reunirte con el desafortunado Con McKearney.

Había algo en su tono y actitud que le aconsejó a Jimmy no arriesgarse. Alguien llegaría en un abrir y cerrar de ojos, y dejaría que se ocupara de la situación. Miró a su alrededor. Era preferible salir de allí antes de que empezara el tiroteo.

–Vamos, Seán –dijo el primero–. Tommy Maguire te espera. Dice que le prometiste cierta información respecto a lo de anoche.

Seán miró a su alrededor. Todas las miradas del bar estaban clavadas en él y todas eran hostiles. Los forasteros no pertenecían al ejército, cualquier imbécil podía verlo, lo cual dejaba pocas posibilidades. Además, todos sabían que los servicios secretos británicos no detenían a gente por las calles o en los bares para someterla a un interrogatorio rutinario.

Seán se puso de pie. Tenía las piernas entumecidas y le daba vueltas la cabeza. Los individuos de traje gris acababan de matarle, con la misma seguridad que si le hubieran pegado un tiro en la cabeza.

CUARENTA Y SEIS

Centro de detención del MI5
Malone Road
Belfast
21.10 horas

Willoughby entró sigilosamente en la sala, como un felino inquieto al acecho de una presa. Le acompañaba un halo indefinible de autoridad implícita. Si hasta ahora hubiera habido alguna duda respecto a quién mandaba, su llegada la disipó por completo. Había dedicado toda su vida a aprender cómo imponerse sin levantar la voz, sin usar ropa llamativa, ni invocar reglas triviales.

No era una sala agradable ni pretendía serlo. Oficialmente no existía; extraoficialmente, era conocida por los miembros del servicio de seguridad de Irlanda del Norte como «el ataúd». No tenía ventanas, sus paredes estaban pintadas de negro y el techo era un espejo, como el de la habitación de un prostíbulo. Una analogía superficial podía haber inducido a confundir la casa con un burdel, a los agentes que la ocupaban con unos chulos, y a los confidentes que utilizaban con unas prostitutas. Pero eso habría sido un grave error.

Lo que ocurría allí no tenía nada que ver con prostitución y sí con un juego de apuestas. Apuestas duras y fanáticas que conducían al desastre total y si era preciso a la muerte. Los hombres, y ocasionalmente algunas mujeres, apostaban por un deporte de sangre, que se practicaba a lo largo y ancho de toda la provincia, y a veces más allá de la misma. Unas veces ganaban, otras perdían, pero todos seguían arrojando los dados hasta que una bomba o una bala los eliminaba literalmente del juego.

Tobin estaba sentado en el suelo, con la espalda apoyada en la pared y la mirada de alguien que hubiera visto al fantasma de su padre. Sólo llevaba puestos unos calzoncillos. Así, desnudo, su piel era pálida, granulosa y de aspecto enfermizo. Sentado en una silla cerca de él estaba Malcolm Blake, jefe de la unidad de interrogatorios de Willoughby. Habían pasado juntos una hora. Generalmente eso sería sólo el principio, pero Blake sabía que esta noche su jefe quería resultados y había presionado a Tobin tanto como había podido, hasta ahora en vano.

–Gracias, Malcolm –dijo Willoughby–. ¿Por qué no se prepara una taza de té? Debe de estar cansado. Me gustaría hablar en privado con el «hombre amarillo».

Blake miró a Willoughby, luego a Tobin y a continuación de nuevo a su jefe.

–¿Está usted seguro? Me refiero a que no está todavía en condiciones.

–No se preocupe, Malcolm, lo estará –sonrió, con la mirada fija en el individuo del suelo–. ¿No es cierto, Seán?

Tobin no respondió. Blake se encogió de hombros y abandonó la estancia. Podía ver lo que sucedía desde la habitación adjunta. Willoughby se acercó a la silla, la giró y se sentó con los brazos apoyados en el respaldo.

–Dime, Seán, ¿cómo te ha tratado Malcolm?

Tobin siguió con la mirada sombría en el suelo.

–Vamos, Seán. Por lo que tengo entendido, no era preciso presionarte para que hablaras. Solías ser espontáneo.

Tobin levantó la cabeza. No sabía quién era Willoughby, ni le importaba. Pero reconoció inmediatamente que formaba parte de la cúpula. Era el personaje de mayor rango con el que se había encontrado y, por ello, el más peligroso.

–Quiero hablar con Tommy Maguire –dijo–. Nos conocemos. Siempre he tratado con él.

Willoughby movió la cabeza en sentido negativo.

–No es una buena idea, Seán. Ahora hemos ido mucho más allá, más allá de Tommy Maguire y su calaña. Ahora estás en manos de los grandes, Seán. El juego ha cambiado de reglas. Créeme, yo soy tu única esperanza de salir vivo de esta situación.

Tobin levantó la cabeza para mirarle. La desesperación confería a su rostro un aspecto grotesco.

–¿De qué coño está hablando? Esta noche, sus jodidos gorilas han entrado en el bar como si fueran los dueños del local, me han llamado por mi nombre, y han dicho que querían información.

Maldita sea, eso equivale a proclamar a gritos que soy un confidente.

–Eres muy listo, Seán. Precisamente de eso se trataba. Estoy muy enojado, Seán, y ansioso. Anoche ocurrió algo que ha alterado todo el equilibrio. ¿Qué se dice en esas circunstancias? «Todos los acuerdos quedan anulados», según tengo entendido. Tu expediente está cerrado. En lo que a mí concierne, has dejado de existir. Estás muerto. Nunca volverás a ver a tu compañera Bridget. A tu hija se le dirá que has fallecido. Es bastante probable que, cuando tus amigos del bar divulguen la noticia de tus actividades extraoficiales, ciertas personas bastante desagradables formulen a Bridget preguntas muy comprometedoras. No creo que sus perspectivas sean muy halagüeñas.

Tobin no respondió. Sabía perfectamente que el hombre del traje a rayas se limitaba a decir la verdad. Le miró e intentó descifrar su destino en su rostro impasible e inexpresivo.

–Me han matado –dijo–. Han cometido un asesinato. Espero que se sientan felices. Siempre hice lo que querían, nunca les engañé. Tommy y yo teníamos un trato, y ustedes lo han roto. Debería haber sabido que no se podía confiar en los malditos ingleses.

–Escúchame, Seán, lamento muchísimo la forma en que han evolucionado las cosas. En serio. Me gustaría haber seguido utilizándote. Has sido muy útil en el pasado y estoy seguro de que habrías seguido siéndolo en el futuro. Tommy Maguire siente un gran respeto por ti. Todos lo sentimos. El «hombre amarillo» es para nosotros un personaje legendario.

Willoughby hizo una pausa para observar al hombre del suelo. Tenía la sensación de poder pisotearle, levantarle de un puntapié. Y eso, en cierto modo, era lo que hacía.

–Lamentablemente, Seán, las cosas no se han desarrollado como estaba previsto. Como ya te he dicho, después de lo de anoche se han anulado todos los pactos. Fue excesivo, más allá de todos los límites, y sabes tan bien como yo que ya nada puede volver a ser como antes. Quiero que me cuentes todo lo que sepas respecto a lo sucedido anoche. Dime la verdad y pasarás cómodamente el resto de tu miserable vida. Intenta engañarme y volverás al bar con un cartel alrededor del cuello. Te aconsejo que aceptes mi oferta. Sólo un demente la rechazaría. Pero...

Miró fijamente al perro de Tommy Maguire, tristemente acurrucado con unos calzoncillos sucios, en un suelo frío y poco acogedor. Willoughby consideraba degradante haber pasado tanto tiempo a lo largo de su vida en lugares parecidos con seres como Tobin. La jubilación le resultaba más atractiva que nunca. Y más lejana que veinticuatro horas antes.

–Pero hay algo que debes comprender, Seán. Dispones exactamente de tres minutos para decidirte. Lo siento, pero no puedo perder más tiempo contigo. Tengo otras obligaciones más importantes que la de salvar la vida de un confidente. Aprovecha esos tres minutos, Seán.

Willoughby se dirigió a la puerta.

–No me ha dicho su nombre –protestó Tobin–. Necesito conocer su maldito nombre.

–Lo comprendo, Seán, pero ahora no hay tiempo para cumplidos. Malcolm volverá dentro de unos minutos con un magnetófono.

Tres minutos no es mucho. El tiempo necesario para hervir un huevo, escuchar una canción popular o correr un par de kilómetros, pero no para tomar una decisión de vida o muerte. No obstante, Seán Tobin había dispuesto de mucho tiempo en el pasado para reflexionar sobre lo que Willoughby le exigía ahora. Siempre había sabido que algo semejante le podía suceder y que, llegado el momento, no tendría mucho donde elegir.

Se abrió la puerta y entró Blake. Llevaba una pequeña pistola automática en la mano y Seán sabía que la utilizaría si no obtenía la cooperación que esperaba. Soltar de nuevo a un confidente conocido suponía un riesgo excesivo. Los confidentes obtenían información de ambos lados, y un buen interrogador del IRA lograría sonsacarle detalles útiles a un confidente veterano como el «hombre amarillo» si se brindaba la oportunidad. Era preferible hacer aquí lo necesario, arrojar luego el cadáver a la calle y denunciarlo como otra ejecución del IRA.

–Bien, Seán, ¿has reflexionado?

–Cumplirá su palabra, ¿no es cierto? ¿Se puede confiar en él?

–¿Quién? ¿Mi jefe? Es insuperable. No encontrarías a nadie más honrado que él.

–Tengo que creerle, ¿no es cierto? No tengo otra alternativa.
–Bien. Me alegro de que lo comprendas. Y ahora no perdamos el tiempo.
–¿Puede darme una silla?
–Luego. Cuando terminemos tendrás todo lo que quieras. Ahora, sin apresurarte, cuéntame todo lo que sepas.
Tobin cerró los ojos. Intentó imaginar playas soleadas, pero lo único que lograba visualizar era un callejón lúgubre entre casas oscuras. Y lo único que oía eran disparos en la lejanía, breves y desgarrados.
–La unidad de servicio activo que llevó a cabo la misión de agosto –empezó a decir–, la que mató a su personal, ha sido reactivada al otro lado de la frontera, en Monaghan. No sé exactamente dónde, se lo juro. Maureen O'Dalaigh se ha desplazado allí para hacerse cargo de la misma. Y se ha llevado a alguien con ella, a un hombre, un extranjero. Estaba aquí anoche. Ambos estaban aquí.

Pasaron juntos una hora, la hora más larga en la vida del «hombre amarillo». A éste le supuso un gran alivio contarle al inglés todo lo que sabía, desahogarse plenamente, por los siglos de los siglos. Aquélla era la última vez, la última traición, la última hazaña en su carrera. Mañana Seán Tobin iniciaría una nueva vida, con otro nombre. No le importaba el lugar, a condición de que Bridget y su hija estuvieran con él, y de que hablaran inglés. Se rió con ironía. Después de luchar durante tanto tiempo para expulsar a los ingleses, ahora quería desesperadamente hablar su maldita lengua. Claro que con el irlandés no se podía ir muy lejos, ni siquiera en Irlanda.
Blake le dejó donde le había encontrado, en aquella habitación fría y oscura, con sueños de espacios abiertos y de la playa de Bondi. Willoughby le esperaba en la sala adjunta, desde donde había observado el proceso a través de un espejo unidireccional.
–Buen trabajo, Malcolm. Creo que tenemos suficiente. Basta por esta noche. Por lo menos en lo que concierne a esta parte. Tendremos que organizar una operación para encontrar a la unidad de servicio activo antes de que abandonen Monaghan. Si es necesario cruzar la frontera, hay que procurar que nuestros

muchachos recorran la menor distancia posible. Lamento no poder participar personalmente, me encantaría verlo todo.

–Puedo decirles que lo graben en vídeo para usted. Por lo menos el tiroteo.

Willoughby movió la cabeza.

–Demasiado morboso, Malcolm. Y además arriesgado. Si algún día cayera en malas manos... No, me limitaré a escuchar lo que me cuenten y me lo imaginaré a mi manera.

–Como usted mande. Me aseguraré de que el trabajo se realice debidamente.

–Más le vale. Lo de anoche, aunque terrible y muy doloroso, fue con el ejército. Ahora es personal.

–Le doy mi palabra, señor. Se hará un buen trabajo. Y nos aseguraremos de que sepan lo que les ha caído encima y quién lo ha hecho.

–Asegúrese de ello. A propósito, Malcolm –dijo mientras gesticulaba en dirección a la sala donde se había efectuado el interrogatorio–, resuelva eso antes de empezar.

–¿Todos los pactos siguen cancelados, señor?

–Efectivamente.

–Se le han hecho ciertas promesas. Tenemos la responsabilidad moral...

–No existe tal cosa. Ese término carece de significado. Nadie tiene responsabilidad alguna respecto a un terrorista. Si sale de aquí, aunque sea con otro nombre, podrá causar daños irreparables. Conoce nuestro especial interés en la unidad de servicio activo de Conor Melaugh. Sabe o sospecha que las personas a las que mataron en Malone House pertenecían al MI5. Y puede que incluso sepa por qué fueron asesinadas. Eso significa que todavía dispone de información para negociar. Cabe incluso la posibilidad de que acuda a la prensa, a algún periódico de Sydney que no sienta ninguna responsabilidad por los secretos de estado británicos.

»Es preferible que le encuentren donde pertenece, en alguna calleja del oeste de Belfast. Comprometerá ligeramente al IRA provisional y nos brindará un poco de buena propaganda sobre la forma como tratan a su propia gente.

Blake se sacó la pequeña pistola del bolsillo y se aseguró de que no tuviera el seguro puesto.

–¿Qué hacemos con la mujer, señor, Bridget Noonan? La tenemos todavía en el fondo del pasillo. ¿Merece la pena? ¿O la mando a que prepare el equipaje?

Willoughby reflexionó unos instantes.

–No, ocúpese también de ella. Para mayor seguridad.

Blake asintió y abrió la puerta. El director permaneció donde estaba, soñando, no con las pérdidas de las colonias, sino con una casa cerca de Fowey con vistas al mar. Ni siquiera el primer disparo trastornó su sueño.

CUARENTA Y SIETE

23.12 horas

Yacía acurrucada en el catre de su celda, escuchando los aullidos del vendaval que azotaba de un extremo a otro la isla, para alejarse de nuevo hacia el seno del Atlántico. Las olas tormentosas golpeaban las rocas, como si pretendieran demolerlas. Sabía que estaban en una isla de la costa occidental, aunque no conocía su nombre, ni habría significado nada para ella aunque lo supiera. No era más que una roca desierta al borde del gran océano, por la que sólo un ermitaño o un fanático podía sentirse atraído.

El fanático que los tenía allí cautivos se había autodenominado el cordero de Dios, pero a ella se le ocurrían otros calificativos mucho menos halagadores. Después de la sesión en la que les había amputado las manos a aquellos pobres hombres, había hablado con ella. Le había contado que tenía el poder de soltarla cuando ella quisiera. No se lo había deletreado, pero era fácil imaginar el precio que debía pagar por ello. Le resultó deprimente que fuera tan previsible, tan vulgar, que incluso alguien que se consideraba el hijo de Dios fuera incapaz de soñar con algo más original.

Aquella noche estaba demasiado afligida incluso para responderle. Ahora, mientras escuchaba la tormenta, pensaba en lo mismo que le había preocupado durante todo el día: ¿estaría dispuesto a soltar a algunas de las otras mujeres a cambio de las atenciones que pretendía de ella?

La idea le repugnaba. Pero el estado de algunas de las mujeres era deplorable y empeoraba. Lo importante era salir cuanto antes de aquella situación. Para que ella misma pudiera conseguir algo donde estaban, debía tener a su alrededor el menor número posible de personas vulnerables. Un par de mujeres habían aprendido a luchar, pero las demás habían pasado la vida tras muros y velos. En cuanto a los hombres, supuso que la situación era parecida.

El viento parecía tener la fuerza suficiente para levantar los edificios, con todo su contenido, y arrastrarlos al mar. Casi deseaba que lo hiciera. A veces, cuando amainaba un poco el viento, oía a una de las rehenes, una iraní llamada Nushin, que lloraba en la celda contigua. Y, más allá, los gemidos de uno de los hombres cuyas manos habían sido amputadas con tanta brutalidad.

¿Cómo había logrado alguien sobrevivir, pensaba, en aquellas áridas rocas durante largos y tormentosos inviernos, nutriéndose del mar y de un suelo casi estéril? Creyó que enloquecería si no cesaban los aullidos.

Acostada en la oscuridad, intentaba imaginar que su cuerpo no le pertenecía, que era el de otra entidad. Al igual que una prostituta, una monja o una cancerosa, se esforzaba por abrir un abismo entre ella misma y su propia carne, repudiar lo único que antes consideraba como su posesión verdadera. Yacía en la oscuridad como una piedra, mientras la tormenta arreciaba en el exterior. Yacía en la oscuridad y escuchaba, de un latido de corazón al próximo, a la espera de pasos que se acercaran a su puerta. Y permanecía inmóvil, sin haber decidido cómo reaccionaría.

CUARENTA Y OCHO

Craigpatrick
Sábado, 22 de septiembre
02.20 horas

Había sido un largo día. La mayoría del equipo se había dedicado a poner de nuevo en funcionamiento la operación, con las limitadas facilidades de que disponían. Habían conectado teléfonos, convertido mesas en escritorios y cómodas en archivos, e instalado prolongadores a partir de los escasos enchufes eléctricos de la casa, para los pocos aparatos que habían logrado llevar consigo. Los ordenadores estaban conectados a otros ordenadores, los módems instalados, y los faxes enchufados a la red con números falsos.

La señora O'Shea y Grainne habían recorrido a lo largo y ancho el condado de Clare para conseguir una cantidad adecuada de provisiones sin llamar la atención. El resultado era una despensa bien abastecida, dos rebosantes frigoríficos y un congelador cuya puerta apenas podía cerrarse. Parecía que se hubieran preparado para un asedio. A Declan le tiritaron los dientes al pensar en ello. No cabía descartar la posibilidad de que les sucediera.

Estaban todos cansados y varios miembros del equipo ya se habían acostado. Myles O'hUiginn estaba en la biblioteca, examinando libros por si encontraba algo útil y de vez en cuando distrayéndose con algún volumen completamente ajeno a la cuestión. Había conectado ya su ordenador a internet, que le facilitaba acceso a diversos bancos de datos internacionales.

Los que carecían de experiencia técnica se habían dedicado a escuchar los boletines de noticias británicos e irlandeses, por radio y televisión. En Craigpatrick había una antena parabólica que permitía captar la CNN y algunas cadenas europeas.

Aunque poco importaba lo que escucharan: todo eran malas noticias.

Ciaran Clark, el nuevo primer ministro, había admitido públicamente la captura de rehenes en Castletown House, pero insistía en que la situación estaba bajo control, que las investigaciones habían permitido descubrir varias pistas importantes, y que no tardarían en efectuarse detenciones. Era bastante probable que los rehenes fueran puestos en libertad sanos y salvos en un futuro próximo.

No se facilitaron los nombres de los rehenes. Ni Clark, ni el insípido portavoz que habló a continuación, y a quien nadie reconoció, hicieron referencia alguna a las exigencias de los secuestradores. Tampoco se mencionó la muerte del egipcio ʻAbd al-Halim ʻAbbud, ni la amenaza que pesaba sobre las vidas de los demás rehenes.

Se había cometido un atentado contra un autocar de turistas franceses en Luxor, en el alto Egipto, y una declaración de un grupo fundamentalista, el Jamaʻa Takfir wa ʼl-Hijra, alegaba que el ataque era una represalia por la toma de los rehenes. Una turista, una mujer de Niza llamada Madeleine Dubois, había fallecido y varias personas habían resultado heridas. La escolta policial del autocar había abierto fuego contra los asaltantes y había matado a dos de ellos. Nadie estaba dispuesto a facilitar ninguna razón por la elección de un grupo de turistas franceses, ni el Jamaʻa Takfir wa ʼl-Hijra había justificado la participación francesa en el secuestro de rehenes.

Proseguía la investigación de las finanzas personales de Pádraig Pearse Mangan. El ex primer ministro había hecho una declaración a través de sus abogados dublineses, Pluck y McCruiskeen, en la que negaba las acusaciones y prometía pruebas que demostrarían su absoluta inocencia.

Declan se despidió de los que todavía estaban despiertos y se fue a la cama. Le habían reservado la habitación de Pádraig Pearse aunque, dadas las circunstancias, parecía de mal agüero acostarse en su cama. Se quedó profundamente dormido casi de inmediato. En sus sueños, estaba de nuevo en el Líbano, persiguiendo a un hombre cuyo rostro permanecía invisible. Mientras corría, oía en todo momento la voz de Amina que le llamaba, pero no distinguía sus palabras.

De pronto estaba completamente despierto. Durante varios segundos, no sabía quién era. Había alguien junto a él en la oscuridad.

–Señor Carberry, tenga la bondad de levantarse.

Era Dominic Lawlor, en ropa interior.

–¿Qué hora es? –refunfuñó Declan.

–Las cinco y diez. Hay una llamada de Dublín. Quieren hablar con usted.

–¿Conmigo? ¿Quién diablos llama a estas horas?

–No lo sé, señor. Lo siento. No ha dicho su nombre. Pero dice que es urgente. Asunto de vida o muerte.

–Ojalá esté en lo cierto.

Declan hizo un esfuerzo para levantarse de la cama. Hacía un frío terrible en la habitación, desprovista de calefacción. En el exterior, la tormenta empezaba a amainar.

El teléfono estaba en el estudio de Mangan, lo cual significaba que la llamada se había efectuado al número privado del primer ministro que no figuraba en la guía. Declan, con unos pantalones y una manta sobre los hombros, se sentó en un sillón junto al escritorio y levantó el auricular.

–Carberry –dijo, mientras pensaba en la suerte que necesitaría después de aquello para no tener una jaqueca.

–Cielos, señor Carberry, le aseguro que he tardado más de una hora en localizarle.

Era la voz de Seamus Cosgrave, el confidente de Declan.

–¿Seamus? ¿Eres tú? ¿Cómo diablos has conseguido este número?

–Me lo dio usted mismo hace uno o dos años. Usted estaba de vacaciones, y yo necesitaba poder ponerme en contacto con usted en caso de una emergencia. Y lo de ahora, señor Carberry, es una gran emergencia. Si no me ayuda, no cabe la menor duda de que soy hombre muerto.

Cosgrave hablaba con rapidez, sin hacer ni una breve pausa entre las palabras. Cuando respiraba, lo hacía de forma entrecortada. Declan sabía que no habría llamado sin una causa justificada. Se podía tildar a Cosgrave de muchas cosas, pero no de alarmarse con facilidad.

–¿Qué sucede, Seamus? ¿Qué clase de peligro te acecha? Te han descubierto, ¿es eso?

–¿Descubierto? Cielos, estoy completamente desconcertado. Me he enterado accidentalmente de algo que no debería haber averiguado y me he asustado.

–¿Te persiguen?

–Sí, no me cabe la menor duda. Usted dijo que me ayudaría si esto llegaba a suceder. Debe protegerme. Teresa se sube por las paredes, ha perdido la razón. También se lo harán pagar a ella si creen que lo sabía y me encubría. Usted lo sabe, sabe que eso es lo que hacen. Señor Carberry, se lo ruego, sáqueme de este atolladero, de lo contrario soy hombre muerto y mis hijos se quedarán huérfanos. Usted dijo que me facilitarían una nueva identidad y dinero.

–Tranquilízate, hombre. ¿Dónde te encuentras ahora? ¿En tu casa?

–¿En mi casa? ¿Cómo podría estar en casa sabiendo que me buscan? Estoy en una cabina de Terenure.

–De acuerdo. Recoge a tu esposa e hijos. Llévalos a un lugar seguro y déjalos allí. Yo iré a Dublín y te recogeré. Tardaré un par de horas. Reúnete conmigo a las ocho delante de correos. Y no se te ocurra llegar tarde, yo tampoco puedo permitirme el lujo de deambular por las calles.

–Caramba, señor Carberry, ése es un lugar apropiado para recoger a alguien. Llevaré a mi familia a casa de mi hermana Christine. Allí estarán a salvo hasta que vaya a por ellos. ¿Nos llevamos ropa de verano?

–¿Cómo?

–Ahora es verano en Australia, ¿no es cierto, señor Carberry?

–Sí, estoy seguro. Seamus, olvida la ropa. Limítate a estar en correos a las ocho. Pero antes de colgar, ¿vas a decirme qué es eso que has descubierto accidentalmente, que no deberías haber averiguado?

Se hizo una pausa. En el fondo, Declan oyó el ruido de un coche que pasaba. Luego Seamus habló de nuevo.

–Claro, señor Carberry, pero sería un imbécil si se lo contara ahora. Es mi garantía. Es lo que le obligará a venir. Pero le diré una cosa, está relacionado con esos extranjeros que secuestraron hace unos días en Castletown.

–Seamus, esa información es muy importante. Puede que de

ella dependan vidas humanas. Estaré en correos suceda lo que suceda.

–Lo siento, señor Carberry. Pero está en juego mi vida, así como la de mi mujer e hijos. Nos veremos a las ocho.

Se oyó un clic cuando Cosgrave colgó el teléfono.

CUARENTA Y NUEVE

Ballybay
Sábado, 22 de septiembre
07.17 horas

Abu Hida colgó suavemente el teléfono. No dejaba de asombrarle la facilidad de las comunicaciones modernas. Grandes ciudades se desintegraban, países enteros se derrumbaban, se aniquilaban niños sin remordimiento alguno y, sin embargo, podía hablar con alguien a quien había visto hacía dos días en Baalbek desde una cabina rural en Irlanda. De pronto se sintió muy cansado. Cansado de luchar, de matar, de cortejar diariamente el martirio. En el Líbano le trataban como a un héroe, cuando lo único que él deseaba era tener una esposa y unos hijos, que pudieran vivir y crecer en paz.

Cerró la puerta y echó a andar en dirección a la casa de campo. Un hombre al otro lado de la calle le miró fijamente y después desvió la mirada. Sabía que a la gente de la región no le convenía prestar excesiva atención a los forasteros.

De niño, sólo había conocido la implacable pobreza del sur. Luego había tenido lugar la guerra civil y la invasión. Y ahora, la erosión gradual de la pobreza y del orgullo en un mundo al que esto ya no parecía preocuparle. Él creía todavía en Dios y en el profeta y en los santos imanes, en la revolución, en el derecho de los hambrientos y desposeídos a levantar el puño contra sus opresores. Confiaba todavía en que Dios impondría justicia donde no la había habido y en que era posible construir una sociedad en la tierra no gobernada por la avaricia, ni envenenada por el deseo, ni corrompida por una crasa desigualdad. Todos los días rezaba para que llegara el momento en que pudiera deponer las armas. Pero en el fondo de su corazón sabía que la matanza nunca cesaría, que seguiría hasta que también él se convirtiera en una víctima. ¿Y luego? Luego habría más muertes, más fosas, más lágrimas.

Cuando Abu Hida llegó a la casa de campo, estaban ya todos desayunando. Nadie parecía de buen humor. Vivir continuamente escondidos les afectaba. Se les veía desconfiados e inquietos. Maureen O'Dalaigh había pasado el día anterior inculcándoles el temor de Dios y, de forma más inmediata y eficaz, el suyo propio. Hoy pasarían el día en las colinas cercanas a Shantonagh, por la mañana sudando con ejercicios físicos y por la tarde haciendo prácticas de tiro, a las órdenes de Abu Hida. Sin duda, éste no prometía ser el mejor día de su vida.

Al entrar Abu Hida a la casa, todos levantaron la cabeza. Se había generado ya cierto resentimiento, porque éste había prohibido el tocino para el desayuno. Su actitud les ponía nerviosos. Sabían que no toleraría errores. E intuían que no le importaría que todos murieran, siempre y cuando se llevara a cabo su misión.

Maureen le entregó una taza de café. Ella tampoco se sentía completamente tranquila. Trabajar con una persona ajena a la organización le crispaba los nervios. El consejo militar había traicionado una antigua tradición, al acceder a facilitar ayuda a Abu Hida. Normalmente, las relaciones del IRA con las organizaciones terroristas extranjeras se limitaban a intercambiar armas por dinero o dinero por armas. En más de una ocasión habían denegado peticiones de grupos como la OLP e Hizbolá para que les facilitaran ayuda más activa, en forma de casas francas o actos de terrorismo realizados en su nombre.

En 1988, mientras Gerry Adams visitaba Teherán con el propósito de negociar la liberación de Brian Keenan, representantes del IRA se desplazaron a Beirut para reunirse con líderes de Hizbolá, entre los que se encontraba Abu Hida. Hizbolá se había ofrecido a garantizar la liberación de Keenan, a cambio de ayuda directa a los grupos de terrorismo islámico en Europa. El consejo militar rechazó la propuesta y Keenan permaneció cautivo.

¿Por qué habían cambiado ahora de política? Nadie había consultado a Maureen sobre la decisión de acceder a la petición de Hizbolá, y ella no comprendía la lógica de la misma. A fin de cuentas, ¿qué ganaría con ello el movimiento? Tal vez un poco de dinero, armas en abundancia, o la oportunidad de entrenar a sus reclutas en los campos del Líbano o de Irán. Todo ello era muy valioso, pero sin duda no tan importante como el apoyo popular. Maureen sabía que vincularse con la política de otros era la forma más segura de perder el sostén de sus propios seguidores.

El IRA no podía controlar Hizbolá, ni ninguno de los demás grupos terroristas islámicos. Los irlandeses no habían olvidado a Keenan, ni el trato que había recibido de sus secuestradores en Beirut, a pesar de que había insistido en que, como irlandés, era inocente de todo vínculo con las potencias colonialistas. Pero muchas familias irlandesas tenían algún pariente en Estados Unidos y para ellos Norteamérica era una segunda patria. El odio de los musulmanes por el «gran Satán» no les inducía a simpatizar con un pueblo cuyo apoyo financiero y moral procedía en gran parte de dicho país.

Durante la tarde y noche del día anterior, se habían dedicado a explorar formas de localizar a los rehenes. Se habían lanzado cables a lo largo y ancho de la república, en busca de información que facilitara alguna pista en cuanto a su paradero. ¿Alguien había visto u oído algo inusual, se habían visto forasteros en algún lugar no frecuentado por los turistas, había habido algún incidente poco habitual? Puede que la información tardara algunos días en llegar, pero Maureen estaba segura de que, de una forma u otra, los secuestradores delatarían su presencia. Cuando lo hicieran, ella se enteraría; disponía de ojos y oídos en todas partes, y no había ningún lugar donde la gente no estuviera en deuda con ella o con el movimiento.

Abu Hida saboreaba su bebida y se preguntaba por qué se molestaban en denominarla café. Su parecido era ciertamente muy lejano al *qahwa* fuerte y amargo que solía tomar en su país. En un plato sobre la mesa había una gruesa rebanada de pan integral. Siguiendo el ejemplo de los demás, lo embadurnó de mantequilla. Estaba todavía indeciso respecto a ellos.

Conor Melaugh, el comandante de la unidad, era claramente quien tenía más experiencia y en quien se podría confiar en una emergencia, pero era evidente que algo le molestaba y debería tratarle con cuidado. Seamus Lenihan parecía capacitado e inteligente, pero Abu Hida no creía que se pudiera confiar plenamente en él. Colm O'Driscoll, bajo y cojo, era el que tenía el temperamento más afín al suyo, pero la muerte de su esposa y el prolongado alejamiento de sus hijos le habían debilitado. Eugene O'Malley, que la noche anterior les había interpretado varias piezas con su silbato de hojalata, era el más equilibrado, pero Abu Hida no estaba seguro de poder depender de él en una crisis.

Todos eran muy diferentes de los hombres que conocía en el Líbano. Intuía su ira y su fidelidad a la causa, pero también la ausencia de algo esencial en su personalidad. No dudaba de que elegirían la muerte, pero no poseían una comprensión profunda del martirio. Hablaban de los mártires, pero no como él lo habría hecho de los *shuhada'*. Para él, el martirio era un acto sagrado y los mártires eran santos; para ellos, la gloria radicaba casi exclusivamente en el desafío que los muertos suponían para los ingleses. Sus propios sacerdotes condenaban el uso de la violencia y lamentaban las muertes.

Había algo más que le turbaba, pero que no acababa de identificar. La dinámica del grupo parecía tensa y según creía no sólo por el mero hecho de haber estado inactivos y separados durante varios meses. Sospechaba que obedecía a algo anterior, posiblemente al incidente que les había obligado a retirarse del servicio activo. Pero cada vez que había hecho alguna alusión a las posibles razones que les habían impulsado a abandonar Belfast, habían cambiado de tema o se habían negado a responder. Tendría que planteárselo a Maureen a solas; intuía que estaba dispuesta a dejarse influir por él y tenía la seguridad de que podría aprovecharse de ello.

–¿Has podido hacer tu llamada?–preguntó Maureen mientras freía unas tortas de patata.

–Sí, la línea era muy buena. He oído a mi amigo con la misma claridad que te oigo a ti ahora.

–Esas cosas no dejan de sorprenderte, ¿verdad? Lo próximo será el videófono. Tenemos ya uno en el despacho de Belfast. Es maravilloso cuando se logra hablar con alguien que también tiene uno.

Introdujo una espátula debajo de una de las tortas y la colocó en una fuente azul.

–¿Tenían tus amigos alguna noticia respecto a la gente que buscas?

–No –respondió Abu Hida–. No han averiguado nada nuevo. A excepción de que ahora el gobierno irlandés ha admitido oficialmente que ha habido un secuestro. Mis amigos insisten en que se les faciliten detalles.

–No creo que les revelen gran cosa –dijo Maureen mientras colocaba la última torta en la fuente y la llevaba a la mesa.

El olor a grasa caliente impregnaba el aire frío.

–Ésa es la reacción característica de los gobiernos en estos casos –respondió Abu Hida, después de mirar a Maureen mientras sorbía su café instantáneo, decidido a aclarar sus dudas antes de seguir adelante–. Y, por lo que parece, también la vuestra.

–¿A qué te refieres? –preguntó Maureen, al tiempo que dejaba el tenedor en el plato con un bocado de torta de patata.

–Mi amigo me ha contado que al ataque de Castletown le precedió una emboscada al embajador británico, a pocos kilómetros de distancia. La sincronización era perfecta. La emboscada fue un señuelo, organizado para atraer a las fuerzas especiales irlandesas que protegían Castletown House.

–No me digas.

–Según me han informado, fue una de vuestras unidades de servicio activo la que llevó a cabo la emboscada. ¿Crees que puede ser cierto? –preguntó, en un tono frío y pesado como el plomo.

–No tengo ni idea –respondió Maureen, que se sentía nerviosa y desprotegida–. Ésa habría sido una decisión de la jefatura sur.

–Pero tú te habrías enterado.

Maureen negó con la cabeza.

–No con antelación. Se habría tratado de una información eminentemente restringida, facilitada sólo si era «imprescindible». Puede que supiera algo más adelante. Pero con relación a este asunto, todavía es pronto.

Abu Hida asintió. Puede que dijera la verdad. Empujó la taza para alejarla.

–No obstante –prosiguió–, estarás de acuerdo conmigo en que eso introduce un elemento de desconfianza en nuestra relación. Si una de vuestras unidades actuó de señuelo para el ataque, es difícil no llegar a la conclusión de que la operación propiamente dicha fue obra del IRA.

La tensión alrededor de la mesa era ahora palpable. Se detectaban los latidos de cada uno de los corazones.

–No –respondió Maureen–. No fue obra del IRA. Estoy dispuesta a jurarlo. Puede que estés en lo cierto respecto al señuelo y, en tal caso, no te quepa la menor duda de que lo averiguaré. Pero puedo asegurarte que nunca capturaríamos a vuestra gente como rehenes.

Sin embargo, Maureen había empezado a percatarse de que si aquello fuera cierto, explicaría la disponibilidad del consejo militar a prestar ayuda. ¿Se les había inducido a hacer algo que ahora lamentaban? ¿Era la presencia de Abu Hida un gesto de reconciliación, una forma de evitar represalias cuando se descubriera lo del señuelo?

–Tal vez vuestra gente creyó poder utilizar los rehenes como palanca –dijo Abu Hida.

Maureen movió la cabeza en sentido negativo. Los demás la observaban, conscientes de que no todo iba sobre ruedas.

–¿Palanca? ¿Contra quién? Las palancas que necesitamos están todas en Londres, no en Oriente Medio.

–Hay fuerzas en Oriente Medio que saben cómo manipular palancas en Londres.

–Tal vez –respondió Maureen, al tiempo que se encogía de hombros–. Pero no me parece verosímil.

–Esperemos que estés en lo cierto.

–Te doy mi palabra.

Dejó que su garantía, desnuda, colgara momentáneamente en el aire impregnado de grasa.

–No dudo que tú no sepas nada de este asunto –dijo Abu Hida, que se había percatado de la sorpresa en su mirada, e intuido la sinceridad de su respuesta–, pero mi gente necesitará algo más que tu palabra. Precisarán pruebas.

–¿Pruebas? ¿Qué clase de pruebas podemos ofrecerte?

Pero mientras hablaba, comprendió a lo que se refería.

–Vuestra jefatura sur tendrá detalles de la gente que alentó, pagó u obligó a llevar a cabo la emboscada. Esa misma gente es responsable del ataque a Castletown House. Bastará con que me des sus nombres y su paradero.

»Si tus superiores no me facilitan esa información –prosiguió, después de una pausa–, te garantizo que las represalias serán rápidas y certeras. Mi gente hará con vosotros lo que los británicos no serían siquiera capaces de imaginar. ¿Me has comprendido?

Maureen había perdido por completo el apetito. Le miró y asintió.

–Sí –respondió en voz baja–. Te he comprendido.

CINCUENTA

Dublín
Sábado, 22 de septiembre
07.45 horas

Declan escuchaba las noticias de una emisora local mientras se dirigía en su coche a Dublín. Un autocar lleno de ingenieros húngaros, que se dirigían a trabajar en un proyecto de irrigación en la región argelina de Aïn Sefra, había sido atacado por un grupo de mujahidines relacionado con el clandestino Frente Islámico de Salvación; en Dhaka, un trabajador suizo de una organización humanitaria, que había acudido al lugar a raíz de las recientes inundaciones, había sido asesinado; un periodista norteamericano, Bill Adair, había sido herido de gravedad por una bomba que había estallado frente a la habitación de su hotel en Ankara; y según un informe reciente todavía no confirmado, un grupo de obreros alemanes habían sido capturados como rehenes en el sur de Irán.

Las represalias por el ataque de Castletown iban en aumento y todo parecía indicar que crecerían desproporcionadamente en poco tiempo. Declan apagó la radio y redujo la velocidad al llegar a Drimnagh.

El tráfico era todavía relativamente escaso, aunque el número de vehículos se incrementaba conforme se acercaba la hora punta matutina. Circulando diestramente por calles secundarias, Declan evitó los embotellamientos más probables en la circular sur y la estación de Heuston. Salió a O'Connell Street desde los muelles, después de cruzar el puente. Se proponía pasar inicialmente por delante de correos y, si todo parecía tranquilo, aparcaría a la primera oportunidad, regresaría en busca de Cosgrave y le llevaría al coche. Lo que haría a partir de entonces todavía estaba prácticamente por decidir.

El tráfico en dirección norte avanzaba lentamente por la calle. Declan conducía en segunda. Eran casi las ocho. Cosgrave se pondría nervioso si llegaba tarde. El delator no podía haber elegido peor momento para que le descubrieran, pensó Declan. Hace un par de semanas, habría podido organizar una pequeña operación para recoger a Cosgrave y sacarle del país junto con su familia, como le había prometido. Ahora, su propia situación era casi tan comprometida como la del confidente. La única esperanza de Cosgrave radicaba en la habilidad de Declan para persuadir a Martin Fitzsimmons de que le hiciera un favor. Si Martin no podía, o por alguna razón no estaba dispuesto a cooperar, a Cosgrave no le quedaría más remedio que ocultarse por cuenta propia y esperar a que se resolviera la situación. Si algún día lo hacía.

Al parecer había un embotellamiento en la calle debido a unas obras, por lo que Declan podía deducir. Luego, cuando los coches que tenía delante empezaron a moverse, vio de qué se trataba. Un policía dirigía el tráfico al carril derecho. El carril izquierdo estaba cortado por un coche y una furgoneta de la Garda. Dos agentes colocaban un cordón policial frente al edificio de correos. Oyó una sirena que aullaba en la lejanía y se acercaba gradualmente.

No tuvo que detenerse para saber lo que había ocurrido. La escena era demasiado familiar, demasiado evidente. Los asesinos de Cosgrave habían realizado el trabajo sin la formalidad de un juicio. Tal vez el simbolismo de una ejecución del IRA frente al edificio de correos había sido demasiado tentador para desaprovecharlo. Desde estos mismos peldaños, Pádraig Pearse había leído la proclamación de una república irlandesa en 1916. En aquella ocasión, los transeúntes habían hecho caso omiso de él y de su banda de héroes potenciales; hoy, sus nietos pasaban en coche sin apenas echar una segunda ojeada a la última víctima del sueño republicano.

Cuando Declan se alejaba, vio de reojo la sábana blanca con la que alguien había cubierto el cadáver de Cosgrave. Reconoció al policía que dirigía la operación, un agente llamado Breathnach, pero decidió que no valía la pena detenerse para hacer preguntas. Seamus Cosgrave se habría llevado consigo, junto a los demás secretos que guardaba en su mente, la información que pretendía facilitarle.

Existía la posibilidad de que la esposa e hijos de Cosgrave estuvieran todavía a salvo. Tendría que arriesgarse a ponerse en contacto con ellos. Si Cosgrave les había llevado a casa de su hermana en Terenure como tenía previsto, deberían de seguir allí. Declan no llevaba la dirección consigo, pero conocía el nombre y el lugar aproximado. Paró cerca del hospital Rotunda y entró. En el vestíbulo había un teléfono público y una guía, en la que figuraba la hermana de Seamus con el apellido de casada: Mulcahy.

Tardó veinte minutos en llegar a Terenure. Christine Mulcahy vivía en una casa semiadosada, al fondo de un callejón sin salida. Había encontrado un partido relativamente bueno al casarse con un hombre que la había sacado de un suburbio municipal plagado de drogas en el norte de la ciudad, donde ella y su hermano se habían criado. Ahora, casi inconscientemente, Seamus la había arrastrado de nuevo a un mundo en el que uno desconocidos llaman a la puerta antes de las nueve de la mañana.

–¿Es usted Christine Mulcahy?

Miró inquieta a su alrededor. Esa mañana su marido no había ido a trabajar, por si surgía algún problema.

–¿Quién quiere saberlo?

–No se preocupe, señora Mulcahy, no he venido a crearle ningún problema. Soy amigo de Seamus.

–¿Qué Seamus?

–Su hermano, Seamus Cosgrave. Escúcheme, no hay tiempo para juegos. ¿Están Teresa y los niños con usted?

Volvió la cabeza y dio un grito.

–¡Tim! ¡Ven a la puerta!

Declan insistió.

–Christine, ¿quiere hacer el favor de escucharme? Teresa puede tener problemas. Debe sacarla de aquí cuanto antes. ¿Me comprende?

Apareció un corpulento individuo en el vestíbulo. Timothy Mulcahy era fontanero de profesión y en sus ratos libres practicaba el culturismo. En una mano llevaba un trozo de tubo metálico, como si creyera que con el mismo y su corpulencia asustaría a un pistolero del IRA.

–Me llamo Declan Carberry –dijo Declan–. Puede que Seamus le haya hablado de mí.

Tim se acercó.

–¿Qué coño pretende viniendo aquí? Ya tenemos bastantes problemas para que encima venga usted a empeorar la situación. ¿Por qué no se va a la mierda?

–Escúcheme –dijo Declan–, no me importa lo que piense de mí, de lo que hago, o de lo que ha ocurrido entre Seamus y yo. El caso es que le han matado esta mañana y que, antes de morir, me ha dicho que la gente que le perseguía podría ir también a por Teresa.

Christine Mulcahy se quedó pálida como la cera. Su marido dio un paso en dirección a Declan y levantó el tubo para amenazarle.

–Guarde sus amenazas para los compinches de Seamus, si es que se acercan por aquí –dijo Declan–. He venido para ayudar a su familia y, de momento, soy su única oportunidad. ¿Puedo pasar, o tenemos que quedarnos en la puerta para que nos vea todo el mundo?

Tim Mulcahy no parecía haberse percatado de la gravedad de la situación y dio otro paso en dirección a Declan. Christine se interpuso entre ambos.

–Tiene razón, Tim. Maldita sea, entremos en casa. Si han matado a Seamus, no cabe la menor duda de que irán a por Teresa.

Declan entró. Ya había decidido lo que había que hacer. Teresa Cosgrave y sus hijos debían trasladarse a un lugar más seguro, donde el IRA no pudiera encontrarlos. Con los limitados recursos de los que disponía, se le ocurría un solo lugar.

Mientras Christine entraba en la casa para mandar a los niños a sus habitaciones y darle la mala noticia a su cuñada, Declan permaneció en el vestíbulo, sin que Tim le quitara los ojos de encima. La casa olía a patatas fritas. De las paredes colgaban adornos llamativos sin ningún orden ni concierto, en general recuerdos de vacaciones en lugares soleados.

Aquel corpulento individuo parecía estar cargado de una ira descontrolada. El único fin de su enorme masa corporal consistía en tensar los deltoides y los tríceps, en competiciones con otros individuos tan musculosos como él. Su cuerpo era un fin en sí mismo, la musculatura en beneficio de la musculatura, la fuerza en beneficio de la fuerza, o tal vez en beneficio de unos fugaces momentos de vanidad masculina durante las breves exhibiciones. Si decidía agredirle, Declan sabía que lograría derribarle de un solo golpe certero. La inteligencia superaba en la mayoría de los casos a la fuerza bruta, y el entrenamiento específico a la mera preparación física. Y a veces la crueldad y la insensibilidad vencían todo lo demás, como había sucedido en Castletown House.

El culturista permanecía de pie con la mirada fija en Declan, proyectando una imagen de sí mismo superior a la real. No intercambiaron una sola palabra. Declan sospechaba que la muerte de Seamus Cosgrave le afectaba más a él que a su cuñado.

Al cabo de un cuarto de hora, Christine apareció de nuevo. Tenía los ojos húmedos y la voz entrecortada. A alguien le preocupaba Seamus.

–Dice que le acompañará con una condición. Quiere ver muertos a los que han matado a Seamus. Debe prometérselo.

Declan negó con la cabeza. En cierto modo se lo esperaba.

–Usted sabe que no puedo prometerle algo semejante.

–Dice que de lo contrario lo hará ella misma, que no se responsabiliza de sus actos. Pero si lo hace usted será legal.

–No sería legal –respondió Declan–. Y usted sabe que ella no tendría ninguna oportunidad contra ese tipo de hombres.

–Ésas son sus condiciones.

Declan cerró los ojos. Deseaba recuperar el sueño perdido, alejar de un porrazo la jaqueca que le acechaba. Si Teresa Cosgrave se quedaba para vengar a su marido, era indudable que no tardaría en reunirse con él en la tumba. También era evidente para Declan que el culturista no se responsabilizaría de sus sobrinos. No le quedaba más remedio que hacerse cargo de la situación. Pensó en Máiréad y se sintió agobiado por su propia impotencia. Abrió los ojos.

–De acuerdo –dijo–. Prometo hacer lo que pueda. No puedo garantizar nada, porque nunca es posible en estos casos, pero haré cuanto esté en mi mano.

Al cabo de un minuto, Teresa salió de la sala de estar con los ojos irritados y el rostro descolorido. Llevaba una chaqueta de lana roja y una falda a cuadros que no le caían nada bien.

–Trae a los niños –dijo dirigiéndose a su cuñada–. Debemos marcharnos.

Miró a Declan, sin que éste pudiera decidir si lo hacía con solicitud u odio.

Declan dio numerosas vueltas y varió con frecuencia de velocidad para dirigirse a Killiney, tomando atajos más deprisa de lo recomendable y siempre pendiente del retrovisor por si alguien les seguía. Teresa iba sentada delante, con el menor de sus hijos sobre las rodillas, y los otros cinco apretujados en el asiento trasero. Permanecían inmóviles y con el rostro inexpresivo, conscientes de que algo terrible les sucedía, pero sin saber exactamente de qué se trataba y con temor por el desenlace.

Teresa no le dirigió una sola palabra. De vez en cuando, Declan se percataba de que le miraba e, incapaz de mirarla a los ojos, fingía no darse cuenta. Sabía que le consideraba responsable de la muerte de su marido y sospechaba que, de no haber sido por su supuesto poder para protegerla y castigar a los asesinos de Seamus, intentaría matarle con sus propias manos mientras conducía.

Lo paradójico era que el poder del que disponía para protegerla o castigar a los asesinos era realmente mínimo. Provocar otra muerte para compensar la de Seamus estaba casi con toda certeza fuera de su alcance. Incluso cuando rodeaban los suburbios blancos del sur de Dublín, Amina se enfrentaba a una amenaza tan carente de significado y a una muerte tan cruel como la de Seamus Cosgrave. Por lo menos Seamus conocía la razón de su ejecución, mientras que Amina podría morir sin conocer siquiera la identidad de sus asesinos, ni tener la más remota idea respecto a sus motivos.

Llegaron a casa de Declan. Era el único escondite que podía ofrecerles y, además, por un tiempo muy limitado. Concepta podría regresar en cualquier momento. Llevarles a Craigpatrick era impensable y ni siquiera se lo había planteado. En Killiney, la familia Cosgrave podría pasar por lo menos unos días sin llamar la atención. Además, puede que no tuvieran que quedarse tanto tiempo, si Martin Fitzsimmons lograba organizar su salida inmediata del país, en el supuesto de que todavía fuera factible.

Declan le mostró a Teresa el frigorífico repleto de comida y el funcionamiento de la calefacción central, la lavadora y el lavavajillas. Teresa le seguía aturdida, escuchándole sin prestar demasiada atención.

Los niños, todavía cohibidos, se quedaron en una habitación desde donde podían contemplar el mar lúgubre y tormentoso.

Declan se preguntó si alguna vez habrían viajado tanto en su vida. Tal vez el mayor podría ir a Gaeltacht como estaba previsto y quedarse interno en un colegio religioso que le permitiera alejarse de las calles saturadas de drogas del norte de la ciudad.

Cuando subía al coche para marcharse, se le acercó Teresa.

–Seamus me dijo que en el caso de que muriera le diera esto –susurró, al tiempo que le colocaba en la mano un papel doblado–. Lo habría roto en mil pedazos, pero puede que le ayude a encontrar a sus asesinos.

Declan abrió la nota y la leyó.

> Un hombre llamado Aboo Hitter llegó a Belfast hace dos días y se reunió con Maureen O'Dalaigh. Ahora está en el condado de Monaghan con una unidad de servicio activo, no sé dónde, en busca de musulmanes. ¿Es eso lo que quería?

Cuando Declan levantó la cabeza, Teresa había entrado de nuevo en la casa. Dobló de nuevo el papel y se lo guardó en el bolsillo.

Cuando salió a la carretera, un hombre en la parte posterior de una pequeña furgoneta municipal aparcada al otro lado de la calle pulsó el botón de su transmisor.

–Cinco a base. Pájaro uno acaba de abandonar el nido.

CINCUENTA Y UNO

Dublín
10.24 horas

Declan llamó a Martin Fitzsimmons desde una cabina en Bray.

–No puedo hablar ahora, Declan. Reúnete conmigo dentro de media hora en el puente de Macartney, junto a Baggot Street.

Declan se dirigió inmediatamente a la ciudad y aparcó en Wilton Terrace. Un Peugeot azul se detuvo a pocos metros. Se había situado a su espalda frente a la embajada norteamericana, para reemplazar al Ford negro que le seguía desde Blackrock. No se arriesgaban.

Martin le esperaba junto al canal, con una gabardina blanquecina y una bufanda negra. Declan se le acercó y durante un rato ambos contemplaron el agua. No pasaba ninguna embarcación. Cruzó un ciclista con una capa gris. Aquí estaban alejados del bullicio de la ciudad.

Declan le mostró a Martin la nota de Seamus Cosgrave.

–No parece tener mucho sentido, ¿verdad, Declan?

–Al contrario, sí lo tiene. He estado pensando en quién podía ser ese «Aboo Hitter». No he tardado mucho en comprenderlo. Su nombre en árabe es Abu Hida. Es un importante guerrillero de Hizbolá, el mejor; o por lo menos lo era cuando yo estaba en el Líbano. Su padre es el jeque Mu'in Usayran, uno de los rehenes. Le habrán mandado en misión de rescate.

–Con la ayuda del IRA.

–¿Podrían estar los rehenes en Monaghan?

Martin movió la cabeza en sentido negativo.

–Sabemos que no están allí –respondió.

–¿Cómo puedes estar seguro?

–Esta mañana han dejado una bolsa frente a la Facultad de

Medicina. Una bolsa de lona, una especie de mochila. A un estudiante le ha llamado la atención y se lo ha comunicado a un guardia de seguridad. Nadie sabe cuánto tiempo llevaba allí. La bolsa tenía una etiqueta en el asa, con un mensaje para «el primer ministro». No sabemos si iba dirigido a Mangan o a Ciaran Clark. Puede que eso no importe demasiado. En todo caso, el guardia lo ha pensado dos veces antes de abrirla y ha llamado a la Garda. Han mandado inmediatamente un coche. Creo que esperaban encontrarse otro cadáver.

–¿Y lo era?

A Declan le dio la impresión de que Fitzsimmons casi lo lamentaba cuando negó con la cabeza.

–No –respondió–. La bolsa era demasiado pequeña. Pero debo comunicarte que el policía que la ha abierto ha tenido que irse a su casa y está bajo tratamiento. La bolsa estaba llena de manos, Declan, manos humanas, todas cortadas pulcramente a la altura de la muñeca.

–¿Quirúrgicamente? –preguntó Declan con un nudo en la garganta, cuando lo que realmente deseaba saber era si eran de hombre o de mujer, pero no se atrevía a formular la pregunta.

–No. El patólogo cree que han sido cortadas con un pesado instrumento cortante, casi con toda probabilidad un hacha.

–¿Se ha encontrado ya el cadáver?

–No se trata de un cadáver, Declan, sino de varios, si es que los hay. Había siete manos en la bolsa.

–¡Dios mío!

–Pero eso no quiere decir que tenga que haber siete cadáveres. Hay tres pares y una mano suelta, lo cual significa un máximo de cuatro cuerpos.

–Dijo uno cada día.

–Lo sé. En realidad, no sabemos que no haya cumplido su palabra. Puede haber un cadáver en algún lugar, a la espera de ser descubierto. Las manos pueden ser de personas vivas. Según el patólogo, esos pobres diablos probablemente no estaban muertos cuando se las amputaron.

–¿A quién utilizáis?

Dos individuos pasaron andando por el otro lado del canal. Uno de ellos les miró fugazmente y siguió su camino.

–O'Hara. Dispone de un buen equipo que trabaja ahora en el

caso. Pero no podemos averiguar gran cosa a partir sólo de las manos.

Declan contempló la superficie llana del agua, que se desplazaba lentamente. Un viejo envoltorio de pan flotaba en la corriente. Se estremeció.

–Es puro humor negro –dijo.

–Sí. Puede que sea precisamente eso –respondió Martin antes de hacer una pausa–. Por cierto, Declan –prosiguió–, creo que debes saber que no había ninguna mano de mujer entre las encontradas.

Lo que Declan sintió no fue alivio sino angustia, una angustia casi inaguantable. No podía alejar de su mente la imagen de la mano de Amina junto a él aquel día a la orilla del río, y cómo envolvía con ternura la suya y le transmitía su calor.

–¿Estás seguro de que las manos son de los rehenes?

Incluso una pequeña esperanza era mejor que ninguna.

Martin asintió.

–Había una cinta magnetofónica en la bolsa con las manos –respondió, al tiempo que se sacaba una casete sin etiqueta del bolsillo–. He hecho esta copia para ti. Dudo que descubras algo más de lo que hemos averiguado nosotros. La voz es bastante clara. Norteamericana. Tejana, según los expertos. El contenido es bastante descabellado, pero ofrece cierta explicación a lo de las manos.

–¿Hay algún testigo que haya podido ver cómo dejaban la bolsa en la facultad?

–Ahora estamos interrogando a estudiantes y profesores, pero es bastante improbable.

–Has dicho algo referente a que los rehenes no estaban en Monaghan.

–O'Hara ha detectado la presencia de sal marina en las manos y en la tela de la bolsa. La bolsa estaba completamente impregnada. O'Hara está seguro de que se encuentran en la costa. Eso reduce considerablemente la búsqueda y elimina lugares como Monaghan.

–Bueno, son sólo unos cinco mil kilómetros de costa, o algo por el estilo, ¿no es cierto?

Martin sonrió.

–Olvidas tu herencia rural, amigo. ¿No leíste a Peg Sayers y a otros por el estilo en la escuela? ¿No se te ha ocurrido que podrían estar en una isla?

–Lo pensaré –dijo, antes de hacer una pausa, decidido a averiguar si valía la pena proseguir–. Dime, Martin, ¿te parece conveniente que sigamos adelante? No creo que importe quién encuentre a los rehenes, a condición de que alguien lo haga. La rivalidad entre Harker y yo es otra cosa, y puede esperar.

–No estoy tan seguro, Declan.

–¿A qué te refieres?

Martin titubeó.

–Sigamos andando, Declan.

Avanzaron por Herbert Place, en dirección al puente de Huband.

–Declan, ¿has oído hablar alguna vez de algo denominado la red Scimitar?

Declan negó con la cabeza.

–Yo tampoco hasta anoche. No acababa de comprender por qué era tan importante para el MI5 hacerse con el control de este asunto. Hay razones evidentes, por supuesto, pero no me parecía que ninguna de ellas bastara. Y cuanto más observaba a Harker, más convencido estaba de que procuraba ganar tiempo. Empecé a interesarme más por Harker que por los rehenes.

–No me digas.

–Harker se ha estado comunicando con su jefe en Belfast por una vía larga y compleja, a través de una conexión de alta seguridad en la embajada británica. Mis muchachos no lograron intervenir el sistema hasta ayer a las siete de la tarde. Todavía no es perfecto, pero he logrado interceptar varios mensajes. En tres de ellos he encontrado referencias a algo denominado Scimitar. Puesto que eso me sonaba vagamente a Oriente Medio, decidí preguntar para ver si significaba algo para los enterados. En Europa, los alemanes son los responsables de cotejar la información relacionada con presuntos terroristas árabes. De modo que opté por preguntárselo a algunos de mis amigos alemanes. Pero antes de contarte lo que uno de ellos me respondió, debo explicarte algo que puede que no sepas.

Hizo una pausa. Habían llegado al puente de Huband y empezaban a regresar por Percy Place.

–En marzo de 1990 –prosiguió Martin–, después de la reunificación de Alemania, los jefes de departamento de la BfV empezaron a reorganizar sus operaciones de contraespionaje. A partir de entonces, los servicios de espionaje aliados considerados hasta aquel momento como amigos serían tratados como extranjeros; se propuso organizar operaciones contra Estados Unidos, Francia y Gran Bretaña. No es muy sorprendente, si tenemos en cuenta la cantidad de operaciones que las mencionadas potencias habían llevado a cabo en territorio alemán.

»A finales de 1991, las instalaciones electrónicas de Alemania occidental que habían controlado los norteamericanos, los franceses y los británicos pasaron a manos de los alemanes. Pero no recibieron sólo los aparatos; encontraron la forma de entrar en las fichas cuyo acceso antes les había sido denegado.

»El hombre con el que hablé anoche es Helmut Kuchler, uno de los subdirectores del *Bundesamt für Nachrichtendienst*, su servicio secreto extranjero. Le pregunté qué significaba Scimitar y me lo explicó.

»Durante la guerra del Golfo, los norteamericanos y los británicos tenían una importante red de espionaje en Irak. Dicha red era conocida como Scimitar y se organizó para llevar a cabo una operación sumamente secreta denominada proyecto Babylon. Su objetivo era simplemente el de localizar y destruir una instalación secreta, donde se elaboraba una variante del gas sarín, así como su forma de lanzarlo. Lo único que saben los aliados es que, al igual que el sarín, se trata de un gas binario que se supone que es mil veces más potente que el de su fórmula original, y que todavía se fabrica.

»Al parecer, Scimitar tuvo éxito. Llegó un informe a una estación receptora de la CIA en Arabia Saudita, según el cual la instalación había sido identificada y localizada, y se ordenó la retirada de los agentes. Mandaron a un equipo de los SAS con dicho propósito, pero los agentes de Scimitar no aparecieron.

»Se creyó que la red Scimitar había sido descubierta y sus dieciséis agentes asesinados. Pero poco después de terminar la guerra, empezaron a circular rumores de que habían sido capturados y distribuidos por distintos lugares de Oriente Medio. Ahora están en manos de diversos grupos extremistas en varios países. Al contrario de otras situaciones con rehenes, su existencia no se ha divulgado públicamente. Sus familias creen que han fallecido en operaciones de espionaje y nadie más sabe que sigan vivos. Pero se les utiliza como moneda de cambio para negociar la liberación de terroristas. Los británicos y los norteamericanos quieren recuperarlos a toda costa.

Los dos hombres se detuvieron. Una pareja de enamorados pasaron cogidos de la mano. El tráfico seguía circulando por Baggot Street.

–Me estás diciendo... –empezó a decir Declan.

–Eso es todo lo que sabe mi amigo alemán.

–Pero me estás diciendo que Harker y Willoughby están involucrados.

–Sí.

–Pero no fueron ellos quienes organizaron la conferencia, Martin. Fue una iniciativa de Pádraig Pearse desde el primer momento, estoy seguro de ello.

–De eso no cabe la menor duda, Declan. Aunque sospecho que en una etapa posterior pudieron ejercer en él, o con mayor probabilidad en Ciaran Clark, cierta influencia en cuanto a quién debía invitar.

–Válgame Dios, Martin, les vino como caído del cielo. En cuanto nosotros organizamos la conferencia...

–La CIA y el MI5 entraron en acción. Y ahora tienen sus propios rehenes.

–Mientras negocian la libertad de los agentes de Scimitar, aquí Harker se limita a ganar tiempo –dijo Declan, antes de hacer una pausa para reflexionar–. Para esto no habrán utilizado a su propia gente. Sería demasiado peligroso si fallara algo. Sospecho que debe de tratarse de un grupo independiente, que no puede relacionarse con ningún servicio secreto. En cuyo caso, ¿cómo controla Willoughby a los secuestradores?

–El MI5 tiene a uno de los suyos con ellos. Willoughby hizo referencia a una comunicación que había recibido de él hace dos días. Declan, esto no te gustará.

–No comprendo.

–El intermediario es un individuo llamado Peter Musgrave. Creo que ya le conoces.

Se hizo entre ambos un profundo silencio, que absorbió el ruido del tráfico, de los peatones y el de una radio que vociferaba cerca de allí. Declan cerró los ojos y, momentáneamente, se encontró de nuevo en la heladería, con la mirada en los ojos del asesino de su hija. Y el rostro se convirtió en una fotografía de una ficha, una fotografía de un nombre y una identidad.

Martin extendió la mano y estrujó el brazo de Declan.

–Declan, puedo sacarte de esto. No será fácil, pero es posible. Una nueva identidad...

–No puedes otorgarle una nueva identidad a un muerto, Martin. Debo seguir adelante.

–¿Es por la mujer?

–¿Amina? ¿Cómo lo sabes?

–Dios mío, Declan, a veces parece que todavía te chupes el dedo. Está en tu ficha.

Declan negó con la cabeza.

–Lo que cuenta no está en ninguna ficha, Martin. Cuídate. Me pondré en contacto contigo.

–Declan –dijo Martin, al tiempo que le ofrecía una tarjeta con un número escrito a mano–, no sé cuánto tiempo podré seguir informándote sobre lo que sucede en este bando. Están reforzando la seguridad por todas partes. Si necesitas ayuda y no logras ponerte en contacto conmigo, utiliza este número. No conoces a este individuo, ni necesitas saber su nombre. Limítate a decirle quién eres y hará cuanto esté en su mano por ti.

Declan cogió la tarjeta y se la guardó en el bolsillo.

–Gracias, Martin. No te metas en líos. Te mandaré una postal desde la costa.

Martin observó a Declan cuando cruzaba la calle en dirección a Wilton Terrace. Había dejado el coche en Haddington Road. Al volver la cabeza vio a la pareja de enamorados que regresaban cogidos de la mano, mutuamente arrobados, y pensó en la amante que había recuperado Declan, sólo para volver a perderla. Les sonrió y la chica volvió ligeramente la cabeza para devolverle la sonrisa. No vio el cuchillo en su mano libre, pero sintió el escozor cuando le penetraba en el estómago y le abría hasta el esternón. No había tiempo para comprender. Lo último que vio en su mente antes de que se apagara fue su hermoso rostro y la sonrisa de sus labios. A continuación se ahogó en sangre.

CINCUENTA Y DOS

Oficina de enlace de seguridad
Cuartel de Thiepval
Lisburn
Sábado, 22 de septiembre
14.18 horas

A Malcolm Blake le pareció que el viejo tenía mal aspecto. Había estado despierto toda la noche y la mayor parte de la mañana trabajando con él y con Rigby en la nueva operación. El principal obstáculo para el éxito de su misión era la carencia de información detallada respecto al paradero de Conor Melaugh y su unidad de servicio activo. Monaghan era demasiado impreciso.

Willoughby no tenía la más mínima intención de comunicarles a las autoridades de Dublín que una unidad de servicio activo de la jefatura norte actuaba en su territorio. Eso imposibilitaría el tipo de operación que se proponía llevar a cabo, debido simplemente a la excesiva presencia policial y militar en la zona. Pero sin un reconocimiento directo del lugar, sería dificilísimo obtener la información que necesitaba. La operación Kickback parecía condenada al fracaso desde el primer momento.

Necesitaban un golpe de suerte cuanto antes. Y lo recibieron a las dos y dieciocho minutos.

Un analista de comunicaciones de la Agencia de Seguridad Nacional norteamericana, desde la estación de control de Menwith Hill en Yorkshire, había captado una llamada de la república irlandesa a Baalbek, en el Líbano, entre las siete y nueve minutos y las siete y catorce minutos de la mañana. La llamada se había grabado y su información había sido transmitida como asunto rutinario a la división K del cuartel general británico en Cheltenham, donde llegó a la mesa de uno de los sesenta funcionarios encargados de comunicaciones irlandesas.

Se examinaban todas las comunicaciones entre Irlanda y

Oriente Medio desde el ataque de Castletown House, y ésta pasó directamente a la brigada T del MI5 en Thames House. Una segunda copia había sido ya transmitida desde Menwith Hill a la unidad secreta norteamericana Oriente Medio Colección Diez, conocida como MC10.

A media mañana, un especialista en asuntos de Oriente Medio de la brigada K, de lengua árabe, escuchó la grabación de la llamada, pero los detalles de la misma no llegaron al MI5 en Irlanda del Norte hasta las dos de la tarde, cuando se los entregaron a Alan Rigby.

Willoughby se sentó. Estaba pálido por falta de sueño y empezaba a manifestarse su mal humor.

–¿De qué se trata? Espero que valga la pena.

–Vale la pena –respondió Rigby–. Ayer por la mañana se efectuó una llamada a un teléfono de Baalbek desde Ballybay, una pequeña ciudad de Monaghan. El receptor fue Ihsan 'Abbas, miembro del consejo nacional de Hizbolá. La división K no está todavía segura de la identidad del autor de la llamada, pero es bastante probable que se trate de Abu'l-Fath Muhammad 'Amili, que es conocido entre nuestro personal antiterrorista como Abu Hida.

–Ahora dígamelo en inglés.

–Un terrorista, Geoffrey. El mejor que tienen. Cuando lea la transcripción, lo comprenderá. Ha venido para rescatar a uno de los rehenes. La unidad de servicio activo ha sido reactivada como fuerza de apoyo. Maureen O'Dalaigh le lleva de la mano. Ya son nuestros, Geoffrey. El mejor conjunto que jamás se nos haya ofrecido.

CINCUENTA Y TRES

Craigpatrick
Sábado, 22 de septiembre
15.45 horas

El viaje de regreso transcurrió sin incidente alguno. Mientras Declan hablaba con Martin Fitzsimmons, habían colocado un pequeño transmisor en el parachoques trasero de su coche. El vehículo que le siguió a Clare nunca se le acercó más de un kilómetro y, a pesar de que vigiló constantemente por el retrovisor, tomó varias desviaciones inesperadas y esperó después de las curvas a que le adelantaran, en ningún momento fue consciente de que le seguían.

Grainne Walsh le esperaba en el largo jardín detrás de la casa, mientras contemplaba los cambios de luz del atardecer reflejados en la superficie del lago. Le había resultado difícil mantener alta la moral del equipo durante la ausencia de Declan.

–Lo siento –dijo Declan después de sentarse en un banco junto a ella–. Era muy importante.

–Dominic Lawlor me ha dicho que debía solucionarle los problemas a un confidente.

–Efectivamente.

–¿Y lo ha logrado?

Declan negó con la cabeza. Una garza real descendió brevemente sobre el agua oscura en la lejanía. De pronto se preguntó si Seamus Cosgrave habría visto alguna vez, a lo largo de su turbia existencia, un paisaje semejante. ¿Habría olido alguna vez un aire tan fresco? ¿Percibido una luz tan sutil? ¿Oído tantos pájaros en un solo lugar? ¿Pescado en un lago profundo, caminado sobre un césped húmedo que no estuviera cubierto de cristales rotos, o hecho el amor en un pinar? Él y su gente estaban atrapados en la degradación, la desesperación y la envidia, el asfalto, las deudas y la provisionalidad. ¡Con qué anhelo debía de desear una nueva vida!

Grainne comprendió el gesto de Declan, sabía el fin que les esperaba a los confidentes, así como el sentimiento de culpabilidad de quienes los utilizaban cuando ese final se producía. A ella le había ocurrido en dos ocasiones, después de las cuales se había negado a tratar personalmente con ellos.

Declan le habló de la nota de Cosgrave con la referencia a «Aboo Hitter» y del vínculo que la misma establecía con Maureen O'Dalaigh. Grainne asintió. Todo empezaba a tener un tortuoso sentido.

–Creo que ese individuo estaba en Belfast hace dos días –dijo Grainne.

Se habían recibido más noticias del tiroteo en Andersonstown, y Liam Kennedy había logrado obtener más detalles de diversas fuentes en Dublín, gracias a un módem de seguridad y a un código vigente facilitado por Martin Fitzsimmons. Grainne le contó lo que habían descubierto.

–El tiroteo tiene todos los síntomas inconfundibles de la presencia de un experto terrorista –dijo Grainne–. Pero puede haber sido un grave error. Los británicos no dejarán piedra sin remover hasta encontrarle. Puede que no le resulte tan fácil como supone acercarse a los rehenes. Si el MI5 le está buscando, bastará que mueva la mano para que detecten su presencia.

–No es a él a quien buscan –respondió Declan–, sino a Maureen O'Dalaigh y a la unidad de servicio activo.

Le contó lo de la emboscada en Malone House y la necesidad de venganza por parte del MI5, pero no le habló de Austin McKeown, ni de su relación con el atentado contra su propia vida.

–Eso complica las cosas –dijo Grainne.

–Nos brinda una nueva oportunidad de encontrar a los rehenes. Si logramos localizar a Abu Hida, puede que nos conduzca a ellos.

–¿Y si llega él antes que nosotros?

–Puede que nos ahorre el trabajo.

Grainne contempló el lago antes de mirar nuevamente a su jefe.

–¿Y si su misión no consiste en liberarlos, sino en matarlos?

Os creéis listos, astutos y que Dios os sonríe. Pues yo no soy listo ni astuto, maldita sea, pero sé que vuestra mente está llena de mierda.

La voz retumbaba en la biblioteca como la de un niño en una iglesia, desplazada e inoportuna. Declan se percató inmediatamente del malestar que provocaba en todos los presentes. Escuchaban con el mínimo distanciamiento de la cortesía propia de unos hombres y mujeres para quienes la religión no había sido nunca motivo de excitación especial, ni provocado sentimientos descabellados. Todos eran producto del sistema católico de educación irlandés y, aunque la mayoría habían perdido la fe desde hacía mucho tiempo en los aspectos sobrenaturales de su religión, a ninguno se le habría ocurrido reemplazarla por los excesos del fundamentalismo protestante.

Myles O'hUiginn estaba acurrucado en un rincón, al parecer más imbuido en sus propios pensamientos que en la diatriba de un predicador tejano. Pero sólo él seguía el hilo del sermón, el significado de sus alusiones y el uso excéntrico de las citas bíblicas.

Maldita sea, ésa es la razón por la que se me ha mandado. Para romper el sello del libro. Para abrir los siete sellos de los siete pergaminos. «Y vi en la mano derecha del que estaba sentado en el trono un libro escrito en el interior y cerrado con siete sellos. Y vi un poderoso ángel que proclamaba a gritos: "¿Quién es digno de abrir el libro y romper los sellos?"»

Cambió la expresión en el rostro del profesor. Ya no estaba abstraído, sino que parecía despertar de un prolongado sueño. La voz proseguía, declamatoria, triunfal, autoindulgente, y cuanto más hablaba, más trastornada parecía la expresión en el rostro de Myles O'hUiginn.

En la historia de David y Goliat sabemos que el ejército de Israel es un prototipo de la humanidad y que los filisteos simbolizan las fuerzas de Satanás, al igual que los asirios en el libro de Isaías representan a Estados Unidos y las dos tribus a la rama de David.

O'hUiginn casi saltó de su silla.

–¡Dios mío! –exclamó.

–¿Qué ocurre? –preguntó Declan después de parar el magnetófono.

–No tiene importancia, Declan. Es sólo que... acaba de confirmar algo que hasta ahora sólo sospechaba. Prosigue. Quiero oír cómo termina.

Escucharon la compleja explicación de la profecía del libro de Daniel y, una vez más, sólo el profesor seguía el hilo del argumento del predicador.

> Esta noche le he preguntado a Dios qué quería que hiciera ahora. He rezado para implorar su orientación, he abierto la Biblia y he leído el siguiente versículo del segundo libro de Samuel: «Y David dio orden a los jóvenes, y ellos los mataron y les cortaron las manos y los pies, y los colgaron junto al estanque de Hebrón».

El sermón llegaba ahora a su conclusión preconcebida.

> He oído que vuestra propia ley considera justo que se le corte la mano a un ladrón, de modo que eso es lo que vamos a hacer.

Pero aquí no terminaba la cinta. La grabación proseguía conforme Ezekiel colocaba el tronco y el hacha en la tarima, obligaban a que se acercaran las cuatro víctimas seleccionadas, y el primer hachazo rompía el profundo silencio. Sólo el grito agonizante que siguió al golpe impulsó a Declan a ponerse de pie y, con mano temblorosa, parar el magnetófono. Nadie dijo palabra. Nadie se atrevía a mirar a los demás. Así permanecieron durante mucho tiempo.

A las seis sonó el teléfono en el estudio.

–Me gustaría hablar con Declan Carberry.

–Carberry al habla. ¿Quién es usted?

–Nunca nos hemos visto, pero creo que conoce mi nombre. Me llamo Anthony Harker.

Declan no respondió inmediatamente. El golpe y el crujido del hacha retumbaban todavía inexpugnablemente en su cabeza, seguidos del grito que había impregnado la biblioteca con anterioridad al profundo silencio.

–Sí –dijo por fin–, he oído hablar de usted. ¿Qué quiere?

No sabía cómo le había encontrado Harker. Pero había tantas posibilidades, que poco importaba cómo lo hubiera logrado.

–Lo ha hecho usted muy bien, señor Carberry. Al gobierno irlandés le sobran razones para sentirse orgulloso de usted. Ha servido usted generosamente a su patria. Estoy personalmente impresionado por su integridad y su iniciativa. Le admiro.

»Pero ¿qué sentido tiene proseguir? La cábala que le ordenó actuar independientemente ha sido disuelta. Su cuñado ha dimitido y se ha convertido de nuevo en un ciudadano corriente. Seán Roche ha optado por una jubilación anticipada. Eoin Ceannt ha sido expulsado. Martin Fitzsimmons está muerto.

–¿Cómo? –exclamó Declan, como si acabara de recibir un puñetazo en el estómago.

–Ha muerto esta mañana, en lo que la policía considera un asesinato por venganza. Alguien le ha apuñalado cerca de Baggot Street, junto al gran canal. Al parecer acababa de ser visto hablando con un desconocido. La policía está elaborando una descripción.

Hizo deliberadamente una breve pausa. A Declan se le puso la piel de gallina y se mordió el labio.

–Prosiga.

–Si hay que culpar a alguien por esta operación ilegal, no es a usted ni a su equipo. Sus superiores le ordenaron llevar a cabo una misión sin dejarle otra alternativa y usted creía cumplir con su obligación. El primer ministro me ha pedido que le comunique que la situación ahora ha cambiado y que debe considerar las órdenes anteriores anuladas. De momento recuperará su cargo como jefe de la unidad especial de detectives. Pero, confidencialmente, puedo asegurarle que cuando se resuelva el asunto de los rehenes, tendrán lugar promociones a cargos importantes. Usted será el primero en elegir.

–¿Y si no acepto?

–Realmente dudo que sea usted tan estúpido, señor Carberry. No tiene otra salida viable. Si de verdad quiere ayudar a los rehenes, será mucho más útil trabajando con nosotros que contra nosotros. Necesitamos su experiencia y sus conocimientos. No puede hacer nada por cuenta propia. Aunque encuentre a los rehenes, ¿qué hará entonces? ¿Qué puede hacer por ellos? No dispone de un ejército, de una policía, ni de una unidad de rescate, cuenta sólo con un puñado de funcionarios. A fin de cuentas, no tendrá más remedio que entregarnos la información para que podamos organizar debidamente una operación de rescate, o negociar desde una plataforma de fuerza superior.

»Por consiguiente, ¿por qué no hacerlo ahora? ¿Por qué no aceptar lo inevitable y abandonar este absurdo juego?

–Este absurdo juego, como usted lo llama, es algo que por lo menos puedo practicar con reglas que comprendo y compañeros en quienes puedo confiar.

–¿Me está diciendo que no confía en su propio gobierno, ni en su propio primer ministro?

–Usted no es el primer ministro, amigo, y de momento es la única persona con la que he hablado. Para serle sincero, ni siquiera estoy seguro de que Ciaran Clark tenga legítimo derecho al cargo que ocupa. El caso es que no reconozco la autoridad de Clark o la suya. Ni, dicho sea de paso, la del MI5.

A pesar de su jactancia, Declan sabía que lo que Harker decía era cierto y que su situación era muy precaria. No tenía derecho a poner en peligro la carrera, e incluso tal vez la vida, de los hombres y las mujeres que trabajaban con él. Además, Harker no se equivocaba al afirmar que la suerte de los rehenes sería más halagüeña si se coordinaba plenamente la operación de búsqueda, con el apoyo de unidades militares debidamente preparadas y equipadas. La legalidad de la subida de Ciaran Clark al poder o la legitimidad de la presencia del MI5 en la república eran secundarias respecto al problema central de liberar a los rehenes y obligar a los secuestradores a rendir cuentas ante los tribunales.

Pero también sabía que Harker tenía sus propios planes secretos. El asunto de las manos demostraba que quienquiera que estuviera al cargo de la suerte inmediata de los rehenes no era el MI5. Willoughby, Harker y sus superiores podían permitirse que mataran o mutilaran a unos cuantos musulmanes, ya que de ese modo incrementaban la presión en la gente que retenía a los miembros de la red Scimitar. Pero Declan empezaba a pensar que habían formado una alianza infernal con alguien que tenía unos planes muy diferentes, alguien cuya voz acababan de escuchar, y que mataría a todos los rehenes si se le antojaba.

Dadas las circunstancias, su propia operación era tan vital para la seguridad de los rehenes como siempre lo había sido. Los demás tendrían que tomar su propia decisión, evidentemente. Les ofrecería la oportunidad de proseguir, o la de acogerse a la oferta de Harker. Pero él seguiría buscando, aunque se quedara solo.

–Cuente con mi dimisión –dijo Declan–. Escribiré una carta esta noche y se la mandaré al señor Clark por fax por la mañana.

–No me ha comprendido, señor Carberry. No le ofrezco ninguna alternativa. Trabajará conmigo o quedará detenido. No hay opciones intermedias. Las condiciones son las mismas para todos los componentes de su equipo. Ésta es la única posibilidad que estoy dispuesto a contemplar.

–Entonces váyase al infierno.

Se hizo un prolongado silencio. Declan esperaba que Harker colgara, pero no lo hizo. Cuando habló de nuevo, su tono ya no era tranquilo ni amable y no mostraba ni un ápice de cortesía.

–Todavía no me ha comprendido. Si existe un infierno para personas como nosotros, es usted y no yo quien avanza en esa dirección. No le hablo desde Dublín, sino desde un teléfono móvil a menos de mil metros de donde usted se encuentra en este momento. Craigpatrick está rodeado por una unidad de los SAS, a las órdenes de su propia compañía de zapadores. Han recibido órdenes de matar a cualquiera que intente abandonar la finca. Dispone de media hora para hablar de la situación con sus colaboradores. Si al concluir este período no han salido, los SAS tienen órdenes de entrar en la casa y utilizar la fuerza para detenerles. Y me parece justo advertirle que ante cualquier intento de resistencia, aunque simbólica, la reacción será contundente.

CINCUENTA Y CUATRO

Ballybay
18.35 horas

Había sido un día largo y agobiante al que todavía le faltaba mucho por terminar. Habían llegado las armas de Dublín y las habían ocultado en un escondrijo cercano. Por la noche tenían prevista una sesión para familiarizarse y entrenarse con ampliadores de luz de tercera generación, que se acoplarían a las armas que utilizarían, y visores térmicos capaces de penetrar el humo, la bruma y la vegetación ligera. Nadie se acostaría antes de la medianoche, o mucho más tarde, dependiendo de lo que les costara aprender.

Durante la mañana y de nuevo por la tarde, Abu Hida se había ganado a regañadientes el respeto de la unidad de servicio activo. Le había pedido a Maureen que no les mencionara detalle alguno respecto al tiroteo de Andersonstown. Tampoco les había hablado en absoluto de su vida en el Líbano, las misiones en las que había participado, ni las personas a las que había matado. Se había limitado a salir con ellos al campo, penetrar en oscuros bosques, cruzar caudalosos ríos y subir a la cima de las colinas. Y los había forzado en todo momento más que nunca en su vida a correr, a permanecer inmóviles, a esconderse, a salir al descubierto, a disparar, o a dejar de hacerlo.

Nunca les levantó la voz, ni les pidió que hicieran algo que no hacía él primero. Al principio le seguían con reticencia. Pero conforme avanzaba el día, empezaron a avergonzarse de quedar rezagados, e intentaron hacer todo lo que les pedía. Y así como no les había reprochado sus fallos, no dejó de alabar todos y cada uno de sus pequeños éxitos.

Estaban en la cocina, devorando su primera comida desde el

desayuno. Nadie decía palabra. Abu Hida comía sólo pan y queso. Maureen había ido al pueblo para hacer una llamada telefónica y Abu Hida la echaba de menos. A lo largo del día había respondido mejor que cualquiera de los hombres del grupo y, concluida la sesión, actuaba como si el esfuerzo no la hubiera afectado.

Se oyeron pasos cerca de la casa. Abu Hida se asomó a la ventana. Al ver acercarse a Maureen, sintió un curioso estallido de certeza en las entrañas: era portadora de la información que esperaba. Caminaba con un brío que no tenía al salir.

Ahora lamentaba las exigencias que este tipo de vida le imponía, la supeditación de todas las emociones a la lucha y sus requerimientos. Tanto era lo que veía en los ojos de aquella mujer, lo que leía oculto tras su velo. Maureen O'Dalaigh nunca se había cubierto el rostro con una tela, pero había aprendido a usar otro tipo de máscara, a ocultarse tras sonrisas fingidas, facciones carentes de expresión y una amarga mirada que no revelaba absolutamente nada. Pero él lograba ver más allá, alcanzar y casi tocar aquella emoción cruda tan cerca de la superficie. Triunfo, miedo, emoción y –también– lujuria. Y el remordimiento en él era como una piedra, que le empujaba crecientemente hacia la tierra.

–Han encontrado un cuerpo en la península de Dingle –dijo después de cerrar la puerta a su espalda.

Ahora estaba delante de él y le miraba con unos ojos vivaces. Le había traído lo que deseaba y, a cambio, tal vez gozaría de su exclusiva compañía.

–Un anciano llamado Michael Deighan –prosiguió–. Al parecer de todos era un personaje inofensivo, que hacía pequeños trabajos y que no se metía nunca con nadie. Le han encontrado esta mañana en la playa, junto a Ballyoughteragh con un tiro en la cabeza.

–Los viejos suelen ser entrometidos –dijo Conor Melaugh–. Puede haber un millar de razones para que le volaran la tapa de los sesos. Vamos a necesitar algo más que el cadáver de un anciano.

–Cierra el pico y escucha, Conor. Hay unos desconocidos en Inishtooskert. Según los lugareños son norteamericanos, aunque se les ha visto muy poco. Compraron abundantes suministros en Dingle a principios de verano. Dijeron que pertenecían a algún tipo de iglesia y que habían venido para hacer ejercicios espirituales. Los que los vieron comentan que eran gente amable, pero reservada. Sólo había hombres, nada inmoral. No se metieron con ellos; la población de esa región respeta los ejercicios espirituales, forman parte de su propia cultura. Que ellos sepan, siguen rezando en la isla, aunque de vez en cuando llegan algunos en un bote a la costa y se dirigen en coche al interior. Guardan varios vehículos en una cala frente a la isla.

–¿Dónde está ese lugar? –preguntó Abu Hida, que anhelaba verlo en un mapa.

Tenía la sensación de haber dado en el clavo: una muerte violenta e innecesaria, unos forasteros reservados y frecuentes desplazamientos al interior.

Maureen encontró un mapa de Irlanda y lo abrió sobre la mesa, después de retirar los platos y las tazas.

–Aquí –respondió, al tiempo que señalaba la península de Dingle, al sudoeste–. Aquí es donde se encontró al anciano. Un poco más al sur está la cala donde se guardan los vehículos. Y esto es Inishtooskert.

Abu Hida asintió. Una isla junto a la costa. Era un lugar ideal.

–¿Hay muchos habitantes en la isla? –preguntó.

Maureen negó con la cabeza y le contó lo sucedido a los isleños de Blasket. Abu Hida sonrió para sus adentros. La pauta tenía sentido, intuía su coherencia profunda. Él también habría elegido un lugar semejante.

–Saldremos mañana –dijo–. Al amanecer.

CINCUENTA Y CINCO

Craigpatrick
18.11 horas

Declan colgó el teléfono. Le temblaba la mano. Respiró hondo e intentó tranquilizarse. Le latía aceleradamente el corazón y su cerebro trataba de seguirle el compás. Durante más de un minuto permaneció inmóvil junto al robusto escritorio de Pádraig Pearse, examinando las posibilidades.

Lo más fácil era aceptar la oferta de Harker; con toda seguridad todos los miembros de su equipo serían promocionados y obtendrían cualquier pequeña bonificación que solicitaran. Ya se habían arriesgado bastante y ahora estaban metidos en un lío que ninguno de ellos había previsto. Para comprar su silencio, él podría pedir que lo ascendieran y probablemente le concederían alguno de los varios cargos gubernamentales disponibles. Incluso posiblemente el antiguo cargo de Ciaran Clark. O que le nombraran embajador en algún lugar como París o Washington, o representante de las Naciones Unidas en Nueva York. Nada era imposible para Harker y sus amigos. Además, sabía que el primer ministro podía permitirse el lujo de ser generoso.

Fue casi lo suficientemente cínico para considerarlo. Después de todo, había vivido bastante cerca de los círculos gubernamentales para saber lo que ocurría, y muy próximo al mundo del servicio secreto para comprender que su falta de cooperación no supondría una gran diferencia, o ninguna. La suerte de los rehenes la decidirían, o ya la habían decidido, personas más poderosas y más cínicas que él. Y si pudiera asegurarse de que sus cálculos incluyeran la liberación de Amina, no tendría por qué preocuparse. Si se le antojaba, podría jubilarse y retirarse a algún lugar con ella. Era lo que más le apetecía. El mundo se las arreglaría solo.

Por otra parte...

Abrió la puerta. Grainne esperaba en la habitación contigua.

–Grainne, reúne a todo el mundo cuanto antes.

A los pocos minutos, el equipo completo estaba reunido en la biblioteca. Declan consultó su reloj. Les quedaban veinticinco minutos para decidirse.

–Liam –dijo Declan–, quiero que te pongas en contacto con la unidad de busca y rescate del aeropuerto de Shannon. Utiliza la radio, no el teléfono. Usa un código SDU de emergencia. Diles que necesitamos un Dauphin para recoger a uno o varios pasajeros en esta casa dentro de veinticinco minutos. Diles que es una emergencia, que hay personas que precisan atención médica urgente. Lo han hecho en otras ocasiones, conocen el procedimiento.

Cuando Liam se retiró, Declan se situó frente al equipo.

–Habréis adivinado que algo sucede. Acabo de recibir una llamada de Harker. Sabe dónde estamos, lo que hacemos y quiere que lo abandonemos.

A continuación les contó los aspectos principales de su conversación.

–Y eso es todo. Creo que podéis confiar en su palabra. Todos podéis marcharos, sin ninguna mancha en vuestro expediente. Ha salido mejor de lo que cualquiera de vosotros podía haber imaginado.

–¿Para qué queremos el helicóptero? –preguntó Dominic Lawlor.

–Para quien desee utilizarlo. Si alguno de vosotros prefiere marcharse, el helicóptero le dejará donde quiera. No os lo recomiendo, pero creo que la decisión debe ser vuestra.

–¿Usted se marcha en el helicóptero, señor? –preguntó Grainne.

–Sí.

–¿No confía en él?

Declan se encogió de hombros.

–Confío en que cumpla su palabra en lo que a esta unidad concierne. Fue el ex primer ministro y ciertos jefes de los servicios de seguridad quienes os involucraron en este asunto. No hay ningún mal en ello. Harker no tiene ninguna razón para perjudicaros, sino todo lo contrario. Podéis serle útiles.

–Pero ¿usted no?

Negó con la cabeza.

–No –respondió–, yo no.

Grainne le miró fijamente. Había algo que no les contaba.

En aquel momento entró Liam Kennedy en la sala.

–Están de camino, señor. Querían autorización y les he dado su nombre. Espero no haber metido la pata.

Declan se encogió de hombros.

–Ya es demasiado tarde para preocuparse ahora por eso. ¿Cuánto tardarán en llegar?

–Quince minutos. Un solo Dauphin, como se les ha solicitado.

–Bien. Sal y prepárate para iluminar el helipuerto. Los interruptores están en una caja, junto a la puerta de la cocina. No hagas nada hasta que el aparato esté sobre nuestras cabezas.

–No cabemos todos en un Dauphin, señor.

–Lo sé, Liam. No espero que vayamos todos. Ahora ocúpate de lo que te he dicho.

Liam se retiró. En la sala se hizo un tenso silencio que duró medio minuto, hasta que lo interrumpió una voz desde el fondo.

–Dime, Declan, ¿podrían tener los servicios secretos norteamericanos relación con este asunto del secuestro?

Myles O'hUiginn se había puesto de pie, con la pequeña cinta magnetofónica en la mano. A Declan le pareció que estaba nervioso.

–Myles, esto ya no es de tu incumbencia.

–Tú me has traído aquí, Declan. Me has pedido que haga un trabajo, y todavía no lo he acabado. Te he preguntado si el asunto que nos incumbe podría estar relacionado con el FBI o tal vez con la CIA. ¿Es posible?

Declan titubeó unos instantes.

–Sí, casi con toda seguridad.

–Comprendo.

Myles seguía de pie, pensativo e inquieto.

–Declan, ¿puedes ponerte en contacto con el FBI? ¿Puedes hacerlo sin que sepan lo que está sucediendo? Hay algo que debo averiguar.

–No lo sé. Es posible. Depende de lo que quieras saber.

O'hUiginn levantó la cinta.

–Quiero que luego vuelvas a escuchar esto, Declan. Puede

que por sí solo no signifique gran cosa para ti, ni para nadie que lo haya escuchado hasta ahora. Lo que puedo decirte es que revela la identidad de los secuestradores.

–Ahora es demasiado tarde para preocuparse de eso, Myles.

–No, no lo es, Declan. No cuando sepas quién es y de lo que es capaz.

–Muy bien, ¿quién es?

–Hay un problema, Declan.

–Dime, ¿de qué se trata?

–La persona que habla en esta cinta, el que pronuncia el sermón... que sepamos todos...

La voz habitualmente segura de O'hUiginn se perdió en la lejanía.

–Dime, Myles, ¿cuál es el problema?

–Hasta esta noche, habría estado dispuesto a jurar que estaba muerto.

CINCUENTA Y SEIS

Craigpatrick
18.26 horas

El helicóptero aterrizó pocos minutos antes de la hora límite fijada por Harker. Era un 365F del cuerpo de rescate aéreo, comprado con fondos de la Unión Europea, con el propósito de reducir la pérdida de vidas humanas en la costa atlántica occidental. Con los rotores girando todavía, se había posado en la pequeña pista del fondo del jardín, desde donde Pádraig Pearse había despegado con frecuencia para presentarse sin previo aviso en la capital, o en alguna ciudad de provincias.

Declan ordenó apagar las luces y todo quedó inmediatamente sumido en una densa oscuridad. La mayoría de los miembros de su equipo habían decidido arriesgarse con Harker y Ciaran Clark. En todo caso, no podían hacer gran cosa ahora que la operación se había desarticulado. Todos se habían despedido ya.

Los demás corrieron al helicóptero y cuando estaban subiendo a bordo, la unidad de los SAS reaccionó. Declan callaba que lo pensarían dos veces antes de disparar contra un helicóptero de busca y rescate desarmado. Ni siquiera para Harker sería fácil de explicar.

Declan se acercó a la parte delantera del helicóptero y le mostró al piloto sus documentos de identidad.

–Oiga, quienquiera que sea usted –dijo el piloto, que era un joven salido hacía escasamente un año de la escuela de helicópteros de Baldonnel, sin dejar de mirarle fijamente–, ¿le importaría decirme qué diablos ocurre aquí? Acabo de recibir una comunicación de una patrulla de Fiannóglach. Pretendían que regresara a la base, pero les he dicho que era una emergencia. No puedo hacer caso omiso...

–Escúcheme, esto es una emergencia. Debemos salir de aquí inmediatamente.

–El mensaje que hemos recibido decía que era para recoger heridos. Pero, por lo que veo, ustedes parecen estar todos sanos. Si quiere que despegue, necesitaré una autorización.

–¿Le basta con esto? –preguntó Declan, después de desenfundar la pistola del interior de su chaqueta.

–Va a meterse usted en un buen lío, amigo. Ustedes no están autorizados para dirigir un aparato del cuerpo aéreo.

–Eso es cosa mía. Usted limítese a pilotar.

En aquel momento se oyó una voz por la radio:

–SAR 248, habla el capitán Loughran de la división de zapadores. Está usted en una zona prohibida bajo control militar. Exijo una explicación de su presencia. Cambio.

El piloto extendió el brazo para pulsar el botón del transmisor, pero Declan se le anticipó y lo apagó.

–Quiero que este helicóptero despegue inmediatamente –ordenó–. Cuénteles a los de Fiannóglach lo que se le antoje.

El piloto titubeó unos instantes, hasta que asimiló el hecho de que el individuo de la pistola estaba junto a él y la patrulla de Fiannóglach en el exterior, y aceleró el motor del aparato.

–Cierren las puertas y abróchense los cinturones –dijo.

Poco después estaban en el aire.

–De momento diríjase al norte. Y apague todas las luces exteriores; no quiero que nos sigan visualmente. Procure mantenerse por debajo del nivel del radar.

–Maldita sea, eso que tenemos delante son las montañas de Slieve Aughty.

–Olvídese de las montañas. Manténgase sobre el lago hasta Portumna y luego siga la carretera hacia el oeste, en dirección a Loughrea. Eso le permitirá cruzar los montes. Si desde Loughrea prosigue hacia el norte, se encontrará con una carretera que va de este a oeste. En dirección este le conducirá a Ballinasloe. Cuando lleguemos le daré nuevas instrucciones.

Antes de salir de Craigpatrick, Liam había organizado tres puntos de encuentro independientes con coches y equipamiento. Si seguían en sus puestos, podrían recoger lo que necesitaban y dirigirse a otro escondite. La cuestión era ¿dónde?

Varios factores limitaban su elección. Era imprudente pasar

mucho tiempo en el aire; no tardarían demasiado en coordinar el radar de superficie con aviones militares, localizarlos y obligarles a aterrizar. Eso significaba que debían mantenerse al amparo de las montañas y dirigirse al punto de encuentro más cercano, junto a Ballinasloe. Desde allí podrían tomar cualquier dirección, aunque Declan no quería alejarse de la costa. Si la información que Martin le había facilitado era correcta y los rehenes estaban realmente cerca de la costa o en una isla, sería un error dirigirse al interior.

Aumentaba la oscuridad de la noche. Sin la ayuda de los instrumentos, hacía mucho tiempo que se habrían estrellado. De vez en cuando vislumbraban las luces lejanas de alguna casa de campo, antes de ocultarse de nuevo tras alguna rugosidad del terreno. A sus pies, la superficie del lago brillaba con un tono gris apagado, y sus ondulaciones parecían extenderse al infinito. Luego, de pronto, desapareció. Ahora volaban sobre tierra firme. Declan sabía que, desde algún lugar, unas manos invisibles intentaban alcanzarles.

Aterrizaron al este de Ballinasloe, junto a unos espesos bosques. La complejidad del silencio cuando tocaron tierra era sobrecogedora, como si el campo entero hubiera enmudecido. Declan imaginó diminutos seres en los prados y matorrales, temblando en la oscuridad mientras se aguantaban la respiración.

Lograron ocultar el helicóptero bajo las ramas de los árboles más periféricos. No estaba perfectamente escondido, pero sería invisible desde el aire. Liam desactivó la radio y el circuito de localización. Dejaron al piloto en la carlinga, atado con una gruesa cuerda que se utilizaba para sujetar el aparato a un buque a la deriva.

–Lo siento –dijo Declan–. Pero la causa se lo merece. Créame.

El joven vio que se sumergían en la oscuridad de la noche, hacia su punto de encuentro, sin decir palabra. No sabía exactamente dónde se encontraba, pero no creía que llegaran muy lejos. Con un ligero esfuerzo levantó la rodilla y pulsó el botón del aparato de localización, incorporado al pecho de su chaqueta, que empezó a emitir silenciosas señales en la oscuridad, regulares y reconfortantes. No tardaría en llegar alguien.

CINCUENTA Y SIETE

19.20 horas

Se dirigieron al nordeste por la N6 hasta Athlone, luego giraron hacia el este y finalmente al sur en dirección a Tullamore. Cruzaron el gran canal para penetrar en Offaly y Tipperary, por una carretera ondulada entre campos semivisibles. Declan calculaba que se habían alejado de Ballinasloe por los pelos. Habrían localizado de algún modo el helicóptero y habrían mandado un escuadrón de los SAS en su busca.

Un segundo coche, conducido por Dominic Lawlor, había emprendido rumbo oeste hacia Galway. Si lo lograban, volverían a reunirse en el castillo de Desmond, al sur de Limerick. Declan sólo podía imaginar los recursos de los que disponía Harker. Puede que a estas alturas, él y su personal conocieran perfectamente las matrículas de los coches que su equipo había preparado para semejante emergencia. Pero Tim O'Meara había rodeado la compra y entrega de los vehículos de más bagatelas y fruslerías que capillas había en Irlanda consagradas a la Virgen María, y era bastante probable que tardaran unos días en descubrirlo.

Declan conducía un Volvo aparentemente antiguo, con un motor tan bueno como el de un Mercedes recién estrenado. Los coches que Tim había adquirido no eran chatarra, aunque por su aspecto lo parecieran. En la zona rural de Irlanda, un coche nuevo habría llamado la atención, pero una avería grave en el campo habría creado otro género de problemas.

En su coche viajaban Grainne, Liam y Myles O'hUiginn. Los tres hombres iban vestidos de cura y Grainne de monja. Era un disfraz evidente, pero no obstante eficaz. Irlanda no es como

Inglaterra, ni siquiera como Francia, y todavía es corriente ver a curas o monjas, a quienes los campesinos tratan con deferencia. Llevaban documentos falsificados que les identificaban como miembros de una orden de misioneros africanos, en viaje de recaudación de fondos. Su supuesto destino variaba con frecuencia, cada vez que cambiaban de dirección o pasaban por algún pueblo.

Mientras conducía, Declan pensaba en lo que Myles les había contado. Más adelante tendrían la oportunidad de examinar detenidamente las pruebas que le habían dado a Myles la idea en primer lugar. Pero si tenía razón, y le parecía probable que la tuviera, Amina corría un peligro muy superior al que había supuesto. Había un individuo en Washington que tal vez podría corroborar o desmentir las sospechas de Myles, un viejo amigo que le debía a Declan varios favores. Después de encontrar un lugar para pasar la noche, intentaría ponerse en contacto con él.

Pasaron por un túnel de árboles, en una carretera sin principio ni fin. En la oscuridad, la luz ocasional de alguna casa de campo aislada evocaba una prolongada y dolorosa soledad, la desesperación de unos campos húmedos. Pensó en la poca diversión de aquellos parajes y en sus dos únicas salidas tradicionales: el sacerdocio y la bebida. Las mujeres se convertían en monjas o en madres, soñando a oscuras con Dios sabe qué.

En el campo era difícil encontrar un lugar donde la llegada inesperada de un pequeño grupo como el suyo no llamara la atención. Declan pensó en varios amigos con los que podrían hospedarse, pero los descartó a todos; sería injusto convertirles en cómplices, con el riesgo de que los detuvieran por haberles ayudado. Él y sus compañeros eran ahora delincuentes y marginados, buscados no sólo por la policía; no podía permitirse el lujo de olvidarlo un solo instante.

Había un control de la Garda a la salida de Templemore y otro cerca de Thurles. En ambos casos sus hábitos les permitieron pasar sin problemas, pero Declan sabía que no todas las patrullas esta noche serían de la Garda local, ni se contentarían con la presencia de las sotanas. Les convenía retirarse cuanto antes de la carretera.

De pronto recordó una excursión de un domingo por la tarde, hacía unos años, con Concepta y Máiréad. Habían visitado el castillo de Ballynahow, una fortaleza circular construida por los Purcell en el siglo XVI. Para entrar allí habían tenido que pedir la llave en una casa de campo cercana, y recordó que en la misma ofrecían camas y desayuno. Ahora no era temporada turística, pero estaba seguro de que harían una excepción para un pequeño grupo de religiosos.

Se dirigió hacia Nenagh y giró a la derecha en la gasolinera. El castillo se encontraba a un par de kilómetros y la casa de campo después de otros tres kilómetros. Paró el coche y se apeó, junto con Liam. Después de quince minutos bajo el capó, dejaron el motor semiaveriado y condujeron entonces hasta la casa de campo.

Abrió la puerta una adolescente ataviada a la moda de hacía veinte años, aunque la palabra «moda» era probablemente una exageración. Les miraba atónita y Declan supuso que su estupor lo provocaba tanto el hecho de ver a unos seres humanos como el de que fueran curas.

No parecía comprender el inglés ni el irlandés, y Declan empezaba a preocuparse cuando apareció junto a ella una voluminosa mujer, vestida de forma casi idéntica.

–No sabe cuánto lo siento, padre, pero la niña es tímida con los desconocidos. ¿Puedo hacer algo por ustedes?

Declan le contó que se habían perdido de camino a Cashel y que el motor de su coche tenía problemas. Alguien les había dicho que aquí les ofrecerían tal vez cama y desayuno. ¿Podían quedarse a pasar la noche?

La mujer pareció titubear momentáneamente. Les explicó que sólo alquilaba habitaciones en verano y que no había mucha comida en la casa para todos ellos. Pero, dadas las circunstancias... Si alguna vez llegaba a saberse que les había negado cobijo a tres curas y una monja que no tenían dónde hospedarse...

A Grainne se le asignó una habitación individual y los tres hombres tuvieron que compartir otra, con una cama de matrimonio y una individual.

–Hay algo más –dijo Declan en la cocina, después de haber ayudado a los demás a guardar sus pertenencias–. Necesitamos hacer un par de llamadas telefónicas. Son muy importantes, de lo contrario no se lo pediría.

–Por supuesto, padre, no hay ningún inconveniente. Llame desde el comedor, si le parece bien.

–Debo aclararle que son llamadas internacionales. Puede que sean bastante caras. Si usted está de acuerdo, las cronometraré cuidadosamente y le entregaré el importe exacto.

La mujer, que se había identificado como señora Kavanagh, pareció titubear momentáneamente. Su marido había ido de copas a Ballycahill y probablemente no regresaría hasta mucho más tarde. Por otra parte, el trabajo de la Iglesia era de suma importancia. Si sus vecinos algún día llegaban a saber que Peggy Kavanagh le había negado a un cura el uso de su teléfono...

–Además –prosiguió Declan–, debo hacer la llamada en privado. Tengo que tratar ciertos asuntos confidenciales. Estoy seguro de que me comprende.

Para Peg Kavanagh, el secreto y los curas estaban tan unidos como la leche y las vacas. Era muy consciente del secreto de la confesión y no tenía la menor duda de que todas las comunicaciones de los sacerdotes merecían el mismo respeto.

–Por supuesto, padre –respondió–. Aquí somos tan respetuosos de los secretos como cualquiera.

Le llevó a un pequeño cuarto trasero, que utilizaban como comedor, y le dejó junto al teléfono.

Declan calculó que no era excesivamente arriesgado hacer la llamada. El tráfico telefónico entre Irlanda y Estados Unidos era abundante, especialmente por la noche, cuando los que todavía estaban despiertos en Irlanda intentaban hablar con sus parientes a su regreso del trabajo. Harker no tendría ninguna razón para sospechar que intentara llamar a alguien en Norteamérica, y los controles habituales de llamadas transatlánticas no revelarían nada especial.

Llamó a Conrad Lee a su casa en Washington, con la esperanza de que no estuviera de servicio, o de que se hubiera ausentado por alguna razón durante el fin de semana. El teléfono sonó varias veces y finalmente respondió una voz de niña.

–Residencia Lee.

–Hola –respondió Declan, suponiendo que hablaba con la hija menor de su amigo, a la que nunca había visto–. ¿Eres Tracy?

–Sí. ¿Quién es usted?

–Soy un amigo de tu padre. Llamo desde Irlanda. ¿Está en casa?

–Sí, está aquí. Pero me ha dicho que antes le pregunte cómo se llama usted.

–Dile que llamo desde Irlanda. Él sabrá quién soy. Por cierto, Tracy, ¿puedes hacerme un favor? ¿Podrías decirle a tu padre que no utilice mi nombre cuando se ponga al teléfono? Él lo comprenderá

–De acuerdo.

Al cabo de medio minuto oyó la voz de Conrad.

–¿Tienes problemas, Denis?

–¿Cómo lo has adivinado?

–Lo he adivinado porque me has pedido que no utilice tu nombre, porque ocurren cosas graves donde tú estás y porque he oído rumores de que de algún modo estamos interviniendo. Además, me has llamado.

Declan había conocido a Conrad Lee en el Líbano, cuando Conrad formaba parte del servicio secreto militar norteamericano en Beirut. Durante algún tiempo trabajaron en estrecha colaboración. Más adelante, Conrad había ingresado en el FBI y había pasado algún tiempo en Londres, formando parte de un equipo de enlace que operaba en Europa. En aquella época había ido de vacaciones y pasado varios fines de semana en Irlanda, como invitado de Declan.

–Tienes mucha razón, Conrad. Estoy metido en un lío. Pero quiero que me creas, estoy de parte de los buenos.

–Todavía no me has preguntado por mis hijos.

–¿Cómo están tus hijos?

–Muy bien. Evangeline me preguntó la semana pasada cuándo volveríamos a Irlanda. Echa de menos a su tío Denis. ¿Cómo están Máiréad y Concepta?

–Concepta está bien. Ahora se encuentra en el campo con su familia.

–¿Ha empezado Máiréad en la universidad?

Declan cerró los ojos. Le envolvió una nube de desolación que emergió de la nada y le dejó desnudo y dolorido.

–No... Máiréad ha muerto, Conrad. La asesinaron hace unas semanas. Te lo ruego... no me obligues a hablar de esto ahora.

Se hizo un prolongado silencio. Conrad se sentía muy unido a Máiréad.

–Dios mío, Declan, no sabes cuánto lo siento. Es terrible. Me faltan palabras. ¿Está esto... el hecho de que me hayas llamado está relacionado con su asesinato?

–Sí, en cierto modo. No puedo entrar en detalles, no me lo pidas. El caso es que necesito urgentemente cierta información y no conozco otra forma de obtenerla, a no ser a través de ti.

–¿Servirá para encontrar al asesino de Máiréad?

–Es posible.

–Entonces puedes contar con lo que sea, si está en mi mano. ¿Qué necesitas saber?

Declan se lo contó lenta y cuidadosamente, sin dramatizar la situación.

–¿Hablas en serio, Declan?

–Nunca he hablado tan en serio en mi vida. Creemos que tiene a los rehenes en algún lugar de la costa.

–No puede ser. Está muerto.

–¿Te importa averiguarlo?

–De acuerdo, haré lo que pueda. ¿Dispones de un teléfono al que pueda llamarte?

Declan le dio el número de la casa de campo. No tenía importancia. Si habían localizado la llamada, ya conocían el número.

–Por cierto, Conrad. Cuando llames responderá una mujer llamada señora Kavanagh. ¿Puedes decirle que llamas del Vaticano y que es urgente? Pregunta por el padre MacLogan.

–¿El padre MacLogan? ¿El Vaticano? No voy a preguntarte por qué. ¿También quieres que le hable en italiano?

–No creo que sirviera de nada. Pero procura ser convincente.

–Muy bien, llamaré cuando tenga algo que comunicarte. Pero dudo que averigüe algo.

–Inténtalo, eso es todo.

–Buena suerte. Cuídate.

Declan colgó el teléfono. Tomó nota de la hora y calculó la duración de la llamada. Parecía casi irrisorio que el jefe del principal servicio secreto irlandés se viera obligado a llamar a sus colegas desde una casa de campo y calcular los pasos.

Los demás estaban en la cocina disfrutando de una sustancial comida, que parecía haber salido de la nada. La conversación era un poco forzada, aunque Myles, gracias a sus conocimientos religiosos y sus contactos con la jerarquía eclesiástica dublinesa, lograba dar la impresión correcta.

Grainne levantó la cabeza cuando entró Declan y éste comprendió inmediatamente que había algún problema. Los demás, sentados en sillas de madera, guardaban silencio. La señora Kavanagh cortaba pan.

–La señora Kavanagh nos estaba contando las noticias –dijo Grainne–. ¿No es cierto, señora Kavanagh?

La voluminosa mujer levantó la cabeza.

–Acabo de oírlo por la radio –dijo–. Parece increíble, pero unos terroristas andan sueltos por esta zona y Ballinasloe. ¡Terroristas! Ya sabemos que existen en el norte, pero no aquí, donde todos somos gente pacífica que no se mete con nadie. Dicen que la Garda los busca por todas partes. Me preocupa que Pat tenga problemas cuando regrese. Estará tan saturado de alcohol que no se enterará de lo que ocurre.

Al percatarse de que había metido la pata, miró nerviosa a su alrededor.

–No es que beba mucho, pero de vez en cuando, sobre todo el sábado por la noche, se toma un par de cervezas y charla con sus amigos.

–Pero la señora Kavanagh dice que también hay buenas noticias –agregó Grainne.

–Ah, sí. Por lo menos es un alivio. Los zapadores han encontrado y matado a tiros a varios miembros de la banda. Un coche lleno que se dirigía al oeste. Sólo Dios sabe qué hacían por estas tierras. Con toda seguridad aquí no hay nada para ellos. Absolutamente nada.

CINCUENTA Y OCHO

Ballybay
20.45 horas

Se trasladó como la vez anterior al pueblo para llamar a su contacto en Baalbek. El jeque Usayran estaría libre al día siguiente, *insha' allah*. ¿Y si ésa no era la voluntad de Dios? Ni siquiera consideraba dicha posibilidad.

–¿Dices que están en una isla?

La línea era defectuosa esa noche, el satélite se encontraba en una mala posición. Daba la sensación de una enorme distancia, de una frialdad ausente la primera vez. De vez en cuando oía el eco de su propia voz. Ante tal inmensidad, pensaba, ¿cómo pueden preocuparnos nuestras rencillas y viejos rencores? Se sentía perdido.

–Un lugar llamado Dingean –dijo–. En inglés lo llaman Dingle; eso es lo que debes buscar en el mapa. Hay una península y un grupo de islas desparramadas. Están deshabitadas. Es un lugar perfecto. Yo también lo habría elegido.

–No tan perfecto si lo has encontrado.

–Yo no habría cometido el error que han cometido ellos.

–¿Puede hacer tu grupo el trabajo? ¿Están preparados?

–No tanto como yo quisiera. Nunca han recibido una preparación adecuada. Pero son de fiar, de eso estoy seguro. Si es necesario, puedo utilizarlos como señuelos mientras rescato al jeque.

–Debes sacarlo de la isla.

–No te preocupes, ya lo he pensado.

–¿Y el resto de tu misión?

–Ya veremos. El jeque es mi principal objetivo. Sólo cuando esté a salvo me ocuparé de lo demás.

–¿Y si no está a salvo?
–Moriremos habiéndonos vengado.

La oscuridad estaba tejida con fibras de mayor negrura. Cuando regresaba a la cabaña, los árboles, los setos y los matorrales perfilaban los contornos de la carretera. Un sueño melancólico impregnaba el aire de aquel país. Su verdor y exuberancia le resultaban casi inaguantables, y su oscuridad le deprimía como el interior de una cárcel. Su firmamento era pesado, cerrado, desprovisto de estrellas, y se sentía desvinculado de los reinos de la luz, del mundo celestial de los imanes y los ángeles. Era todo imaginación, pensaba, simples historias que impresionaban la mente de los niños y los campesinos. Pero deseaba creer en ello a pesar de todo, en un reino más allá de la luna donde nada cambiaba, donde un día duraba mil años, donde las mujeres eran eternamente vírgenes, donde las únicas lágrimas eran de alegría.

Cuando se acercaba a la cabaña detectó un sutil cambio en el ambiente, tan imperceptible al principio que lo descartó como consecuencia de su estado de ánimo. Pero cuando llegó al camino que conducía a la casa, con sus luces apenas visibles entre la arboleda, sus inquietudes anteriores se convirtieron en certeza. La tranquilidad y el silencio que envolvían la noche eran demasiado intensos. La noche anterior se oían pájaros y alimañas en los campos y los bosques. Pequeños sonidos, pero inconfundibles. Esta noche, todo permanecía inmóvil.

Y entonces oyó un ruido a su izquierda, agudo y singular, rodeado de un crudo silencio, sangriento, como un latigazo. Supo inmediatamente de qué se trataba, lo conocía de toda la vida, era el cerrojo de un fusil.

No redujo ni aceleró el paso. Si había hombres armados en el campo, esperarían a que estuvieran todos reunidos en la cabaña, no querrían alarmar a los demás disparándole a él por separado. Y si pensaban asaltar la casa, no lo harían hasta que estuvieran dormidos. Siguió caminando, sin tener realmente miedo, consciente de que en todo momento había armas que le apuntaban y que para matarle sólo hacía falta que alguien apretara ligeramente el gatillo. Llegó a la puerta y entró en la casa.

Lenihan, Melaugh y O'Driscoll estaban sentados alrededor

de una mesilla, donde jugaban a las cartas con fósforos como fichas. Eugene O'Malley tocaba su silbato en un rincón, una música penetrante y conmovedora que casi le resultaba familiar a Abu Hida. En el poco tiempo que había pasado con ellos, había empezado a comprender lo muy diferentes que eran esos irlandeses de los ingleses. Les saludó y se dirigió a la cocina.

Maureen limpiaba una pistola sobre la mesa. Cuando le vio llegar, levantó la cabeza y sonrió.

–¿Cómo te ha ido? –preguntó–. ¿Has logrado hablar?

–Igual que la primera vez –respondió, al tiempo que fruncía el entrecejo y le hacía una seña para que le siguiera a la sala de estar.

Los demás levantaron la cabeza. Abu Hida encendió el televisor y subió el volumen para ahogar el sonido de sus palabras. Se acercó a Maureen y le susurró al oído. Puede que les estuvieran escuchando con micrófonos parabólicos.

–Tenemos visita –dijo–. No sé cuántos son.

–Malditos británicos.

–¿Cómo sabes que son británicos? Estamos en territorio irlandés, ¿no es cierto?

Maureen asintió.

–Sí, pero no son soldados irlandeses. Si esperan a asaltar la casa por sorpresa es porque quieren matarnos. Es propio de los británicos, pero no de los irlandeses. Ellos intentarían detenernos.

–Quienesquiera que sean, creo que esperan a que nos pongamos en movimiento o nos acostemos. Diles a los demás que sigan jugando. Deben procurar actuar con toda normalidad. Tú acompáñame arriba.

Mientras Maureen transmitía el mensaje, Abu Hida cogió un visor nocturno de la caja que había llegado de Dublín.

Después de bajar el televisor a un volumen más normal, precedió a Maureen por la escalera y se detuvo frente a la puerta de una de las habitaciones delanteras.

–Estarán vigilando la casa con mirillas como ésta –susurró–. Necesito que me cubras mientras les devuelvo el cumplido. Entra en la habitación, pero no enciendas las luces. Finge estar cansada, no te resultará difícil. No mires por la ventana, ni muestres que sospechas algo. Empieza a desnudarte y cuando hayas terminado métete en la cama. No te apresures. Quiero que estén pendientes de ti.

–¿Quieres que haga *strip-tease* para esos cabrones? –exclamó claramente enojada, con las mejillas encendidas por el rubor.

–Lo siento, no te comprendo. ¿*Strip-tease*?

–Olvídalo. No lo entenderías. ¿Verán mucho con esas mirillas?

–Lo suficiente para que sigan interesados. No actúes como si supieras que alguien te está mirando. Si creen que somos conscientes de su presencia, atacarán inmediatamente.

–¿Qué harás tú entretanto?

–Observarles a ellos. Contarlos. –Hizo una pausa–. ¿Estás lista?

–No les dirás ni una palabra de esto a los demás. ¿Entendido?

Abu Hida asintió.

–Deja que me agache –dijo antes de colocarse a gatas a sus pies–. Apaga la luz del pasillo y entra en la habitación. No olvides que estás demasiado cansada para encender la luz o cerrar las cortinas.

Maureen apagó la luz y abrió la puerta. La habitación estaba a oscuras, a excepción de una pequeña vela roja frente a un cuadro del Sagrado Corazón. A pesar de la oscuridad, tenía la sensación de que estaba a punto de subir a un escenario. Imaginaba un mar de rostros en la noche, todos pendientes de ella, silenciosos, con la respiración atrapada en sus gargantas y sus bocas secas. Entró lentamente en la habitación. Abu Hida la seguía a gatas. Cuando se aseguró de que él había entrado, cerró la puerta. A pesar de que había dormido aquí la noche anterior, el aire era rancio y enmohecido, como si nadie la hubiera ocupado durante meses o incluso años.

La cama estaba situada de forma que podía sentarse al borde de la misma sin dejar de ser vista por la ventana. Se acercó a la misma, con la cabeza y los hombros caídos. Abu Hida tenía razón, no tenía que fingir el cansancio. Aquel largo día la había dejado agotada. Cuando se sentó, vio cómo Abu Hida se acercaba cautelosamente a la ventana, por debajo del nivel de la repisa.

Se quitó el jersey y lo arrojó descuidadamente al suelo. Ahora Abu Hida había llegado a la ventana y se colocaba lentamente en posición, con la mirilla nocturna en su mano izquierda. Se desabrochó el botón superior de la blusa. Por una parte se sentía estúpida, como si actuara para un puñado de chiquillos, agazapados con sus armas, que habían venido con el propósito de acechar a una malvada bruja irlandesa y, en su lugar, se veían obligados a contemplar un inesperado interludio erótico.

Pero por otra parte le excitaba la idea de desnudarse aquí, iluminada por aquella pálida luz encarnada, a escasos pasos de él, con la posibilidad de que volviera la cabeza y, al verla, se sintiera también excitado por su desnudez. Se desabrochó el segundo botón. El aire era frío en contacto con su piel. Apenas le veía, agachado junto a la ventana. Su propia respiración era lo más ruidoso del mundo. La luz roja cubría su piel como una oscura capa de sangre.

Abu Hida esperó. Todavía no estarían todos pendientes de ella. Gradualmente, uno por uno, le dirigirían la mirada. Se correría la voz. Intuía su presencia, tumbados o agachados en la hierba, tras los árboles o matorrales, con los músculos entumecidos, los nervios tensos y sus visores nocturnos enfocados en la silenciosa casa, observando y escuchando. A su espalda, Maureen desabrochó el tercer y el cuarto botón.

–Mi blusa está medio desabrochada –susurró–. ¿Crees que ya pueden verme?

–Un poco más y podré moverme –respondió.

Una imagen de Maureen acariciándose descuidadamente el pecho le cruzó por la mente. La alejó, agarró con fuerza el visor y se dispuso a colocarse en posición.

Acabó de desabrocharse la blusa y la dejó abierta. No era más que una cualquiera, pensó, exhibiéndose ante los hombres a los que había jurado matar, hombres que habían acabado con sus amigos, asesinos de los SAS, escoria de la tierra. Se desabrochó los puños y se quitó una por una las mangas.

–Me he quitado la blusa –dijo en voz baja.

¿Qué pensarían si alguien subiera ahora?

Dejó caer la blusa al suelo y se llevó las manos a la espalda para desabrocharse el sujetador.

Ha llegado el momento, pensó, ahora están pendientes de ella, ahora puedo moverme. Levantó ligeramente el visor por encima de la repisa. Se preguntó si habría utilizado de aquel modo a una musulmana. ¿Le habría pedido a alguna de sus hermanas, a una de las 'Ara'is al-Damm, que se desnudara frente a un escuadrón de soldados israelíes para distraerlos? Conocía la respuesta, sabía que nunca sería capaz de hacerlo. Sin embargo, no dudaría en mandar a una de ellas a la muerte, a acercarse a un escuadrón de soldados con una sonrisa y una bomba escondida. ¿No era también lo que le había pedido a Maureen O'Dalaigh un acto de nobleza?

Dejó caer el sujetador al suelo. No parecía importar demasiado lo que ocurriera en el exterior. Lo único que deseaba era que él volviera la cabeza, que se le acercara, que la acariciara, que se acostara con ella y que se convirtiera en su amante. Sentada en la cama, con los pechos desnudos e inmaculados, se preguntaba sinceramente cómo se había visto involucrada en aquella guerra, aquel perverso escenario donde todo el mundo estaba por fin desnudo, observadores y observados. Vivía entre gente desnuda, en un país donde todo el mundo estaba vigilado.

Abu Hida tenía el visor junto al cristal de la ventana. Su corazón latía con mayor rapidez de la debida. Pensaba en ella, desnuda de cintura para arriba. Oyó el ruido de los zapatos, uno tras otro, que caían al suelo. Alejó de su mente las imágenes que invadían sus pensamientos y acercó los ojos al visor.

El aparato ampliaba hasta ochenta mil veces la luz. Ello permitía distinguir un objetivo de tamaño humano a una distancia de trescientos metros a la luz de las estrellas. Esta noche la visibilidad era paupérrima, pero sólo pretendía localizar a los asaltantes más cercanos. Empezó a examinar el entorno con suma lentitud. Oyó rechinar el colchón a su espalda cuando Maureen se puso de pie. Siguió observando el terreno.

Maureen se colocó de perfil a la ventana, pensando que sería excesivamente obvio hacerlo de frente, parecería que estaba actuando y podría despertar sospechas. Se desabrochó los vaqueros, sacó una pierna y luego la otra, mientras daba unos saltitos para no perder el equilibrio. No había pensado en lo que haría cuando estuviera completamente desnuda. ¿Bailar para ellos? ¿Hacer una reverencia, retirarse al fondo de la habitación y empezar de nuevo?

Abu Hida vio al primer hombre, difuminado sobre la hierba, con la cara hacia la ventana mirando por un monovisor. En el suelo, delante de él, había un rifle de asalto. Llevaba una mochila a la espalda con el resto de su equipo. Tenía el rostro ennegrecido y permanecía inmóvil como una piedra.

Maureen se bajó las bragas por las caderas. De niña, nunca se habría atrevido a desnudarse delante de un cuadro religioso o la imagen de un santo. Ahora, la luz roja con su doble interpretación le evocaba un pudor que creía olvidado. Y con el mismo una ola de excitación, que no había sentido desde su primera relación adolescente.

La segunda figura estaba detrás de un matorral, la tercera tras un montículo. Parecían relucientes, con el extraño brillo monocromático del visor nocturno. Los árboles, los matorrales y los hombres parecían irreales, como grabados inexistentes en la noche, como un mundo de fantasía. Sólo las ciudades de Jabulqa y Jabulsa existían, muy por encima de las nubes eternamente renovadas.

Sus bragas cayeron al suelo y las apartó con los pies.

–Ahora estoy desnuda –susurró–. ¿Me meto en la cama?

Quería comunicárselo. Deseaba que lo supiera.

–Acuéstate, quédate un par de minutos en la cama y luego levántate como si hubieras olvidado algo. Acércate a la ventana, mira y luego cierra las cortinas.

Obedeció sus instrucciones. La luz roja en la oscuridad había absorbido por completo su voluntad.

Contó siete en total. Habría otros a los lados y detrás de la casa, y probablemente algunos más en los alrededores. Quienesquiera que fueran, iban a matar. Además, comprendió que no eran reclutas que patrullaban por húmedas calles, sino veteranos que ya habían realizado muchas operaciones semejantes, que sabían lo que había que hacer y la forma de hacerlo. Dudaba que él y los demás fueran capaces de vencerles o engañarles.

Intuyó su presencia junto a él y oyó que corría las cortinas. La tela se interpuso entre el visor y el cristal de la ventana. Apagó el aparato y se lo retiró de los ojos, que estaban desenfocados después de forzar la mirada.

–¿Hay alguien ahí? –preguntó Maureen.

Abu Hida sintió que se le aceleraba de pronto el corazón, consciente de que estaba desnuda.

–Sí –respondió, en un tono que parecía irreal.

Había tenido que hacer un esfuerzo para hablar. Su garganta estaba seca. Comprendió que quería desesperadamente acostarse con ella. Cuando se puso de pie, sus ojos empezaban a acostumbrarse a la tenue luz roja que iluminaba los contornos de la oscuridad. Parte de la misma bañaba la piel de Maureen. El resto era imaginación y deseo. Estaba a pocos centímetros.

–Será mejor que te vistas –dijo–. Puede que tengamos que huir.

–Estoy harta de correr –respondió Maureen al tiempo que se le acercaba.

Abu Hida permaneció inmóvil.

–Debo encontrar la isla –dijo–. Para eso he venido.

Ahora estaba exactamente delante de él y sabía que la deseaba. Le cogió una mano y se la llevó al pecho izquierdo. Se lo acarició a ciegas, luego el derecho, el estómago y los labios, y ella sintió que se derretía. Extendió los brazos para tirar de él.

–No –exclamó.

Nunca había tenido que luchar tanto en su vida. Sabía que si perdía, inevitablemente moriría. Retrocedió. Angustiado y dolorido, se acercó rápidamente a la puerta.

–Vístete –dijo–. Voy a salir. Intentaré encontrar una forma de cruzar el cerco. Necesitamos las armas escondidas.

Maureen vio cómo se cerraba la puerta y oyó sus pasos como una maldición en la escalera. Sobre la cama, la pequeña luz roja parpadeaba como un ojo malévolo. Se sentía completamente desnuda, más allá de la carne y de los huesos. En la pared, Jesucristo abría su pecho para mostrar un corazón de cartón. Era el corazón de un fantasma, pero no latía.

CINCUENTA Y NUEVE

Abu Hida se entretuvo sólo el tiempo suficiente para contarles a los demás lo que sucedía. Subió de nuevo el volumen del televisor y les reunió cerca del aparato.

–Debéis permanecer dentro de la casa y cerca de vuestras armas –dijo–. Las que tenéis con vosotros son demasiado ligeras para evitar un ataque en serio, de modo que iré al escondrijo en busca de armamento más pesado. Tendré que ir andando y puede que tarde un poco en cruzar el cerco. Para regresar cogeré un coche de la granja. No se os ocurra dispararme.

–¿Cómo sabremos lo que hacen esos cabrones? –preguntó Conor.

–No lo sabréis. Ninguno de vosotros tiene suficiente experiencia con un visor nocturno, de modo que perderíais el tiempo si intentarais competir con ellos a ese nivel. Es preferible que alguien suba al primer piso y esté atento por si oye algún movimiento. Los demás será mejor que permanezcáis aquí y sigáis charlando. Apagad el televisor cuando me haya marchado.

–¿No debería ir contigo uno de nosotros?

–No, sólo serviría para rezagarme, en el mejor de los casos. Esperad aquí. No tardaré más de una hora.

–¿Cómo sabemos que volverás? –preguntó Colm.

–No lo sabéis –respondió Abu Hida–. Pero os juro por la sangre de Husayn que haré cuanto esté en mi mano para reunirme de nuevo con vosotros. Tenéis mi palabra. Pero antes debo salir de aquí. Eugene, quiero que tú y Colm me ayudéis. Venid conmigo a la parte trasera de la casa. Os mostraré lo que debéis hacer.

Cuando se levantaban para marcharse, Maureen apareció en el umbral de la puerta. Se la veía pálida y abatida. Abu Hida quería abrazarla, decirle que lo lamentaba, que la deseaba tanto antes como ahora. Pero no dijo ni hizo nada. Después de mirarse mutuamente unos instantes, Abu Hida pasó junto a ella en dirección al vestíbulo, seguido de los demás.

Sacó de su bolsa un jersey negro y un pasamontañas como los de las fuerzas especiales, con sólo unos agujeros para los ojos y otro para la boca. Después de ponérselos, se colocó unas gafas Nova de visión nocturna con un solo objetivo. Tenía un extraño aspecto de extraterrestre. Unos finos guantes negros cubrían sus manos. No llevaba ninguna pistola, pero en el bolsillo tenía un Peskett para el combate cuerpo a cuerpo, como los utilizados por las fuerzas especiales británicas durante la Segunda Guerra Mundial. Uno de sus extremos era abultado y podía utilizarse como porra. Si se pulsaba un botón en el otro extremo, salía un largo pincho que podía usarse muy eficazmente como daga. Al tirar de una pequeña bola metálica en la empuñadura, emergía una larga cuerda de acero, útil para estrangular. Era todo lo que necesitaba.

–Colm –dijo–, tú eres fumador. Quiero que salgas por la puerta trasera y la dejes abierta. Sácate el paquete del bolsillo, enciende un cigarrillo y camina hacia la derecha hasta el extremo de la ventana de la cocina, como si hubieras salido a fumar. Haz que parezca natural.

»Eugene, cuando Colm esté en posición, entra en la cocina y enciende la luz. Coge alguna cosa y vuelve a salir. No dejes la luz encendida más de cinco segundos.

–¿Para qué servirá todo eso? –preguntó Colm, que creía que el árabe se pasaba de listo y la sangre de quienquiera que fuera por quien había jurado no le inspiraba ninguna confianza.

Suponía que simplemente les abandonaba.

–Aprovechará la iluminación, Colm –respondió Eugene–. Cualquier imbécil puede comprenderlo. Te estarán mirando a ti, la luz les cegará los ojos y luego se apagará, antes de darles tiempo a ajustar la mirada. ¿No es así?

Abu Hida asintió. Esperaba que funcionara. Había una pendiente al lado, en sentido desfavorable para los atacantes, y esperaba alcanzarla antes de que tuvieran oportunidad de verle. A no ser, naturalmente, que hubieran colocado un vigía más lejos para cubrir el costado. Se lo jugaba todo a la posibilidad de que no vigilaran aquella pared, bajo el supuesto de que no llegara ni saliera nadie en aquella dirección.

–¿Estáis listos? –preguntó.

Colm asintió y cogió un paquete de Players del bolsillo de su chaqueta.

–Si esos cabrones me disparan –dijo–, eres hombre muerto.

Se dibujó una pequeña sonrisa en los labios de Abu Hida. Incluso en su país, aquél era un viejo chiste.

Colm abrió la puerta y salió al exterior. Abu Hida estaba agachado, sin que nadie pudiera verle. Oyó los pasos de Colm en la arena, hasta que se detuvo. Al cabo de unos momentos se encendió la luz de la cocina.

Salió arrastrándose rápidamente por la arena, hasta que alcanzó la hierba. El césped facilitaba sus movimientos. A su espalda, se apagó de nuevo la luz. En cualquier momento, pensó, podían pegarle un tiro. O, si decidían prolongar la sorpresa, uno o varios hombres esperarían para atacarle silenciosamente en la oscuridad.

Llegó a la pendiente y se pegó a la misma. Avanzar a partir de ahora sería más fácil. Si no le habían visto arrastrándose desde la casa, no esperarían ningún movimiento en el terraplén. Tardaría unos veinte segundos en ponerse a cubierto y otros diez en alcanzar los árboles. Deseaba haber podido observar a los atacantes en la parte posterior y conocer su distribución.

Después de un minuto en perfecto silencio, se deslizó por la cima y empezó a arrastrarse hacia el primer matorral. Con la ayuda del visor veía el terreno que tenía delante. A unos veinte metros a su derecha había un observador y calculó que podría haber otro a su izquierda, a unos quince metros.

Al llegar al matorral se detuvo para respirar. Hasta ahora iba bien, pero todavía le quedaba mucho camino por recorrer, y en el bosque podría tropezarse con alguien antes de darse cuenta. No sólo eso, sino que los matorrales le impedirían arrastrarse por el suelo.

El camino más fácil estaba situado entre dos fresnos. Cruzó lentamente el campo abierto, con un esfuerzo para controlar el instinto que le impulsaba a levantarse y echar a correr. Palmo a palmo, pegado al suelo, con el cuerpo apretado contra la hierba, se deslizó hacia los árboles. Recordaba haber cruzado del mismo modo una carretera cubierta de escombros en Beirut, con el temor constante de que los palestinos que ocupaban el edificio de enfrente le dispararan una ráfaga de ametralladora. Y en el sur, arrastrándose por la noche ante las narices de los israelíes, junto a un puesto de vigilancia en las afueras de Bent Jbail.

Ya casi había llegado cuando detectó al observador. A juzgar por su postura, no le había visto. Pero lo haría si seguía por el mismo camino. Hurgó el suelo hasta encontrar una piedra. No sería fácil lanzarla sin revelar su posición, pero no tenía que arrojarla muy lejos.

Pasó rozando la hierba unos diez metros y cayó al suelo un poco a la derecha del observador. Abu Hida vio que volvía la cabeza y aprovechó para avanzar los pocos pasos que le faltaban para alcanzar los árboles.

Consciente de que si no tomaba ciertas precauciones tal vez no tendría tanta suerte la próxima vez, tomó una decisión. Avanzó varios pasos y luego giró cautelosamente a la izquierda, para colocarse tras el hombre situado al borde del bosque. El soldado había investigado de dónde procedía el ruido, pero no había descubierto nada. No llevaba visor nocturno, puesto que su función principal consistía, después de todo, en esperar a que le dieran la orden de atacar la casa.

Abu Hida decidió quedarse allí hasta que se tranquilizara su presa y permaneciera de nuevo inmóvil, junto al árbol tras el que se ocultaba. Se le acercó hasta oír su respiración, al tiempo que él se aguantaba la suya.

Entonces, mientras le cubría la boca con la mano izquierda, le introdujo el pincho del Peskett un par de centímetros en el ano.

–Si sigo empujando –le susurró al oído–, el pincho es suficientemente largo para destriparte. Morirás lenta y dolorosamente, antes de que tus amigos puedan trasladarte a un hospital. Al mínimo intento por tu parte de soltarte o pedir ayuda, no dudaré en utilizarlo. He matado a otros hombres de este modo y puedo volver a hacerlo. ¿Me has comprendido?

El soldado, paralizado por el dolor, asintió vigorosamente.

–Bien. Lo único que debes hacer es decirme dónde están tus compañeros. No todos, sólo me interesan los de este sector del bosque. Cantidad y emplazamiento aproximado, eso es todo. Date prisa. No tengo tiempo que perder y tú eres un estorbo.

El soldado, medio asfixiado, asintió de nuevo. Abu Hida retiró lentamente la mano de su boca, al tiempo que aumentaba la presión con el Peskett.

–Maldito irlandés hijo de puta –farfulló.

–No soy irlandés, y mi madre no es ninguna puta. Tienes tres segundos.

–De acuerdo, no te pongas nervioso. Y cuidado con ese pincho, maldita sea. Hay otros tres en este sector, todos llevan visores nocturnos. Uno está veinte metros a mi derecha, otro veinte metros a mi izquierda, y el tercero detrás, aproximadamente en el centro.

–¿Es ése el último del cerco?

–Sí. Más lejos hay una furgoneta de apoyo, pero los tres que te he mencionado son los únicos antes de la carretera.

–Gracias –dijo Abu Hida mientras retiraba el pincho, pero sin soltarle la barbilla.

Sabía que al mínimo descuido, el soldado invertiría la situación. Le habría gustado soltarle, pero era consciente de que no podía hacerlo.

–Sabes que no puedo dejar que te vayas.

–Entonces date prisa.

Le colocó la punta del Peskett bajo la barbilla. Lo mantuvo sujeto un instante y empujó con todas sus fuerzas. Sintió que le tocaba el cráneo y le mantuvo firmemente sujeto contra el hombro, con la mano sobre su boca, hasta que dejó de estremecerse. Pareció durar una eternidad hasta que cesó el movimiento y Abu Hida acostó a su víctima en el suelo. Se obligó a no pensar en la esposa e hijos que probablemente tenía en algún lugar, esperándole en casa, ajenos a lo que acababa de suceder. Cada vez le resultaba más difícil no pensar en ello, no tener remordimientos. Retiró el pincho y lo introdujo de nuevo en la empuñadura del Peskett.

Abu Hida no podía estar seguro de que fueran ciertos los datos que el hombre le había dado. Debía saber que, independientemente de lo que dijera, estaba a punto de morir. Pero puede que el dolor del pincho en sus entrañas le hubiera inducido a ser sincero.

Avanzó por el bosque con suma cautela, como si caminara sobre un finísimo cristal. El mínimo ruido de una pequeña rama o la trampa de algún cazador furtivo podían delatar su presencia. A través del visor nocturno, el bosque parecía encantado y los árboles desprendían un brillo verde fosforescente. Parecía durar eternamente y absorberle cada vez más en un mundo desprovisto de sonido y de color.

El tercer vigía estaba donde el muerto le había indicado. Abu Hida dio un gran rodeo. Al igual que el primero, tampoco disponía de visor nocturno.

Llegó a la carretera. Sabía aproximadamente dónde se encontraba, lo había calculado cuidadosamente con antelación. Se quitó las botas para no hacer ruido sobre el asfalto y empezó a andar rápidamente.

Hacía sólo unas horas que había visitado el escondrijo donde estaban las armas y tenía todavía el camino impreso en la memoria. A su derecha vio el sendero que conducía a la granja de los O'Farrell. Entró en el sendero y luego pasó por un pequeño portal que daba al campo donde estaban ocultas las armas bajo un arbusto espinoso.

Cogió todo lo que pudo transportar a cuestas y se lo cargó al hombro. Sólo pudo llevarse dos cajas de municiones.

La camioneta seguía donde la había visto durante el día. Cargó las armas y las municiones en la caja, entró en la cabina y manipuló los cables bajo el salpicadero hasta que el motor cobró vida. Cuando se encendió la primera luz en la granja, estaba ya en la carretera y se dirigía a la granja de Craiguenamanagh.

Debía tomar una simple decisión en la que no dejaba de pensar un instante. Reunirse de nuevo con la unidad de servicio activo significaba el fin de su misión, así como sacrificar su vida por unas personas que apenas conocía y por una causa que no era la suya. Si les abandonaba a su suerte, todavía existía la posibilidad de encontrar ese lugar llamado Dingle, localizar la isla donde retenían a los rehenes y rescatar al jeque Usayran. Desde un punto de vista racional, era evidente que debía elegir la segunda alternativa. Pero había dado su palabra. Había salido en busca de ayuda y le habían ayudado a marcharse.

Maureen O'Dalaigh había actuado como una prostituta para distraer al enemigo. Y, además, se había ofrecido a él, desnuda, sin artificio alguno, indefensa, y él la había rechazado casi con desdén. Indudablemente estaba en deuda con ella.

No creía que le resultara difícil llegar a la cabaña. No tenían ninguna razón para detener a un recién llegado, sino todo lo contrario, aumentaría el volumen de su presa. No circulaban carteros ni lecheros a estas horas de la noche.

Pero cuando se acercaba al camino, supo que había algún problema. Había una furgoneta aparcada en el cruce, con dos hombres junto a la misma. Siguió por la carretera hasta después de la próxima curva, salió a la cuneta y paró el motor. Con el silencio, oyó el ruido de los disparos. El ataque había empezado.

Se apeó, cogió una pistola y una escopeta SPAS-12, las cargó, regresó corriendo a la curva y se puso de nuevo el visor nocturno.

La furgoneta seguía ahí. Al acercarse, oyó gritos. Por el camino venían dos individuos que arrastraban a alguien entre ambos. Era Maureen, que luchaba en vano para deshacerse de ellos.

Saltó a la cuneta, a la espera de que se acercaran. Arrastraron a Maureen hasta la parte trasera de la furgoneta y la obligaron a entrar en la misma. Abu Hida esperó a que estuviera dentro, levantó la escopeta y disparó dos veces. Los dos individuos se desplomaron y permanecieron inmóviles.

Apareció un tercer individuo delante de la furgoneta, con un subfusil ametrallador listo para disparar. Abu Hida le pegó un tiro en la cabeza.

–¡Maureen! –exclamó–. ¡Quédate donde estás!

Salió de la cuneta y se arrastró hasta la rueda posterior derecha del vehículo. Si alguien había oído los disparos, no tardaría en aparecer. Por debajo de la furgoneta vio las piernas de un cuarto individuo, que se ponía a cubierto delante del vehículo. Apuntó entre las ruedas y le voló media pierna. Se dirigió a la parte delantera y efectuó otro disparo. Luego regresó a la parte posterior.

–¿Dónde están los demás?

–La mitad están muertos. Conor es el único que resiste. Está detrás de la casa. No puedes hacer nada por él.

Sabía que tenía razón.

–Sube delante –dijo–. Nos largamos de aquí.

SESENTA

Inishtooskert
00.48 horas

Recordó algo que su padre le había contado hacía mucho tiempo, cuando era una adolescente de diecisiete años y padecía su primer gran desengaño amoroso. Pasaban el fin de semana en su casa de las montañas Shouf, como solían hacerlo con frecuencia en aquella época, antes de la guerra civil. La semana anterior, su novio, Hamid, estudiante de primer curso en la Universidad de Beirut, la había abandonado por otra chica de su curso, una gordita llamada Sidon que estudiaba agricultura.

Esos días, pasó muchos ratos en soledad, a la orilla de un lago próximo. Se negaba a comer, hablaba sólo en monosílabos y les lanzaba malas miradas a sus padres. En casa, se encerraba en su habitación, para salir después de muchas horas deprimida y con los ojos irritados.

Un domingo por la tarde su padre la encontró junto al lago. Era un hermoso día de principios de septiembre, más veraniego que otoñal, con el brillo del sol en la superficie del agua como pintura derramada sobre un cristal. Ahora, acostada en el catre de su celda, veía el sol indolente sobre el ancho lago y oía la suave voz de su padre entre los juncos.

Aquel día estuvieron hablando varias horas y su padre, sin proponérselo, descubrió que había hecho el amor con Hamid, el primer hombre al que creía querer lo suficiente para establecer tal compromiso. No habría sido capaz de confesárselo a su madre. Aunque era una mujer liberada, pertenecía a otra generación muy distinta que apenas acababa de quitarse el velo. Le habría parecido reprobable, habría armado un escándalo y el disgusto le podía haber durado varias semanas. A pesar de su frágil feminidad, su madre carecía de la empatía que las mujeres poseen supuestamente en mayor grado que los hombres. Amina había sabido desde pequeña que su madre era básicamente egoísta, y que si necesitaba consuelo o comprensión debía acudir a su padre.

Su padre no armó ningún escándalo, como otros muchos padres árabes habrían hecho, no la amenazó, ni siquiera comentó la pérdida de su inocencia. Se limitó a escuchar sus reflexiones sobre la injusticia del amor, la traición de los hombres y la inmensidad de la pérdida que experimentaba. Al igual que a ella, a su padre le había sorprendido la indiferencia de Hamid, a quien consideraba un joven agradable que se interesaba sinceramente por su hija. Le dijo que era hermosa y la hizo reír, al sugerirle que ese despreciable de Hamid había elegido a su última compañera para prepararse una vida cultivando aceitunas.

–No es el dolor lo que importa –dijo finalmente su padre–. El dolor no desaparecerá, si no es por Hamid será por otro. Tanto si te aman como si dejan de hacerlo, siempre habrá cierto sufrimiento en tu corazón. Lo importante es mantener los dolores separados, no permitir que se amontonen hasta convertirse en algo tan grande que no seas capaz de digerir.

Ya entonces sabía que él no amaba a su madre, que nunca la había amado. El suyo era un matrimonio de conveniencias, en el que nunca había fructificado el amor. De pequeña la había afectado aquella sensación de formalidad y a menudo aflicción entre sus padres. Ahora, a los diecisiete años, al contemplar el sufrimiento de su padre desde las excelsas alturas de su propia desgracia, creyó empezar a comprender por primera vez la realidad en la que vivía.

Y hoy, después de tantos años, con Hamid olvidado desde hacía mucho tiempo y los nombres de otros amantes abrasados en su carne, dolor sobre dolor, cicatriz sobre cicatriz, ahora todos unidos, hoy, a pesar de haberlo dejado todo atrás, a pesar de conocer su amor por Declan y de la brusquedad de su segunda separación, del escozor y dolor que le producía, se sentía por primera vez sumida en un pozo de aflicción que ahogaba todo lo demás, que convertía todo aquel dolor delicado y antojadizo en una insignificancia. Acostada en su duro catre, más allá del llanto, deseaba que Declan estuviera allí, junto a ella, no para rescatarla como en sus anteriores fantasías, sino para que la escuchara.

Aunque sabía que aquello era algo que no le podía contar a nadie, ni siquiera a él. Ésa era la razón por la que tanto le dolía, el hecho de saber que le pertenecía sólo a ella, en toda su intensidad y depravación. Lo que el norteamericano le había hecho y lo que le había obligado a hacer era como buriles en sus terminaciones nerviosas, en lo que le bastaba pensar para experimentar repetidamente el dolor.

No es que la hubiera violado. Eso se lo esperaba y estaba preparada para ello, como las mujeres en los campos de concentración o las ciudades ocupadas. Eso era humillante, pero lo asimilaría. A millares de mujeres les habían ocurrido cosas peores. No es que la hubiera golpeado cuando discutía con él, e intentado convencerle para que fuera razonable. Eso era ira, y las contusiones y los cardenales desaparecían con el tiempo.

Lo peor es que había intentado imponerle su manera de pensar. Le había hablado desde los más recónditos recovecos de un corazón enfermo y confuso, y ella se sentía enferma y contaminada. Sabía que no se contentaba con su cuerpo, también quería su mente y su alma, y sabía que disponía de medios para lograr lo que se proponía. La había mantenido despierta toda la noche, revelándole sus pensamientos más secretos y descubriendo sus más íntimos sentimientos. Después de que sus hombres la devolvieran a su celda, se había sumido en un sueño atormentado, del que había despertado sudada y llorosa. No había soñado una sola vez con el rescate.

Se dio una vuelta en la cama. Esta noche la llevarían de nuevo a su habitación, él se lo había prometido. Rezaba para estar lista para él. Aquella tarde había pasado un rato con una de las otras mujeres, una iraní llamada Nushin. Ésta llevaba un *chador* en todo momento, se negaba a mostrar un solo bucle de su cabello. Pero bajo el manto, para conservar el cabello unido, llevaba una larga aguja de acero. Le había mencionado anteriormente a Amina que la tenía, y que la conservaba por si algún día le resultaba útil como arma.

Amina le había dicho para qué la quería y por qué. No se lo había contado todo, no habría podido hacerlo, pero sí lo suficiente. Nushin no había dudado en entregarle la aguja.

–Rezaré por ti –dijo–. Hazrat-i Fátima velará por ti.

–Gracias –respondió Amina–. Reza para que me dé fuerzas. Eso es lo que más necesito. No la fuerza física. Sino la fuerza necesaria para hacerlo.

Pero ahora, tumbada en su celda a la espera de los pasos de los guardias, empezó a preguntarse para qué necesitaba la fuerza. ¿Para matarle a él cuando la acariciara? ¿O para quitarse la vida cuando terminara?

SESENTA Y UNO

Washington
Sábado, 22 de septiembre
13.34 horas

Durante un largo rato después de colgar, Conrad Lee siguió sentado contemplando las notas que había tomado mientras hablaba por teléfono. Deseaba arrugar el papel, hacer con él una bolita y arrojarla a la papelera. Dejaría pasar un par de horas, luego llamaría a Declan y le diría que aquello no eran más que patrañas, que no había encontrado nada. Pero Declan Carberry era un gran amigo suyo y su hija Máiréad había sido una de las niñas más encantadoras que había conocido en su vida.

–Jean –exclamó después de asomarse a la puerta de la cocina–. Debo ir al despacho.

Su esposa, que estaba frente al fogón, volvió la cabeza.

–Por todos los santos, Conrad, hoy es sábado. ¿Quién te ha llamado? ¿Ritchie? ¿Te ha pedido que le sustituyas mientras él se va otra vez de caza?

Conrad negó con la cabeza.

–Lo siento, cariño, tengo que ir. Un amigo mío tiene graves problemas. Tal vez pueda ayudarle, no lo sé.

–Los Halpern vendrán a cenar esta noche. Es demasiado tarde para cambiar de planes.

–Entonces ya habré regresado, no te preocupes. No tardaré mucho. Te lo prometo.

La mujer suspiró. Hacía demasiado tiempo que estaba casada con el FBI para creer que valía la pena discutir.

–Procura no llegar tarde. Y no olvides que les has prometido a tus hijos llevarlos de excursión mañana.

Como subdirector de la sección de investigación criminal del FBI, Conrad tenía acceso a la mayoría de las fichas informatizadas del departamento a través del Macintosh de su propio despacho. El incidente que Declan le había pedido que examinara había tenido lugar en 1993, el juicio se había celebrado en 1994, y los juzgados todavía tramitaban un montón de apelaciones relacionadas con el caso. En teoría todas las fichas deberían estar disponibles. Las encontró en un solo paquete, seiscientas setenta y cinco fichas, con un único código de identificación MD (múltiples delitos) 1793B (1993)-WS, seguido de sus números de serie individuales. Variaban en extensión desde una página hasta varios centenares.

Empezó a examinarlas, sin seguir ningún orden en particular: declaraciones, informes del Departamento Federal de Alcohol, Tabaco y Armas de Fuego, informes del FBI, pruebas facilitadas por el Departamento de Seguridad Pública de Texas, la fiscalía de Dallas y los Rangers de Texas, declaraciones de testigos presenciales, declaraciones de supervivientes, informes psiquiátricos, pruebas forenses del centro médico del condado de Tarrant y del propio laboratorio del FBI en Washington. Una pequeña montaña de documentos, más de lo que suponía.

Persistió durante más de dos horas, sin descubrir nada en particular, y se sentía progresivamente frustrado. Declan debía de estar equivocado y Conrad estaba cada vez más seguro de que examinar aquel montón de documentos, que todos conducían a lo mismo, sólo le servía para perder la tarde del sábado. Estaba a punto de abandonarlo y regresar a su casa con su familia cuando de pronto se encontró con una barrera infranqueable.

Intentaba abrir la ficha de un informe forense del centro médico del condado de Tarrant cuando inesperadamente apareció un letrero en pantalla comunicándole que precisaba autorización especial. Le pareció extraño. Tres fichas más adelante le ocurrió de nuevo.

Volvió al índice principal y le pidió al ordenador la lista de las fichas con acceso abierto, las limitadas a su rango y superior, y las que requerían la autorización de más alto nivel. Seiscientas veintiuna fichas estaban abiertas al público, otras cuarenta y siete eran inaccesibles a personas con rango inferior al de subdirector, y otras siete a las que sólo tenía acceso el director del FBI en persona.

Sabía que no podría abrir ninguna de aquellas fichas sin la debida autorización o la clave correspondiente. Aunque tuviera suficientes conocimientos de informática para entrar subrepticiamente en las mismas, cualquier mínimo error podría disparar alarmas que pondrían en estado de alerta a multitud de guardias. Empezaba a parecerle que el caso que examinaba era lo más inaccesible que había visto desde el asesinato de Kennedy.

Cuando estaba a punto de desconectar para regresar a su casa, se le ocurrió una idea. Levantó el teléfono y llamó al archivo, situado en el sótano.

–Habla Lee, de investigación criminal. ¿Puede decirme si todavía conservan un grupo de fichas con los códigos MD 1793B (1993)-WS 1 a WS 675?

El encargado del archivo tardó menos de un minuto en comprobarlo.

–Sí, señor, aquí están todas. Pero debería poder acceder a las mismas a través de su ordenador.

–Necesito ver unas fotografías. En pantalla nunca aparecen con la calidad deseable.

–Sí, señor, tiene usted razón. Bien, aquí están a su disposición.

Después de colgar el teléfono, Conrad consultó en su ordenador el horario del personal de aquella semana. El funcionario que estaba ahora en el archivo saldría de servicio dentro de una hora y media. Puesto que, en un sábado por la tarde, la petición de material del archivo era mínima, un solo empleado se ocupaba de toda la sección.

Bajó al sótano en el ascensor y retiró seis de las fichas limitadas a su propio rango. Cuando regresó a su despacho, utilizó su ordenador para elaborar una etiqueta idéntica a las de las fichas. Con la debida elección de fuentes y tamaños, consiguió unos resultados perfectos en pocos minutos. Imprimió una sola etiqueta en la impresora de láser más cercana y la introdujo en una de las fichas que se había llevado del archivo. Cuando terminó, llamó a Jean para pedirle que le disculpara con los Halpern y que empezaran a cenar sin él. Su esposa no respondió, pero la calidad del silencio que siguió a su explicación no le dejó ninguna duda de que tardarían varios meses en hacer las paces. Colgó el teléfono y esperó al cambio de turno en el archivo.

Para asegurarse, les concedió otros quince minutos. Cuando se acercó ahora al mostrador, vio tras el mismo a un nuevo encargado, un chiquillo que parecía recién salido de Quantico, suficientemente joven para dejarse impresionar por la veteranía de Conrad. Después de respirar hondo, se acercó al desprevenido funcionario con la actitud de alguien acostumbrado a imponer su rango.

–¿Dónde está el imbécil que me ha entregado estas fichas?

–¿Se refiere a Jones, señor? Ha terminado el servicio, señor.

–El señor Jones está de suerte. Coge estas fichas, muchacho –dijo, al tiempo que se las entregaba todas menos una–. Pero ésta –agregó, mientras agitaba la carpeta con la etiqueta falsa ante las narices del joven–, está equivocada. ¿Qué diablos crees que hago ahí arriba, muchacho? ¿Escribir poesía?

–Lo siento, señor. ¿Qué número debería ser?

–Maldita sea, no es el número lo que está equivocado, sino la ficha. Saca lo que tengas a derecha e izquierda de la misma, y veremos lo que hay.

El azorado funcionario se llevó la ficha a los estantes. En el momento en que el muchacho se retiró, Conrad se aseguró de que nadie le observaba y cogió el registro donde se habían anotado los números de las fichas junto a su nombre y firma. El número original de la ficha que acababa de devolver era MD1793B (1993)-WS 625 y alteró un solo dígito para convertirlo en MD1793B (1993)-WS 626.

Cuando regresó el funcionario, parecía más preocupado que nunca. Llevaba consigo un total de cuatro fichas, una bastante gruesa y las demás de tamaño normal.

–Lo siento, señor, parece que ha habido alguna confusión. Tengo la WS 624 y la WS 627, pero también tengo otra con el número WS 626, que es el mismo que usted tenía.

–Déjame verlas, me pregunto qué equivocación han cometido ahora esos idiotas.

Fingió hojear fugazmente todas las fichas, y arrojó la 624 y la 627 sobre el mostrador.

–Éstas son correctas.

Luego le entregó al funcionario la de la etiqueta falsificada

–Ésta debería ser 625 y no 626. Arréglalo.

–Sí, señor.

–¡Ésta es la maldita ficha que había pedido en primer lugar! –exclamó después de coger la ficha confidencial WS 626–. Joder, muchacho, ¿ya nadie sabe hacer un simple trabajo como es debido?

Al percatarse del sello «confidencial» sobre la misma, el funcionario se disponía a pedirle a Conrad la debida autorización. Pero al mirar el registro, vio que ya había presentado la documentación adecuada para consultar la ficha MD 1793B (1993)-WS 626. Pedirle por segunda vez la autorización sólo serviría para crear más problemas. Sonrió y vio cómo Conrad se alejaba malhumorado.

De regreso en su despacho, cerró la puerta y se sentó a leer la ficha que de modo tan subrepticio había extraído del archivo. Al cabo de diez minutos había averiguado dos cosas: primera, que Declan tenía razón, y segunda, que su propia vida estaba en peligro si alguien se enteraba de que había leído aquella ficha.

Disponía también de la clave de diez guarismos, que le permitiría acceder a las otras siete fichas. Después de llamar de nuevo al fichero en su ordenador, seleccionó la siguiente ficha cerrada, probó la clave y se abrió como un sueño.

Tardó otra hora en descifrar lo que habían hecho y cómo lo habían logrado. A continuación pasó varios minutos reflexionando, intentando no reflexionar. Sabía el qué y el cómo, pero no el porqué.

Levantó el teléfono y llamó al número que Declan le había dado. Contestó una mujer medio dormida y preguntó por el padre MacLogan.

–¿Con quién hablo? –preguntó con cierto recelo.

–Llamo del Vaticano –respondió–, es muy urgente. Debo hablar con el padre MacLogan.

–Por supuesto, su excelencia –dijo la mujer, con la voz ligeramente entrecortada–. Voy a llamarle inmediatamente. No cuelgue.

Declan llegó al cabo de un minuto.

–Carberry.

–Habla Conrad.

–Lo suponía. ¿Y bien?

–La respuesta es «sí».

–Comprendo.

Se hizo un silencio. Un sonido hueco daba la impresión de que vientos espaciales azotaran el satélite.

–¿Está en Irlanda? –preguntó entonces Conrad–. ¿Es ésa la razón por la que querías saberlo?

–Sí –respondió Declan–. Creo que es el que tiene presos a los rehenes.

Se hizo un nuevo silencio, como si todos los desfases temporales y los espacios entre palabras se hubieran unido para formar un solo vacío en el espacio.

–¿Te interesan los detalles?

–Si crees que son importantes.

–Sí, hay algunas cosas que creo que te conviene saber. No conozco la historia completa. Esto es sólo lo que he podido compaginar de unas fichas confidenciales en las que he logrado penetrar. Está incompleto.

Hizo una pausa y por la línea oyó la respiración de Declan, pesada e irregular. Era de madrugada en Irlanda, reinaba una absoluta tranquilidad.

–Supongo, Declan, que ya sabes lo que casi todos sabemos. En 1993, el FBI sitió una finca cerca de Waco, en Texas. El sitio duró cincuenta y un días y acabó de pronto el 19 de abril, cuando nuestro personal atacó con gas lacrimógeno y se organizó un tiroteo infernal, que culminó en un incendio descomunal. Casi ochenta personas murieron por los disparos, asfixiadas por el humo o quemadas vivas, todas ellas pertenecientes a una secta religiosa conocida como Rama Davidiana, que era una derivación de los adventistas del séptimo día. Su líder era un hombre de treinta y tres años llamado David Koresh, cuyo verdadero nombre era Vernon Wayne Howell. Luego se le identificó como una de las víctimas. ¿Te resulta familiar?

–Desde luego. Eso fue lo que leí aquí en los periódicos.

–Ésta es la versión oficial, Declan, pero definitivamente no es la verdad. Permíteme que te cuente lo que ocurrió en realidad. La noche anterior al fin del sitio, Koresh habló por teléfono durante unas tres horas con un individuo llamado Joshua Babcock. ¿Has oído hablar de él?

–No, nunca.

–Lo suponía. Es un famoso predicador fundamentalista de Texas. Tiene su propia emisora de televisión, iglesias por todas partes, y misiones en África y Asia. Es muy poderoso entre los círculos evangélicos de derechas. Empieza a hacerse viejo, pero todavía aparece los domingos por la mañana por televisión, y mantiene estrechos contactos con una gran red de personas influyentes: empresarios, congresistas, senadores, etc. Al presidente no le gusta y, francamente, a mí tampoco. Quiere que Norteamérica se rija por sus limitados criterios, y le gusta utilizar su dinero y su voz para dicho fin. Tiene ideas muy categóricas respecto al aborto, la homosexualidad, la distribución de lo que él denomina «libros peligrosos» en las escuelas y universidades, y un montón de temas diversos.

–Me hago una idea. Aquí se les conoce como obispos.

–Es sólo para que sepas de quién hablamos. Por alguna razón, Babcock quería que Koresh abandonara la finca, e hizo un trato con algunos altos mandos del FBI.

»Al parecer hay infinidad de túneles bajo la finca. La mayoría son cortos, como si pretendieran utilizarlos para ocultarse bajo tierra hasta que concluyera el Apocalipsis, la guerra, o lo que esperaran que sucediera. Pero parece que uno de los túneles era más largo. Mucho más largo. Según los forenses, la única entrada al mismo se encontraba en el propio dormitorio de Koresh. Así fue como le sacaron de la finca.

–De acuerdo, pudieron hacerlo. Pero tú mismo has dicho que se identificó un cadáver como el de Koresh. Y en este sentido hubo consenso en la investigación oficial.

–Efectivamente. Pero no era el cadáver de Koresh. Realizó el trabajo un equipo de patólogos, que el centro médico del condado de Tarrant llamó de Fort Worth. Sus componentes declararon que nunca habían visto huesos y tejidos tan calcinados como los de los cadáveres del rancho. Cuando finalmente concluyeron su labor, se trasladó la investigación al laboratorio forense del FBI, aquí en Washington.

»A Koresh se le identificó supuestamente por la dentadura. Le faltaban dos muelas desde que tenía quince años y eso correspondía con la mandíbula de un cadáver encontrado en la sala de comunicaciones del rancho.

»Pero, por lo que parece, se manipularon las pruebas. Las muelas fueron extraídas en algún momento, entre Fort Worth y Washington, cuando la prensa especulaba sobre la posibilidad de que Koresh hubiera escapado después de todo. El cuerpo al que le faltaban las muelas no tenía la misma altura. Nadie se molestó en practicarle la prueba del ADN, como se hizo con los demás cadáveres. No era Koresh. Entonces estaba ya tomando café con Josh Babcock en Nueva Kadesh, un asentamiento cristiano en el desierto de Nuevo México.

–Has hecho un gran trabajo, Conrad. Te estoy agradecido.

–Hay algo más, Declan. No sé si tiene importancia, pero a principios de este año, un alto mando del FBI recibió una petición del cuartel general de la CIA en Langley solicitando el traslado de Koresh. ¿Tiene eso algún sentido para ti?

El viento cruzó el vacío del espacio, como una fiera al acecho de su presa.

–Sí –respondió Declan–. Mucho sentido.

–¿Te importaría contármelo? Necesito saber lo que tengo entre manos.

–No, ya sabes demasiado.

–Lo suponía. ¿Vas a por él?

–¿Koresh? Le sigo la pista desde hace aproximadamente una semana, aunque hasta ahora desconocía su identidad.

–Ten cuidado cuando le encuentres. He visto algunos de sus informes psiquiátricos. Afirman que es capaz de cualquier cosa.

–Deben de haber estado locos para utilizarle.

–¿Quién? ¿La CIA?

–Ellos y otros que yo conozco.

–Tal vez. Depende de lo que quisieran de él. Sería perfecto para una operación de la que quisieran desentenderse. El hombre que nunca existió –dijo Conrad antes de hacer una pausa–. Ten cuidado, Declan. No le vuelvas nunca la espalda.

–No lo haré. Gracias de nuevo, Conrad. Te llamaré.

Se interrumpió la comunicación y Conrad colgó el teléfono. Permaneció sentado durante un rato, contemplando las palabras de la pantalla, que ya no parecían tener ningún significado. Y no eran sólo las palabras lo que había dejado de tener sentido.

SESENTA Y DOS

Inishtooskert
Domingo, 23 de septiembre
07.15 horas

Domingo por la mañana, la luz fragmentada sobre las rocas, el mar agotado en la orilla, pájaros en la lejanía sobre la tierra firme, volando en círculos que empequeñecen gradualmente antes de agrandarse en un alarde de alas blancas, el sol sobre las colinas, y un viento oscuro que se levanta en el mar.

Aquí en la isla, el día de descanso ha terminado. No el día de descanso de la isla principal, que se celebra con una misa, una comida y el periódico dominical, sino el séptimo día, el verdadero, el día de descanso del Señor, presidido por el Cordero de Dios en persona. Se había celebrado con himnos para los creyentes, y una sesión bíblica y un sermón para los infieles, sin traducción ni disculpas.

David Koresh había estado nervioso todo el día. En una ocasión, rojo de ira, había abofeteado a un rehén que había osado interrumpir su sermón con un versículo del Corán. Luego, aplacado, les había cantado con dulzura a sus seguidores el *Príncipe de la Paz*, acompañándose a sí mismo a la guitarra.

Ahora, cuando se consolidaba la mañana, contemplaba a solas el mar desde la orilla. Con el viento en la cara, levantó la mirada al cielo para ver cómo se deslizaban velozmente las nubes. Nadie, creía él, había visto en el cielo lo mismo que él: ángeles con alas del tamaño de montañas, trompetas, bestias con uno, dos, cinco o siete cuernos, telas rojas, moradas y doradas de horizonte a horizonte, sangre que manaba de un cáliz dorado, ciudades enteras de piedras preciosas, jinetes sobre caballos pálidos y oscuros, ejércitos, y la cara del mismo Dios.

Se cubrió el rostro con las manos y lloró. Ningún hombre en

la tierra había visto lo que había visto él, nadie sabía lo que él sabía, ni podía desentrañar los secretos que guardaba en su corazón. Sin embargo, anoche, al acostarse por segunda vez con aquella mujer árabe, le había atacado, agredido, apuñalado repetidamente el pecho y el vientre con un objeto punzante, hasta que la había echado a patadas.

Había derramado su sangre, empapado las sábanas. Su sangre, la sangre del Cordero. Había intentado matarle y casi lo había logrado. Pero recibiría el castigo merecido y se ocuparía personalmente de ello. Se estremeció al recordar la ferocidad de su ataque, la traición reflejada en sus ojos. Atacar al Hijo de Dios, a alguien que había visto las torres del Nuevo Jerusalén, al hombre ungido por Dios, era, indudablemente, el más atroz de los delitos.

Oyó pasos a su espalda. Acababa de llegar Ezekiel, tranquilo, seguro, comprensivo. Anoche le había limpiado las heridas y aplicado ungüento a las mismas.

–Están todos reunidos, David. Sólo faltas tú.

–No hay prisa. Deja que esperen. Acércate –dijo, para que su amigo se reuniera con él en la roca–. Dime lo que ves.

Ezekiel se sentó junto a él.

–¿Ver? Lo normal –respondió–. Olas, algunos pájaros marinos y nubes en el firmamento. ¿Qué esperas que vea?

–Nada. Tú no has recibido el don de la vista, de la verdadera visión. ¿Lo querrías si pudiera ofrecértelo?

Ezekiel movió lentamente la cabeza mientras contemplaba las olas oscuras a sus pies.

–Creo que no –respondió–. Parece que sólo te causa dolor. Me resultaría insoportable ver las cosas como son en realidad. No soy lo suficientemente fuerte para eso. Ninguno de nosotros lo es.

Pensó en su esposa, Mary, ardiendo como una antorcha con los brazos abiertos y un muro de llamas entre los mismos. En sus hijas, Sarah y Rachel, que le llamaban a gritos. Y en el muro de fuego como una barrera de hielo. Ya había visto bastantes cosas como eran en realidad.

–Yo no era fuerte –dijo Koresh–, pero Dios me abrió los ojos a pesar de todo. No me preguntó si estaba preparado, si quería o no quería ver. Simplemente me abrió los ojos. La fuerza y la debilidad son lo mismo para él.

–No obstante, yo no querría ser profeta.

–Eres muy sensato. Verías cosas que preferirías no haber visto jamás. Oirías lo que nadie debería oír. Noche y día observarías y escucharías.

–¿Hoy qué puedes ver?

–¿Hoy? Que ahora está cerca, muy cerca. Cuestión de días, u horas.

–¿Tan poco falta? ¿No lo sabes con exactitud?

–No me lo ha revelado. Dice que sería peligroso. Sólo cuando llegue el momento me lo comunicará. Pero está muy cerca. Hoy, mañana, pasado mañana a lo sumo.

–¿Todo el mundo morirá?

–Todo el mundo menos sus elegidos.

–¿En el fuego?

Koresh se encogió de hombros, sin dejar de contemplar la inmensidad del mar.

–No lo sé –respondió–. Tal vez. Todavía no me lo ha aclarado.

Ezekiel se estremeció.

–¿Y será el principio del fin de todas las cosas?

–Dios no dejará nada vivo en la superficie de la tierra. Has leído las profecías, sabes lo que se propone.

Se hizo un silencio prolongado y peculiar. Arreciaba el viento y Ezekiel empezó a temblar. Era muy difícil cumplir con los designios de Dios.

–Te están esperando –dijo–. La mujer está lista.

Koresh se puso de pie. El dolor de sus heridas era todavía intenso. Incluso los pequeños movimientos le molestaban. Cerró el puño derecho y lo abrió lentamente. Un versículo de la Biblia se repetía una y otra vez en su mente: «La venganza es mía, dijo el Señor».

SESENTA Y TRES

Condado de Tipperary
08.16 horas

Abandonaron la casa de campo tan pronto como les pareció razonable. Declan quería llamar al número que Martin le había entregado, pero prefería hacerlo desde una cabina pública. Se detuvieron en la primera área de descanso y cambiaron su atuendo religioso por el de labradores. Liam tenía otras placas de matrícula, que correspondían a un coche de la misma descripción, perteneciente a un labrador de Ballyporeen. El coche, cubierto ahora lo suficientemente de barro para pasar por el de un campesino, tenía el depósito lleno de combustible y su motor volvía a funcionar de maravilla. Decidieron dirigirse a Clare y, si les paraban, dirían que iban a la feria ganadera de apareamiento en Lisdoonvarna, que estaba a punto de finalizar. Si no eran célibes en un sentido, lo serían en otro.

Encontraron una cabina en un lugar llamado Cullen, cerca del cruce de Limerick. Los demás permanecieron en el coche, estudiando diferentes itinerarios para dirigirse al oeste, mientras Declan llamaba al número que Martin le había entregado. Sonó siete veces antes de que alguien contestara.

–Bar O'Toole's.

–Martin Fitzsimmons me entregó este número. Necesito su ayuda.

–Lo siento, señor, creo que se ha equivocado de número.

–Me llamo Declan Carberry. Llamo desde una cabina.

–¿Por qué no me lo ha dicho antes? Ha tardado mucho en ponerse en contacto. ¿Sabe que Martin está muerto?

–Sí, me enteré ayer. ¿Sabe cómo fue?

–Les siguieron a ustedes hasta el puente. Apuñalaron a Martin y ahora Harker le busca a usted desesperadamente.

–¿Qué garantías de seguridad ofrece esta línea?

–Las suficientes. ¿Qué puedo hacer por usted?

–Sé quién retiene a los rehenes y creo que es sólo cuestión de tiempo que maten a todos. Necesito saber si hay nuevas pistas.

–Se ha encontrado otro cadáver, el de un sirio. Ha aparecido esta mañana en una iglesia de Cork, precisamente en la de Santa Ana, la de las campanas. En el altar, según tengo entendido.

–Eso no me sirve de nada.

–Lo suponía. Pero hay algo más. El sábado por la mañana se hizo una llamada desde una ciudad del condado de Monaghan a un número de Baalbek, en el Líbano. En Menwith Hill se hizo una grabación de la misma. Se mandó una copia al cuartel general de los servicios secretos británicos y otra al MC10 estadounidense. La copia británica pasó directamente al MI5 y se destruyó de inmediato. Pero alguien en el MC10 cometió un error y mandó una copia al C3, junto con una traducción. Esta copia ya ha sido destruida y se ha eliminado todo vestigio de su existencia, de modo que tendrá que confiar en mi palabra en cuanto a su contenido.

–Le creo. Prosiga.

Al cabo de un minuto, Declan estaba de nuevo en el coche.

–Inishtooskert –dijo–. Tiene a los rehenes en Inishtooskert.

–Babcock es un lunático cuerdo –dijo Myles mientras se dirigían ahora hacia Dingle, todavía por carreteras secundarias y perdiendo por ello un tiempo muy valioso.

–¿Para qué querrían a Koresh? –preguntó Declan.

Liam conducía y Grainne dormía.

–No estoy seguro. Tienen mucho en común, aunque Babcock es más convencional. Sin embargo, hay un detalle interesante. Babcock publicó un libro hace unos años, del que se vendieron muchos ejemplares en algunas partes de Estados Unidos. Todo era bastante rutinario, por lo que recuerdo: interpretación de las profecías de la Biblia, el fin del mundo próximo, Jesucristo está por llegar, etc. Pero tenía una faceta significativa: Babcock cree que el Islam es el arma de Satanás contra el occidente cristiano.

»Babcock es un racista ligeramente maquillado. Sus feligreses son predominantemente blancos de clase media baja. Es antisemita y tiene opiniones bastante duras respecto a los católicos. Sentía un odio atroz por el comunismo, hasta el colapso de la Unión Soviética. Pero desde entonces se ha dedicado a predicar que el Islam es el arma principal en el arsenal del diablo, y que lo ha sido desde el siglo VII. Todo lo demás es secundario.

Declan asintió.

–Eso explica por qué se involucraría en un asunto como éste. Pero sigue sin aclarar su relación con Koresh.

–A eso iba. El libro de Babcock se titula *Los siete sellos*, en alusión a los sellos del libro del Apocalipsis. Ésa era también una de las principales preocupaciones de Koresh. Durante el sitio de la finca, estaba escribiendo un comentario sobre el verdadero significado del séptimo sello, que se supone que quedó destruido en el incendio del «rancho del Apocalipsis». Pero supongamos que no se quemó porque Koresh se lo llevó consigo. Puede que eso fuera lo que Babcock deseaba conseguir.

–Y mientras Koresh siguiera escribiendo, estaría a salvo. Babcock se aseguraría de que nadie le molestara.

Myles asintió.

–Y luego –prosiguió Declan–, un buen día apareció un individuo de la CIA y le dijo que necesitaban a alguien que les ayudara a saldar una cuenta pendiente con esos fanáticos musulmanes.

–Creo que tienes razón. Además, sospecho que entonces Koresh ya tenía consigo a un grupo de seguidores propios. Se rumorea que Babcock tenía armas almacenadas en su asentamiento de Nueva Kadesh y que había estado entrenando a guerreros de la supervivencia, y a otros, para protegerles a él y a su iglesia de las fuerzas satánicas.

–Se acerca el día del juicio final.

–Efectivamente, Declan. Se acerca el día del juicio final.

Pararon en Tralee, para comer un poco y estirar las piernas. Se habían encontrado con otros controles de carretera en Tipperary, Bruree y Newcastle West, no de la Garda sino del ejército, y los soldados les miraron dos veces antes de permitirles proseguir. A Declan le sorprendía que hubieran logrado llegar tan lejos. Harker estaba ansioso por echarles el guante y todos sabían que acabaría por lograrlo. Era sólo cuestión de tiempo.

–Si Abu Hida sabe dónde están los rehenes –dijo Declan dirigiéndose a Grainne–, ya debe de estar en camino.

Estaban tomando café en un pequeño bar de la plaza. Había pocos clientes. Myles y Liam habían ido a comprar provisiones. El personal parecía hastiado, atrapado en un vacío del tiempo que les condenaba a vivir permanentemente en 1962, vagamente conscientes de que el mundo exterior evolucionaba.

Grainne asintió mientras le daba un mordisco a su bocadillo. El pan era bueno y el relleno consistía principalmente en col en escabeche.

–¿Desde dónde dijo que había llamado? –preguntó Grainne.

–Un lugar llamado Ballybay, cerca de la frontera.

–En el condado de Monaghan. Lo conozco.

–Está un poco lejos –dijo Declan–, perdimos mucho tiempo anoche. Seguramente, Abu Hida se pondría en camino poco después de hacer la llamada. La gente con la que está debe de tener contactos en la zona de Dingle.

–¿Qué cree que se propone?

–Si cuenta con el apoyo de una unidad de servicio activo, es posible que intente llegar a la isla, lanzar algún tipo de ataque y rescatar a su hombre.

–¿Puede lograrlo? ¿A qué tendrá que enfrentarse?

–A profesionales. Puede que Koresh esté loco, pero sus hombres están muy bien entrenados. Les vi trabajar en Castletown. Eran muy buenos. Yo no apostaría por una unidad del IRA que se enfrentara a ellos. Por otra parte, Abu Hida es de los mejores. Durante todos los años de guerra civil en el Líbano, no hubo nadie como él. Es demasiado listo para lanzar un ataque impulsivo. Inspeccionará la isla, evaluará a sus rivales y esperará el momento oportuno.

Grainne reflexionó. Tomaba sorbos de café y saboreaba la leche ligeramente rancia que le habían añadido.

–Creo que deberíamos encontrarle.

–¿A quién? ¿A Abu Hida?

Grainne asintió. El café se enfriaba y había decidido no tomárselo.

–Encontrarle –prosiguió–, antes de que llegue a la isla. Hablar con él, convencerle de que puede serle útil para ayudarle a él y a los rehenes a salir de Irlanda.

–No estoy seguro de poder ayudarle.

–Claro que puede. Si logra sacar a los rehenes de Inishtooskert, en menos de una hora podría tener a su alrededor a todos los equipos de televisión de Irlanda. Harker no podría impedirlo. Usted es una persona importante, cuñado del ex primer ministro.

–No lo sé. Puede que tengas razón. Tal vez funcione. Pero no estoy seguro de que a Abu Hida le entusiasme la idea.

–Cuéntele lo que Harker se propone, explíqueselo todo. Cuando comprenda el riesgo al que se expone sin usted, escuchará la voz de la razón.

Declan negó con la cabeza.

–Podría salir el tiro por la culata. Cuando Hizbolá tuviera la seguridad de que el resto de los rehenes están a salvo, podrían ejecutar a los agentes de Scimitar en represalia por los que Koresh ha matado.

–Inténtelo. A cambio de su ayuda, pídale que intente persuadir a su gente para que ponga en libertad a los agentes de Scimitar. Sáltese al MI5.

–Puede que funcione –respondió Declan encogiéndose de hombros–. Si no le da por dispararme primero.

–No tiene por qué entrevistarse con él en persona la primera vez. Mándele un mensaje. Hágale saber lo que propone. No es imbécil, comprenderá la lógica del trato.

Declan reflexionó. Tal vez tuviera razón, cabía la posibilidad de llegar a un acuerdo con Abu Hida. Estaría dispuesto a pactar con el diablo para extraer a Amina de las garras de David Koresh y tener a Peter Musgrave a su alcance.

Antes de marcharse, Declan hizo una llamada telefónica. Tommy Murtagh le había dado su número privado en Curragh Camp y le había dicho que le llamara si necesitaba ayuda. Descolgó el teléfono a la primera llamada.

–Murtagh.

–Tommy, soy yo. ¿Podemos hablar?

–Sí, pero debes ser breve.

–Necesito tu ayuda desesperadamente. Sé dónde están los rehenes y quién les retiene. Es un trabajo para la unidad de rescate, pero hay muchas tramas entre bastidores. No permitirán que tus hombres intervengan hasta que sea demasiado tarde. Me gustaría ir personalmente, pero necesito apoyo.

–No se lo puedo ordenar a ninguno de mis hombres sin un permiso oficial.

–No te lo darán.

–Seguro que…

–Créeme, Tommy, Clark no te lo concederá. Esto va mucho más allá de lo que supones.

Se hizo un silencio.

–De acuerdo. Iré personalmente. Por lo menos esto puedo prometértelo. ¿Adónde quieres que vaya?

–Dunquin, en la península de Dingle.

–Allí estaré.

SESENTA Y CUATRO

09.14 horas

Harker le ordenó a su chófer que parara el coche. Estaban en medio de la nada, en una carretera entre dos pueblos con nombres absurdos, tan diminutos que no deberían haber aparecido nunca en los mapas. En su aspecto rural, Irlanda le recordaba ciertas partes de Francia, aunque aquí no había viñedos, ni castillos, ni inesperadas catedrales, y en cuanto al sol, brillaba prácticamente por su ausencia. Odiaba a los irlandeses, detestaba su fanatismo, su beatería y su auténtica carencia de sofisticación. Y ahí estaban de pronto en el corazón del mundo, unos bárbaros convertidos en anfitriones de las más refinadas diversiones.

Milagrosamente, el teléfono del coche funcionaba. Llamó a Dublín y le respondieron inmediatamente.

–¿Alguna noticia?

–Sí, señor, acabamos de recibir un informe de un lugar llamado Thurles. Carberry y otras tres personas han pasado la noche en una granja y han salido esta mañana vestidos de cura y una mujer de monja. Todavía no les ha visto nadie.

–Manténgame informado. Sigue vigente la orden de disparar en cuanto les vean.

–Sí, señor. Hay algo más: anoche Carberry hizo una llamada telefónica a Washington y esta mañana ha recibido otra.

–¿Sabe a quién?

–La primera a casa de un directivo del FBI, Conrad Lee. La segunda de Lee desde el cuartel general del FBI.

SESENTA Y CINCO

Inishtooskert
09.17 horas

–Traedla aquí.

David Koresh no había experimentado una sensación tan fuerte de poder desde la época del rancho Monte Carmelo. Gente que le amaba, le temía, le adoraba, le aborrecía... todo lo cual le daba una sensación de entereza personal. Necesitaba el odio casi tanto como la adulación. Aquellos que son realmente divinos, había predicado con frecuencia, son despreciados y rechazados por los hombres. Habían crucificado a Jesucristo, apedreado a sus apóstoles, quemado a sus santos. Aquellos a quienes el mundo adora, los ídolos de la música popular y los héroes del deporte, los políticos y las estrellas de cine, nunca son verdaderamente amados. Cuando caen de su pedestal lo hacen para siempre, pues lo único que poseen y son es un simulacro. Michael Jackson había caído, O. J. Simpson había caído, incluso Jim Baker y Jimmy Swaggart habían caído.

Él, por otra parte, a pesar de que su nombre había sido arrastrado por el barro y su fotografía publicada en el mundo entero como quintaesencia de la maldad, en realidad era más puro que el hielo o el fuego.

Amina intentó rezar, pero no pudo. Dios estaba excesivamente presente en aquel lugar. El día anterior, habían saturado sus oídos los himnos y la voz de David Koresh, que alababa en igual medida al Creador y a sí mismo. Vio el tronco en la tarima y el hacha junto al mismo. Su intento de contraataque había fracasado y ahora iba a pagar por ello.

Al principio creyó que serían sus manos, como con los demás, pero cuando subió a la tarima Ezekiel se acercó, se las ató a la espalda, y comprendió que sería peor, mucho peor.

–Arrodíllate –ordenó Koresh, que llevaba unos vaqueros y una camiseta sucia, el pelo sin lavar desde hacía varias semanas y el rostro sin afeitar.

Le miró fijamente a la cara. Había decidido no pedir clemencia, aunque le parecía denigrante permitir que la matara un hombre como aquél, por una razón tan insignificante.

–Arrodíllate –repitió, al tiempo que le indicaba el lugar.

Amina permaneció inmóvil. Ezekiel se le acercó por la espalda, le colocó las manos sobre los hombros y la obligó a agacharse de un decidido empujón. El tronco estaba delante de ella. Parecía absurdo, como una fantasía medieval. Todo esto acabará, pensaba, en el momento en que descienda el hacha y despertaré en la cama con el sol en la cara.

Koresh dio un paso al frente. Sin decir palabra, se quitó la camiseta para mostrar las heridas que le había infligido Amina. Eran rojas y con una costra sangrienta. Ninguna era grave, en ningún momento había peligrado realmente su vida, pero parecían profundas y dolorosas, provocadas claramente durante un frenético ataque.

–Ésta es su obra –declaró Koresh–. Le ofrecí el cuerpo de Dios y me lastimó. Le ofrecí la auténtica comunión, mi propia carne y mi propia sangre, e intentó apuñalarme el corazón. En mi anterior paso por la tierra, permití que me azotaran, que lastimaran con pinchos mi cabeza, y que atravesaran con clavos mis manos y mis pies. Pero hoy no seré crucificado. Por el contrario, hoy perecerán los que me persiguen.

Hizo una pausa para mirar a su alrededor y contemplar los rostros barbudos e inexpresivos de los presentes, que luchaban con su propio miedo. ¿Habían adivinado ya la verdad, que todos perecerían, que había llegado la hora de la destrucción?

–Recuerdo –prosiguió– que cuando vivía en Texas solía mirar mucho la televisión. Un día estaba viendo un programa sobre la guerra en Oriente Medio, que me interesó porque en una ocasión había estado en Israel, y sé que allí empezará la batalla del juicio final. En este programa mostraban cómo decapitaban en Arabia Saudita a los reos. No en película, puesto que no permiten que se filme, pero habían hecho una composición gráfica que me dejó atónito, porque me recordó el Antiguo Testamento y la forma en que Dios castigaba en aquella época a los pecadores.

»Recuerdo que Jael, esposa de Heber, decapitó a Sisera. Y David, como ya os he contado, le cortó la cabeza a Goliat y se la presentó a Saúl. Y Judith entró en la tienda de Holofernes, se le acercó amorosamente y le cortó la cabeza con una espada.

»Pues bien, yo no tengo ninguna espada, pero dispongo de un hacha y creo que cumplirá perfectamente su cometido.

Miró a Amina. Su cuerpo entero estaba paralizado, como si uno tras otro sus sentidos dejaran de percibir. Siempre había creído que en semejante situación sus recuerdos le invadirían apresuradamente el cerebro, que todos los tiempos y lugares que había conocido estarían presentes casi simultáneamente, pero no ocurrió nada parecido, los momentos avanzaban con una lentitud pasmosa, las palabras se prolongaban como si se interpretaran a una velocidad errónea y cada suspiro parecía durar un día o una semana.

–Si no te mueves –dijo Koresh–, procuraré acertar. De ese modo terminará todo instantáneamente. Pero si te mueves o intentas evitar el golpe, tendremos que empezar de nuevo.

Le hizo una seña a Ezekiel, que se agachó junto a Amina, le agarró la cabeza con ambas manos y le obligó a colocarla sobre el tronco.

–He intentado disuadirle –dijo Ezekiel–, pero se ha mostrado intransigente. Obedécele, no te muevas y no te enterarás de nada. Es fuerte y el hacha es pesada y está afilada. ¿Quieres decirle algo a alguien?

Intentó responder, pero su lengua estaba paralizada. Había un millón de cosas por decir, todas aquellas cosas en las que había pensado y de las que nunca había hablado, pero era demasiado tarde.

–Rezaré por ti –dijo Ezekiel.

Amina logró levantar la cabeza.

–Reza por ti mismo –respondió con la voz entrecortada–. Eres tú quien lo necesita.

Ezekiel retiró las manos y se puso de pie. Miró a Koresh y le imploró en silencio que no lo hiciera, pero su líder no mostraba indicio alguno de ablandarse.

En aquel momento se oyó un grito desde la fila central de los observadores. Koresh y Ezekiel volvieron la cabeza. Un anciano se había puesto de pie.

–¡Esto es una maldad! –exclamó en inglés–. No es justo. Ella te ha lastimado y tú la matas. ¿Dónde está la justicia? En el Corán, Dios es compasivo y misericordioso. *Al-Rahman, al-Rahim.* ¿Dónde están tu compasión y tu misericordia?

–Haced que se siente y cierre la boca –dijo Koresh.

Pero el anciano se resistió y siguió hablando.

–Si quieres matar a alguien, mátame a mí. Yo soy tu enemigo, no esa mujer. Yo soy viejo, me queda menos por vivir, es más justo.

Entre los rehenes, los que hablaban inglés se percataron de lo que el viejo estaba diciendo. Se volvieron para mirarle, movieron la cabeza y le dijeron en árabe que no actuara como un loco, que se sentara y aceptara lo que sucedía. Pero nada logró que cambiara de actitud.

En la tarima, Koresh parecía turbado. No se lo esperaba. El anciano, con sus extraños ropajes extranjeros, inspiraba evidentemente el respeto de los rehenes. Su oferta amenazaba con invertir las tablas, exponer la debilidad y la cobardía del propio Koresh.

Ahora, los rehenes que le rodeaban le abrían paso para que se acercara al pasillo. Todo el mundo murmuraba. Los guardias a ambos lados de la sala se ponían crecientemente nerviosos, ante la perspectiva de algún tipo de rebelión, que se verían obligados a aplacar con violencia. El anciano había llegado al pasillo. Uno de los guardias le agarró el brazo e intentó obligarle a regresar a su asiento.

–Traedlo aquí –exclamó entonces Koresh desde la tarima.

Después de unos momentos de confusión, el guardia comprendió y soltó al anciano.

–Acércate –dijo Koresh, que intentaba desesperadamente recuperar el control de la situación.

El anciano subió lentamente a la tarima. Era delgado, cargado de espaldas y de articulaciones anquilosadas, pero caminaba con compostura y dignidad. Ninguno de los presentes decía palabra. Crecía un silencio, más allá del mero silencio.

–¿Cómo te llamas? –preguntó Koresh.

–Soy el jeque Mu'in Usayran. Musulmán e hijo de musulmán. Lo que Dios me entregó, ahora se lo devuelvo. Te ofrezco mi vida a cambio de la de esa mujer. Es un intercambio justo.

–¿Por qué lo haces?

–Un musulmán debe procurar ayudar a hacer el bien y a impedir el mal. Ésta es una mala acción.

Koresh reflexionó. Se había percatado de la reacción que había provocado la oferta de Usayran, había sentido la consternación de los presentes. Ahora todos comprendían lo que sucedía, los mensajes en árabe habían circulado de boca en boca. Si no mataba al viejo, se sentirían aliviados. Les habría dado esperanzas. No les importaba que muriera la mujer, pero uno de sus líderes en su lugar supondría un duro golpe.

–Muy bien –dijo Koresh–. Te concedo tu deseo.

»Devuélvela a su celda –agregó, después de volver la cabeza para mirar a Ezekiel–. Asegúrate de que esté encadenada. Todavía no he terminado con ella.

En cuanto se llevaron de la tarima a Amina, que no dejaba de temblar, Koresh se encaró a Usayran. Le miró momentáneamente a los ojos, pero lo que vio en ellos fue tan inesperado e inflexible que tuvo que desviar la mirada. No había en ellos reproche, miedo, ira, ni nada de lo que podía haber esperado, sino compasión, como si el anciano conociera los diablos que pululaban por la mente de David Koresh.

Ezekiel había regresado y esperaba junto a los peldaños de la tarima.

–Concluyamos este asunto –dijo Koresh en voz baja, como si hablara sólo para sí.

SESENTA Y SEIS

Condado de Tipperary
10.23 horas

–No hay nadie –dijo Maureen–. Estamos solos.

Habían dejado la furgoneta en el garaje de una familia republicana de Cavan. Durante los próximos días la desguazarían y la llevarían por partes a un depósito de chatarra. A cambio, el mismo garaje les había facilitado un Ford Sierra, con su correspondiente documentación.

Ahora estaban en un pequeño camino junto a la carretera de Tipperary, consultando un mapa que habían comprado en una papelería de Birr. Maureen describía las características que recordaba de la costa y las islas. Habían transcurrido varios años desde su última visita a la zona, que no conocía particularmente bien.

–¿Me estás diciendo que no tenéis a nadie en esa zona?

Maureen negó con la cabeza.

–No, claro que tenemos gente. Kerry siempre ha sido un condado republicano, desde la guerra civil. En aquella época se cometieron atrocidades y en el oeste no se olvida con facilidad. Pero no disponemos de ninguna unidad de servicio activo, de personas con un entrenamiento militar adecuado. Seguimos reclutando en la región, pero no es como Donegal o Monaghan; no es necesario mantener unidades de combate listas para entrar en acción. La mayoría de los voluntarios se trasladan al norte, o a Inglaterra.

–Esto no es lo que me esperaba –dijo Abu Hida–. Tu gente y la mía hicieron un trato. El IRA recibe una generosa retribución para facilitarme ayuda y yo necesito un apoyo adecuado. No estoy en condiciones de poder negociar con los secuestradores y, por consiguiente, mi única alternativa consiste en utilizar la fuerza para liberar al jeque Mu'in. Y ahora me dices que sólo somos dos.

–Nos ayudarán con suministros y todo lo que tengan: alojamiento, equipamiento, embarcaciones, etc. Pero tardaríamos mucho en mandar otra unidad de servicio activo del norte. El equipo del que disponíamos habría sido perfecto. No estaban en servicio activo cuando recibimos noticia de tu llegada. De ahí que pudiera estar a tu disposición de modo inmediato.

–¿Entonces a qué se debe el ataque de anoche? ¿Fue por nosotros? ¿Por lo ocurrido en Belfast?

Maureen movió la cabeza en sentido negativo. Habían dormido muy poco la noche anterior y estaba cansada. Muchas horas en la carretera la habían dejado agotada, con el temor permanente a doblar una curva y enfrentarse a las armas del ejército o de la policía. Se habían encontrado con controles de la Garda, a la que habían eludido tomando carreteras secundarias, pero estaba segura de que los británicos habrían advertido a las autoridades del sur y les estarían buscando.

–Eran del MI5 –respondió–. Tropas entrenadas por los SAS en Hereford, a las órdenes de la delegación de Irlanda del Norte del MI5. Su objetivo era la unidad de servicio activo. No iban a por ti, ni a por mí, sino a por los demás. Aunque les habría encantado capturarnos también a nosotros, vivos o muertos, para ellos habría sido como un regalo caído del cielo. Pero era a los chicos de Belfast a quienes perseguían. Y pretendían capturarlos de un solo modo: muertos.

–¿Por qué? ¿Por qué arriesgarse a cruzar la frontera, con el propósito de eliminar a unos individuos que no estaban en servicio activo?

Pensó que ahora ya no tenía por qué ocultárselo. A estas alturas habría adivinado que se trataba de una venganza, algo perfectamente normal en su cultura. Y, en todo caso, consideró que tenía derecho a saberlo.

–Sucedió en agosto –dijo Maureen–. Ciertos dirigentes del MI5 se encontraban en Belfast para hacer un trato con los realistas. El plan llegó a oídos de algunos miembros del ejército británico, a quienes no satisfacía demasiado la idea. Habían estado dialogando con nuestra gente, con el propósito de llegar a un acuerdo que les permitiera retirar las tropas. Nosotros preparamos la emboscada y el ejército no intervino cuando nuestra unidad de servicio activo eliminó al personal del MI5.

–¿Y el MI5 compareció anoche porque habíamos movilizado de nuevo la unidad de servicio activo? Eso fue lo que les puso sobre aviso, ¿no es cierto?

–Supongo. No creo en las coincidencias. Puede que nunca sepamos cómo averiguaron dónde estábamos. Pero, sí, eso fue más o menos lo que sucedió.

–¿Entonces no tengo de qué quejarme?

Maureen negó con la cabeza.

–Me parece que no. Aunque no tenías por qué no saberlo, no te lo habíamos contado.

–No tiene importancia. ¿Y tú has estado dispuesta a seguir adelante? ¿Incluso después de lo de anoche?

–¿Te refieres al tiroteo?

Abu Hida movió la cabeza en sentido negativo.

–No, no me refiero a eso, sino a lo que te obligué a hacer en la ventana, frente a esos individuos. No debería haberlo hecho, yo...

–Fue lo indicado. Estaría muerta si no hubieras escapado y regresado como lo hiciste.

–Y luego... –titubeó.

No tenía palabras para expresarse. Nunca había hablado de cosas parecidas con una mujer. Las formalidades del deseo.

–Sé a lo que te refieres –respondió Maureen, con la mirada fija en sus ojos, incapaz de revelarle ahora o nunca lo mucho que la había herido–. No tiene importancia. Hiciste lo que debías hacer. Si te hubieras quedado, ambos estaríamos muertos. Fue lo más apropiado.

Extendió una mano y le acarició el rostro. Maureen cerró los ojos y casi retiró la cara. Bajo sus párpados emergieron unas pequeñas lágrimas.

–No fue apropiado –replicó Abu Hida–, sólo necesario. Pero sabes que te deseaba.

Se le acercó, la rodeó entre sus brazos y apoyó la cabeza en su hombro.

–¿Me deseabas? –preguntó, con las lágrimas ahora en sus mejillas–. ¿En serio?

–Todavía te deseo.

SESENTA Y SIETE

Dunquin
Condado de Kerry
12.17 horas

Dunquin está situado en la punta de la península de Dingle, con vistas al mar y a las islas Blasket, que están deshabitadas desde hace mucho tiempo. Inishtooskert está a casi ocho kilómetros exactos, en dirección oeste.

Declan organizó alojamiento para todos en la venta de Kruger. Él y Grainne se registraron como marido y mujer, y Myles y Liam compartieron otra habitación. Después de guardar su equipaje, bajaron a la playa.

Liam conservaba todavía algunos de los aparatos que se había llevado de Dublín, incluido un telescopio Simrad binocular, tan eficaz de día como de noche. Con el mismo lograron ver la isla, un pequeño promontorio de tierra que emergía del mar, con una costa accesible en el lado este. En la misma había algunos edificios, de los que en un par de ocasiones vieron personas que entraban y salían. Eso suponía un indicio prometedor, la isla estaba definitivamente habitada.

–Liam –dijo Declan–, tu irlandés es mejor que el mío o que el de Myles. Me gustaría que regresaras al pueblo y hablaras con algunos de los lugareños. Invítales a unas Guinness, diles que tu padre vivía en las islas Blasket y que tú conocías personalmente a Peg Sayers y a Tómas O'Cromthain, pero averigua lo que sepan respecto a los que están allí ahora. Dónde atracan en la isla y aquí en tierra firme, cuántos creen que son... en fin, ya sabes lo que necesitamos.

–Puede que no sean muy comunicativos.

–Tú eres de Kerry, sabrás cómo soltarles la lengua.

–Bueno, lo intentaré. Pero puede que tarde un poco.

–Myles –dijo Declan cuando Liam se retiró–, me gustaría que encontraras un coche y regresaras a Dublín. Debemos ponernos en contacto con Pádraig Pearse. Incluso ahora no carece de recursos. Te daré una carta para él, y una lista de otras personas con las que quiero que hables. Debes contarles lo que sabes acerca de Koresh y de lo que es capaz. Yo haré lo que pueda desde aquí, aunque sólo sea vigilar desde la lejanía. Pero debes convencer a las personas adecuadas de que asaltar la isla podría ser una catástrofe.

–Todavía no sabemos si los rehenes están ahí.

–Tienes razón, pero me propongo ir a la isla para averiguarlo. Alguien debe alquilar equipos de submarinismo. Puedes llamar a la venta para mantenerte en contacto.

–Haré todo lo que pueda, Declan.

–Estupendo. Ahora busca un coche. Pregunta primero en la venta, sabrán con quién conviene hablar. Te veré allí dentro de media hora.

Después de que Myles se retiró, Declan y Grainne se sentaron juntos en la playa, para contemplar de vez en cuando la rugosa silueta de Inishtooskert en la lejanía.

–Está demasiado lejos para llegar nadando–dijo Grainne.

–Lo sé. Pero aquí entran y salen embarcaciones constantemente. Puedo acercarme a remo en la oscuridad y nadar el resto del camino.

–Entonces necesitará que alguien le acompañe. Yo puedo manejar un bote. Se arriesgaría demasiado si lo hiciera solo.

Declan titubeó, pero reconoció que tenía razón.

–De acuerdo –respondió–. Pero desembarcaré solo en la isla. Si no he regresado al cabo de cierto tiempo, por ejemplo un par de horas, deberás regresar. Ésa es mi condición. Si nos perdemos los dos, se reducen las posibilidades para todos los demás.

Grainne accedió a regañadientes.

–Si Abu Hida llega hasta aquí –preguntó–, ¿adónde cree que se dirigirá?

Declan se encogió de hombros.

–Depende. Si le acompaña algún miembro de la unidad de servicio activo, puede que logre ponerse en contacto con algunos republicanos de la región y le presten ayuda.

Se puso de pie. El cielo todavía amenazaba lluvia, o algo peor.

En la playa, las olas golpeaban con fuerza las rocas húmedas y brillantes. Las algas se movían silenciosamente en los charcos profundos. Una ligera neblina cubría Inishtooskert.

–Eso es –exclamó con brillo en la mirada, después de volver la cabeza para mirar a Grainne–. Lo único que debemos hacer es averiguar quiénes son los miembros locales del IRA. Aunque todos los componentes de la unidad de servicio activo estén muertos, Abu Hida debe de tener contactos en Belfast que le relacionarán con su personal local. Si ha llegado, estará con ellos.

En el bar de la venta, Liam hacía gala de sus dotes de hombre de la región, hablando el irlandés característico del oeste de Munster, e invitando a todos los presentes. «*Tabhair dúinn dhá ghloine fuiscí, más é do thoil é*», le oyó decir Declan cuando pedía unos whiskis para unos individuos de la barra.

Dejó a Grainne charlando con la esposa del ventero y se dirigió al bar. El irlandés que hablaba, aprendido a duras penas en la escuela, era de libro de texto. Pero aquí en Gaeltacht, el inglés no era apreciado y dificultaba considerablemente ganarse la confianza de la gente. Necesitaban desesperadamente obtener información y era preciso prestarle a Liam toda la ayuda que pudiera para conseguirlo.

–*Dia's Muire dhuit, a Liam!* –dijo Declan, al tiempo que cogía una silla y se sentaba junto a él.

–*Dia's Muire dhuit agus Pádraig, a Declan* –respondió Liam–. ¿Le apetece una copa?

Declan asintió.

–Tomaré una Murphy's –dijo.

Cuando le sirvieron la cerveza, Liam había hecho las presentaciones y Declan estrechó la mano de todos los hombres que estaban alrededor de la mesa, que en su mayoría eran ancianos. Supuso que habrían conocido a Michael Deighan.

–Liam –dijo, después de acercarse a su oído–, ¿te importaría acompañarme un momento a la calle? Quiero hablar contigo.

–Por supuesto, pero aquí está todavía la cerveza.

–Me la tomaré luego. Vamos, es importante.

Después de disculparse por la interrupción, dejaron a los ancianos con sus copas. En la calle, dieron un pequeño paseo.

–Liam, ¿crees que a través del módem podrías conectar tu ordenador en el de la policía?

Liam frunció el entrecejo.

–Maldita sea, no es tan sencillo. Habrán cambiado todos los códigos de acceso. Podría tardar varias horas. Y si cometo algún error, se nos echarán encima sin que nos demos cuenta. ¿Qué necesita saber?

–Necesito el nombre de algún confidente del IRA en Dunquin o los alrededores. Alguien que sepa si Abu Hida ha establecido algún contacto. Y quiero saber qué le motiva a hablar, qué puedo utilizar para que cante.

–Lo que usted quiere es un pájaro.

–Me contentaré con un confidente.

Liam suspiró. Era posible, pero suponía un gran riesgo.

–No se preocupe –respondió–. Encontraré uno.

SESENTA Y OCHO

Washington
09.15 horas

Jean no le había hablado desde su regreso, pero Conrad presentía que empezaba a ablandarse un poco. Cuando recogía los platos del desayuno, le contó lo sucedido a Máiréad Carberry. Jean la había conocido durante una visita a Irlanda. Habían pasado un mes con los Carberry, quince días en Killiney y otros quince en Craigpatrick.

–Deberías habérmelo contado antes –dijo–. Lo habría comprendido.

–Tenías invitados, no habría sido justo.

–Por lo menos habría sabido lo que hacías y por qué era tan importante. ¿Corre peligro Declan?

–No, está a salvo.

En aquel momento llegaron sus hijas: Michele, de trece años, y Tracy, que acababa de cumplir los seis. Conrad pensó que Michele se acordaría de Máiréad, pero no quería contarle lo sucedido hasta que estuviera mejor informado. Formularía preguntas y no podría responderlas.

–Todo está en el coche, papá. No llegaremos a la hora del almuerzo si no salimos inmediatamente.

–De acuerdo, cariño, ahora vamos.

Iban todos a pasar el día en Williamsburg. Era la excursión predilecta de las niñas; en cada ocasión, Michele decidía que quería ser historiadora. Lamentablemente, sus notas en dicha asignatura nunca coincidían con sus aspiraciones.

–Michele, ¿en qué coche has puesto las cosas? –preguntó Jean.

–En el de papá, como me has dicho.

–Creía que íbamos en tu coche, cariño –dijo Conrad.

Jean tenía un Volvo de cinco puertas, que era más cómodo para las excursiones.

–Lo siento –respondió–, pero con tu abominable conducta de anoche, olvidé decirte que el Volvo tiene un problema de transmisión. Se atasca en segunda. Mañana lo llevaré al mecánico. Hoy tendremos que utilizar el tuyo.

–De acuerdo, pero tendré que poner gasolina a la salida de la ciudad.

–¡Vamos, papá, se hace tarde! –exclamó Tracy.

Conrad la levantó del suelo, se la colocó bajo el brazo y la llevó entre carcajadas al coche.

Las niñas subieron al coche, mientras Jean cerraba la puerta de la casa sin dejar de pensar en lo que le había sucedido a la pobre Máiréad. Muerta a balazos, según le había dicho Conrad. ¿Había llegado ahora la guerra al sur de Irlanda?

Se sentó junto a Conrad.

–¿Seguro que no quieres que conduzca?

–Tú puedes conducir durante el viaje de regreso.

Volvió la cabeza para mirar a sus hijas.

–¿Os habéis abrochado los cinturones? Pues adelante.

Hizo girar la llave del contacto y cobró vida el motor. Salieron a la calle y se pusieron en camino.

Hacía unos minutos que circulaban por la nacional noventa y cinco cuando Jean empezó a sentirse mareada. Pulsó el botón para bajar la ventanilla, pero no sucedió nada.

–Cariño, se me ha atascado la ventanilla. ¿Te importaría bajar la tuya para que entre un poco de aire? El ambiente está muy cargado.

Conrad pulsó el botón de su puerta, pero la ventanilla tampoco se movió. Su esposa tenía razón, pensó, el ambiente estaba cargado. El gas había penetrado ya en el interior del vehículo.

–Michele –dijo Conrad, después de volver ligeramente la cabeza–, nuestras ventanillas están atascadas, ¿te importaría abrir una de las traseras?

Michele lo intentó primero con una y luego con la otra.

–No se abren, papá. Oye, te importaría parar, no me siento bien. Y Tracy se está quedando dormida.

–¡Cuidado! –exclamó Jean al tiempo que hacía girar el volante, después de que Conrad casi invadió el carril de un camión en dirección contraria.

–Será mejor que pares... nos estamos quedando todos dormidos.

El gas, que no dejaba de penetrar en el vehículo, era insípido e inodoro. La pequeña bombona contenía una cantidad suficiente para llenar veinte veces el coche.

El próximo camión, el que acabó con sus vidas, circulaba demasiado de prisa. Cuando a Conrad se le fue el volante, al otro conductor le resultó imposible evitar el choque.

Cuando el equipo de rescate abrió el coche aplastado para sacar los cadáveres, el gas se había dispersado completamente. No quedaba rastro del mismo en el coche. Más adelante, la bombona acabaría en un cubo de basura del centro de inspección de vehículos del FBI.

SESENTA Y NUEVE

Inishtooskert
13.10 horas

David Koresh se lavó cuidadosamente las manos. La poca agua dulce que había en la isla, que utilizaban con frugalidad, la recogían principalmente de la lluvia en barriles distribuidos por el patio. Por fortuna había llovido en abundancia desde su llegada y todavía disponían de suficientes filtros para utilizar la mayor parte de la misma como agua potable. A los rehenes se les concedía una ración diaria de un litro para cada uno, y utilizaban el agua del mar para lavarse y para las ceremonias religiosas. Al principio había habido algunas protestas, pero Koresh lo había resuelto con la amenaza de obligarles a beber agua salada.

Al salir de su cuarto de baño privado se encontró a Zechariah, que estaba esperándolo.

–¿Se han tranquilizado? –preguntó.

Zechariah asintió.

De las cercanas celdas de los hombres se oían voces que rezaban; unas enojadas, otras tristes y algunas asustadas.

–No paran de rezar –comentó Koresh–. Pero supongo que el viejo Alá no les escucha.

Se rió de su propio chiste y volvió la cabeza para mirar a Zechariah. Cruzó la sala, se acercó a un pequeño frigorífico y cogió una Coca-Cola.

–¿Te apetece? –preguntó, al tiempo que se la ofrecía a Zechariah.

–No, gracias.

Koresh cerró la puerta de la nevera, abrió la botella, se tomó la mitad de un trago y se secó los labios.

–Ha dicho que quería verme.

–Es verdad. Tenemos que hablar. Siéntate.

Koresh vació la botella y la dejó sobre la mesa. Zechariah, sentado, le observaba. Nunca sabía el rumbo que seguirían las cosas. La ejecución del anciano había sido nauseabunda y todavía intentaba comprender la sensatez de la misma. Creía que él también tendría que rezar mucho esta noche.

–Zechariah, cuando llegamos aquí, tú hiciste un trabajo para mí mientras Ezekiel preparaba el ataque y traía a los rehenes.

–Sí, señor.

–¿Quién se enteró aparte de ti mismo?

Zechariah se puso nervioso. Nunca le había gustado estar tan cerca de Koresh.

–Munro y Peters –respondió–. Enterramos juntos las cargas, quince cada uno, diez kilos por carga.

–¿Sólo vosotros tres?

–Eso es.

–¿No se lo has dicho a nadie? ¿A Ezekiel, por ejemplo?

Zechariah negó con la cabeza. Tenía unos largos bucles rizados que le caían sobre la frente y reflejaban la luz.

–A nadie. Usted me dijo que no lo hiciera y me aseguré de que Munro y Peters lo comprendieran.

–Estupendo –dijo Koresh mientras cogía otra Coca-Cola, de las pocas que le quedaban, aunque supuso que ahora ya no importaba, antes de regresar a su asiento–. La última vez, las cosas no salieron como deberían haber salido. Escapó demasiada gente. El Señor no recibió el sacrificio merecido.

–Es cierto.

–Murió mucha gente en vano. ¿Puedes garantizarme que cuando pulse ese botón no quedará nadie con vida?

Zechariah se humedeció los labios. Tenía calor y se sentía inseguro. El tono de la conversación le ponía nervioso.

–Cuando eso estalle, señor, verán la erupción de esta isla desde Norteamérica.

–Puede que así sea, Zechariah, puede que así sea. Agradezco tu confirmación. ¿Puedes llamar a Munro y a Peters y decirles que vengan a verme?

–Sí, señor. ¿Ahora mismo?

–Cuanto antes.

Al otro lado de la puerta, Ezekiel se alejó sigilosamente por el pasillo, frente a las celdas de los rehenes masculinos. No lo había oído todo, pero había captado lo suficiente. David no se contentaría con esperar a que se cumpliera la voluntad divina para provocar el Apocalipsis, lo iniciaría él personalmente, y al parecer lo haría esta noche.

SETENTA

Dunquin
14.13 horas

–Se llama Lynch. Patrick Thomas Mary, tiene cincuenta y cinco años, y es maestro de escuela. Vive en Ballyferriter. Está casado, tiene siete hijas y las dos mayores están casadas. Su padre luchó contra los Free Staters durante la guerra civil. Uno de sus tíos participó en el ataque a Magazine Fort en 1939. Se afilió al movimiento a los diecisiete años y desde entonces ha sido el tesorero de Sinn Féin en Kerry.

Liam le entregó a Declan la copia que había impreso para él. Estaban solos en lo que ahora era la habitación de Liam, puesto que Myles había encontrado un coche y había emprendido viaje a Dublín.

–Sí, he oído hablar de él. Pero no creo que nos resulte de mucha utilidad –dijo Declan–. Es demasiado fiel a la causa.

–No se precipite, Declan. Todavía no he terminado. Parece que nuestro señor Lynch era un hombre avaricioso. Gastó un poco en las carreras de caballos. Se sabe que acudía regularmente al hipódromo de Ross Road. Al parecer, perdió mucho dinero, pero con siete hijas necesitaba más. Entonces metió la mano en la caja fuerte y siguió haciéndolo.

–¿Durante cuánto tiempo?

–Hacía diez años que robaba cuando el C3 se cruzó con él por primera vez. Eso fue en 1986. Además, no sólo robaba el dinero de Sinn Féin, sino también los fondos del IRA, algunos de ellos procedentes de Norteamérica.

–¿Cómo evitó que le descubrieran durante tanto tiempo?

–Estaban a punto de descubrirle cuando se tropezaron con él nuestros muchachos. Llevaría ya mucho tiempo muerto si no lo hubieran hecho. Uno de los hombres de Martin Fitzsimmons, Denis Laverty, averiguó lo que sucedía y le ofreció dos alternativas: que le descubrieran o que se convirtiera en confidente. Desde entonces recibe una asignación que le permite cuadrar los libros y a cambio nos facilita toda la información de la que disponemos sobre el IRA en Kerry.

–Retiro lo dicho. Es nuestro hombre. ¿Tienes su dirección?

–Está en ese papel.

–Entonces saca el coche y te daré una carta para que la lleves a Ballyferriter.

No tuvieron que esperar mucho. La llegada de Abu Hida y Maureen O'Dalaigh era inminente. Liam había dejado la carta y el número de teléfono. Poco después de las cinco, Maureen llamó por teléfono a la venta y preguntó por Declan.

–¿Es esto cierto? –preguntó.

–Sí –respondió Declan–. Debemos vernos. Aunque decidáis actuar por cuenta propia, conviene que hablemos. Puedo ayudaros, te lo prometo.

–Por lo que he oído, estás tan fuera de la ley como nosotros. ¿En qué puedes ayudarnos?

–Puedo sacar a tu amigo de Irlanda y a quien desee llevarse consigo. En cuanto a ti, es prematuro decirlo, pero no te entregaré.

–¿Y si decide que te vayas a la porra?

–Está en su derecho. Pero creo que cometería una estupidez. No puede perjudicaros a ninguno de los dos que nos veamos. Sabemos dónde estáis y podríamos pasar la información sin comprometernos. Las cosas podrían ponerse difíciles.

Se hizo una breve pausa. Declan la oyó susurrar.

–Se reunirán con usted dentro de media hora –dijo una voz masculina–. Hay un círculo de piedras a la salida de Ballyferriter. Es inconfundible. Si llega de Dunquin, coja la carretera de Teeravone y siga adelante. Lo encontrará a un kilómetro aproximadamente, junto a la carretera, antes de llegar a Ballyferriter. No se le ocurra ninguna jugada sucia. Estará vigilado en todo momento.

En la península de Dingle está omnipresente el pasado. Abundan por doquier las ruinas de capillas y monasterios, las cabañas de cúpula redonda y los círculos de piedras, las fortalezas circulares y las cruces celtas. La carretera del Santo va desde Kilmakedar hasta la cima del monte Brandon y la ermita de San Brendan. Aquí, más que en cualquier otro lugar, los visitantes pueden comprender por qué Irlanda fue en otra época el lucero del cristianismo occidental, sede de la cultura y del conocimiento cuando el resto de Europa estaba sumido en la ignorancia. Parecía un lugar apropiado para el encuentro entre Declan y Abu Hida.

Grainne y Maureen les acompañaron, y esperaron a una distancia prudencial mientras ellos hablaban. No necesitaban ningún intérprete. Una baja niebla procedente del mar se había posado alrededor de las piedras. El campo estaba silencioso. No circulaba nadie. Conforme hablaban empezó a oscurecer. Caía la noche. Se reunieron los fantasmas en el círculo de monolitos, muertos paganos y cristianos, víctimas del hambre, de la invasión y de la guerra. En 1580, ligeramente al norte de aquel lugar, en Dún an Oir, un grupo de rebeldes de Munster había sido aniquilado por tropas inglesas. Habían muerto sin excepción hombres, mujeres y niños, entre los que había italianos, españoles y católicos ingleses. El aire estaba impregnado de muertes violentas.

Declan y Abu Hida hablaron durante mucho tiempo. Por fin se estrecharon la mano. Grainne vio que Declan se le acercaba entre la niebla. Su aspecto era serio y parecía preocupado.

–Hemos decidido sacar a Amina y a su padre. Si podemos rescatar a uno o dos más, lo haremos. Cree que aunque sólo un par de rehenes comparezcan ante las cámaras de televisión, bastará para forzarle la mano a Clark. Iremos a la isla esta noche.

Llamó a Tommy Murtagh cuando regresaron a Dunquin.

–¿Tommy? Vamos esta noche. ¿Sigues decidido?

–Ahí estaré. Yo también tengo un par de cuentas por saldar.

SETENTA Y UNO

Dunquin
16.15 horas

Declan tomó un trago de zumo de naranja y dejó nuevamente el vaso sobre la mesa. Habría preferido un whisky, pero no con lo que le esperaba. Liam y Grainne tomaban agua mineral. Estaban en un reservado de la venta.

–Bien, Liam, hoy tus esfuerzos han dado buen resultado. Uno de los ancianos asegura haber conocido a tu padre. Se llama Cearbhall O'Hannrachain.

–Nunca he oído hablar de él.

–Puede que no. Pero conociera o no a tu padre, era bastante buen amigo de Michael Deighan. Lo suficiente como para estar furioso por su muerte. Dice que muchos comparten sus sentimientos. Le he preguntado sobre la gente de la isla y me ha contado algo interesante. Cearbhall O'Hannrachain tiene una hermana que vive en Clogher, a poca distancia al norte de aquí. Casi todas las noches va a su casa en bicicleta. La carretera pasa junto a la costa hacia el monte Clogher y luego hacia el interior en dirección al pueblo.

»Nuestro señor O'Hannrachain ha visto luces en la ensenada varias noches sucesivas. Cree que alguien desembarca en la costa procedente de Inishtooskert, para dirigirse luego en coche hacia Dingle.

–Los cadáveres y las manos –dijo Grainne.

–Sí, eso creo. Y sospecho que Michael Deighan se tropezó con ellos, tal vez durante el día. Sugiero que subamos al monte Clogher y vigilemos. Si vemos luces, bajamos a la cala y capturamos a los que lleguen y a quienes les esperen. Después de un buen interrogatorio podríamos saber todo lo que necesitamos respecto a su organización.

–Yo no estaría tan seguro, a juzgar por lo que dice Myles.

–Vale la pena intentarlo. Vamos a reunirnos con nuestros amigos de Ballyferriter. Ahora ya deben de haber conseguido el equipo necesario –dijo al tiempo que consultaba su reloj–. No tenemos tiempo que perder.

Se reunieron en la cima de Clogher, encapuchados como brujas a punto de celebrar un aquelarre. Declan había pasado una hora con Tommy Murtagh, contándole todo lo que sabía acerca de Koresh. Tommy había traído armas adicionales y, sobre todo, sus conocimientos.

Abu Hida había sido fiel a su palabra. A través de Patrick Lynch había logrado obtener una embarcación: un bote de remos de construcción local, que les trasladaría a Inishtooskert. También tenía las armas que había recogido del escondrijo de Ballybay, que guardarían en bolsas impermeables hasta que las necesitaran. Le detalló a Tommy todo lo que había traído y entre ambos evaluaron sus puntos fuertes y sus puntos débiles.

Declan les describió con el mayor detalle posible las circunstancias del ataque a Castletown House: las tácticas utilizadas por los asaltantes, su indumentaria, su equipo y su armamento. Abu Hida escuchaba atentamente.

–Convierte nuestra operación en algo mucho más difícil –dijo–. No podremos engañarlos fácilmente.

–No. Pero creo que su fervor religioso menoscabará su eficacia.

–No apostaría por ello. Mi gente es muy religiosa, pero no por ello somos malos guerreros. Los mujahidín lograron expulsar a los rusos de Afganistán. Son personas muy religiosas, señor Carberry, fanáticos, o como uno quiera llamarlos, pero, no obstante, eficaces luchadores. No subestime a esa gente porque reza.

–Creo que tiene razón. En tal caso, sólo podemos suponer que nos enfrentaremos a unos rivales difíciles.

–Sólo si saben que estamos ahí –dijo Tommy–. Lo ideal es ir y volver con la mayor rapidez posible, y alejarnos todo lo que podamos antes de que organicen un contraataque. Será mucho más fácil si sabemos a qué atenernos.

–Puede que la espera sea larga –dijo Declan–. No sabemos si está previsto que salga alguien de la isla esta noche.

–Entonces lo único que podemos hacer es esperar.

Declan vigilaba la costa al sur del cabo. De vez en cuando, Abu Hida le relevaba y se colocaba tras una gran roca desde donde veía la costa hasta Blasket Sound, donde la punta de Dunmore se extiende hacia la Gran Blasket.

–¿Qué edad tenía su hija?

–En mayo cumplió dieciocho años.

–¿Era hermosa?

–Sí. Muy hermosa.

–¿Y la quería?

–Sí, por supuesto.

–¿Quiere a su esposa?

–No –respondió Declan, sorprendido por su sinceridad con un hombre a quien había considerado su enemigo.

–Lástima. Un hombre debe amar a su esposa.

–El destino no siempre es benévolo. ¿Está usted casado?

Abu Hida negó con la cabeza. A lo largo de la costa flotaban todavía pequeños bancos de bruma procedentes de alta mar. Las luces de los barcos de pesca se mecían sobre el agua oscura del Sound.

–He elegido la *jihad* por encima de las comodidades –respondió–. La senda de Dios no es para hombres casados.

Seguían observando. Grainne y Maureen se turnaban para vigilar la costa norte, hasta el cabo de Sybil, por si alguien decidía desembarcar por aquella zona. Liam y Tommy vigilaban la retaguardia y estudiaban los problemas relacionados con las comunicaciones.

–Cuando esto haya terminado –dijo Declan–, si seguimos vivos, puedo ayudarle a salir de Irlanda con el jeque Usayran y cualquier otra persona que desee llevarse con usted. Pero no puedo hacer nada respecto a Maureen. Puede intentar ponerse a salvo, pero yo no puedo protegerla. Tiene nacionalidad irlandesa, pero los británicos también tienen derecho a reclamarla.

Se había percatado de la forma en que Abu Hida y Maureen se relacionaban, había intuido la corriente de deseo y afecto que fluía entre ellos, y se aferraba a ello como forma de humanizarlos, ya que de lo contrario sabía que le sería difícil aceptarlos como aliados.

Abu Hida no respondió. Era demasiado pronto para saber lo

que realmente sentía por Maureen. La palabra amor no había sido nunca un término común en su vocabulario.

–¡Mire! –exclamó–. Ahí abajo.

Declan cogió los prismáticos. En una playa al norte de Dunquin se encendían y apagaban los faros de un coche.

SETENTA Y DOS

00.26 horas

Cuando Ezekiel vio las luces desde el bote se había alejado ya casi medio kilómetro de su rumbo. Habitualmente las luces de Dunquin le indicaban la dirección general a seguir, y sólo dependía de las del coche para llegar a la playa, pero los abundantes bancos de bruma de esta noche le habían dificultado la navegación. Viró en dirección a los faros y remó vigorosamente, con su deseo habitual de poder utilizar el motor para acercarse o alejarse de la orilla. Evidentemente era impensable, pero navegar a remo era lento y esta noche estaba triste y cansado.

La cabeza del jeque estaba bajo un banquillo, envuelta en una tela de yute. Aquel incidente le había afectado profundamente y por su cabeza pululaban ideas desleales. No lograba alejar de su pensamiento la imagen del anciano, consciente de que firmaba su propia sentencia de muerte al levantarse sobre sus pies inseguros. Tampoco lograba borrar la cara del anciano cuando miraba con ecuanimidad a su verdugo. ¿Podían todas aquellas personas ser hijas del diablo, como afirmaba Koresh? Le resultaba difícil conciliar la fortaleza cristiana del anciano con la crueldad de su muerte en manos de alguien a quien creía el hijo de Dios.

También le resultaba difícil renovar su menguada lealtad al hombre que, desde hacía muchos años, había considerado como Dios. El conocimiento de que David se proponía matar a todos los presentes en el enclave le evocaba recuerdos sumamente dolorosos. La imagen de las llamas y las voces de los niños que pedían ayuda. Y si todos iban al infierno, todos aquellos musulmanes y musulmanas, ¿estarían toda la eternidad pidiendo ayuda?

Eso era lo que David predicaba y en lo que el propio Ezekiel había creído durante muchos años. Pero pensó en sus propios hijos en llamas y en la idea de que soportaran aquel dolor otra hora, otro día, otra semana. Y pensó en los niños judíos muertos en los campos de concentración. Nunca habían oído hablar de Jesucristo, nunca habían tenido ninguna oportunidad, pero a pesar de ello Dios les había condenado al fuego eterno, por haber nacido judíos en la época y lugar inapropiados.

Cuando la quilla del bote tocó la arena de la playa, alejó de su mente las ideas desleales y saltó a tierra. Ramón apagó los faros del coche y se acercó a la orilla para ayudar a subir la embarcación a resguardo de la marea. Ramón era mexicano, uno de los varios inmigrantes que habían ingresado en la secta en los últimos años. Había prestado servicio en una unidad de comunicaciones del ejército mexicano y Koresh le había encomendado la misión de mantener una base abierta en la orilla. Vivía en una pequeña caravana en un campamento de Carhoa, muy cerca de Dunquin.

–Terrible noche –dijo–. Esta niebla me provoca dolor en los huesos.

–Podrías probar a ir remando hasta México –bromeó Ezekiel, como siempre lo hacía–. Está en esa dirección –agregó mientras señalaba hacia alta mar–. Lo único que debes hacer es mantener el rumbo y que David te conceda su bendición.

–Te ruego que no bromees sobre esas cosas.

Ramón era uno de los seguidores más fieles de Koresh, completamente leal al hombre que le había salvado de la deportación a una vida de pobreza en México.

Afianzaron el bote y guardaron los remos. De pronto les cegó una luz que acababa de emerger en la oscuridad y les iluminaba los rostros.

–¡Quietos! –exclamó una voz desde la parte alta de la playa.

Ramón dio media vuelta, desenfundó la Uzi que llevaba siempre al cinto y, sin poder ver ni apuntar con claridad, empezó a disparar sin ton ni son. Pero bastaba con disparar hacia la luz. Varias balas alcanzaron a Liam en el pecho y en el hombro, se desplomó y la linterna cayó sobre la arena.

Se encendió una segunda luz que iluminó a Ramón. Abu Hida levantó su propia pistola y le disparó dos veces en la cabeza. El mexicano se desplomó y permaneció inmóvil.

El ruido de los disparos se extendió hacia el mar. En Dunquin, la gente interrumpió sus actividades e intercambió miradas. Se hizo un prolongado silencio sepulcral en la playa. Nadie dijo palabra. Nadie parecía respirar. Luego, lentamente, empezaron a emerger de nuevo sonidos de la oscuridad. Las olas azotaban la orilla. Alguien anduvo sobre la arena como si pisara cristales partidos. En la lejanía, el ruido de un coche surcaba la noche. Pero lo que todos oyeron con mayor claridad fue el gorgoteo en los pulmones de Liam Kennedy, que se esforzaba por respirar.

Declan se agachó junto a él y le levantó la cabeza con una mano.

–Aguanta, Liam. Te llevaremos al coche. Dingle no está lejos. Hay un hospital al oeste de la ciudad. Te pondrás bien.

–No... diga... estupideces –farfulló Liam, que se ahogaba en su propia sangre–. Sería... una... pérdida... de tiempo.

–No te muevas, Liam, y procura no hablar.

–No... importa... Estoy... acabado...

A la luz de la linterna, Tommy se agachó y le abrió la camisa a Liam. Bastó una mirada para comprender que Kennedy tenía razón. Perderían el tiempo y no sobreviviría.

–Cumplíamos... con... nuestro deber... ¿verdad? No... olvide... decirle... a mi... mujer... que no... hice... nada malo.

–Todo ha sido con un buen propósito, Liam. Salvar vidas. Te nombró el primer ministro en persona. Ten la seguridad de que se lo diré. Te otorgarán una medalla.

–Y... un... carajo...

Declan bajó la mirada, luego la levantó para ver a Tommy y movió la cabeza. Después de apretar momentáneamente los párpados, cerró los ojos de Liam. Ahora sólo se oían las olas, sobre los cantos oscuros de la playa.

Abu Hida y Maureen habían llevado a Ezekiel a la carretera. No había ofrecido resistencia. Cuando Declan y Grainne llegaron al coche, estaba sentado junto a Maureen en el asiento trasero, con la mirada fija en la lejanía, como si contemplara algo en la oscuridad más allá del parabrisas que sólo él podía ver.

–Está muerto –dijo Declan después de sentarse al volante, junto a Abu Hida.

–Lo siento –dijo Abu Hida–. Ha perdido a muchos hombres.

–No era sólo uno de mis hombres –replicó Declan–. Era mi amigo.

–Lo comprendo. Créame.

–¿Usted cree?

Abu Hida volvió la cabeza, intrigado por el tono abrupto de Declan.

–Debemos largarnos de aquí –dijo–. Habrán oído los disparos. No tardará en llegar la policía.

Declan arrancó el motor. Cuando empezaba a soltar el embrague, emergió una voz del asiento trasero. Ezekiel estaba inclinado hacia delante, agitado.

–La cabeza –exclamó–, la cabeza del viejo. Me la he dejado en el bote.

Declan paró el motor. Estaba mareado, casi paralizado.

–¿Qué has dicho? –preguntó después de volver lentamente la cabeza.

Ezekiel le miraba fijamente, como a una sombra en la oscuridad que no percibía. Maureen le agarró el hombro y lo sacudió.

–¿Qué has dicho, hijo de puta? ¿Qué has dicho?

–Suéltalo –dijo Declan.

Aquel individuo no estaba sólo asustado, había algo más, algo que Declan no llegaba a discernir. Los golpes o las amenazas sólo servirían para que se sumergiera aún más en lo que fuera.

–Has dicho algo de una cabeza que habías dejado en el bote –dijo Declan–. ¿Qué querías decir?

Ezekiel contemplaba fijamente la oscuridad, esforzándose por comprender lo que los demás eran incapaces de ver.

–Debía llevarla a Dublín. Quería que la dejara en una iglesia.

–¿Una cabeza?

–Él se la cortó en lugar de la de una mujer. El anciano se ofreció voluntario.

Abu Hida se volvió para mirarle.

–¿Qué anciano? ¿Cómo se llamaba?

–No lo sé. Tenía un nombre extranjero. Todos suenan igual.

–No –dijo Abu Hida–. No suenan igual –agregó antes de dirigirse a Declan–. Será mejor que miremos en el bote.

Caminaron juntos por la playa. Las olas seguían azotando la orilla y la bruma cubría la arena o se extendía, ectoplásmica, hacia las rocas. Hincaban decididamente los pies en los cantos rodados.

El bote estaba inclinado en la línea divisoria entre la arena y los cantos rodados. En su interior, con la ayuda de sus linternas, encontraron una bolsa de yute. Abu Hida la levantó cuidadosamente mientras Declan la iluminaba con su linterna.

Abu Hida abrió con suavidad la bolsa por encima de la cabeza y tiró de la misma hacia abajo. La barba y el pelo que le cubría el rostro estaban llenos de sangre. La rodeó con el brazo izquierdo y le separó los pelos de la cara.

Declan vio que se tambaleaba, que su rostro se contorsionaba de dolor, que cerraba los ojos para borrar lo que acababa de ver. Y entonces de la nada emergió un grito tan doloroso, tan desamparado, tan impregnado de aflicción de toda una vida y de todas las vidas que le habían precedido, que Declan tuvo que taparse los oídos. Vio que Abu Hida se desplomaba de rodillas, con la cabeza fuertemente apretada contra el pecho, meciéndose en su desconsuelo como un niño arrancado de los brazos de su madre, llorando en la bruma y la oscuridad, gimiendo de desesperación.

Declan se puso de pie para vigilar y miraba de vez en cuando al lugar donde habían dejado a Liam Kennedy cubierto con una manta. Pensó en los hombres y las mujeres que había conocido en el Líbano, víctimas de Abu Hida y sus amigos, todos ellos muertos; y aquí estaba su asesino, profundamente afligido por la muerte de su padre, en una playa del fin del mundo.

Al levantar la cabeza oyó el mar en la arena y vio la oscuridad multiplicada. A lo lejos, en una roca abandonada, estaba la única persona en el mundo a la que amaba. Recordó el rostro de Amina como lo había visto por última vez, pocos minutos antes del ataque. Y se preguntó si estaría todavía viva, o si lo único que le esperaba en Inishtooskert era más aflicción.

SETENTA Y TRES

Ballyvouteragh
00.50 horas

En un rincón tranquilo junto al campo de golf, cerca de Ballyvouteragh, Declan hablaba con Ezekiel. Tardó mucho en sonsacarle todo lo necesario, pero Declan estaba convencido de que era preferible la persuasión al dolor, que sólo provocaría su desdén y su silencio. A Ezekiel no le asustaban las mismas cosas que a la gente común. El día del juicio final estaba muy cerca, puede que ya sólo faltaran horas; ¿qué podía importar un día de tortura comparado con la eternidad?

–¿Cómo te llamas? –preguntó Declan.

–Ezekiel.

–¿Como el profeta?

–Eso es. Él me lo dio, me lo otorgó.

–¿Quién? ¿David?

–Eso es. ¿Quién es usted? ¿Cómo conoce a David?

–Soy un policía, eso es todo. Quiero ayudarte. Y quiero que tú me ayudes a rescatar a los rehenes que habéis capturado...

–Ya sé quién es usted –interrumpió Ezekiel–. Usted es Carberry. Estaba con esa mujer el día anterior al ataque, una árabe, a la que David quería matar.

–Amina. ¿Está bien?

Ezekiel asintió.

Deseaba formular más preguntas, pero el tiempo apremiaba.

–¿Cuál era tu nombre antes de llamarte Ezekiel?

–Jay –respondió Ezekiel–. Jay Johnson.

Declan hizo una seña para llamar a Tommy y le susurró al oído:

–Tommy, ponte en contacto con Myles. Dile que hemos capturado a uno de los hombres de Koresh, un individuo llamado Johnson, Jay Johnson. Pregúntale si hay algo sobre él en sus archivos, algo que podamos utilizar.

–No conozco su número de teléfono.

–Está en el piso de Máiréad, en Ballsbridge. Le di la llave. Aquí tienes el número –dijo Declan después de escribirlo en un trozo de papel.

Volvió a interrogar a Ezekiel. Daba la impresión de estar drogado. Era difícil obligarle a centrarse. Se negaba a responder cualquier pregunta relacionada con la organización de la isla. Cada vez que Declan consultaba su reloj, un valioso tiempo había transcurrido.

Estaba a punto de darse por vencido y entregar a Ezekiel a Abu Hida, cuando regresó Tommy.

–Acabo de hablar por teléfono con Myles –dijo–. Jay Johnson estaba en Waco. Era uno de los «superhombres», los guardias personales de Koresh. Al parecer logró escapar después de iniciarse el incendio y le detuvieron. Por algún motivo, salió en libertad condicional. Nunca se le volvió a ver. Tenía una mujer y dos hijas, que fallecieron en el incendio. Su esposa se llamaba Mary y sus hijas Sarah y Rachel. Sarah tenía cuatro años y Rachel dos.

Declan volvió junto a Ezekiel. Sobre sus cabezas la noche era cada vez más densa, como si una enorme mano la removiera.

–¿Por qué no me has hablado de tu esposa, Jay? ¿O de Sarah y Rachel?

Ezekiel le miró como si contemplara un profundo pozo, en el que pudiera ahogarse.

–Sabe mucho –dijo–. Sabe demasiado.

–Yo también tenía una hija –prosiguió Declan–. La asesinaron hace menos de un mes en una heladería de Dublín. Acababa de contarme que tendría un hijo dentro de seis meses. El hombre que la mató es el inglés que está con vosotros en Inishtooskert, el que se comunica con Harker para asegurarse de que se cumple el trato.

Ezekiel le miró estupefacto.

–¿Trato? ¿Qué trato?

Declan frunció el entrecejo. Ezekiel debía de saber lo que Koresh tramaba. Sin embargo, la pregunta parecía sincera.

–¿No lo sabes?
Ezekiel negó con la cabeza.
–David trajo a Musgrave porque sabe cómo intervenir comunicaciones oficiales. Es indispensable que sepamos lo que ocurre con las negociaciones.
–¿Cómo encontró a Musgrave?
Ezekiel se encogió de hombros.
–No estoy seguro. Hace unos años, David estuvo en Inglaterra e hizo muchos amigos. Musgrave estaba en el servicio secreto militar, o algo por el estilo.
–No estaba, Jay. Está. O, para ser más exactos, trabaja para el MI5.
A continuación Declan le contó a Ezekiel todo lo que sabía sobre Musgrave, sobre Harker y sobre Scimitar.
–Háblame de Mary y de tus hijas –insistió cuando acabó de contárselo todo.
Ezekiel respondió sin titubear. Era la primera vez que hablaba de ellas con alguien desde aquel infernal incendio.
A continuación, le contó a Declan todo lo que quería saber. Cómo estaba organizado el recinto, dónde estaban los guardias, qué armas llevaban y dónde estaban los sistemas de alarma. A Declan le dio la impresión de que Koresh había depositado más confianza en su arreglo con Harker que en un sistema defensivo sofisticado. Si lograban cruzar el perímetro exterior de los centinelas, cuya función consistía en vigilar los accesos a la isla, podrían entrar fácilmente en el recinto propiamente dicho.
Ezekiel bosquejó un croquis donde se mostraba la ubicación de la sala de guardia, las celdas y las cocinas. También le indicó a Declan el lugar en el que Amina estaba presa.
Ya casi habían terminado, cuando Ezekiel se incorporó de repente con los ojos muy abiertos. Acababa de recordar la conversación entre Koresh y Zechariah.
–¿Qué ocurre, Jay? ¿Hay algún problema?
–No esperará. Ahora lo veo claro. Hay cargas explosivas enterradas debajo del recinto y piensa hacerlas estallar. Eso es lo que se proponía hacer la primera vez, en Waco. En esta ocasión está decidido a hacer el trabajo como es debido.
–Tranquilízate, Jay, y cuéntame exactamente lo que sepas.
Jay le relató la conversación que había oído y la que él había

mantenido con Koresh a primera hora de la mañana. Cuando terminó, Declan le dejó atado y fue a reunirse con los demás. Desde donde estaban, oían el oleaje en la orilla. Les contó meticulosamente todo lo que Ezekiel le había dicho. Nadie dijo palabra.

–Comprendo que tal vez no quiera acompañarnos –dijo entonces Declan dirigiéndose a Abu Hida–. Su padre ha sido asesinado. Lo siento mucho. Y lo comprenderé perfectamente si decide marcharse ahora y regresar al Líbano. Le ayudaré de todos modos a salir del país. Su gente tiene sus propios recursos. Tal vez puedan ayudar a la señorita O'Dalaigh, si desea acompañarle. Pero yo he tomado ya mi decisión. Iré a la isla esta noche.

La voz de Abu Hida era oscura y cavernosa.

–Le acompañaré –respondió–. Mi padre no era la única razón por la que he venido. Hay otras personas, cuya liberación significaría mucho para mi gente. Aunque sólo logre rescatar a uno o dos, valdrá la pena.

–¿Y los demás? –preguntó Declan–. ¿Qué me dice de los otros?

–No puedo ayudar a todo el mundo.

–¿No tiene ninguna orden respecto a ellos? Algunos son sus enemigos. Tal vez preferiría verles muertos. No quiero que venga conmigo si tiene órdenes de matarlos.

Abu Hida asintió con la cabeza, como una silueta que gesticulaba en la oscuridad.

–Sí –respondió–, he recibido orden de matarlos. Pero puedo optar por no obedecerla. Si les mato, no seré mejor que el hombre del que me ha estado hablando, el que ha decapitado a mi padre, que finge ser Dios y mata porque se odia profundamente a sí mismo. Si voy con usted, será para rescatar a tantos como pueda. Créame.

–Le creo –dijo Declan, antes de dirigirse a Maureen–. ¿Y tú qué piensas hacer? Ésta no es tu guerra.

–Amigo, no dejo de proclamar desde hace años que el IRA es la única fuerza militar legítima en Irlanda –respondió Maureen–. Por lo que he oído, los británicos se han apoderado casi por completo de la república. El capitán Murtagh, aquí presente, parece ser el único soldado irlandés independiente que queda. De modo que ésta es mi gran oportunidad de demostrar que tengo razón. Es tanto mi guerra como la vuestra.

Declan sabía que no valía la pena discutir. Además, necesitaba a todos los luchadores que pudiera conseguir y ya no parecía importar que fueran legítimos o dejaran de serlo. En aquel momento no estaba en condiciones de emitir ningún juicio respecto a Maureen O'Dalaigh.

–¿Tommy? –preguntó.

Murtagh asintió.

–Actualmente, para la república soy tan legítimo como la señorita O'Dalaigh. No puedo retroceder, de modo que no me queda más alternativa que seguir adelante.

–¿Grainne?

–Cuente conmigo. Estoy en la misma situación que los demás. Y no querría pensar que Liam sólo ha muerto para que demos media vuelta y regresemos a nuestras casas.

Empezaron a descender hacia la playa, donde les esperaba su embarcación. Cuando Tommy pasó junto a Declan, éste le cogió del brazo.

–Tommy, ¿puedes llamar a Myles? Debo preguntarle algo.

Tommy hizo la llamada desde su aparato militar móvil.

–¿Myles? Habla Declan. Escúchame, necesito saber algo. Tu intuición, eso es todo. Koresh ha minado el recinto. ¿Repetirá lo de la vez anterior? ¿Se volará a sí mismo y a docenas de personas para provocar el día del juicio final? ¿Tendría eso sentido?

Se hizo una prolongada pausa. Cuando Myles respondió, su voz apenas era reconocible.

–Si tuviera los medios necesarios, Declan, volaría el mundo entero. Se cree Dios, y considera que ha llegado el momento de acabar con todo lo que él mismo ha creado.

SETENTA Y CUATRO

Cerca de Inishtooskert
02.36 horas

La isla de Inishtooskert tiene forma triangular, con su lado más largo cara al norte.

Declan y el resto del grupo abandonaron la playa y se subieron a la motora para dirigirse dando un rodeo hasta el norte del cabo Clogher.

Después de doblar el cabo, el oleaje era fuerte y la oscuridad terrible y amenazante. Ya no se veían las luces de la costa, era como si aquella vasta masa de tierra se hubiera sumergido silenciosamente como una roca bajo las olas grisáceas. El cielo estaba cubierto de nubes. No brillaba la luna, ni se veía estrella alguna para poder orientarse. En alta mar se levantaba una tormenta invernal nacida en el seno del Atlántico.

Su mayor peligro en la oscuridad era el de no ver su objetivo y pasar de largo. Tampoco se atrevían a acercarse demasiado con el motor encendido a la isla. No se veía ninguna luz en Inishtooskert, e incluso a pesar de sus dos kilómetros de costa, Declan sabía que no era imposible pasar por alto la isla y verse arrastrados por una fuerte corriente hacia alta mar. Por la mañana su pequeño bote podría encontrarse a la deriva en plena tempestad.

Pararon el motor. Tommy dirigía la navegación con la ayuda de una brújula marina y un radar portátil.

–A los remos –dijo–. Esta corriente tiene la fuerza suficiente para arrastrarnos a alta mar.

Declan y Abu Hida desengancharon los remos y los colocaron en los toletes. Estaban aproximadamente a una milla de la costa. Por lo menos, pensó Declan, si lograban abandonar de nuevo la isla, podrían hacerlo desde el primer momento a motor.

Grainne iba sentada en proa, y escudriñaba la oscuridad con el telescopio Simrad. Lo único que tenían delante eran grandes olas coronadas de blanco. El mar estaba progresivamente agitado, pero por lo menos el viento había dispersado la bruma.

Su dolor de cuello y espalda le recordó a Declan que no había tenido una jaqueca en todo el día. No recordaba la última vez en que había hecho tanto ejercicio físico. A su espalda, Abu Hida bogaba con regularidad, y el aire entraba y salía rítmicamente de sus pulmones.

–¡Silencio! ¡Dejad de remar!

Tommy estaba inclinado hacia delante, con una mano junto a la oreja. Sin el ruido de los remos, oían las olas contra el casco de su barca. Durante una aparente eternidad, flotaron en silencio a la deriva.

–¿Qué oyes?

–¡Silencio! –exclamó, antes de dar un suspiro de alegría–. Eso son olas contra las rocas. Y algunas rocas son enormes. Volved a remar, muchachos. Inishtooskert está delante de nosotros.

Al cabo de veinte minutos atracaron en la estrecha playa rocosa de una pequeña ensenada. Junto a la misma se levantaba un acantilado. Declan y Abu Hida permanecieron un rato agachados para recuperar el aliento y la fuerza de sus brazos.

Después de arrastrar cuidadosamente el bote hacia el interior de la cala, Abu Hida y Tommy distribuyeron las armas que habían traído. Además de un rifle de asalto Franchi, el árabe contaba con una escopeta Mossberg Bullpup, dos pistolas y su Peskett. También llevaba una ligera ballesta con un potente visor nocturno y una pequeña reserva de dardos.

Escalaron cuidadosa y silenciosamente, hasta llegar a la cima del acantilado, donde había montículos tras los que podían protegerse, mientras Grainne examinaba el terreno. Un fuerte viento soplaba incansable sobre la rugosa superficie. La vegetación era casi inexistente. Era prácticamente inimaginable pensar que, en otra época, hombres y mujeres hubiesen pasado la vida en aquella roca inhóspita y desolada.

–Ahí está –susurró Grainne–. Eso debe de ser la capilla de San Brendan.

Le entregó el telescopio a Declan y le indicó el lugar aproximado. Después de mirar unos instantes, asintió.

–El primer centinela estará situado un poco a la izquierda –dijo.

–Si es verdad lo que nuestro amigo nos ha contado –agregó Abu Hida antes de pedir el telescopio.

Pasó cinco minutos mirando a través del mismo. Por fin suspiró y miró a los demás.

–Esto hay que hacerlo en silencio –dijo entonces–. Hay dos centinelas. Yo me ocuparé de ellos.

Después de dejar el resto de sus armas, cogió el telescopio, la ballesta y la bolsa de dardos y penetró en la oscuridad.

Regresó al cabo de media hora y, sin decir palabra, le devolvió el telescopio a Grainne.

–Ahora podemos proseguir.

Les condujo por la oscuridad hacia el lugar del que acababa de regresar, pisando con sus ágiles pies los sitios más seguros entre las desgastadas rocas. Ahora descendían hacia la costa oriental de la isla. Aquí era donde Koresh había instalado su recinto, en el emplazamiento de una pequeña explotación abandonada.

Al igual que en Waco, había levantado una torre de vigilancia, tanto por su valor simbólico como por su utilidad práctica. Ezekiel les había advertido que los centinelas de la misma disponían de visores nocturnos y estaban atentos.

Vislumbraron la torre, de unos doce metros de altura, y un pequeño grupo de edificios junto a la base de la misma. Estaba oculta tras un montículo rocoso, y Grainne descubrió que había un solo centinela, que pasaba la mayor parte del tiempo escudriñando el extenso terreno entre el enclave y la costa, como si esperara que por allí se produjera algún ataque. Sin embargo, de vez en cuando dirigía su visor nocturno hacia donde ellos se encontraban.

Tommy estaba agazapado junto a ella. Se encontraban a unos doscientos cincuenta metros de la torre.

–Puedo abatirle desde aquí –dijo Tommy.

Cogió un rifle de precisión Steyr SSG, con un amplificador de luz Kahles Hella de ocho aumentos. El rifle llevaba también un localizador Blind Pugh, que proyectaba un punto negro sobre el objetivo. Al contrario de otros aparatos semejantes, que proyectan un punto rojo, el Blind Pugh permanece invisible en la oscuridad.

Tommy apuntó cuidadosamente. Había acoplado un silenciador al rifle, pero si efectuaba varios disparos cabía la posibilidad de que los oyeran desde el interior. Vació el aire de sus pulmones y esperó a tener de frente al centinela, que se convertía así en un blanco más fácil. Ajustó el dedo al gatillo. No sería fácil dar en el blanco, con el riesgo de que los vientos laterales desviaran la trayectoria de la bala. Se relajó y situó el punto negro en el centro de la cara del centinela. Aunque la bala se desviara un par de centímetros a un lado u otro, alcanzaría su objetivo.

El disparo hizo un enorme estruendo en el silencio reinante. Grainne, a través del Simrad, vio que el centinela se desplomaba después de estremecerse. Le siguió observando hasta que estuvo segura de que permanecía inmóvil. Entretanto, Tommy vigilaba la entrada del bloque principal, donde se encontraba el dormitorio de los guardias. Transcurrió un minuto, dos, tres. No apareció nadie. No habían oído el disparo.

Tenían ya todo planificado. De ahora en adelante proseguirían en silencio, a no ser que una emergencia obligara a alguno de ellos a cambiar de planes.

El recinto estaba formado por cuatro edificios. El mayor de ellos estaba situado al norte y era un antiguo granero en el que se hospedaban los rehenes y sus guardianes. Ezekiel les había descrito detalladamente su interior, que consistía en un pasillo central a lo largo del cual se encontraban las celdas, con una separación en el extremo este para las mujeres, con sus propias duchas y retretes. A lo largo del extremo norte del edificio, separado de las celdas por un estrecho pasillo, se encontraba el dormitorio de los guardaespaldas de Koresh y, en el extremo este, sus aposentos privados. Hacia el sur, sin ningún pasillo divisorio, estaban la cocina y el comedor. En el extremo opuesto a la única entrada, al oeste del bloque de las celdas, había una sala de guardia.

Al sur del edificio principal había un cobertizo cuadrado de ladrillo gris, donde se encontraban los retretes, las duchas y los lavabos masculinos. Conducían allí a los presos por parejas dos veces al día, por la mañana y por la noche. Junto al mismo había una pequeña sala de radio, permanentemente atendida, para recibir las comunicaciones que pudiera mandar Ramón desde la isla principal. La torre de vigilancia se encontraba en el rincón formado por la sala de armas y la sala de radio.

A juzgar por la descripción de Ezekiel, la estructura del propio edificio no era excesivamente resistente y habían decidido abrir un boquete en la pared de la cocina, el extremo más alejado del dormitorio, para penetrar en el mismo. A partir de allí cruzarían el comedor y el pequeño pasillo junto a la sala de guardia, para llegar a las celdas. Si lograban someter a los guardias, Abu Hida y Maureen localizarían a cuatro rehenes de la lista que le habían facilitado a Abu Hida en Baalbek para ponerlos en libertad. Inicialmente no sabrían quiénes estaban vivos o muertos, pero confiaban en localizar a sus cuatro hombres en pocos minutos.

Entretanto, Declan, Tommy y Grainne se dirigirían a las celdas femeninas en busca de Amina. En cuanto a Musgrave, Declan todavía no había decidido qué hacer con él.

Habría sido insensato intentar liberar a los demás rehenes. Sólo había otra embarcación en la isla, en la que cabrían cinco personas a lo sumo. En el tiempo que tardarían en encontrarla, habrían despertado los demás guardias y se produciría con toda seguridad una gran matanza.

Después de rescatar a sus cinco rehenes, huirían mientras Abu Hida y Tommy vigilaban el dormitorio. Deberían descender con todos ellos por el acantilado y llegar al bote, antes de que se disparara la alarma. Cuando estuvieran a bordo, tendrían muchas posibilidades de regresar sanos y salvos a la isla principal. Los demás tendrían que arriesgarse a su suerte, pero era posible que Koresh y sus secuaces, al comprobar que se había descubierto su escondite, abandonaran la isla sin preocuparse de los otros rehenes. Aunque Declan realmente temía que, con mayor probabilidad, David Koresh iniciara la noche del Apocalipsis.

Se acercaron por el lado oeste, entre el cobertizo de las duchas y el edificio principal. Ezekiel había mencionado el peligro de encontrarse con alguno de los guardias, que patrullaban cada media hora aproximadamente alrededor del perímetro. Andaban con sumo cuidado, para no hacer el menor ruido. Abu Hida iba en cabeza y le seguían en fila india junto al muro sur del cobertizo. Al llegar a la esquina, levantó la mano para advertirles que se detuvieran.

Un guardia armado, que avanzaba entre la sala de armas y el cobertizo, se dirigía lentamente hacia el lugar donde ellos se encontraban. Podían dejarle pasar, con la esperanza de que no les viera tras el muro, pero si después de doblar la esquina levantaba la cabeza, se percataría de que algo había sucedido en la torre de vigilancia.

Abu Hida desenfundó una daga, esperó a que pasara y se le acercó por la espalda. Sin la menor vacilación y sin pensarlo dos veces, avanzó con una mano extendida para agarrarle la mandíbula y la otra lista para degollarlo. Tiró con fuerza y hacia arriba de su barbilla para evitar que chillara. Durante un breve instante el guardia pudo haberse librado de su agresor, pero ya era demasiado tarde. La mano de Abu Hida descendió en forma de arco y la hoja le produjo un corte en el cuello de unos cinco centímetros. El ruido de la asfixia era espantoso, para no olvidarlo. Sin embargo, incluso a pocos pasos, nada rompió el silencio. Abu Hida soltó a su víctima y la arrastró a la sombra del cobertizo.

Doblaron la esquina, cruzaron el lado este del cobertizo y llegaron al edificio principal. Los muros eran como Ezekiel se los había descrito: viejas piedras, escasa argamasa y mal estado de conservación. Abu Hida empezó a hurgar con su Peskett entre las piedras para ablandar la argamasa. Era esencial hacer cuidadosamente el agujero, para evitar que se desplomara la parte superior del muro. Tommy se puso a trabajar junto a él con un punzón. De vez en cuando, Declan iluminaba la pared con su linterna, para decidir la piedra que debían retirar a continuación.

Tardaron media hora en abrir un boquete lo suficientemente grande para entrar por el mismo. Pasaron uno por uno. La cocina estaba silenciosa.

–¿Listos? –preguntó Declan al tiempo que desenfundaba una pistola y le acoplaba un silenciador.

En aquel momento, alguien encendió la luz.

SETENTA Y CINCO

Dublín
02.40 horas

Myles se levantó de la cama tiritando de frío. Algo le había despertado. ¿Algún ruido? ¿Una pesadilla? Le costaba conciliar el sueño. Hasta ahora, sus esfuerzos para ponerse en contacto con Pádraig Pearse Mangan habían sido vanos y, de las demás personas con las que había logrado hablar, sólo un par de ellas le habían tomado medianamente en serio. Y ahora Declan sugería que Koresh estaba a punto de repetir la carnicería de Waco.

Por algún lugar entraba una corriente de aire. Debía de haberse dejado la ventana abierta. Se acercó a la misma y la cerró con fuerza. Tras los cristales, la ciudad dormía inconsciente. Si esta noche llegara el fin del mundo, Dublín desaparecería sin el menor susurro. Estaba a punto de volverse para regresar a la cama, cuando empezó la locura.

El primer individuo le agarró los brazos y se los dobló con fuerza a la espalda. El segundo se colocó delante de él. No vio la bolsa de plástico, pero la sintió cuando descendía fría y pegajosa por su cabeza, sin poder escapar, pegada a la piel de su frente y sus mejillas, y se doblaba hacia el interior de la boca alrededor de sus labios. Tardó dos minutos en morir. No se ausentó sin un suspiro, pero poco importaba; el olvido seguía siendo el olvido.

Puerto de Ventry
02.44 horas

Anthony Harker estaba al borde del muelle rodeado de oscuridad. El cansancio resbalaba como el agua por su piel. Oyó pasos sobre los adoquines.

–Señor Harker, un mensaje de Dublín.

Harker volvió la cabeza y vio a Christopher Sheldrake junto a él. Sheldrake era el segundo comandante del destacamento de los SAS, que se encontraba en Ventry desde la tarde, listo para entrar en acción.

–¿Han resuelto ya aquel asunto?

–Sí, señor. El mensaje es de la unidad que lo ha llevado a cabo. Han encontrado una nota sobre la mesa, junto a su teléfono. Me ha parecido que debía verla inmediatamente. Esto es una copia escrita de lo que me han dicho.

Harker cogió el papel mientras se dirigía hacia la farola más cercana. La nota era breve pero concisa:

> Mensaje telefónico a las 2.05. Declan teme que Koresh proyecte otra conflagración. El recinto está minado. Su propio equipo se dispone a intervenir. Que Dios se apiade de nosotros.

Harker formó un ovillo con el papel y lo arrojó a la oscuridad, sobre el agua.

–Dígale al comandante que prepare a sus hombres. Quiero que eliminen a los secuestradores y tomen el control de los rehenes. Adviértale que el jefe de los secuestradores ha minado el recinto y tal vez se proponga llevar a cabo un suicidio colectivo. Y dígale que probablemente Carberry y su equipo ya están en camino hacia allí.

SETENTA Y SEIS

03.35 horas

Harry Ferguson estaba con David Koresh desde 1989, tres años antes del incidente de Waco. Era un estudiante de arquitectura en Birmingham, que había ido a pasar las vacaciones de verano en Estados Unidos y ya no regresó a Inglaterra. Sus padres eran adventistas del séptimo día. Al llegar Harry a Norteamérica, estableció contacto con una iglesia de Tyler, en Texas, a través de la cual se relacionó con la organización Monte Carmelo. Asistió a las clases bíblicas de Koresh, le impresionaron y se quedó con él. En 1993 estaba de viaje en California para la misión y evitó verse atrapado en el interior del rancho, cuando los agentes de seguridad y luego el FBI lo rodearon. Muchos de sus mejores amigos, incluidos varios davidianos británicos, fallecieron en el incendio o estaban ahora en la cárcel.

A Harry le gustaba comer. Tenía un cuerpo sano y lo cuidaba, con un suministro alto en calorías y bajo en grasa. Durante la noche solía apetecerle un bocado alto en proteínas. Puesto que Ezekiel prefería que el personal no tuviera comida ni bebida en el dormitorio, Harry se levantaba poco después de la medianoche y se dirigía a la cocina.

Aquella noche, cuando encendió la luz, se llevó el peor susto de su vida. Y también el último. Vio a cinco intrusos, vestidos de negro de pies a cabeza, con pasamontañas en la cabeza, y todos armados.

Declan se percató de que abría la boca para chillar y reaccionó instintivamente. Tenía ya la pistola con el silenciador en la mano. La levantó y disparó, casi sin apuntar. Cuando miró de nuevo, Harry estaba en el suelo, agitando los brazos y las piernas. Abu Hida se agachó y acabó con él de un navajazo. Levantó la cabeza, vio que Declan contemplaba fijamente al difunto y detectó el fugaz remordimiento en su mirada.

–Esto no es un juego, señor Carberry –susurró–. Usted no le ha disparado por diversión, ni yo he acabado con él por placer. No lo olvide, o de lo contrario todos estaremos muertos antes de terminar la noche.

–Ni siquiera estaba armado –musitó Declan.

–Éste no es el momento de sentir remordimiento. Guárdelo para más adelante.

Abu Hida apagó la luz, se acercó a la puerta y se pegó a la pared junto a la misma. Los demás se colocaron como él al otro lado. Grainne sentía los latidos de su corazón como si fueran estallidos. Transcurrieron varios minutos. No apareció nadie. Abu Hida abrió lentamente la puerta. El comedor estaba a oscuras.

Lo cruzaron en silencio. Declan era consciente de que aquí estaban más expuestos, de que los ruidos podían llegar fácilmente a oídos de los guardias en la próxima estancia. Maureen encendió momentáneamente su linterna, para indicar el camino de la puerta. Respiraba con dificultad, tenía sensación de pánico, consciente de que ahora ya no había vuelta atrás. No sería fácil salir de nuevo de allí a través de aquellas salas oscuras, llegar de nuevo hasta el agujero, y regresar al acantilado con sus enemigos pisándoles en todo momento los talones.

Abu Hida abrió la puerta. Suponía que el hombre al que Declan había disparado había ido a la cocina en busca de comida y que sus compañeros esperarían que regresara de un momento a otro. A nadie le sorprendería que se abriera la puerta.

Entraron en un pasillo tenuemente iluminado. Según Ezekiel, aquí debían doblar a la derecha. A pocos pasos se encontraba la sala de guardia. Había una sola puerta de acceso y otra que daba a las celdas. Ezekiel les había dicho que aquí se encontrarían probablemente con dos guardias y otros dos más allá, a la entrada de la sección de las mujeres.

Llegaron a la puerta. Abu Hida vaciló, con la mano en el pomo, a la espera de que los demás se situaran junto a él; Declan y Tommy a su izquierda, Grainne y Maureen a su derecha. La puerta se abría hacia la derecha, de modo que Tommy sería el primero en entrar, seguido de Abu Hida, y luego los demás. Entonces, tendrían que capturar rápidamente a los guardias. Bastaría con un grito, un dedo en un botón de alarma o un disparo para encontrarse rodeados y atrapados. Declan recordaba la brutalidad con que los hombres de Koresh se habían apoderado de Castletown House. Asintió una sola vez. Abu Hida abrió la puerta de par en par.

No eran dos sino seis los hombres que estaban sentados alrededor de la mesa, leyendo libros que debían de ser biblias. Tommy corrió hacia la derecha, con la pistola en la mano. Se percató de que uno de los individuos se levantaba, vio de reojo a Abu Hida, que entraba y se dirigía al otro extremo del cuarto, a otro individuo que se ponía de pie, a Declan que entraba seguido de Grainne y Maureen, y a un tercer individuo que se levantaba. Maureen cerró la puerta.

–Las manos sobre la cabeza –ordenó Declan, con la esperanza de que le obedecieran.

Sintió que se le tensaban los músculos del brazo hasta la mano, que sus dedos se agarrotaban sobre el arma y supo que, si no le obedecían, empezaría a temblarle la mano.

Uno de los individuos levantó las manos. Otro se lanzó sobre Declan, le golpeó la mano y empezó a estrujarle fuertemente el cuello. A Declan se le nubló la vista, veía lucecitas ante los ojos y tenía la sensación de que le empujaran bajo el agua. De pronto, afortunadamente, cesó la presión. Abrió los ojos y vio el rostro de aquel individuo a escasos centímetros del suyo. Era un rostro feo, distorsionado, contorsionado, con la boca abierta y los ojos desorbitados. Luego vio la sangre y el terrible corte en su garganta; era la cara de un muerto al que empujaba para apartarse de él.

Abu Hida aflojó el cable con el que le había degollado y dejó su cuerpo en el suelo. Declan respiró hondo y miró a su alrededor. Grainne y Maureen agrupaban a los cinco guardias restantes contra la pared del fondo.

Maureen sacó un rollo de cinta adhesiva de una bolsa que llevaba en la cintura, la pegó sobre la boca de uno de los guardias y le rodeó varias veces la cabeza con la misma, antes de cortarla y sujetarla. Repitió la misma operación con los demás. Tommy y Abu Hida encontraron una colección de esposas colgadas de la pared y las utilizaron para esposar las manos de los guardias a la espalda.

Había un montón de llaves en una caja, cerca de la puerta que daba a las celdas. Abu Hida se fijó en los números de los llaveros, entregó uno a cada uno de los demás y utilizó una de las llaves de su propio llavero para cerrar la puerta por la que habían entrado. Después de comprobar que estaban seguros, abrió la puerta que daba a las celdas y los demás le siguieron.

Cerraron con llave la puerta a su espalda y avanzaron por el pasillo de las celdas. Declan quería abrir todas las puertas y poner en libertad a todos los rehenes que pudieran, pero Abu Hida le advirtió que antes debían ocuparse de los guardias en la sección de mujeres.

Estaban aproximadamente a medio camino cuando, inesperadamente, se abrió la puerta que tenían delante y aparecieron dos individuos con traje de campaña y subfusiles ametralladores apuntando hacia ellos. Se arrojaron al suelo en el momento en que una ráfaga arrasaba el pasillo. Una bala alcanzó a Declan en el brazo izquierdo y le obligó a ladearse al llegar al suelo. Una segunda y una tercera alcanzaron a Maureen en el muslo y la cintura. Chilló de dolor y rodó por el suelo, procurando evitar que volvieran a alcanzarla.

Abu Hida rodaba ya por el suelo cuando las primeras balas alcanzaron las puertas de las celdas y las paredes. Los guardias se detuvieron para evaluar los daños causados y comprobar si todavía existía algún peligro. En los breves instantes antes de que comenzaran de nuevo a disparar, Abu Hida, agachado, efectuó cinco disparos con su rifle de asalto. Fueron más que suficientes. La potencia de los Glaser compensó su posible falta de precisión. Media cabeza de uno de los guardias desapareció en una nube de sangre y el otro perdió un brazo y la mitad del pecho.

Después de comprobar que estaban muertos, corrió junto a Maureen, que sangraba en el suelo.

–¿Es grave?

–Viviré. Me han alcanzado dos balas, pero ambas han salido, estoy segura. Hay vendajes en mi bolsa; dámelos.

Encontró las vendas y le arrojó una a Grainne, que estaba agachada junto a Declan. Tommy cubría la puerta principal. Se oían voces y pasos cerca. De las celdas surgían gritos y gemidos, súplicas frenéticas en árabe y persa, invocaciones al Señor.

Después de vendarle debidamente el brazo a Declan, Grainne se dirigió a Abu Hida.

–Yo me ocuparé de ella –dijo–. Más vale que empieces a buscar a tus amigos.

Abu Hida asintió y le entregó los vendajes. Se puso de pie, avanzó por el pasillo y empezó a chillar en árabe, procurando que le oyeran a pesar del barullo reinante.

–¡Jeque Hasan al-Najafi! ¿Puede oírme? ¿Está usted aquí? *Mulla* 'Ali Shirazi. ¿Me oyen? He venido para sacarles de aquí. Respondan.

Entre el jaleo que había a su alrededor, oyó dos voces que contestaban. Perdió unos valiosos momentos buscando las llaves. Se oían golpes en la puerta exterior, gritos y gente que corría. Abu Hida probó una llave, luego otra. Por fin encontró la que abría la primera puerta. Llegaba el estruendo de los guardias, que habían empezado a derribar la puerta de acceso a la sala de guardia. Ahora estaba junto a la segunda celda, probando llave tras llave. Los golpes retumbaban en todo el edificio.

Por fin habían salido los dos primeros rehenes de sus celdas, asustados y desconcertados. Abu Hida les indicó que se reunieran con los demás en el fondo del pasillo y empezó a vociferar un tercer nombre.

–Hajj 'Umar Fadlan. ¿Puede oírme? Responda. Soy Abu Hida. He venido a rescatarle.

Se oyó un estrepitoso golpe, seguido de pasos en la sala de guardia, y empezaron los golpes en la puerta interior.

Respondió una voz desde una celda del fondo. Abu Hida se acercó mientras buscaba la llave. Aumentó el ruido de los golpes, unido al de madera astillada. Salió un individuo de la celda, pálido, enfermizo y apenas capaz de andar. No tenía manos y unas vendas manchadas de sangre cubrían sus muñones. Abu Hida le ayudó a reunirse con los demás. Sintió una ira terrible al contemplar las muñecas de Fadlan.

–Debemos marcharnos –exclamó con urgencia Declan–. Derribarán la puerta de un momento a otro.

Pero Abu Hida no le prestó atención y regresó al pasillo llamando al cuarto hombre de su lista. A estas alturas los demás rehenes habían comprendido lo que sucedía y le suplicaban a gritos que abriera también las puertas de sus celdas.

–¡'Ali Bouslimani! ¿Me oye? ¡'Ali Bouslimani!

–Está muerto –respondió uno de los rehenes liberados desde el fondo del pasillo.

Abu Hida oía los crujidos de las bisagras y el ruido de las astillas; la puerta estaba a punto de ceder. Tenía el nombre de un quinto hombre, que en otra época había sido su profesor de *hadith* en una escuela de Beirut, por quien sentía una profunda admiración.

Miró a su alrededor. Tommy custodiaba todavía la puerta. Declan y Grainne conducían a los demás a la sala contigua. Declan levantó la cabeza y se cruzaron sus miradas.

–Tengo que cerrar esta puerta –exclamó–. No tengo otra alternativa. ¿Me comprende? Debo cerrarla con llave. Déjelo. Es demasiado tarde. ¡Tommy, por el amor de Dios, vámonos!

Abu Hida tomó una decisión. Corrió hacia la bolsa donde había dejado su Mossberg. Sacó la escopeta, la cargó con dos cartuchos de siete milímetros de perdigones de aleación de tungsteno y se la entregó a Tommy. Mientras Abu Hida regresaba a las celdas, Tommy se acercó a la puerta, apuntó y disparó dos veces. Aquella munición era capaz de perforar una plancha de acero a ciento cincuenta metros. Atravesó la puerta y se oyeron unos terribles gritos al otro lado.

–¡Jeque 'Ubayd! –exclamó Abu Hida–. ¿Dónde está usted? ¡Jeque 'Ubayd!

Respondió una voz a mitad del pasillo. Abu Hida se acercó a la puerta y empezó a buscar la llave, al tiempo que miraba a su alrededor. Declan estaba a punto de cerrar la puerta.

–¡Márchense! –gritó–. Por lo menos le pondré en libertad. He dado mi palabra.

Declan era incapaz de decidirse. Amina estaba en el cuarto a su espalda. Grainne la había encontrado y estaba buscando la llave entre las que había encontrado colgadas de la pared. Estaría libre en pocos momentos.

Pero no podía abandonar a Abu Hida y a Tommy a una muerte segura. Se agachó y cogió el subfusil ametrallador de uno de los guardias abatidos.

Se oyó un estruendo y la puerta, debilitada por los disparos de Tommy, se rompió por la mitad. Declan avanzó y, con toda serenidad, disparó por el agujero mientras Tommy lo hacía desde el otro lado.

Abu Hida abrió la puerta de la celda y el jeque 'Ubayd salió tambaleándose.

–¡Rápido! –exclamó Declan–. A mi espalda. ¡Por la puerta! ¡Tommy, cúbrelos!

Mientras pasaban, disparó una segunda y prolongada ráfaga, que vació el cargador. Arrojó el arma al suelo, dio media vuelta, corrió para alcanzar a Tommy y a Abu Hida, y cerró la puerta a su espalda.

SETENTA Y SIETE

03.42 horas

Peter Musgrave salió corriendo de la sala de radio tan rápido como pudo. Había oído los disparos en el edificio principal y supuso que había llegado Carberry, con su improvisado equipo de rescate. Sería agradable terminar lo que había empezado con Carberry y vengarse de las heridas que le había causado en la heladería. Pero antes debía cumplir las órdenes que acababa de recibir de Harker. Si no encontraba inmediatamente a David Koresh, esa pequeña mierda de individuo volaría el recinto entero por los aires.

Suponía que el líder religioso estaría en sus propios aposentos, e imaginaba que ahí tendría la palanca, el botón o lo que se propusiera pulsar para activar los explosivos. De nada serviría que intentara localizar las cargas; si todo el recinto estaba minado por lo menos habría varias docenas, y no sería fácil encontrarlas en la oscuridad.

Pasó junto al cobertizo de las duchas y se acercó al edificio principal por la fachada oeste. El fuerte viento silbaba en sus oídos y le desorientaba. Cuando entró por la puerta, presenció el caos reinante.

Uno de los guardaespaldas de Koresh sostenía la puerta que conducía a las celdas y estuvo a punto de disparar a Musgrave.

–¿Dónde está David? –preguntó Musgrave.

–En su habitación.

–¿Está solo?

–Hay dos guardias en la puerta. Está rezando. Ha prohibido que le interrumpan.

–¡Y un carajo! Tengo un recado importante para él.

Musgrave avanzó por el pasillo adjunto al dormitorio de los guardias, que terminaba en la puerta de los aposentos de Koresh. Había dos guardias armados, dispuestos a disparar. Al reconocerle, se tranquilizaron. No era uno de ellos, pero había formado parte de su grupo desde el inicio de la operación y sabían que gozaba de la confianza de Koresh.

–¿Qué sucede? –preguntó uno de ellos.

–No lo sé. Parece que ha habido un ataque. Puede que sean tropas gubernamentales. Tengo que hablar con David. Es urgente.

El otro guardia negó con la cabeza.

–No podemos dejarte pasar –dijo–. Lo siento, David ha ordenado tajantemente que no se le moleste. Ahora está profundamente inmerso en sus oraciones.

–No me importa que esté con Jesucristo en persona, es imprescindible que le vea.

El guardia negó de nuevo con la cabeza.

–No hasta que él lo autorice.

Musgrave blasfemó, dio media vuelta y empezó a alejarse. A cinco pasos se volvió, con su Browning Hi-Power en la mano, y efectuó dos veloces disparos antes de que los guardias se percataran de lo que sucedía. Se desplomaron y permanecieron inmóviles. Estaban bien entrenados, pero Peter Musgrave había aprendido en una escuela todavía más dura.

Abrió la puerta y entró. Koresh estaba al otro lado de la habitación, de rodillas, rezando. Al principio no se percató de la presencia de Musgrave y siguió rezando como si nada ocurriera.

Los gritos y gemidos cercanos llegaban al pequeño santuario de Koresh, pero él parecía no ser consciente de los mismos. Junto a él había una pequeña caja negra de la que salía un grueso cable, que penetraba en la pared y se prolongaba bajo el suelo.

Musgrave avanzó sigilosamente, por temor a que al menor descuido o si delataba prematuramente su presencia, Koresh agarrara la caja y provocara su propio Apocalipsis, para el que sin duda en aquel momento obtenía permiso de Dios, o de sí mismo, si es que había alguna diferencia. Un buen disparo en la cabeza eliminaría el peligro.

El inglés se dispuso a disparar y levantó el arma, apuntando a la sien de Koresh. De pronto, el emisario de Dios dejó de rezar y le miró fijamente.

Al cabo de medio segundo, Musgrave sintió el frío cañón de un arma en la nuca.

–Si disparas –dijo una voz sosegada a su espalda–, tú serás el próximo en morir. Luego cogeré la caja y acabaré personalmente el trabajo.

Era Zechariah. Musgrave había contribuido a su entrenamiento durante los días anteriores al ataque y sabía que, entre los componentes del círculo próximo a Koresh, era sobradamente el más despiadado.

Bajó el arma, Zechariah extendió el brazo y se la quitó de la mano.

–Siéntese, señor Musgrave –dijo Koresh después de levantarse–. Su trabajo aquí ha terminado. Lo único que debe hacer ahora es relajarse y esperar. He estado hablando con mi Padre. Ha llegado el momento de acabar con esta vieja creación y construir un nuevo mundo en su lugar. Alabado sea Dios.

Amina le esperaba junto a la puerta de su celda, fría, perdida, muda de ira, miedo e impotencia. Fue incapaz de darle un abrazo, de tocarle con las manos o con la boca, aunque le quería solo para ella, para que la sacara de allí, no cual príncipe azul, sino como un lobo solitario.

–Te has tomado tu tiempo –dijo Amina.

Declan sonrió, le colocó la mano junto a la mejilla y no la movió hasta que sintió la sangre que circulaba bajo su piel. Las palabras eran innecesarias. Se lo dijeron todo con la mirada.

–¿Dónde están los aposentos de Koresh? –preguntó Tommy, que no quería interrumpir, pero sabía que el tiempo apremiaba.

Amina señaló una estrecha puerta en la pared.

–Esa puerta da a un pasillo que lleva hasta la puerta de su dormitorio, y al lado se encuentra su estudio.

Declan la miró.

–¿Cómo lo sabes?

Amina no titubeó, ni dejó de mirarle.

–Me llevaron allí –respondió.

No se sentía culpable, Declan no era imbécil y eso nunca sería un problema entre ellos. Pero se sintió profundamente afligida al saber que nunca podría revelarle toda la verdad, y que eso sería un obstáculo que les separaría más que los mares o las cordilleras.

Lo importante ahora era la rapidez, pensó Tommy. Bastarían unos segundos de retraso para que Koresh huyera o, lo que sería infinitamente peor, tomara su decisión definitiva y se los llevara a todos con él en su último gran viaje.

Se empezaron a oír unos terribles golpes en la puerta.

Abu Hida pasó junto a ellos y señaló el tabique de madera al otro extremo del corto pasillo.

–Ahí está la cocina –dijo–. Creo que podemos abrirnos paso, pero es probable que nos encontremos con un comité de recepción. Reúnalos a todos, yo haré lo que pueda.

–Antes debemos pararle los pies a Koresh –respondió Declan–. Tommy, ¿vienes conmigo?

Tommy asintió. En aquel momento, Amina se acercó a Abu Hida y le habló en árabe. Le había reconocido inmediatamente, aunque no podía imaginar siquiera por qué se encontraba aquí, y como aliado de Declan.

–Dame una de tus armas –dijo–. Sé lo que cabe esperar en todo momento.

–¿Puedes utilizar ésta? –preguntó, al tiempo que le ofrecía el rifle de asalto Franchi.

–Sabes que puedo, Abu Hidda.

El nombre por el que le llamó era un juego de palabras. Abu Hida significaba «padre del aislamiento», pero con dos des se convertía en un término completamente diferente, de otra desinencia verbal, cuyo significado era «padre de la ira». Así era como le denominaban las fuerzas de seguridad libanesas. Sonrió y le entregó el rifle.

Tommy utilizó una de sus propias armas, una escopeta Remington 870 del calibre doce, para volar la cerradura. Introdujo un nuevo cartucho en la recámara y abrió la puerta de un puntapié. Un pasillo de dos metros conducía a otra puerta. Mientras Declan y Amina le seguían, Amina describió el dormitorio en un susurro. Cuando llegaron junto a la puerta, le explicó rápidamente a Tommy con lo que podría encontrarse en el interior.

Pero nada podía haberles preparado para lo que descubrieron

al abrir la puerta. Tommy voló parte del marco de un solo disparo y la puerta se abrió. Tommy fue el primero en entrar, seguido de Declan y luego de Amina, para quien aquella habitación guardaba sólo pésimos recuerdos.

Lo que vieron les dejó atónitos. Las paredes estaban cubiertas de fotografías en color que mostraban el fuego en todas sus manifestaciones: bolas de fuego, incendios, conflagraciones, hogueras, tempestades de fuego, piras funerarias, autos de fe, inmolación de viudas hindúes, infiernos, lagos de fuego, pozos en llamas, herejes en la hoguera con los ojos abultados, casas que ardían como antorchas con toda la familia abrasándose en las ventanas, incineraciones con llamas que emergían de la boca del cadáver, hombres ardiendo en la boca de un lanzallamas, monjes budistas en el acto de autoinmolación, la tragedia de Dresde, Coventry calentando el firmamento, cuadros de condenados que gemían agonizantes, coches y camiones incendiados, coches de carreras que estallaban, rostros abrasados de víctimas de incendios, oscuros e inhumanos, cuya gran dentadura blanca simulaba una sonrisa, sus torsos carbonizados y las extremidades contorsionadas y apenas reconocibles, Juana de Arco consumida por el fuego, un mártir persa con el cuerpo perforado y velas encendidas en los orificios, Giordano Bruno en el Campo dei Fiori incandescente, niños que huían de los soldados con el cabello encendido como una corona, pueblos vietnamitas donde cada choza era una hoguera, palmeras rociadas de gasolina envueltas en llamas rojas y amarillas, las llamas rojas y el humo negro de los pozos de petróleo en Kuwait, hogueras de libros rodeadas de jóvenes que exhibían la cruz gamada, el «rancho del Apocalipsis» como un bosque en llamas, con estandartes de humo que proclamaban la presencia de Dios en el proscenio del firmamento. Ni un solo centímetro de pared quedaba al descubierto.

Todos contuvieron la respiración. Los fuegos parecían abrasarles la garganta y penetrar en sus entrañas. Se quedaron sólo unos momentos, pero bastaron para sentirse tostados como papel de celofán.

Amina señaló la puerta del estudio. Tommy se colocó a un lado, Declan al otro, contaron hasta tres con los dedos y Tommy abrió la puerta de una patada.

Zechariah estaba frente a la misma, con su pistola lista para disparar. Cuando apareció Tommy, Zechariah efectuó tres disparos y Tommy se tambaleó, antes de desplomarse a los pies de Zechariah, donde otros tres disparos acabaron con su vida.

Declan entró en la habitación rodando por el suelo y se incorporó con el arma lista para disparar. Cuando Zechariah levantaba su pistola, Declan disparó una ráfaga que le acribilló el pecho. El norteamericano permaneció unos momentos inmóvil, como si esperara algún mensaje, y se desplomó sobre el cuerpo de Tommy después de exclamar:

–¡Dios!

En aquel momento, Declan percibió un movimiento de reojo. Volvió la cabeza y vio a David Koresh con los brazos en alto, la caja negra en una mano y el dedo listo para pulsar el botón. Una segunda ráfaga arrojó a Koresh de espaldas contra una silla. La caja se le cayó de las manos y botó sobre el suelo. Declan se acercó, la cogió y cortó el cable con un cuchillo. Ahora, aunque otro guardaespaldas la encontrara, no podría provocar ninguna explosión.

–¡Declan! –exclamó Amina, desde el otro extremo de la habitación, para advertirle del peligro.

Se giró y lo vio. Musgrave, escondido tras la puerta, había cogido a Amina por el cuello y le había arrebatado su arma.

–Suelta el arma inmediatamente si no quieres que le rompa el cuello –exclamó Musgrave.

Sólo entonces Musgrave reconoció a Declan. Se le abrieron los ojos y sonrió.

–Caramba, señor Carberry, qué pequeño es el mundo. Lamento lo sucedido en nuestro último encuentro. No tenía intención de matar a su encantadora hija, pero reaccionó demasiado deprisa.

–Suéltela –dijo Declan, consciente de que no lo haría.

–¿Y dejar que me dispare? ¿Me ha tomado por un imbécil? Vamos, suelte el arma.

Declan sabía que Musgrave era perfectamente capaz de romperle el cuello a Amina con un simple movimiento del brazo. Soltó el arma.

–¡Empújela con el pie!

Declan obedeció. Musgrave empezó a retroceder hacia la

puerta que conducía al pasillo del dormitorio. Calculó que ahora no habría nadie allí y, al llegar al exterior, podría soltar a la mujer y escapar. Lentamente, obligando a Amina a agacharse con él, recogió el Franchi del suelo con su mano libre. Ella se contorsionó, pero la sujetó con fuerza. Retrocedieron hasta la puerta. No había nada que Declan pudiera hacer. Desde el cuarto contiguo, Abu Hida les llamaba para que se reunieran con ellos. Declan oía el ruido de la madera que se astillaba.

De pronto emergió un doloroso gemido. Musgrave retrocedió y soltó a Amina. La aguja que Nushin le había dado, cinco centímetros de acero, estaba clavada en su muslo. Después de atacar con la misma a Koresh, la había utilizado para sujetarse el cabello y a nadie se le había ocurrido buscarla en su cabeza.

Amina se alejó tambaleándose de su agresor, medio asfixiada. Musgrave encontró la aguja y se la sacó. A pesar del dolor, no había soltado el Franchi. Lo levantó y apuntó a la cabeza de Amina, pero Declan le disparó un tiro en el estómago y otro en el cuello. No se disculpó.

SETENTA Y OCHO

Declan y Amina se apresuraron a regresar al cuarto que daba a las celdas de las mujeres, donde la puerta empezaba a ceder ante la presión de lo que fuera que estaban utilizando como ariete.

Al verles llegar, Abu Hida levantó su escopeta, apuntó a la pared y realizó varios disparos, en lugares previstos de antemano. Con una pesada silla que utilizaba uno de los guardias, empezó a golpear la madera entre los agujeros de los disparos. El tabique tardó escasos segundos en ceder, dejando un agujero lo suficientemente grande para pasar por el mismo.

Oyeron la madera que se astillaba a su espalda. Declan volvió la cabeza. Alguien utilizaba un hacha para romper los paneles superiores de la puerta.

–¡Daos prisa! –exclamó–. Salid por el agujero. Maureen, muéstrales el camino de salida. Dirigíos al acantilado.

Abu Hida cargó de nuevo la Bullpup. La puerta cedió con un último hachazo y se derrumbó. Pero nadie apareció en el umbral. Al cabo de un momento, alguien empezó a disparar una ametralladora, cuyas balas acribillaron la pared y despidieron fragmentos de yeso y madera que alcanzaron a Abu Hida en la cara. Respondió con dos rápidos disparos, que acabaron de arrancar lo que quedaba de la puerta. Cesaron los disparos de la ametralladora.

Maureen y el hombre sin manos ya habían salido. Todavía quedaban tres rehenes, Amina, Declan y Abu Hida.

Entonces, en el silencio que siguió a los disparos, oyeron un ruido asombroso e inesperado. El de un helicóptero que se acercaba a gran velocidad. Luego un segundo y un tercero.

Declan y Abu Hida se miraron mutuamente.

–Harker –dijo Declan–. Ese hijo de puta nos ha seguido después de todo.

–Creo que debemos salir de aquí antes de que aterricen –respondió Abu Hida.

Los davidianos también habían oído los helicópteros. Declan oyó a alguien que daba órdenes y pasos apresurados en todas direcciones.

Sacaron a los últimos rehenes por el orificio. Maureen y Amina habían llegado ya al agujero del muro este de la cocina y ayudaban a los demás a salir.

Declan se les acercó corriendo.

–Llévate a todo el mundo a la playa de este lado. Traeré la barca y os recogeré.

Maureen señaló los helicópteros.

–¿Y ésos? Seguramente traerán más gente en botes. Debemos regresar por el mismo camino por el que vinimos.

Declan asintió. Maureen tenía razón. Puede que ya hubieran desembarcado y estuvieran de camino.

–Adelante –dijo, mientras volvía la cabeza en busca de Abu Hida–. Yo cubriré la retaguardia. Adelántese y proteja a los demás.

–Yo debería quedarme aquí –respondió Abu Hida.

–En realidad no importa. Pero su arma lleva un visor nocturno y preferiría que acompañara a los demás.

No había tiempo que perder. En el cielo, al este, estallaron simultáneamente tres bengalas.

Conforme avanzaban los rehenes liberados, Amina regresó corriendo junto a Declan.

–No te quedes mucho tiempo –dijo–. No es necesario, pronto tendrán que ocuparse de la gente de Harker.

–Tranquila. Esperaré un par de minutos y os seguiré. Cuando hayáis abandonado el recinto, no sabrán hacia dónde os dirigís.

Maureen alcanzó a los demás cuando avanzaban a tientas por la oscuridad, en dirección oeste desde el recinto. A su espalda oían el ruido de los disparos.

Los rehenes necesitaban aliento y ayuda. De vez en cuando debían detenerse para descansar, o para que Maureen se orientara con su brújula. En el recinto seguía el tiroteo.

–Por aquí –exclamó Maureen, mientras señalaba en la oscuridad.

Declan apenas distinguía la silueta de la capilla de San Brendan, una ruina celta que constituía el único punto de referencia en la isla. Estaban casi en la orilla.

De pronto, como salido de la nada, oyeron el sonido de un helicóptero. Estaba allí mismo, descendiendo delante de ellos. Maureen indicó a todo el mundo que se tumbara al suelo y vieron cómo el aparato se posaba a unos treinta metros. Se abrió la puerta y saltó un soldado, con la cara ennegrecida y un rifle en la mano.

Uno de los rehenes, el jeque 'Ubayd, se puso de pie. Nadie se lo había explicado y confundió el propósito de los hombres de los helicópteros. Empezó a andar sonriente hacia ellos. El soldado levantó su rifle.

–No se preocupe –decía el jeque 'Ubayd–, somos rehenes...

Maureen corría apresuradamente hacia él.

–¡No! –chilló–. ¡No!

Se arrojó sobre el jeque en el momento en que el soldado disparaba, lo empujó contra el suelo y lo dejó medio conmocionado. Rodó por el suelo, cogió el Steyr-AUG que llevaba al hombro y se incorporó parcialmente, intentando localizar al soldado en la oscuridad. Pero éste la había visto caer. Apuntó a través de su visor nocturno y disparó una breve ráfaga. Las balas la alcanzaron en el cuello. Estaba muerta antes de que su cuerpo cayera rodando hacia atrás, sobre el jeque 'Ubayd.

Abu Hida cortó al soldado en dos, disparando su Bullpup desde la cintura. Y cuando el soldado se desplomó, Abu Hida se sacó una granada del bolsillo. Apareció un segundo hombre en la puerta del helicóptero. Abu Hida retiró la espoleta, lanzó la granada y se arrojó al suelo. A los pocos segundos, el helicóptero se convirtió en una bola de fuego.

Llegaron a la cima del acantilado cogidos de la mano, como colegiales de excursión perdidos en el bosque. Nadie decía palabra, como si el lenguaje evocara demonios en la oscuridad, como si no hubiera nada que agregar a la última y apasionada negativa de Maureen O'Dalaigh.

Abu Hida había dejado dos escaleras de aluminio al borde del acantilado. Las encontraron después de una pequeña búsqueda y empezaron a descender. La cala no estaba lejos. Sólo a Hajj 'Umar Fadlan le resultó difícil el descenso; Abu Hida se lo cargó al hombro como un bombero, descendió con él a cuestas y le instaló en el bote. A su alrededor, unas enormes olas invisibles azotaban las rocas.

Oyó el ruido de los helicópteros, un traqueteo apagado y repetitivo que sacudía el recinto y evocaba dolorosos recuerdos de un sitio anterior. Le dolía la cabeza y, si se movía demasiado, sentía un dolor lacerante en diversas partes del cuerpo. Una vez más le habían herido, perforado, crucificado. Al abrir los ojos, recordó que le habían disparado. Todo daba vueltas en la habitación, como si girara con los rotores del helicóptero. De nuevo cerró brevemente los ojos y luego los abrió con cuidado.

Cerca de él, en el suelo, estaba el cable que Dios le había dado para desencadenar la primera explosión que anunciaría el día del juicio final. Alguien había cortado la caja y la había arrojado fuera de su alcance. Extendió la mano y agarró el cable, pero era inútil, no sería tan fácil provocar el Apocalipsis. Tenía náuseas y se sentía débil por la pérdida de sangre. Al otro lado de la habitación vio a Zechariah postrado sobre el cadáver de un desconocido y más allá Musgrave, su Judas.

Quería sentarse, pero el dolor que sentía en el pecho y el estómago le impedían moverse sin perder el conocimiento, y sabía que eso era precisamente lo que no debía permitir que sucediera. Cada vez que volvía la cabeza, todo le daba vueltas. Un calor abrasador y un frío terrible se alternaban en su piel. Tenía mucha sed, como Jesucristo en la cruz, pero aquí no había ningún centurión para humedecerle los labios con una esponja empapada de vinagre.

Se contorsionó y, al hacerlo, se percató de que había una lámpara sobre la mesa junto a la que yacía. Empezó a forjarse una idea en los oscuros recovecos de su mente. Extendió la mano derecha, dio un tirón y la lámpara se rompió en mil pedazos al caer al suelo. Tiró hacia sí lo que quedaba de la misma, se cortó la mano al retirar la bombilla rota y encendió el interruptor de la lámpara. Mientras sostenía cuidadosamente el cable del detonador con la mano izquierda, golpeó la parte superior de la pequeña lámpara, hasta dejar al descubierto los cables de la misma.

La puerta se abrió violentamente e irrumpió en el cuarto un soldado con el rostro ennegrecido y el rifle listo para disparar. Vio a Koresh en el suelo, sangrando, con los brazos extendidos, como una lúgubre caricatura de Jesucristo en la cruz. Al primer soldado le siguió otro y ambos inspeccionaron de un vistazo la habitación, en guardia ante cualquier peligro.

David Koresh les sonrió y, simultáneamente, agarró con su mano derecha los cables pelados de la lámpara que quedaban al descubierto y cerró el circuito.

El bote se alejaba hacia el Atlántico, zarandeado por el oleaje. Declan y Abu Hida tuvieron que emplearse a fondo con los remos para llevar la embarcación más allá de los rompientes, hasta el mar abierto. Entonces, una corriente los empujó y remaron a su favor. Llegaron a la punta norte de la isla y enderezaron el rumbo del bote, dirigiéndose al este con el fin de desembarcar al sur, justo después del cabo de Clogher.

Y cuando se alejaban, el Apocalipsis llegó a Inishtooskert. Con la mirada en la isla, Declan y Abu Hida rieron, en la fracción de segundo que precedió a la explosión, una esfera de luz más brillante que el sol. Le siguió un estallido tan poderoso como el fin del mundo, que se extendió por el agua. Cuando miraron de nuevo, parecía que toda la isla estuviera en llamas. El eco murió lentamente en las olas y un oscuro silencio llenó el mundo entero.

David Koresh había encontrado por fin su día del juicio final.

SETENTA Y NUEVE

El aeropuerto de Dublín estaba abarrotado de gente. Los estudiantes regresaban a Trinity College y University College, familias con hijos en internados pasaban juntos unas vacaciones tardías, y los hombres y mujeres de negocios iniciaban la campaña navideña.

El vuelo de Abu Hida salía dentro de media hora. En cuestión de minutos anunciarían su vuelo y él tendría que pasar por la puerta de embarque. Un amigo de Pádraig Pearse le había facilitado el pasaporte y la documentación de un comerciante griego. Llegaría a Atenas aquella tarde y cogería un avión directo a Beirut.

–Cuénteles todo lo de Inishtooskert –dijo Declan–. Que el ataque se llevó a cabo con el beneplácito de Harker, que el ataque provocó la explosión, que los fundamentalistas cristianos habían capturado a los rehenes, y que el MI5 y la CIA los utilizaban. Su gente sabe lo de Scimitar y ya les habrán hablado de hacer un trato.

Ciaran Clark elaboraba ya un montón de mentiras para encubrir lo sucedido en realidad. Los rehenes habían fallecido como consecuencia de un lamentable accidente con el combustible de la calefacción. Las tropas irlandesas habían hecho todo lo que habían podido para localizar y rescatar a los supervivientes, pero no habían encontrado ninguno.

La verdadera identidad de los secuestradores no había sido revelada ni tampoco se había facilitado su descripción, ni tan siquiera el extremo de que en su mayor parte eran ciudadanos norteamericanos. Había empezado a correr el rumor de que un grupo terrorista libanés había enviado agentes a Irlanda; en cualquier momento se podrían dar los nombres de los «verdaderos» culpables que serían identificados como terroristas árabes con centro de operaciones en Beirut, El Cairo o Trípoli.

Se habían prohibido las visitas turísticas a Inishtooskert. Nadie podía acercarse a la isla, ni siquiera periodistas, equipos de televisión, representantes de los gobiernos cuyos ciudadanos habían sido tomados como rehenes y fallecido en la explosión, ni los abogados de las familias de las víctimas. Un equipo de forenses trabajaba para identificar los restos y ordenarlo todo.

–Mi propia gente me creerá –dijo Abu Hida–. Y ellos lograrán persuadir a los gobiernos árabes. Aparecerán pruebas. Cuando la gente mire hacia el lugar adecuado, empezarán a aparecer pruebas. Pero es posible que nunca podamos divulgar lo sucedido. Lo que nosotros digamos será tildado de manía persecutoria musulmana, elucubraciones de un pueblo que lo único que siente es rencor contra Occidente.

Anthony Harker había desaparecido. Declan sabía que aparecería en algún otro lugar, después de lavarse las manos de todo lo sucedido en Irlanda, como si nunca hubiera estado allí. Y algún día, un individuo muy parecido a Peter Musgrave llamaría a la puerta de Declan.

–Limítese a explicarles lo que sabe –insistió Declan–. Cuando llegue el momento, cuente conmigo, declararé ante cualquier tribunal que desee.

–Recuperará su cargo anterior –dijo Abu Hida–. Pondría en peligro su carrera.

–¿Carrera? Ya no sé lo que eso significa.

–Cuídese –dijo Abu Hida al tiempo que le estrechaba la mano.

–Lo mismo digo. Volveremos a vernos, estoy seguro.

Abu Hida negó con la cabeza.

–Tal vez. Pero no deseo volver a Irlanda. Tendrá que venir al Líbano.

–Es lo que me propongo, en cuanto haya atado aquí los cabos sueltos.

–Si no viene pronto, no me encontrará.

–¿Piensa marcharse? Creí que allí estaba en su casa y que quería establecerse definitivamente.

El árabe movió la cabeza en sentido negativo.

–Creo que no me comprende, Declan. Ellos me encontrarán tarde o temprano. Dentro de un año, tal vez dos. No tardarán.

–¿Encontrarle? ¿Quién?

–No lo sé con exactitud. Pero cuando se sepa que rescaté a cuatro rehenes, todos partidarios de nuestra causa, se dirá que abandoné a los demás a la muerte.

–No podía haberlos rescatado a todos.

–¿Quién sabe? Lo único que sabemos es que están muertos. Que demasiada gente murió para nada.

Declan no respondió. Una voz femenina anunció que los pasajeros para el vuelo de Atenas debían embarcar por la puerta cinco.

Se dieron un abrazo.

–No lo olvide –dijo Declan–. Cuénteselo todo.

Abu Hida sonrió y se alejó. Declan le miró hasta que le perdió de vista y luego se dirigió al bar, donde Amina acababa de tomarse un café. Antes de sentarse, se agachó y la besó. Su vuelo a Londres salía dentro de media hora. Un reactor de Middle East Airways la llevaría directamente a Beirut. Llegaría antes que Abu Hida.

–¿Me creerán? –preguntó Declan.

Amina asintió.

–Sí, creo que sí.

–No será fácil convencerles de todo. Necesitaremos pruebas. A estas alturas habrán destruido todas sus fichas, creado otras, falsificado cartas, e inventado coartadas para todos los involucrados.

–Sí. Pero no será fácil. Tienen mucho que ocultar y disponemos de un montón de testigos.

Siguieron hablando hasta que llamaron a los pasajeros de su vuelo. Les resultaba más fácil fingir que no eran más que colegas, que charlaban antes de finalizar un viaje de negocios. Pero después de recoger su bolsa de viaje, Amina le preguntó:

–¿En esta ocasión me prometes que vendrás?

Declan asintió.

–Cuando Concepta esté plenamente recuperada –respondió–. No puedo apresurarla. Máiréad era realmente lo único que tenía. Y el ataque la afectó muchísimo.

–No quiero esperar otros quince años –dijo Amina.

–No tardaré tanto –respondió Declan–. Te lo prometo.

Oyeron la última llamada para su vuelo. En la puerta se dieron un prolongado beso, luego se separaron y siguieron de nuevo cada uno su camino.

Concepta le esperaba en su blanqueada casa junto a la bahía. Era ya octubre y el mar estaba embravecido. Teresa Cosgrave y sus hijos habían ido a iniciar una nueva vida en Australia, con el pasaje pagado por Pádraig Pearse Mangan. La casa pertenecía una vez más a Declan y a su esposa, y a la sombra de Máiréad, todavía inquieta, todavía temerosa. Concepta estaba en el comedor, junto a un gran ventanal con vistas al mar, con la mirada perdida en la lejanía. Al oír llegar a Declan, levantó la cabeza y sonrió.

–¿Se han marchado tus amigos? –preguntó.

–Sí –respondió en un tono sosegado, propio de alguien que empezaba a envejecer–. Se han marchado.

–Ven a mi lado –dijo Concepta–. Siéntate y contempla el mar.

Título de la edición original: *Night of the Apocalypse*
Traducción del inglés: Enric Tremps,
cedida por Editorial Planeta, S.A.
Diseño: Emil Tröger
Ilustración: Xavier Martínez

Círculo de Lectores, S.A. (Sociedad Unipersonal)
Valencia, 344, 08009 Barcelona
3 5 7 9 7 9 1 0 8 6 4 2

Licencia editorial para Círculo de Lectores
por cortesía de Editorial Planeta, S.A.

Depósito legal: B. 32394-1997
Fotocomposición: gama, s.l., Barcelona
Impresión y encuadernación: Grafos, S.A.
Zona Franca, sector C, calle D, 36. 08040 Barcelona
Barcelona, 1997. Impreso en España
ISBN 84-226-6682-0
N.° 27367